LUCONI

FOGUEIRA
dos *Inocentes*

psicografado pelo EXU CAPA PRETA

ARUANDA
· livros ·

Rio de Janeiro

2022

Texto © Luconi, 2018
Direitos de publicação © Editora Aruanda, 2022

Direitos reservados e protegidos pela lei 9.610/1998.

Todos os direitos desta edição reservados à
Aruanda Livros
um selo da EDITORA ARUANDA EIRELI.

Coordenação Editorial Aline Martins
Preparação Andréa Vidal
Revisão Editora Aruanda
Design editorial Sem Serifa
Ilustrações André Cézari
Impressão Gráfica Decolar

Texto de acordo com as normas do Novo
Acordo Ortográfico da Língua Portuguesa
(Decreto Legislativo nº 54, de 1995)

Dados Internacionais de Catalogação na Publicação (CIP)
de acordo com ISBD
Bibliotecário Odilio Hilario Moreira Junior CRB-8/9949

L941f   Luconi
            Fogueira dos inocentes / Luconi, Exu Capa Preta
        [espírito]. – Rio de Janeiro, RJ: Aruanda Livros, 2022.
            352 p. ; 13,8cm x 20,8cm.

        ISBN 978-65-87426-18-1

            1. Umbanda. 2. Ficção religiosa. 3. Psicografia.
        I. Exu Capa Preta [espírito]. II. Título.

                                                    CDD 299.6
2022-2089   CDD 299.6

            Índice para catálogo sistemático:

                1. Religiões africanas   299.6
                2. Religiões africanas   299.6

[2022]
IMPRESSO NO BRASIL
https://editoraaruanda.com.br
contato@editoraaruanda.com.br

Dedico este livro aos irmãos Luchesi, Mariana, Lívius, Décius e Antognini, que estão no mundo espiritual, mas que fazem parte da história aqui contada e que me deram permissão para transmiti-la na íntegra; à nossa querida irmã Maria Clara, ainda encarnada; e a nossos queridos irmãos Estevão e Maria Rosa, que, embora não tenham voltado a reencarnar, deram apoio espiritual para que todos finalizassem o ciclo da vida em que tudo aconteceu. Sem a autorização e o apoio desses irmãos, a publicação deste livro não seria possível.

Os nomes aqui mencionados são os que esses irmãos tinham na encarnação contada neste livro, pois os familiares de sua última vida terrena permanecem encarnados e é meu dever preservá-los.

Em especial, dedico este livro a Pai João de Angola, que sempre me incentivou.

Gratidão eterna!

AGRADECIMENTOS

Acredito que só conseguimos crescer por meio de ensinamentos, que muitas vezes vêm pelo sofrimento. Ainda tenho muito a aprender e a crescer. Pouco consegui avançar no caminho da evolução, mas hoje tenho consciência de que o pouco que aprendi foi com os encarnados e os desencarnados que cruzaram meu caminho e me causaram pequenos e grandes sofrimentos. Então, a eles agradeço do fundo de minha alma.

Para mim, o que aconteceu não foi um atraso de jornada, foi uma paralisação durante um processo que necessitava de reflexão, para que a negatividade em mim fosse consumida, a fim de que eu pudesse, a passos lentos, seguir em frente. Sem vocês me auxiliando para que eu melhorasse um bocadinho que fosse, eu não teria chegado até aqui. Que estes créditos lhes sejam dados e que um dia possamos nos abraçar, porque tudo entenderemos, assim como hoje eu já entendo. Obrigada!

Agradeço aos meus filhos, Luciano Luconi Popi, Eveline Luconi Popi e Camila Luconi Cerqueira Tavares, que sempre me incentivaram e nunca permitiram que eu desistisse.

Também agradeço à minha editora, Aline Martins, por acreditar na espiritualidade e em mim.

Obrigada!

PREFÁCIO

Quando nos entregamos à vida em terra sem nos lembrarmos de que aqui tudo passa, o ego se torna o nosso guia e nos esquecemos de que não somos matéria.

Esta é uma história triste e injusta quando a vemos pelos olhos da matéria efêmera, como tantas outras que conhecemos ao longo de nossa caminhada.

Mais do que conhecer a história de um Exu Capa Preta e de uma Pombagira das Flores, abra os olhos do espírito e vislumbre a grandeza da vida verdadeira.

Com Estevão, aprendi que tudo é passageiro na matéria, que nada vem sem deixar lição e que nenhuma dor segue sem consolo e sem resgate.

Com Antognini, aprendi que precisamos adotar uma posição, que nos abster do embate pode nos tornar cúmplices do desconhecido.

Com Décius, aprendi que o homem se torna escravo de seus desejos e de seus sonhos reprimidos.

Com a história desses espíritos em terra, aprendi como a vida material é transitória. Com a história deles no mundo espiritual, aprendi que, quando o amor fala, a dor cala.

Que esta história leve a cada leitor a compreensão do que há de maior em nós, de que aqui na matéria tudo é pó e de que, a partir do momento em que se nasce, já não se existe mais.

À Márcia, nossa gratidão.

Saudações de amor e luz.

Cigana Mercedita
por Eveline Luconi Popi

PRÓLOGO

O PORQUÊ DESTA OBRA

Em certa colônia espiritual, onde a paz reinante é o melhor remédio para as almas que ainda carregam abertas as chagas dos conflitos terrenos, alguns espíritos reuniram-se, trazendo dentro de si a alegria de finalmente terem refeito os antigos laços de amor fraterno que um dia os ligara em terra e que, muitos séculos antes, rompera-se pelo ódio, pela mágoa, pelo desejo incessante de vingança, pela revolta para uns e pela culpa para outros. Enfim, tais sentimentos negativos já tinham desaparecido de suas almas.

Desses espíritos, apenas três ainda não haviam escolhido reencarnar para ajustar e reparar o que fosse necessário: Estevão, Maria Rosa e o pequeno Simão.

Assim que a imensa dor que traziam nas almas eternas tornou-se menos pungente, Estevão e Maria Rosa decidiram evoluir, trabalhando espiritualmente nos limites entre as Trevas e a Luz, engajando-se, mais tarde, em falanges de trabalho da esquerda da Umbanda. Já o pequeno Simão optara por trabalhar em uma colônia espiritual na zona umbralina, assistindo principalmente espíritos de crianças que desencarnaram de forma cruel, isso até seu retorno à carne, sendo ele o último a aceitar voltar e colocar um ponto final naquela triste encarnação.

A primeira reunião, para saber se os espíritos superiores autorizariam o pedido de Estevão e Maria Rosa, fora realizada havia quase vinte anos. Eles pretendiam passar sua história por meio da psicografia, mas ela envolvia alguns espíritos ainda encarnados cujas ações cruéis afetaram diretamente a vida do casal e dos filhos. Após a triste encarnação em que os eventos aconteceram, os espíritos encarnados tiveram suas jornadas espirituais totalmente transformadas, principalmente o responsável pelo desencadeamento dos fatos e seu confidente. Hoje, ambos estão se voltando para a Luz e já demonstram certo entendimento, apesar de ainda trazerem alguns desvios e terem carmas a cumprir. Porém, até encarnarem daquela vez, certamente estavam em franco processo evolutivo.

Assim, naquela reunião estavam presentes Estevão, Maria Rosa, Lívius, Mariana e Simão. Lívius e Mariana já haviam reencarnado algumas vezes. Além deles, fez-se presente um irmão do departamento das comunicações encarregado de trazer ao grupo a resposta dos espíritos superiores, Pretório. O iluminado irmão chegou cumprimentando a todos com costumeira delicadeza, acercando-se de Maria Rosa e Estevão com mais intimidade.

— Vejo que estão ansiosos para saber o resultado do pedido encaminhado.

Desta vez, Maria Rosa, sempre tão doce e paciente, foi a primeira a falar:

— Pretório, não estou mais me aguentando. Desculpe a ansiedade, mas são séculos de luta para nos desvencilharmos desse fardo. Guardaremos o que houve de bom como aprendizado, mas a dor do passado deve ser sepultada e os laços de amor que foram restabelecidos precisam ser sacramentados.

— Pois bem. Nossa querida Mariana fez um apelo em favor da questão aos espíritos superiores, assim como Lívius, que se dirigiu aos superiores e pediu que intercedessem favoravelmente. Como na última reencarnação deles ambos criaram um vínculo direto com os dois envolvidos e, mais tarde, a espiritualidade criou vínculos entre estes e o terceiro envolvido, nossos superiores viram como providencial a participação deles.

Pretório fez uma pequena pausa, aumentando a ansiedade dos presentes.

— Bem, meus amigos, eles não só aprovaram o projeto, como pediram que, além de relatar a experiência de Estevão e Maria Rosa, aproveitem o ensejo para falar da luta espiritual travada para que estes laços fossem refeitos.

Nossos amigos demoraram um pouco para entender o que lhes era passado. Esperavam um "sim" ou um "não", uma resposta direta. O primeiro a sair do impasse foi Estevão, que se ajoelhou e agradeceu ao Pai pela oportunidade única.

Lívius o acompanhou e, abraçando-o em seguida, disse:

— Meu irmão, enfim caminharemos para a libertação final.

Maria Rosa e Mariana, abraçadas, deixaram a emoção tomar conta. Só o pequeno Simão não aparentava tanta felicidade. Sua alegria era nublada: ele ainda sentia vivamente a dor daquele triste acontecimento; não a dor física, mas a que sentira ao descobrir que aquele a quem amava tanto quanto aos pais os traíra por razões medíocres, sem medir as consequências. Sabia que ele não esperava por aquele triste desfecho; sabia que, na verdade, não queria ferir seus pais, que jamais imaginara a maldade dos homens da Igreja. No entanto, se ele tivesse agido às claras, tudo teria sido diferente. Permaneceu absorto em pensamentos até que Mariana, pegando-o pela mão, elevou ao Pai uma prece:

— Que os anjos elevem ao Altíssimo o nosso júbilo. Que o Pai nos proteja e oriente para que nos mantenhamos firmes em nossos propósitos, não permitindo que, ao reviver o passado tenebroso, caiamos nas malhas da tristeza. Que saibamos, ao reviver cada momento, ver com clareza toda a trama que desencadeou os fatos e, finalmente, reconheçamos que aquele que foi vítima na experiência passada fora algoz em experiências anteriores. Que, por fim, este projeto possa não só ajudar os envolvidos, como também servir de exemplo e direcionamento a todos que dele tomarem conhecimento. Que o Pai permita aos espíritos superiores levantar o véu da obscuridade e trazer a verdade à tona, de forma sábia e esclarecedora. Que nós não nos esqueçamos de que, antes de tudo, somos servos do Senhor e discípulos em aprendizado de Jesus. Que assim seja!

Foi assim que nossos amigos começaram a elaborar este livro, encontrando alguma dificuldade aqui e ali, principalmente no que se refere ao curso da vida espiritual dos envolvidos na trama — os descendentes da última encarnação de Lívius e Mariana ainda estavam completando seu ciclo na Terra. Esse é o motivo de muitos fatos não poderem ser revelados. Outra dificuldade é que, como dito, o pequeno Simão tinha suas reservas. Ele precisava ter contato com o espírito que tanto o magoara, mas este ainda estava encarnado.

Ficou acertado, por fim, que esperariam o retorno desse espírito, pois ele fora o causador da tragédia. Ainda que não tenha sido intencional, eram imprescindíveis a reconciliação com Simão e a aprovação do projeto por ele.

O desencarne ocorreu dez anos após a reunião. Estava consciente da existência do mundo espiritual e de toda a história, pois a ele foi dada a graça, ainda em vida, de conhecer seu triste papel nos fatos. Assim, ficou mais fácil contatá-lo e pedir sua anuência para o projeto.

Na última encarnação, ele teve a oportunidade de quitar antigos débitos e reatar alguns laços de amor fraterno, além de ter sob tutela duas vítimas da antiga tragédia. Não conseguiu, entretanto, desfazer os laços que tinha com certo espírito nem os transformar em amor fraterno. Infelizmente, isso dependia de ambos. Se, por um lado, não quis seu mal e perdoou seus desvios de caráter; por outro, não conseguiu livrar-se do jugo.

Tal espírito, de natureza vingativa e orgulhosa, por várias vidas acostumou-se a submeter Décius às suas vontades e não se conformou em perder o controle. Em seu inconsciente, sempre o via como um ser submisso que o servia cegamente. Isso começou em uma época distante, antes de o Cristo vir à Terra.

Os dois se uniram a outros espíritos em uma cumplicidade nociva. Décius precisaria se libertar do domínio que esse espírito tinha sobre ele e, se possível, semear a humildade e o amor fraterno no coração endurecido dele. Contudo, deu-se o contrário: Décius deixou-se dominar novamente, tornando-se extremamente infeliz, reabrindo e realimentando a antiga chaga causada pelo orgulho desmedido.

Somente alguns anos antes de seu desencarne, já livre do convívio com tal espírito, experimentou o oposto dos sentimentos que desenvolvera, passando a questionar se o orgulho não seria uma bobagem que nada valera em sua vida. Em seu íntimo, foi se modificando, mas não deixava que a mudança transparecesse. E assim se manteve, até que descobriu sua doença derradeira e começou a avaliar-se mais profundamente. Seu orgulho diminuíra muito e isso o fez perceber quantas coisas poderiam ter sido diferentes e que ele poderia ter evitado muito sofrimento para si mesmo e para aqueles com quem convivia.

Na época, achava que era tarde, mas hoje sabe que nunca é tarde demais, que semeou muito amor na Terra e que chegou até a transmitir diversos ensinamentos. Ao mesmo tempo que era orgulhoso ao extremo, tinha uma humildade que causava espanto.

Deu exemplo vivo de fé inabalável — fé adquirida na vida em que foi centurião de César, na época em que Nosso Senhor foi imolado pelos homens. Seu imenso coração jamais deixou de acolher e de abrigar quem dele precisasse. Esses fatos coroaram sua última encarnação, na qual, na balança dos erros e acertos, o prato dos acertos pesou bem mais. Sua sementeira de amor, por meio do auxílio ao próximo — feito, na maioria das vezes, anonimamente —, tornou-se extensa, e suas sementes chegaram até a almas que, graças a elas, iniciaram a transformação.

❦

Voltando aos nossos amigos, assim que Décius os encontrou, tomou ciência do projeto em andamento. Soube também que só faltava a anuência dele para que começassem a passá-lo para a médium. Ele, emocionado, concordou de pronto. Desejava apagar sua malfadada reencarnação. Só faltava o acerto entre ele e Simão.

Todos estavam um tanto temerosos, pois a emoção poderia desequilibrar o irmão recém-desencarnado. No entanto, Simão, por inspiração divina, plasmou-se como camponês, forma que tinha na época em que Décius era um soldado romano e se convertera ao Cristianismo, cerca de 400 d.C., início da queda do Império Romano. Naquela vida, quando Roma decretou o Cristianismo religião oficial, Décius já era cristão. Havia se convertido justamente por causa de Simão, que, sendo amigo de seu pai, o tomara para seus cuidados quando Décius ficara órfão, aos treze anos.

Ao ver um ancião com trajes simples adentrando o quarto, Décius sentiu que o conhecia havia muito tempo e que devia muito a ele. Simão, por sua vez, plasmado como camponês, teve as antigas memórias ativadas e já não enxergava o causador da tragédia; agora, via o menino a quem amara como filho e que tanto o amparara.

Por alguns instantes, os dois pouco falaram. Simão abraçou Décius e chorou muito. Décius, emocionado, nada entendia.

Quando o abraço terminou, Simão retomou a forma habitual: um menino de seis anos. Sob o olhar interrogativo de Décius, segurou a mão dele e disse:

— Agora, o amor falou mais alto. Dou graças a Deus por ter reavivado o amor paterno que um dia senti por você. Não existe mais desconfiança, tio Décius.

Décius, ainda de mãos dadas com o pequeno, sentou-se na beira da cama e balbuciou:

— Você é uma das crianças de Estevão, não é?

— Sim, tio. Sou o mais velho, o que nunca confiou o suficiente para retornar.

— Você já me perdoou?

— Você já me pediu perdão muitas vezes. Toda vez que reencarnava e que, depois, retornava ao mundo espiritual, ao ter conhecimento do passado, você me procurava. Todas as vezes eu disse que o perdoava, mas a mágoa permanecia, e eu não o procurava mais, deixava tudo correr a critério do Pai. Hoje, ao ver Damião e Mirela encarnados, percebo que parei no tempo. Eles confiaram, eu não. Mas você não foi o único em quem deixei de confiar; fiz o mesmo com todos os que vestiram a roupa da carne. Percebi que, quando encarnadas, as pessoas se tornam vulneráveis e acabam se entregando aos piores instintos. Na verdade, é como se eu tivesse sido tomado de pânico em relação a reencarnar, a correr tantos riscos, a não ter a certeza de nada, pois uma missão é entrelaçada com a outra. Muitas vezes, a maioria dos espíritos fraqueja e acaba se desviando do caminho, dificultando a missão dos que dependem deles. Então, meu tio, o que aconteceu acabou despertando um medo imenso em mim, mas não pelo fato de eu não o perdoar. Vejo agora que, na verdade, eu não tenho alicerçada a fé que deveria ter dentro de mim, senão eu confiaria. O Pai jamais permite que um inocente seja prejudicado e, por mais que nos desviemos de nossa missão, de uma forma ou de outra, haveremos de cumpri-la. Nunca mais me peça perdão. Eu o perdoei de todo o meu coração, de toda a minha alma. Você não tem culpa de minha fraqueza. A mágoa era apenas uma desculpa cômoda para o meu medo de enfrentar uma nova encarnação.

Como não tinham mais nada a falar sobre o passado, Simão convidou Décius para caminhar com ele e, assim, passaram horas agradáveis. Então, os demais perceberam que poderiam, enfim, dar continuidade ao projeto.

Com três dos cinco irmãos na espiritualidade, iniciaram-se os trabalhos.

I

RESGATE

Corria pelas campinas atrás de borboletas, encantava-se com a beleza das cores com que foram agraciadas. Já não era pequenina, estava com catorze anos, mas ainda exibia a pureza da infância. Diziam ser abobada, mas não era nada disso; o sofrimento enfrentado na infância fizera com que ela se voltasse para dentro de si. Não confiava nas pessoas e, sobretudo, temia as reações que poderiam ter caso achassem que sua fala ou sua atitude eram sinal de desrespeito.

Lembrava-se com dor na alma do sofrimento que lhe imputaram desde muito pequena até o dia em que fora resgatada. Agora não... corria livre! Estevão foi buscá-la e a levou para sua herdade.[1] Era seco nas palavras, mas demonstrava grande preocupação com a menina. A esposa dele também falava pouco, mas de forma muito doce, e cuidava dela. Era ela quem cumpria as determinações do marido em relação à pequena.

Estevão a livrara de uma vida na qual era escravizada. Jamais se esquecera do dia em que ele chegou ao lugar onde ela morava acompanhado de muitos homens. Após uma breve negociação, pa-

---

[1] Segundo o *Grande Dicionário Houaiss*, "propriedade rural de dimensões consideráveis; fazenda, quinta". [Nota da Editora, daqui em diante NE]

gou pela moça em moedas de ouro. Na hora, pensou: "Agora, serei dele". Assustada, baixou a cabeça e seguiu o novo senhor, mas, para sua surpresa, ele a colocou no lombo de um belo cavalo, a olhou nos olhos e disse:

— Acabou. Agora, em minha herdade, você será livre. Não receberá ordens de ninguém; apenas deverá ouvir o que eu e minha esposa, Maria Rosa, dissermos.

Envergonhada, ela ouviu calada e, depois, respondeu:

— Sim, meu senhor.

Cuidadosamente, ele colocou a mão no queixo da menina, ergueu o rosto dela e, olhando-a firmemente, falou:

— "Seu senhor", não. "Seu irmão". Não se esqueça disso, minha irmã.

Ele esboçou um sorriso e ela, admirada, o viu se afastar, indo à frente de todos os cavaleiros. Que dia glorioso! Jamais se esqueceria do benfeitor e o agradeceria para sempre.

❦

Viajaram quase três dias até cruzarem os limites da herdade de Estevão e mais dois dias e meio para chegar à construção principal. Pelo norte, os limites da propriedade ficavam bem distantes do castelo; mas quando se vinha do sul, a distância era de apenas uma hora. Ela estava exausta, apesar de pararem mais amiúde por sua causa. Antes de atravessarem os portões que levavam ao castelo, ela sentiu uma vertigem e quase caiu da montaria. Estevão, então, retirou-a cuidadosamente do cavalo e a colocou no dele, junto de si.

Vinha reparando nela durante toda a viagem, inconformado. Era pele e osso, muito mirradinha, e tinha os cabelos claros e cacheados completamente emaranhados. Não era feia, percebiam-se belos traços nela, e os olhos fundos da menina, semelhantes a duas covas, traziam duas esmeraldas — as mais verdes que já vira. Se bem-cuidada, se tornaria uma bela mulher, mas, como estava, a fraqueza, certamente, lhe tiraria a vida em breve.

O pai tinha dado às costas e feito de conta, simplesmente, que a filha não existia. Estevão soube pelo próprio que ele havia dado uma boa soma em ouro para que os pais da moça a quem iludira sumissem com a neta quando ela tinha uns três para quatro anos de idade.

Desejava apagar qualquer rastro para que ninguém dissesse que havia uma bastarda em sua linhagem. Para a pobre moça, mãe da menina, ele arrumou um marido assim que soube da gravidez, dando ao homem um bom dote a fim de pagar pela virgindade perdida. Coitada!

Caiu nas mãos de um sacripanta que, além de ter perdido no jogo o que havia ganhado com o dote, surrava constantemente a mulher, obrigando-a a deitar-se com os homens com os quais ele negociava o corpo dela. Nessas ocasiões, ela apanhava antes, para não tentar se esquivar — uma surra mais leve para não deixar marcas —, e depois do fato consumado, aos quais ele sempre assistia pelas frestas da parede de madeira. Excitado, entrava no quarto empunhando um chicote e a tratava como um animal. Então, obrigava-a a satisfazer suas fantasias, possuindo-a agressivamente, consciente de que a machucaria — era a dor infligida que o fazia chegar ao êxtase. Por fim, saciado, atirava-a para fora do quarto e berrava para que todos ouvissem:

— Cadela dorme com outras cadelas!

Dolorida e chorosa, ela dormia encolhida em um canto da cozinha.

Isso tudo se passou quando ela ainda estava grávida — por Deus, não perdeu o bebê. Para seu desespero, depois que a criança nasceu, ele a obrigava a deixá-la no berço enquanto tudo acontecia. Dizia que, assim, a pequena saberia desde cedo o que esperava por ela quando crescesse um pouco. Afinal, a menina não era filha dele e, portanto, também teria de servi-lo. Por isso, quando seus pais e o canalha levaram a menina embora, na época com quase quatro anos, apesar de sofrer com a perda, ela deu graças a Deus. Talvez a pequena tivesse melhor sorte.

Nunca pôde contar com a ajuda dos pais. Para eles, a sina da filha era ser cortesã, pois tinha se entregado ao conde sem qualquer pudor. Para que ela não lhes criasse problemas, foram bem claros desde o início:

— Cortesãs merecem apanhar na cara, pois não têm vergonha. Você deve dar graças a Deus por estar casada e carregar o nome de seu marido. Você lhe deve obediência. Se ele a vende é porque só serve para isso. Conforme-se com sua sorte!

E assim foi a vida de Maria Clara: dentro do ventre, sofria os mesmos abusos sofridos pela mãe; depois de nascida, assistia a atos infames e covardes que marcariam seu inconsciente para sempre.

Infelizmente, Estevão só soubera daquela história poucos dias antes do falecimento do pai, que, arrependido — ou com medo do terrível inferno pintado pelos padres —, resolveu narrar tudo e pedir que o filho não medisse esforços para encontrar a irmã. Por isso, ele foi procurar os avós da criança e soube que a mãe de Maria Clara havia falecido poucos anos após a venda da pequena — vítima de um aborto que o próprio marido a obrigou a fazer, amarrando-a na cama. Apesar de o canalha ter chamado uma boa parteira, ela teve o útero perfurado e morreu em menos de uma hora devido a uma violenta hemorragia.

Eles também contaram a Estevão que, obedecendo à ordem do conde e em acordo com o genro, venderam a menina para os donos de uma taberna que tinham interesse em iniciá-la nos trabalhos de limpeza até que se tornasse moça e pudesse ser colocada no trabalho de cortesã. Estevão, perplexo e enojado, reuniu alguns homens e seguiu na direção da tal taberna. Assim, ele chegou à irmã.

❦ II ❦

CONDE LUCHESI

Estevão era o segundo filho de Luchesi e Mariana.

Mariana, uma jovem belíssima, viu-se em difícil situação quando Luchesi, filho do conde Leon, começou a cercá-la. Os pais da moça, servos do conde, temiam que o rapaz quisesse apenas se aproveitar dela. Por isso, decidiram procurar o patrão, que era um homem de princípios rígidos e a quem serviam havia muitos anos, para expor seus temores. O conde, que sabia da índole irresponsável e fútil de seu único varão, acalmou-os, prometendo conversar com o filho.

O conde Leon tinha outras duas filhas que, com tristeza, viu partirem depois de contraírem núpcias. Uma delas casou-se com um tenente da guarda real e a outra, com o filho de um importante médico, que seguia os passos do pai, dedicando-se de corpo e alma à medicina. Tendo enviuvado recentemente, vivia na companhia do filho que, aparentemente, só servia para trazer aborrecimentos ao pai.

Depois da conversa com os servos, o conde passou o resto do dia pensativo. Vira a menina em questão muitas vezes, pois ela crescera em suas terras, e os pais da jovem eram de excelente índole, com sólidas bases de caráter. Conjecturava quão bom seria se seu filho desmiolado desposasse a moça — talvez a influência dela o mudasse. Luchesi adentrou a imensa sala fria e, como de costume, cumprimentou o pai, já alegando algum compromisso ou cansaço para não iniciarem uma longa conversa. Contudo, desta vez, o pai se levantou e o fez parar.

— Espere, Luchesi... tenho uma questão a esclarecer com você.

— Precisa ser agora, meu pai? — respondeu Luchesi, entediado.

— Sim. Desta vez, seus compromissos noturnos terão de esperar.

Notando o tom severo do pai, não ousou dizer mais nada e acabou se rendendo.

— Muito bem, meu pai. Sou todo ouvidos.

— Certo, irei direto à questão: qual é o seu interesse na menina Mariana, filha de meus fiéis servos?

— Não entendi a pergunta, meu pai.

Luchesi buscava ganhar tempo para pensar em uma resposta que não o comprometesse e, ao mesmo tempo, agradasse o pai. No entanto, o conde conhecia bem o filho.

— Vamos, Luchesi! Responda de uma vez por todas.

— Apenas a considero bonita e lhe fiz dois ou três galanteios.

— Galanteios? Conheço sua fama. Muitas vezes, em rodas de amigos ou entre os murmúrios dos servos, tomo conhecimento de seus feitos. Ou melhor, de seus maus feitos, que tanto me envergonham.

O conde fez uma pausa, esperava que o filho se defendesse. Como o rapaz não esboçou reação, continuou:

— Sempre me calei, na esperança de que o tempo pusesse algum juízo em sua cabeça... também pelo fato de que, além de corações partidos, não havia outras consequências. Agora, porém, você está tentando conquistar a filha de meus servos, uma filha desta terra, onde você e suas irmãs nasceram e foram criados. Não posso permitir!

Aproveitando a pausa feita pelo pai, Luchesi retrucou:

— Mas, meu pai, agora o senhor também pretende comandar minha intimidade?

— Luchesi, a herdade é grande, mas todos os que nela e dela vivem estão sob minha proteção. Vá viver suas aventuras amorosas lá fora!

O rapaz não gostava de ser cerceado. Quando queria algo, não tinha conversa. Continuou assediando Mariana de uma forma mais velada. Tentava ganhar o coração da moça com gentilezas que, contudo, só a deixavam sem graça.

Com o tempo, o jeito meigo e o caráter firme da jovem foram tocando o coração de Luchesi e, de repente, ele se viu cismado com a moça. Muito a contragosto, concluiu que isso se devia ao fato de ela resistir aos encantos dele, então, decidiu elaborar um plano do qual, segundo acreditava, ela não escaparia. Porém, embora soubesse mentir muito bem, toda vez que tentava colocá-lo em prática, os límpidos olhos azuis de Mariana o faziam recuar; ele se enrolava e não conseguia fazer o teatro que prometera a si mesmo.

Nesse ínterim, o conde começou a lhe cobrar uma esposa: ou Luchesi escolhia uma de seu gosto ou ele mesmo lhe arranjaria o compromisso. O rapaz sabia que o pai era um homem de palavra e que, quando menos esperasse, estaria de compromisso marcado com alguma moça escolhida por Leon. Depois de muito refletir, concluiu que seria melhor desposar alguém de sua escolha, e não conseguia pensar em mais ninguém, a não ser na doce Mariana.

Comunicou sua vontade ao pai e pediu-lhe que o acompanhasse até a casa de Mariana, onde pretendia pedir a mão da jovem. O conde aprovou a escolha — afinal, era uma boa moça, filha de servos leais que, com certeza, colocaria algum juízo na cabeça do filho. Assim, no final da tarde daquele mesmo dia, partiram, cada qual em sua montaria, com destino e propósito certos.

Todos sabiam que o conde Leon, sendo originário da Normandia, conseguira aquela herdade graças a serviços prestados a Guilherme, O Conquistador, durante a invasão e a tomada da Inglaterra. Guilherme, O Conquistador, distribuíra os territórios conquistados dos senhores anglo-saxões, que haviam lutado contra ele, entre os senhores normandos. Por isso, quando Leon chegou àquelas terras, encontrou as edificações prontas, as culturas plantadas, além de vários meeiros e servos. Precisou apenas dar continuidade à próspera herdade.

O conde herdara os modos rudes dos pais, pequenos lavradores que trabalhavam como meeiros, e foi influenciado pelas inflexíveis normas impostas aos membros da guarda. Por isso, sua moral era bastante rígida e, para ele, não havia meio-termo: era ou não era; olho por olho, dente por dente.

Voltando aos acontecimentos daquela tarde, assim que o conde e o filho chegavam à casa do servo Cipião, este já foi ao encontro dos patrões, recebendo-os antes mesmo que desmontassem.

— Senhor conde, em que posso ser útil?

Conde Leon, sem dar muita atenção a Cipião, caminhou com o filho na direção da pequena casa e, sentindo-se dono de tudo, foi logo dizendo:

— Vamos entrar! Um bom vinho e a companhia de sua esposa e de sua filha serão necessários para o assunto que aqui nos traz.

Cipião coçou a cabeça por um instante e, depois, entrou em casa, chamando a esposa e Mariana, única filha do casal que tinha vingado. Vendo que os ilustres visitantes já haviam se acomodado, pegou as canecas e serviu o vinho. Se era bom, não sabia; era o único de que dispunha.

Sob o olhar assustado de Mariana e as expressões de espanto de Cipião e sua esposa, o conde, em rápidas palavras, explanou a razão de estarem ali. Para o casal, seria uma honra ter a filha tão bem casada, só não tinham certeza da posição de Mariana. Sempre a deixaram à vontade para escolher o futuro marido, mas a moça parecia não ter a mínima pressa de se casar.

Enquanto o conde aguardava a resposta da jovem, Cipião olhou para a esposa, que automaticamente mirou a filha. A moça percebeu a difícil situação em que colocaria os pais caso ela não aceitasse a proposta: o conde se ofenderia e poderia mandá-los embora. Cipião já estava em uma idade na qual dificilmente encontraria uma ocupação. O destino dos pais estava nas mãos da jovem.

Ela deu alguns passos na direção do pai e segurou a mão dele, aquiescendo com a cabeça. Ele entendeu o gesto e lhe perguntou em voz alta:

— Tem certeza?

— Sim, meu pai.

Então, o conde se levantou e, inesperadamente, abraçou Cipião.

— De hoje em diante, vocês deixarão de ser meus servos. Quero que se mudem para o castelo, onde há muitas acomodações vazias. Lá, vocês terão do bom e do melhor. E não aceito recusa! Vocês serão sogros de meu filho e avós de meus netos. Se cuidarem de sua filha e ajudarem na criação dos pequenos, estarão cumprindo um papel muito importante.

Cipião e a esposa, Damiana, não gostaram muito daquele arranjo, mas o jeito era aceitar, e assim foi.

O casamento seria um fracasso total, não fosse o pulso firme de Mariana e sua insistência para que o marido mudasse certos hábitos. Ele a amava, mas não lhe dava o devido valor. Ela, todavia, aprendeu a amá-lo com o tempo. Não era uma paixão arrebatadora, mas um amor construído no dia a dia, na rotina, quando tinham a oportunidade de conversar longamente. Com sua meiguice, Mariana ia aparando as arestas do caráter libertino de Luchesi, aproximando-o até mesmo da crença e do culto católicos.

Os pais da jovem também ajudaram bastante, pois, com a humildade e a resignação que carregavam, conseguiram até abrandar os modos rudes do conde. Leon acostumou-se a trocar ideias com Cipião e se abismava com a sabedoria do homem, cujas palavras singelas apontavam sempre para uma solução fácil nas situações em que, possivelmente, o conde perderia a razão. Aos poucos, todos na herdade eram unânimes em afirmar: o conde Leon havia mudado. Os mais maldosos diziam que era devido à idade do homem estar avançando.

Luchesi chegou a ter alguns casos com filhas de meeiros e de servos. Quando aconteciam fora da propriedade, durante as viagens de negócios do marido, Mariana não costumava notar; mas alguns chegaram a seus ouvidos e ela, simplesmente, o chamava às falas. A primeira pergunta era sempre:

— Luchesi, você ama essa menina? Quer que eu me vá para que ela venha?

Todas as vezes, ele pedia perdão à esposa e ela fazia questão de saber até onde havia ido o caso, se haveria alguma consequência maior. Conforme a situação, ela pedia que ele apenas terminasse o romance; senão, via como podia ajudar a moça e a família dela. Na verdade, isso aconteceu três vezes; em duas delas, Luchesi adquiriu um bom pedaço de terra em um lugar distante e ofereceu à família da moça para que fosse embora em paz. Felizmente, nenhuma delas engravidou.

Com o tempo, após o nascimento dos quatro filhos do casal, Luchesi parecia ter se aquietado — pelo menos, Mariana nunca mais soube de nada. Ele adorava os filhos e divertia-se ao ver-se neles. Muitas vezes, encontrava o pai; noutras, como no caçula, só conseguia ver Mariana.

Cerca de catorze anos depois do casamento do filho, com todos os netos já nascidos, o conde sofreu uma queda do cavalo que o deixou paralisado sobre uma cama por alguns meses, e logo desencarnou.

Damiana, mãe de Mariana, fez a grande viagem três anos após o desencarne do conde, vítima de uma grave doença. Cipião ainda viveu por muito tempo — tempo demais, segundo ele — e assistiu à sua doce Mariana definhar dia após dia, vindo a falecer quatro anos depois da mãe. Ao desencarnar, deixou os filhos Lívius com vinte anos, Estevão com dezenove, Décius com dezessete e Antognini com treze anos.

Luchesi entrou em profundo desespero. Mariana era seu porto seguro, foi ela quem, afinal, o conduziu a uma vida mais regrada. A princípio, ficou sem saber o que fazer, mas, passado o primeiro ano de luto, pouco a pouco, Luchesi foi permitindo que a necessidade da conquista revivesse dentro dele para a satisfação de seu ego.

Em um desses atos insanos, ele conheceu Liliane, dona de uma beleza selvagem e de uma alegria ímpar, que ele destruiria da forma mais desprezível. De vez em quando, tinha pena do destino da pobre, mas afastava tais pensamentos para que não se tornassem um peso em sua consciência.

Quando Luchesi percebeu que a morte se avizinhava, contou tudo a Estevão, seu segundo filho, já que o primogênito, Lívius, estava distante. Antes de a mãe falecer, Lívius havia firmado compromisso com Lilian, filha de um duque do alto escalão do governo francês, um homem de negócios muito poderoso. Dentre as condições impostas pelo duque para que o rapaz desposasse a bela Lilian, a principal era de que morassem em seu ducado na França e que Lívius tomasse a frente de parte dos negócios do sogro, já que este não tivera um filho varão.

Mariana, percebendo o grande amor que unia os jovens, tomou partido do casal. Apesar da tristeza que sentiria com a partida do filho para a França, a felicidade do rapaz era sua prioridade. Assim, Luchesi, mesmo a contragosto, também aceitou o casamento do primogênito.

O gênio de Lívius lembrava muito o do avô, o conde Leon — era um rapaz enérgico e correto, que primava pela obediência às leis morais. Contudo, era um pouco mais maleável, uma vez que a mãe e os avós maternos haviam lapidado sua personalidade.

❦ III ❦

MUDANÇAS E DESCAMINHOS

Luchesi havia plantado em sua alma as boas sementes que Mariana, em todo o tempo de convivência, tinha lhe passado. Ao lado da esposa, ele procurava agir de acordo com a elevada conduta moral dela, ainda que, muitas vezes, acreditasse ser um exagero. Para não causar aborrecimentos, agia conforme Mariana pedia.

Com o passar dos anos, a impetuosa paixão que Luchesi sentia por ela cessara; o que os unia era um forte laço de amor fraterno. Mariana, na verdade, fazia o papel de mãe ou tutora dele. Algum tempo após o desencarne da esposa, ele se viu sem rédeas e acabou sacrificando, com a erva daninha do desejo, as boas sementes plantadas em sua alma. Foi assim que, menos de dois anos depois da passagem de Mariana, nasceu Maria Clara, a filha que ele jamais quis conhecer.

Apesar de Luchesi nunca ter visto a menina, ela, constantemente, povoava os pensamentos dele. A contragosto, ele se pegava imaginando o que seria feito dela e, por isso, decidiu mandar os avós a colocarem para adoção. Jamais ordenou que a vendessem — na verdade, pediu que deixassem a criança às portas de um convento. Não consultou Liliane, pois sabia, conforme as informações que chegavam até ele, que ela era muito apegada à filha. Além disso, pesava-lhe na consciência saber pelos servos e meeiros que o marido, não satisfeito em vendê-la, também a surrava. Tudo aquilo era fruto da infeliz escolha feita por Luchesi após a partida da esposa.

Depois do desencarne de Mariana, cada membro da família escolheu seu caminho, exceto Antognini, que ainda era muito jovem.

Um ano após o falecimento da mãe, Livius casou-se ali mesmo na herdade e, em menos de trinta dias, partiu.

Estevão, muito apegado à mãe, que era dona de grande fé, resolveu que em homenagem a ela entraria para a Ordem dos Beneditinos e serviria a Deus como padre. Embora Estevão tivesse uma fé firme, alicerçada nos ensinamentos e exemplos de Mariana, sua personalidade nada submissa certamente não o qualificava para tal vocação. O rapaz puxara a impetuosidade do avô paterno e, além dos enigmáticos olhos azuis, também herdara o senso de justiça da mãe, que sempre lutou com vontade férrea pelo que achava certo. Por isso, a notícia foi um baque para Luchesi, que foi pego de surpresa pela decisão do filho. No entanto, nada poderia fazer para impedi-lo; apenas fez um longo discurso e pediu ajuda a Cipião.

O bom e velho Cipião chamou Estevão às falas, detalhou as obrigações de um padre e, principalmente, a necessidade de se manter fiel aos votos de castidade. Ele também lembrou ao neto que, para servir a Deus, não era necessário tornar-se padre; ali mesmo, na herdade, poderia fazer muito pelo povo. Poderia começar imediatamente, pois, agora que Lívius havia se casado e ido para a França a fim de assumir os negócios do sogro, os direitos da primogenitura eram seus. Estevão era o senhor da herdade e deveria dividir com os irmãos, Décius e Antognini, as responsabilidades e o lucro, mas eles não poderiam decidir nada sozinhos; a palavra final seria sempre a dele.

Estevão escutou atentamente as palavras do avô, mas não desistiu da ideia — era muito teimoso. Decidiu falar com o pai e pedir a ele que preparasse Décius para comandar a herdade e orientar Antognini, que na época tinha apenas catorze anos.

Antognini era o predileto do avô materno — havia grande afinidade entre os dois. Não puxara em nada a família do pai. Seus traços lembravam muito os de Mariana; exceto os olhos, que eram verdes em vez de azuis. Já a personalidade do menino era igual à do avô Cipião: a afabilidade e a paciência o comandavam.

Décius, por sua vez, falava pouco e gostava de seguir as normas à risca, como o avô paterno. Como os irmãos, era um jovem muito bonito. Aos dezoito anos, tinha o porte de um guerreiro e parecia talhado para a carreira militar. Até a inesperada decisão de Estevão, seu destino parecia estar traçado: Luchesi, notando o interesse do filho pela guarda real, já havia conversado com ele e prometido contatar alguns amigos na Corte para encaminhá-lo na carreira militar. Décius havia ficado muito feliz, pois era seu maior desejo. Ao mesmo tempo, sentia um aperto no peito ao pensar em ir embora da herdade e não ajudar o pai como ditava o papel de filho.

Infelizmente, a atitude tempestuosa de Estevão havia mudado tudo. Por algum motivo, ele não confiava muito em Luchesi, com quem sempre tinha o pé atrás. Se com a mãe tinha imensa afinidade, com o pai o entendimento era muito difícil, embora não discutissem, uma vez que o amor e o respeito não permitiam.

Em pouquíssimo tempo, Estevão partiu. Cipião queria acompanhar o neto, mas a idade avançada o impediu. Por isso, pediu ao genro que o fizesse em seu lugar. A contragosto, Luchesi acatou o pedido, e deixou isto bem claro quando deixou Estevão nas portas do seminário:

— Filho, não posso proibi-lo de servir a Deus, pois Ele é o Pai de todos nós. Mas eu o conheço bem e acredito que irá se arrepender. Caso eu esteja certo, não pestaneje; volte imediatamente para casa. Não farei qualquer papel passando a primogenitura para Décius, pois ele não quer ficar na herdade. Vou esperar.

Estevão, vendo os olhos úmidos do pai, baixou a guarda, o abraçou e as lágrimas teimaram em rolar por sua face. Amava Luchesi, mas, como a desconfiança sempre lhe agulhava o coração, não esperava que o pai tivesse aquela atitude compreensiva e amorosa.

Ah, se Estevão soubesse tudo o que viria a acontecer, jamais teria se desviado do caminho nem se deixado levar pelo impulso, o que mais tarde lhe custaria mais que a própria vida.

Décius mal podia acreditar em como Estevão fora egoísta. Desesperado, não parava de pensar na atitude do irmão. "Não, não pode ser... Como Estevão pôde fazer isso comigo? Como poderei seguir a carreira militar, se agora tenho a incumbência de ficar na herdade junto a meu pai?", falava consigo mesmo. "Não posso ir embora e deixar meu pai sozinho com meu irmão." Antognini era muito jovem para ter pulso firme ou para fazer o pai ouvi-lo, ele precisaria de mais uns três anos para iniciar-se nos negócios da herdade. Além disso, Décius temia pelo pai: sabia que, sem Mariana e sem os filhos mais velhos por perto, Luchesi poderia, facilmente, sucumbir aos prazeres da vida.

As mulheres eram o que Décius menos temia; o principal problema era a jogatina. Luchesi nunca negou gostar das mesas de jogo. Quando jovem, causou alguns aborrecimentos ao pai por conta disso, mas, depois de se casar, manteve-se longe do vício a maior parte do tempo. Apenas uma ou outra vez saciou o desejo de jogar. Décius lembrava-se de que o avô, Cipião, com a desculpa de estar entediado, acompanhou o genro em muitas viagens, a fim de impedi-lo de se aproximar das mesas. Agora, porém, o avô já não podia mais fazer isso, e Luchesi poderia sucumbir e acabar arruinando o patrimônio da família.

Tinha a alma de militar e, como todo bom soldado, Décius dava prioridade às questões urgentes e às obrigações. Naquele momento, portanto, deveria cuidar do pai e do patrimônio familiar, já que o restante da família não se importava. Aliás, que bela dupla de irmãos mais velhos ele tinha! Um se apaixonou e jogou tudo para o alto; o outro, sabe-se lá por que — talvez por puro capricho ou para fugir daquela rotina de administração, até certo ponto enfadonha —, resolveu ser padre. Para ele, eram dois egoístas que só pensavam em si mesmos em vez da família. Por tudo isso, após uma franca conversa com o pai, Décius abandonou os próprios sonhos e procurou trabalhar com o que tinha em mãos. Depois de algum tempo, acabou descobrindo certo gosto pela nova situação.

Todo militar tem um senso de obediência bastante aguçado, mas, no que se refere a civis, ocorre exatamente o oposto: como sabem que são respeitados e temidos por aqueles que devem à lei, de certa forma, sentem-se poderosos diante do povo. E era justamente por causa disso que Décius encontrava satisfação nas atividades que realizava. Era certo que, por não estar sozinho à frente da administração, devia obediência ao pai, mas, em contrapartida, todos os habitantes da herdade também lhe deviam obediência. Assim, a lei que faria cumprir seria a sua própria. Buscava ser sempre justo, mas o fato de lhe caber a decisão em certos impasses muito o agradava, mesmo que não percebesse o tamanho do orgulho.

E foi assim que cada um seguiu seu caminho, de acordo com seu livre-arbítrio, apesar de alguns contrariarem a essência de suas almas, como no caso de Décius.

IV

CAINDO EM SI

Depois de tirar de Décius a chance de seguir carreira militar, Estevão iniciou os estudos teológicos. Quatro anos depois, encontrava-se em uma pequena igreja próxima a Sevilha, na Espanha, onde o pároco, já idoso e cansado, decidiu se afastar das atividades. Longe da terra natal havia algum tempo, Estevão questionava-se sobre sua escolha, se teria sido certa.

Os dois primeiros anos foram mais fáceis: ele se entregara aos estudos teológicos com afinco, ávido de novos conhecimentos. Não se contentava em estudar apenas a Bíblia. Como um rato de biblioteca, procurava livros antigos que elucidassem um ou outro ponto obscuro da doutrina.

Na época, a preparação para o sacerdócio era muito superficial, pois à Igreja não convinha que os futuros sacerdotes se aprofundassem; bastava seguirem à risca o Novo Testamento e as leis que a instituição constituíra para sua própria segurança e poderio, utilizando-se, muitas vezes, de interpretações propositalmente errôneas das sábias escrituras. Tais interpretações, entretanto, eram conhecidas apenas por arcebispos, cardeais e outros religiosos da alta hierarquia. Assim, para fazer com que os bispos as aceitassem, seus superiores alegavam que o povo precisava de uma mão forte que mantivesse as rédeas curtas, pois era ignorante e moralmente atrasado, e que, se a Igreja não se impusesse, a maioria das pessoas se desviaria do caminho.

Estevão, de inteligência aguçada, percebia que havia algo errado, só não sabia exatamente o quê, e isso o fazia ir em busca de mais e mais respostas. A Igreja não o via com bons olhos, mas não podia excomungá-lo, devido à ascendência do rapaz. Luchesi era muito bem-visto pela alta sociedade e tinha amigos poderosos na Corte; assim, a instituição teve de aceitar a presença dele. Todavia, como Estevão questionava demais e era muito condescendente com o povo, especialmente com os mais miseráveis, a Igreja resolveu anulá-lo, mandando-o para um lugarejo distante.

Em um primeiro momento, ele se sentiu injustiçado, pois sabia que haviam feito aquilo para calá-lo. Mas, depois de pensar melhor, chegou à conclusão de que, em um lugar afastado, poderia atuar mais à vontade junto à plebe, tão carente de apoio moral e espiritual. Assim, conformou-se e seguiu seu destino. Lá chegando, foi recebido com entusiasmo pelo bom e velho pároco, cujos cabelos brancos emolduravam o rosto, denunciavam a idade avançada e impunham respeito. Ele era muito ativo: além de cumprir com suas tarefas como sacerdote, passava horas a fio trocando impressões com Estevão e debatendo os pontos obscuros das leis da Igreja, que já havia questionado cinquenta anos atrás, motivo pelo qual também havia sido enviado para aquele lugarejo.

O pároco contou a Estevão que, quando ali chegou, a igreja se resumia a uma capelinha no meio do nada — ele sequer tinha uma acomodação. No entorno, havia poucas casas, umas distantes das outras. Foi exatamente isso que o incentivou: o lugar era tão pobre que a Santa Igreja não se interessaria em saber o que ocorria ali. Decidiu que faria as próprias leis e que não julgaria com a mesma intransigência da instituição. Procuraria amenizar o que fosse grave e, se possível, não aplicaria as penas impostas pela Igreja.

Tinha a consciência tranquila. Jamais denunciara alguém por heresia ou bruxaria. Além disso, sempre que possível, deixava de enviar para a arquidiocese o que esta dizia ser "seu direito" nas arrecadações financeiras. Como o lugarejo era muito pobre, as doações que conseguia para a paróquia vinham dos senhores de terras, os quais procurava visitar sempre que podia viajar. Com o tempo, alguns comerciantes passaram a se fixar no lugar e a auxiliar com pequenas quantias. Tudo o que o pároco recebia era aplicado para auxiliar os mais pobres do lugarejo. Sua maior preocupação era que enviassem, para substituí-lo, um pároco que fizesse imperar as leis eclesiásticas para ganhar a confiança da Igreja. Não havia substituto ou companheiro melhor que Estevão. O velho sacerdote não ficaria mais à frente da paróquia, mas, como não tinha para onde ir, moraria ali até o fim de seus dias.

Tudo corria muito bem, até que, certo dia ao entardecer, Estevão resolveu pedir um cavalo emprestado ao ferreiro e sair galopando como nos tempos em que vivia na herdade do pai. Ao alcançar os campos verdejantes, avistou uma pedreira. Aproximou-se, apeou do cavalo e, depois de amarrá-lo, escalou-a com facilidade. No meio da escalada, encontrou uma pedra imensa, que formava um tipo de platô, e se sentou, esvaziando a mente, desejoso de aproveitar a beleza do local.

Estava ali havia algum tempo quando percebeu que alguém também escalava a pedreira pelo outro lado. Espantou-se ao ver que era uma mulher. Estava vestindo uma roupa de cores vivas, o que fez Estevão crer que, certamente, ela não era dos arredores — no dia a dia, a maioria das mulheres dali trajava roupas de cores sóbrias, como cinza, bege e branco. As roupas coloridas e de tecidos menos grosseiros eram reservadas a ocasiões especiais — caso as tivessem, pois eram bem mais caras.

Permaneceu afastado para que a mulher não o visse. Quando ela chegou à plataforma e se virou, deparou-se com dois lindos olhos azuis a observá-la. Por instinto, virou-se rapidamente para descer, mas ele gritou:

— Espere! Não lhe farei mal. Sou padre... não reparou na batina?

Ela, meio cismada, olhou bem nos olhos dele e disse:

— Sim, e é por isso mesmo que estou fugindo. Padres consideram ciganos como hereges. Mas, apesar de nossa forma de cultuar ser diferente da sua, acreditamos piamente em Nosso Senhor Jesus Cristo, esteja certo disso.

— Em primeiro lugar, nem todos os padres perseguem hereges ou julgam todo um povo pelas atitudes isoladas de alguns. Em segundo lugar, bem sei que muitos ciganos são cristãos... a seu modo, mas são.

— Ah! Então você é "o diferente".

— Não sou apenas eu. Pároco Vincenzo também pensa assim.

— Eu sei. Em outra época, quando eu era menina, estivemos aqui e ele nos visitou. Mas, hoje, está velho demais para ser "o diferente".

— Por que eu seria "o diferente"?

— Escuta... você é bom, mas só vai me trazer dor. Não será sua culpa... está escrito. Precisarei passar pela dor para encontrar a vida.

— Não entendi nada do que disse. Vamos nos apresentar? Sou o padre Estevão, e você?

— Sou a cigana Mercedita. Meu povo está acampado aqui perto. Quando quiser, pode nos visitar.

— Mercedita, você poderia me explicar melhor por que me chamou de "o diferente"?

— Há muitos anos, quando eu ainda era criança, a anciã da tribo viu em minha mão que um homem não cigano entraria em minha vida. Seria um homem diferente dos demais, voluntarioso, que deixaria se levar pelo coração, e não pelas tradições de seu povo.

— Sou padre, Mercedita. Logo, não sou esse homem.

— Sim, é verdade, você é padre. Mas temo que apenas na vestimenta que usa.

Enquanto falava, a formosa cigana começou a descer o rochedo rapidamente, antes que o rapaz pudesse impedi-la.

Aquele encontro modificou Estevão, que, a partir de então, não teve mais paz: Mercedita povoou seus pensamentos. Ele era apaixonado por mistérios, e ela era um.

De volta ao lugarejo, cuidou de devolver o cavalo e foi ter com o companheiro. Padre Vincenzo escutou com atenção tudo o que Estevão lhe relatou.

— Meu bom amigo, que o sacerdócio não parece ser sua verdadeira vocação, eu já lhe disse. Você seguiu este caminho por impulso, para fazer algo que sua querida mãezinha apreciaria e, ao mesmo tempo, fugir da mesmice da vida que levava na herdade de seu pai. Necessitava buscar o desconhecido, e este foi o meio que encontrou. Então, devo dizer que a tal cigana acertou, pelo menos no que diz respeito a ser padre apenas na aparência, porque, lá no fundo, você não se sente um.

— Mas, padre Vincenzo... neste lugar, onde estou há quase um ano, parece que me sinto bem, que encontro sempre um desafio a cumprir.

— É verdade, você tem ajudado muito esta gente, esforçando-se para resolver os problemas do dia a dia deste povo e lhes facilitar a vida. Você encontra nisso grande prazer, mas em sua rotina, que nunca é muito rotineira, o que você menos faz é exercer o papel de padre. Você só cumpre essa função na hora da missa.

— Bom, é melhor eu arrumar o que fazer e auxiliar a quem precisa do que gastar meu tempo no ócio. Perdoe-me, padre Vincenzo, mas já li e reli tudo o que tem por aqui. Não tenho nada novo para estudar. Então, prefiro me dedicar a amigos que necessitam de mim, às vezes resolvendo questões pendentes entre eles, às vezes arregaçando as mangas para ajudá-los.

E, assim, os dois amigos estenderam a questão por um bom tempo, sem chegar a qualquer resposta. Concluíram apenas que seria melhor deixar a vida correr para ver o rumo que as coisas tomariam.

❦

Passaram-se semanas desde o ocorrido e Estevão ainda se lembrava da cigana. Sentia vontade de ir até o acampamento, mas tinha receio de si próprio. Resolveu deixar a vida seguir seu curso.

No entanto, quis o destino que uma das crianças do lugarejo adoecesse gravemente. Estevão e padre Vincenzo se revezavam ao pé da cama do pequeno Isaías. Médico por aquelas bandas, não se achava; de tempos em tempos, vinha um doutor com quem os mais doentes passavam. Isso acontecia de duas a três vezes no ano, dependendo do compromisso do doutor.

Os dois já haviam aplicado todos os remédios caseiros que conheciam, mas a febre alta cedia apenas por poucas horas. O corpo do menino estava coberto de pequenas chagas purulentas. Nem as benzedeiras nem o curador do lugar deram jeito. O pequeno definhava.

Aquela situação já durava três dias quando padre Vincenzo chamou Estevão de lado e disse:

— Meu amigo, a morte do pequeno Isaías é certa, a menos que os ciganos conheçam a doença. Eles têm remédios que desconhecemos. Vamos conversar com os pais do menino e chamar os ciganos.

— Padre Vincenzo, que ótima ideia! Essa possibilidade não me havia passado pela cabeça. Um povo que vive em acampamentos pelo mundo afora deve ter conhecimento de mais doenças que nós. Vamos conversar com Diego. Certamente, ele não se oporá, já que é para tentar salvar o filho dele.

Os padres conversaram com Diego, que não apenas autorizou como ele próprio foi até o acampamento cigano. Sem dificuldade, os ciganos concordaram em ajudar. De pronto, um pequeno grupo formado por um ancião, um cigano de meia-idade, outro bem mais jovem e uma jovem cigana dirigiu-se para a casa de Diego.

Rapidamente, os quatro chegaram à morada do pequeno adoentado. O ancião era o bom e velho Raul, que adentrou a casa com Pablo e Mercedita. Ramon, o cigano de meia-idade, ficou nos arredores cuidando da vigia. O grupo foi conduzido até a cama do pequeno, que ardia em febre.

Raul trazia consigo uma sacola dependurada de viés nos ombros. Primeiro, com a ajuda dos outros dois, fez uma prece em uma língua desconhecida dos demais ali presentes. Todos se entreolharam, pois tinham receio de que fosse feitiçaria. Estevão, contudo, reconheceu o hebraico, apesar do pouco conhecimento sobre aquela língua, e conseguiu entender que se tratava de uma saudação ao Pai Supremo, seguida de uma exaltação para espantar os maus espíritos.

Em seguida, o ancião examinou o pequeno e pediu duas cumbucas. Em uma delas, misturou algumas ervas que tirou da sacola, macerando-as com azeite até formar uma pasta, que passou no corpo do menino. Na outra cumbuca, quinou três tipos de ervas, tirando o sumo delas, e fez Isaías beber em uma colher. Depois, retirou as pesadas cobertas que cobriam o menino e colocou sobre ele um pano leve. Sentou-se ao lado da cama e ali ficou, administrando o sumo de hora em hora.

Assim que o velho Raul terminou de aplicar os primeiros socorros, os demais se retiraram para o alpendre. Pablo assumiu a posição de sentinela e Mercedita caminhou na direção do pequeno jardim que ladeava a casa. Estevão não se conteve e foi atrás da moça, alcançando-a assim que ela se sentou no gramado repleto de flores campestres. Foi a cigana quem falou primeiro:

— Vejo que o senhor padre está a me procurar.

— Faz tempo que conversamos...

— Verdade, mas é assim que tem de ser. O senhor padre não pode ficar pensando em uma cigana... nem em mulher alguma.

— Quem disse que penso em você?

Mercedita soltou uma gargalhada.

— Ciganos ou não, todos trazem consigo certos dons. Os ciganos, porém, valorizam esses dons, acreditam neles, e isso faz com que eles os apurem. Treinamos desde pequenos. As artes da adivinhação e da feitura de magias costumam ser mais apuradas nas mulheres. Já nos homens, os dons são outros, como o da cura. Raul tem esse dom e tem ajudado Pablo a liberar e aumentar o dele. Os homens e as mulheres têm a audição aberta para os espíritos, e podem ou não ter o dom da visão.

— Certo, mas você não respondeu minha pergunta.

— Ninguém precisa me dizer. Tenho o dom de ver o passado, o presente e o futuro; e o dom de levar minha mente para onde eu quiser. Por isso, sei das coisas.

— Se penso em você, é por pura curiosidade. Seu povo é cheio de segredos. Isso aguça minha vontade natural de entender o novo e desvendar mistérios.

— Que bom que é só por isso, não é? Se não, o senhor padre perderia a paz de espírito.

Estevão não sabia lidar com tanta sinceridade. Aquela cigana sabia o que se passava na alma dele, talvez mais que ele mesmo. Enfim, baixou os olhos e disse:

— Então, é melhor eu voltar para junto dos outros, antes que tirem conclusões erradas como a sua.

A bela cigana deu uma sonora gargalhada, mais para esconder o próprio nervosismo; ela também não parava de pensar nele. A diferença é que ela sabia que, para ambos, a paixão já se instalara.

Não era amor; era um misto de paixão avassaladora com admiração. Ele, inconscientemente, reconhecia nela uma grande parceira de épocas remotas, irmãos inseparáveis que lutaram lado a lado, ele a protegendo, ela sendo sua força, seu cajado, seu porto seguro.

Enquanto estiveram na casa de Diego, não se falaram mais. Nos dois dias seguintes, Mercedita se manteve distante, isolada, ou junto do pequeno Isaías, revezando os cuidados dele com Raul.

Após a primeira noite, o menino logo apresentou melhoras: a febre se abrandara e ele já não delirava mais. Agora, o sono do pequeno parecia tranquilo.

Na metade do segundo dia, Isaías abriu os olhinhos tristes e viu Mercedita a seu lado, mas não se assustou. Apenas sorriu e disse estar com muita sede. A cigana, repleta de alegria, correu para chamar os pais do pequeno, que se debulharam em lágrimas. O velho Raul, então, indicou alguns legumes e verduras e pediu a Mercedita que preparasse um caldo de carne magra.

O menino passou a relutar em tomar o sumo de ervas de hora em hora — era muito amargo! O velho cigano sorria, era um bom sinal: Isaías voltara à vida, já sabia o que queria. Ainda assim, os ciganos continuaram se revezando.

No início do terceiro dia, Isaías sentou-se no leito e pediu algo para comer, nem que fosse um naco de pão. Isso fez com que Raul determinasse a cura do pequeno e afirmasse que não precisava mais ficar ali. De repente, de forma inesperada, o menino enroscou os bracinhos no pescoço do cigano, que, sem graça, abriu um sorriso. O pequeno fizera o sisudo Raul sorrir, algo difícil — estar sempre às voltas com as mazelas humanas entristecera bastante o espírito do ancião.

Pablo e Mercedita se despediram e, após Raul deixar todas as recomendações e um elixir de ervas preparado para o pequeno tomar três vezes ao dia por sete dias, todos foram acompanhá-los até a saída da propriedade. Ali estava Ramon, o quarto cigano, que se revezara com Pablo naquele posto por várias vezes nos últimos dias. Os ciganos sempre trabalhavam em conjunto.

No momento da partida, Diego chamou Raul e lhe estendeu uma pequena bolsa, dizendo:

— É pouco, mas é tudo o que tenho. Vocês, com seus dons, podem ver que é verdade, assim como podem ter a certeza de que é de coração. Eu e minha esposa seremos eternamente gratos!

Raul empurrou a mão de Diego e falou.

— É verdade quando dizem que os ciganos são mercenários, que cobram por tudo. Para sobreviver, moço, precisamos cobrar por nossos préstimos. Mas o que vocês, pessoas brancas, não sabem é que um cigano jamais faz negócio com a doença. O dom da cura não deve ser cobrado. Se você me pedir uma erva para isso ou aquilo, eu lhe cobro a erva; mas, se tiver uma doença que o deixa prostrado e que pode levá-lo para o vale da morte, farei de tudo para curá-lo com o meu dom, sem pedir nada em troca. Aprenda uma coisa: o dom da vida não tem preço. A cura só é válida se executada com amor pela criação divina.

Diego não se conteve e abraçou o velho cigano, beijando-lhe as mãos, no que foi imitado pela esposa. E assim, sob os olhares emocionados de todos, os ciganos voltaram para o acampamento, aparentemente iguais a como eram quando chegaram, mas com os corações repletos de paz. Os fachos de luz lilás que emanavam da cabeça de Raul, invisíveis aos olhos humanos, haviam se intensificado.

A vida de todos voltou à normalidade — ou melhor, a de quase todos. Estevão estava, mais do que nunca, preso à figura de Mercedita. Sentia uma necessidade imensa de falar com ela, mas continha-se, buscando fazer todo tipo de trabalho entre o povo humilde. Em seus pensamentos, encontrava motivos para não a procurar. No entanto, seu velho e bom companheiro, que tudo percebia, chamou-o às falas:

— Será que o padre Estevão poderia me dar um pouco de sua atenção?

— Claro, nem precisa pedir. Sou todo ouvidos.

— Meu caro companheiro, estou propenso a escrever uma carta a meus superiores pedindo um novo pároco. Isso, claro, uns três meses depois de você abandonar a batina.

— O senhor enlouqueceu? Quem lhe disse que abandonarei a batina?

— Ah, tenho certeza disso! Mais dia, menos dia, constatará que não é capaz de cumprir com seus votos de castidade. Isso já é difícil sem estar apaixonado; apaixonado, então, se torna quase impossível.

— Eu não estou apaixonado.

O velho sacerdote sorriu, mas seu olhar era triste.

— Não me interrompa e escute o que direi, jamais contei isso a alguém... — Vincenzo começou a história. — Certa vez, este velho se viu não apenas apaixonado, mas amando desesperadamente uma mulher. Foi em uma dessas viagens que eu fazia para angariar fundos. Era uma moça simples, empregada de uma fazenda, com quem, por acaso, tive um contato mais profundo. Adoeci e, por quarenta dias, a febre ia e vinha. O senhor das terras onde eu estava hospedado tinha medo de que fosse algo contagioso e só não mandou que me jogassem na estrada porque sou padre. Ele resolveu a questão colocando-me em uma cabana afastada, à qual apenas uma criada tinha acesso. Ela cuidava de mim noite e dia. Foi o destino, padre Estevão, a mão de Deus, a vontade divina que, na época, eu não soube reconhecer.

Engoliu a seco e prosseguiu:

— Porém, acovardei-me; afinal, se levássemos a história adiante, seríamos perseguidos. Não cheguei a tocar em minha amada; entre nós houve apenas um beijo e muitas lágrimas. Decidi que ela deveria me esquecer, por isso lhe disse que nosso sentimento era manipulação do demônio para me afastar da Igreja. Pobrezinha! Era cristã e levou minhas palavras a sério. Então, logo no início de minha viagem de volta à paróquia, vieram ter comigo para que eu lhe fosse lhe dar a extrema-unção. Acharam-na quase morta no meio das águas do grande rio que banhava aquelas terras. Ela esperou que eu chegasse e, com os olhos nublados pela morte, me disse: "Enquanto eu viver, você não terá paz, pois o demônio tomou conta de mim. Assim, ponho fim à atuação dele e ao seu sofrimento. Siga em paz sua missão com o Cristo".

Nessa parte da história, o bom sacerdote entregou-se às lágrimas e chorou copiosamente. Estevão também se emocionou, não sabia o que dizer. Apenas abraçou o amigo, que se acalmou e continuou:

— Gerusa foi um anjo que viera me libertar de uma Igreja hipócrita. Eu pregaria a palavra do Cristo muito melhor se estivesse feliz ao lado dela, mesmo que nossa história durasse pouco, já que minha família não me acobertaria e, em um ou dois anos, eu acabaria caindo nas mãos de bispos ávidos por ganhar pontos com seus superiores. Talvez fôssemos julgados como hereges, talvez não. Seja como for, sempre existirá esse "talvez", e eu nunca saberei qual teria sido o real desfecho de nossas vidas.

Fez uma pausa maior e prosseguiu:

— Meu amigo, prometa-me que não fará isso consigo mesmo, que você saberá ler nas entrelinhas do destino.

— Prometo, meu amigo! Desculpe-me por fazê-lo recordar de tudo isso.

— Não precisa se desculpar. Antes de encontrar Gerusa, eu me levantava e me deitava com Jesus. Depois de conhecê-la, passei a levantar-me e a deitar-me com ele e com ela, que me povoa os pensamentos todos os dias de minha vida.

Depois dessa conversa, Estevão tornou-se taciturno e obrigou-se a ver que as desculpas que dava para si mesmo eram falhas. Não se importava com a batina. O que o preocupava era fato de Mercedita ser uma cigana, pois sabia que, se voltasse para casa com ela, seu pai não o receberia na herdade nem o acobertaria. Seria tudo muito mais difícil.

※ V ※

A FUGA

erto dia, quando Estevão estava terminando de receber as confissões, assustou-se ao ouvir uma voz conhecida e muito querida:

— Padre, vim me confessar, pois pequei contra Nosso Senhor Jesus Cristo.

Atordoado, ele se esqueceu de que estava no confessionário e falou alto:

— Pelo amor de Deus, o que faz aqui?!

— Já lhe disse: há muitos anos, o velho sacerdote me batizou. Sou cristã e vim me confessar. Tenho o direito.

— E o que deseja confessar?

— Não se esqueça de que estou falando com o padre e que tudo o que eu disser será segredo de confissão, e não repetirei.

— Pode falar.

— Tenho pecado todos os minutos de minha existência, pois me apaixonei por um padre.

— Merce...

Ela não o deixou continuar.

— Padre, por favor, deixe-me terminar. Eu vi que esse padre também está apaixonado por mim e que, por algum tempo... pouco tempo... seremos felizes. Depois, ele encontrará uma bela moça em uma banca de flores e ela, a companheira destinada a ele, o amará intensamente. Quando essa moça aparecer, eu, que sempre quis e sempre hei de querer a felicidade do meu amor, o deixarei e seguirei meu destino. Lembra-se? Ao conhecer "o diferente", encontrarei a verdadeira vida.

— Mercedita, não quero saber dessa moça. Já está difícil saber de você.

— Ouça com atenção: os ciganos levantarão acampamento e irão para o outro lado do lago, a uns cinquenta quilômetros de distância. Espero por você aqui ou lá.

Enquanto falava, Mercedita se levantou e saiu correndo. O xeque-mate estava dado!

O padre saiu lívido do confessionário. Precisava decidir entre enfrentar os sentimentos ou se acovardar. Lembrou-se da história do bom amigo. Em seu quarto, sentado na beira da cama, que, pela primeira vez, não lhe parecia tão dura, Estevão meditava quando o velho sacerdote entrou e, com um sorriso, foi lhe dizendo:

— Acho que vi uma linda cigana saindo correndo de nossa igreja.

— O que mais você sabe?

— Sei que gostaria de abraçá-lo em sua despedida. Também sei que não tem roupas comuns; então, lhe trouxe duas trocas. Dinheiro, não tenho muito, mas vou lhe dar três moedas de ouro. É pouco, mas espero que faça bom uso dele.

— Padre Vincenzo...

— Prepare-se! Durma aqui hoje. Antes do amanhecer, eu o acordarei e o acompanharei. Aquieta esse coração!

Assim foi feito. Depois de dois anos naquela igreja, seis anos após ter saído da casa do pai, antes de os primeiros raios da manhã surgirem, Estevão abandonou a batina. Na saída do lugarejo, o velho padre abraçou o rapaz que, para ele, era mais que um filho — era quem seguiria o destino que o Pai lhe apresentara, aquele que, a partir daquele momento, o faria sentir-se menos covarde e culpado em relação ao seu destino e ao da amada.

No acampamento cigano, todos estavam muito ocupados, afinal, haviam decidido partir depois de um bom tempo assentados. Deixariam tudo pronto para começarem a caminhada após o meio-dia. Todas as carroças eram minuciosamente inspecionadas, pois nada podia falhar. Pretendiam chegar ao novo destino o quanto antes. A partir das previsões feitas pelas mulheres e as orientações passadas por elas, o conselho havia se reunido e ordenado as providências a serem tomadas.

Apesar de dedicar-se aos trabalhos com boa vontade, Mercedita estava com o coração apertado. Juanita, irmã mais velha da moça, que tanto a amava e de quem cuidava desde o falecimento dos pais em um acidente anos antes, estava muito preocupada. Ela sabia qual seria o desfecho da história da jovem irmã, sabia que a felicidade seria uma brisa refrescante que duraria pouco tempo.

Juanita também sabia, porém, que era a sina de Mercedita — uma espécie de missão — reencaminhar Estevão, que havia se desviado do destino por pura teimosia: aquele homem jamais deveria ter se tornado padre nem abandonado as terras do pai. As decisões dele teriam grande impacto e, em um futuro distante, haveria muita dor urdida com fogo em sua vida, a menos que ele conseguisse contornar a ambição e a raiva que germinariam entre os familiares.

Juanita avisara a Mercedita, entre lágrimas, que ela seria apenas uma ferramenta para recolocar Estevão no caminho. Por isso, desde aquele dia, sentia a dor da separação e a falsa felicidade chegando na vida da irmã. Entretanto, nada podia fazer, pois era a sina da jovem cigana que, aos dezessete anos, já estava determinada.

Ainda faltava uma hora para que os ciganos partissem. Juanita, que já estava com todas as obrigações feitas, saiu pelo acampamento em busca da irmã. Vira quando Mercedita, que devia estar nos limites do acampamento esperando pelo acaso, passou correndo pela carroça. Ao longe, pôde ver a jovem seguindo na direção de Estevão, que mal desmontara do cavalo quando Mercedita enlaçou o pescoço dele e os dois se beijaram pela primeira vez. Foi um beijo repleto de juras de amor.

Juanita foi andando devagar até o casal, pois precisava se despedir da irmã. Ao perceberem sua presença, Estevão e Mercedita ficaram sem graça, mas, com um sorriso nos lábios e muitas lágrimas nos olhos, ela abraçou a irmãzinha, dizendo:

— Siga seu destino, mas se lembre de que quando as águas da vida o levarem de você, seu povo estará de braços abertos para recebê-la de volta. Falarei com os anciãos e Ramon me ajudará a fazê-los entender. Pablo sofrerá, mas eu darei a ele a certeza de sua volta e afirmarei a necessidade de ele a amparar.

Estevão não entendia o que a cigana estava dizendo. Para ele, aquela história era mau agouro. Então, confrontou Juanita com a confiança que a emoção lhe dava:

— A menos que eu morra, ela jamais precisará do amparo de outro homem, seja ele cigano ou não.

— Ah, eu gostaria muito que o destino mudasse seu rumo e isso, realmente, não fosse necessário... Mercedita, vá buscar as roupas que eu sei que você separou e escondeu perto daqui.

Mercedita riu, pois a irmã sempre sabia de cada passo que dava. Caminhou até uma pedra não muito distante e, afastando-a, pegou uma pequena trouxa de roupas. Voltou até o lugar onde Estevão e Juanita estavam, dizendo:

— Deixei meu cavalo amarrado mais adiante. Vou até lá na sua garupa e, depois, seguiremos cada um em sua montaria.

Após abraços e lágrimas das irmãs, o belo casal partiu rumo ao inevitável, deixando tudo para trás. Mercedita tentava não pensar no que estava por vir; decidiu apenas aproveitar tudo o que a vida lhe oferecia naquele momento. Os dois decidiram cavalgar até uma pequena aldeia ao norte povoada por poucos e humildes habitantes que sobreviviam a duras penas. O lugarejo não possuía uma igreja, tornando-o seguro para Estevão.

※※※

A felicidade do casal durou quase três anos. Na aldeia, os dois viveram de maneira simples. Estevão conseguiu trabalho como ferreiro e passou a ser querido por todos, pois, no final das tardes, ensinava a quem quisesse a ler e a escrever. Mercedita, além de cuidar dos afazeres domésticos, socorria os doentes usando os conhecimentos que adquirira, desde a infância, com o velho Raul. Na verdade, era da atividade de Mercedita e das aulas ministradas por Estevão que eles sobreviviam, pois não havia dia em que não ganhassem provisão. A atividade de ferreiro rendia parcas moedas, que o casal juntava, sabendo que um dia teriam de partir.

Estevão estranhava o fato de Mercedita não ter engravidado. Ela era bem mais jovem do que ele. Devia ter uns dezoito anos quando ele a questionou sobre o assunto. A linda cigana, baixando a cabeça, respondeu que aprendera a evitar a gravidez. Juanita, sendo casada, havia lhe ensinado assim que percebera a intenção de a irmã fugir com ele.

— Diz que me ama tanto, mas não quer coroar nosso amor com um filho?

— Seria a realização de um sonho, mas sei que o seu destino tem uma bifurcação que vai separá-lo de mim. Quando encontrarmos essa divisão, quero você livre para escolher, apesar de já saber qual será sua decisão.

Estevão não gostava quando ela se referia àquele destino. Balançou a cabeça e brincou:

— Depois que essa tal bifurcação aparecer e eu a ignorar, continuando na mesma estrada, voltaremos a conversar.

Perto de completar dois anos morando naquela aldeia, o espírito irrequieto de Estevão decidiu que era hora de procurarem uma nova morada. Mercedita pulou de alegria — como uma boa cigana, não se acostumava a ficar em um mesmo lugar por muito tempo. Porém, na hora de decidirem o rumo a tomar, ela pediu ao amado:

— Estevão, vamos na direção que você seguiria se quisesse voltar para casa.

— Minha cigana, o que sua cabecinha está tramando?

— Nada, apenas sigo o que meu coração diz. Estamos longe de sua terra natal. Não pretendo ir até lá, mas quero ficar mais próxima.

— Ah, minha querida, a Inglaterra está muito longe. Precisaríamos atravessar a França. Seria mais fácil se pegássemos uma embarcação. Faz quase oito anos que saí de lá, mas se você quer ir, vamos. Quem sabe, enquanto atravessamos toda essa distância, não encontremos um pote de ouro? — brincou Estevão. Ele sempre achava graça quando Mercedita queria fazer algo simplesmente para seguir o coração.

Assim foi feito. O casal seguiu viagem, parando de vez em quando em uma ou outra aldeia, permanecendo de quatro a cinco semanas para refazer as provisões. Estevão aceitava todo tipo de serviço, e Mercedita não se fazia de rogada: auxiliava em tudo o que permitiam em troca de uma ou duas moedas, ou um punhado de cereais, de preferência trigo, garantindo que tivessem pão durante a viagem.

Os dois nunca se sentiram tão felizes. Às vezes, escolhiam um belo lugar, com um rio próximo, onde passar o dia. Pareciam crianças brincando na água ou subindo em árvores. Às vezes, as lembranças de Mercedita nublavam sua felicidade: sem querer, ela voltava a pensar no destino que se aproximava.

Estevão e Mercedita estavam na estrada, vivendo livremente, fazia oito meses. Nos últimos três, passaram a andar por regiões em que a caça era farta. Estevão, muito hábil, abatia veados e pacas com facilidade, depois, os vendia nas aldeias pelas quais passavam, permanecendo apenas o tempo necessário para isso.

Certa manhã chuvosa, depois de venderem a caça que traziam, Estevão e Mercedita dirigiram-se para a rua onde os sitiantes comercializavam seus produtos. Os itens eram colocados no chão, sobre tábuas ou em enormes bacias ou sacos. Havia grande sortimento de grãos, tubérculos, legumes, alguns queijos, manteiga e pedaços de couro. Com o dinheiro que haviam recebido, os dois planejavam comprar diversos mantimentos para seguirem viagem.

Mercedita estava entretida escolhendo legumes e não percebeu que Estevão se afastara à procura de alguém que vendesse tecidos. Ele queria retalhos bem coloridos para sua ciganinha fazer belas saias, quem sabe alguns lenços. Percebera que os dela já estavam desbotados pelo tempo de uso.

Enquanto procurava, Estevão caminhou até o final da rua, onde via muitas cores. Mas não eram panos coloridos; eram flores. Dentro de alguns baldes, havia rosas cor-de-rosa, brancas, amarelas e vermelhas, margaridas, alguns poucos cravos vermelhos e tulipas. Ficou encantado diante de todo aquele colorido e pensou que sua Mercedita adoraria usar uma linda rosa nos cabelos.

Achegou-se e, sorrindo, cumprimentou a vendedora, que estava abaixada arrumando as flores. Quando a moça se levantou, ele se deparou com belos olhos verdes e cabelos negros emoldurando um lindo rosto com pequenos lábios carnudos e vermelhos como um rubi. Quando ela sorriu, duas lindas covinhas apareceram em suas faces. Admirado com a beleza e a delicadeza das formas da jovem, por um instante, Estevão se esqueceu da razão que o levara até aquele lugar.

— Bom dia, senhor! Com certeza, sua amada vai adorar ganhar flores.

Estevão ficou sem graça; afinal, aquele era o real motivo de ele estar ali.

— Sim... Quero uma linda rosa para minha Mercedita. Os cabelos dela têm lindos cachos e são de um belo tom de castanho avermelhado.

— Cabelos castanhos avermelhados e olhos pretos como duas jabuticabas?

— Sim! Como sabe?

— Eu os vi juntos quando estava vindo para cá. Fazem um belo casal! Já pensou se seus filhos tiverem o azul de seus olhos e cabelos iguais ao dela?

— Não temos filhos, por enquanto — disse Estevão, desviando-se do assunto. — Que flor devo levar para colocar nos cabelos dela?

— Sem dúvida, senhor, uma rosa vermelha.

— Então, para ela vou levar três rosas vermelhas, pois é a cor da paixão. Mas pegue também uma branca.

Maria Rosa ajeitou a rosa branca entre as vermelhas, envolveu-as em um pedaço de papel e entregou a Estevão. Depois de pagar, ele tirou a rosa branca do maço e ofereceu-a à florista.

— Senhor, é muita gentileza sua... por que está fazendo isso?

— Simples: você vende flores para muitas pessoas, mas raramente alguém se lembra de lhe ofertar uma. Como vi pureza em seu olhar e alegria em seu coração, decidi oferecer a rosa branca a você.

Encabulada, Maria Rosa baixou os olhos, com as faces rubras.

VI

NINGUÉM FOGE DO DESTINO

stevão ficou encantado com tanto recato. "Que bela jovem!", pensou enquanto se despedia de Maria Rosa e ia ao encontro de Mercedita.

Logo viu a bela cigana vindo em sua direção, mas, assim que ele lhe ofereceu as rosas vermelhas, ela se entristeceu.

— Ofereço-lhe rosas e você fica triste?

— Estevão, meu querido, fiquei emocionada, só isso. Coisa boba de mulher!

Enquanto os dois caminhavam lado a lado, em silêncio, Mercedita pensou: "Enfim, ele encontrou a florista. E, pelo visto, esqueceu-se de minhas previsões... Não tem jeito; destino é destino, eu sempre soube".

Seguiram para um ponto distante da vila, onde Estevão começou a arrumar a tenda para pernoitarem. Enquanto esperava, Mercedita jogou fora a beberagem que a impedia de engravidar. Talvez parecesse loucura, mas algo lhe dizia que só assim o sangue de Estevão se perpetuaria na Terra.

No dia seguinte, os dois voltaram para a estrada. Teriam quase sete dias de chão pela frente — isso se parassem somente para dormir — até chegar a uma aldeia grande, em cujos arredores pretendiam acampar e permanecer um tempo maior. Estavam cansados, era hora de recuperar o fôlego. No entanto, quase ao anoitecer do primeiro dia de viagem, Estevão e Mercedita depararam-se com um pequeno rancho de beleza sem igual, em grande parte graças aos vários canteiros de flores coloridas que o rodeavam. Enquanto ela sentia um arrepio lhe percorrer o corpo, ele se admirava com a paisagem.

— Veja só que maravilha! Mas, decerto, os proprietários deste lugar não vivem apenas de flores. Devem ter alguma roça de grãos, talvez uma horta, para efetuar trocas e ganhar algumas moedas.

— Os canteiros estão todos cercados e bem protegidos, Estevão. Os donos destas terras devem mesmo ter alguma criação que lhes dê maior sustento ou coisa assim. Mas nós vamos ficar aqui admirando as flores e falando da vida alheia?

— Claro que não! Mas quero acampar perto deste rancho. A visão de toda essa beleza fará com que tenhamos bons sonhos.

A cigana assentiu. Não tinha o costume de discutir as vontades do companheiro, assim como ele não discutia as dela. Entre eles, havia um respeito mútuo que tornava a convivência muito fácil.

De fato, os dois dormiram tão bem que perderam a hora costumeira de se levantarem. Foram acordados por um bater de palmas. Estevão levantou-se rapidamente e, ainda vestindo a camisa, saiu da tenda.

— Bom dia! Em que posso lhe ser útil?

— Na verdade, vim perguntar se os dois cavalos que estão no meu rancho são de vocês.

Estevão olhou para uma árvore próxima, onde havia amarrado os animais, mas não os viu.

— Como foi que se soltaram? Isso nunca aconteceu antes! Os animais causaram algum prejuízo ao senhor?

— Não, seu moço. Achei estranho me deparar com os cavalos, pois quase ninguém passa por aqui. Como os animais não são meus, saí para ver se encontrava os donos por perto. Não sou desonesto, mas, se não os achasse, pretendia colocar os bichos em meu estábulo, com os dois que já tenho. Os pobres trabalham muito, principalmente nos dias em que vamos às feiras vender nossos produtos.

— Aprecio sua sinceridade e agradeço a atitude. Se o senhor tivesse guardado os cavalos, jamais os acharíamos e teríamos de continuar nossa jornada a pé.

Mercedita, que neste momento já estava fora da tenda, ofereceu ao homem um pouco de café puro.

— Agradecido, senhora, mas quero convidá-los para irem ao meu rancho. Raramente recebemos visitas; a essa altura, Ana, minha esposa, já pôs a mesa do café. Mas, antes, deixe que eu me apresente: Arturo, à sua disposição.

Estevão e Mercedita não se fizeram de rogados e aceitaram o convite. Havia muito tempo que não comiam pão fresco no café da manhã, pois era impossível assar pão na fogueira em que preparavam os outros alimentos.

No caminho até o rancho, o homem de meia-idade contou que não tinha grandes posses, mas, com a venda dos produtos do rancho, conseguia manter a família. Era dono de algumas cabras, das quais tirava leite para fazer queijo e manteiga, e tinha uma boa plantação de trigo. Já as flores que cercavam o rancho, segundo Arturo, eram de gosto de Ana, que as amava, e esse gosto foi herdado pela filha, que ajudava a cuidar dos canteiros e vendia as flores excedentes na feira.

Os convidados foram muito bem recebidos por Ana e os dois filhos. O mais velho já era casado, e o mais novo estava em véspera de contrair matrimônio. Todos moravam juntos na casa, que era bastante confortável. Enquanto o grupo se deliciava com os pães e o café recém-coado, duas jovens e belas moças entraram na cozinha. Uma era a nora do rancheiro, a outra era Maria Rosa, sua filha caçula, que Estevão já conhecia.

Maria Rosa era uma moça alegre, mas muito delicada e contida, e, ao avistar o homem sentado à mesa, tornou-se rubra. Não o tirara da cabeça desde o dia em que ele lhe oferecera uma rosa branca na feira. Aos dezesseis anos, ainda não sabia conter as emoções. Estevão, sem saber o porquê, sentiu o coração palpitar ao vê-la. Um emaranhado de pensamentos veio à sua cabeça: devia dizer que já a conhecia ou seria melhor se calar. Enquanto tentava se decidir, Mercedita resolveu a questão:

— Que lindas meninas! Uma destas jovens não é a florista da feira?

A pergunta deixou Maria Rosa mais à vontade para falar; Estevão, ao contrário, ficou pasmo, pois não havia dito nada sobre a menina das flores a Mercedita. Talvez, ela tivesse chegado a tal conclusão assim que vira os canteiros ou porque a menina corou de tal forma ao vê-lo que todos notaram.

A mãe da jovem saiu em socorro da filha e tomou a palavra, apresentando os visitantes às meninas. Maria Rosa sorriu e disse:

— Vejo que seu marido falou à senhora sobre a barraca de flores. Gostou das rosas vermelhas?

— Sim, minha linda, gostei muito!

De súbito, Estevão declarou estar com pressa de seguir viagem e pediu para ir ver os cavalos. Arturo o acompanhou.

Chegando aonde estavam os animais, Estevão percebeu que um deles mancava. Havia machucado a pata e precisava trocar a ferradura.

— Só faltava essa! Entre outras coisas, sou ferreiro, mas onde conseguiria as ferramentas necessárias para trocar essa ferradura?

— Ora, meu amigo, tenho tudo de que precisa, como não poderia deixar de ser. Afinal, sou o primeiro rancho depois da aldeia, que está a um dia de viagem daqui. Somos os ferreiros de nossos cavalos, cuidaremos disso.

Em pouco tempo, Estevão trocou a ferradura do animal. Arturo, então, falou:

— Estive matutando sobre uma coisa... Vocês não têm pouso fixo; não sei o porquê, e os motivos não são de minha conta. Mas já que andam de aldeia em aldeia vendendo seus produtos e, pelo que me disse, desejam passar um tempo maior em um lugar, gostaria de lhe fazer uma proposta.

— O que tem em mente? — perguntou Estevão, anuindo com a cabeça.

— Pensei que vocês poderiam se fixar aqui por algumas semanas, talvez um mês. Durante esse período, aproveitaríamos suas habilidades, que são muitas. Seria apenas o tempo necessário para que meu filho mais novo, Ariel, se case, aproveite a lua de mel e retorne.

— Como eu poderia ajudá-lo? — perguntou Estevão a Arturo.

— O rapaz precisará se ausentar por algumas semanas, pois a noiva mora a sete dias de viagem e ele precisa chegar lá uma semana antes do casamento. Depois, ficará uns dez dias na casa dos sogros e, só então, voltará para casa. Nesse tempo, pretendemos terminar a casa onde ele vai morar com a esposa, que fica aqui dentro do rancho e já está bem adiantada. É uma construção nova e fica a meia hora de caminhada da nossa casa. Você reparou?

— Vi, sim, uma casa de madeira, não muito grande, em construção.

— Então... ainda falta o acabamento. Precisamos pintá-la por dentro, erguer uma varanda em volta e deixar prontos os espaços para os canteiros de flores, que minha nora tanto gosta, e para a horta. Contudo, não podemos parar nosso trabalho, que é de onde tiramos o sustento, e sem Ariel tudo se complica ainda mais.

Arturo fez uma pausa, esperando que Estevão se pronunciasse, mas, como ele se manteve calado, continuou:

— Por isso, pensei que talvez vocês pudessem adiar a partida por algumas semanas. Não tenho dinheiro sobrando, mas, com certeza, posso lhes dar provisões para que passem algumas semanas sem se preocupar.

Estevão, que ouvira em silêncio tudo o que o homem lhe propôs, pensou que seria ótimo ter provisões para viajar direto até a aldeia que ele e Mercedita tinham em mente, sem precisar parar nas aldeias menores para negociar. Acreditando que a companheira não se importaria, aceitou a proposta.

Estevão e Arturo retornaram para anunciar a novidade aos que permaneceram na casa. Todos ficaram felizes; afinal, raramente tinham a oportunidade de ter no rancho alguém que não fosse da família. "Será bom conversar com pessoas tão viajadas", pensaram Maria Rosa e Ângelo, o filho casado de Arturo. Apenas Mercedita sentiu um arrepio que lhe trouxe certa inquietação. Se, por um lado, ela ficou feliz com o arranjo proposto pelo dono do rancho, por outro, lembrou-se das previsões, nas quais havia uma jovem florista.

Os dias passaram rapidamente, pois, de fato, havia muito a ser feito. Mercedita também ajudava: dedicava-se com afinco à plantação, suprindo, nessa parte, a falta de Ariel. Estevão foi designado para terminar a casa nova, demonstrando ter muito jeito para o trabalho. Ninguém diria que ele era filho de um conde que possuía uma herdade na Inglaterra. Na verdade, o próprio Estevão se espantava com sua habilidade, já que não estava acostumado com aquele tipo de construção. Afinal, a morada de seu pai era um enorme castelo, erguido com rochas em um tempo muito antigo. Lembrou-se, entretanto, de que sua vida como padre naquele humilde lugarejo havia lhe ensinado muitas coisas. Na ânsia de ajudar os aldeões, fazia de tudo um pouco, e acabara aprendendo bastante com eles.

Algumas vezes, Maria Rosa ia até lá para ajeitar os canteiros de flores. Queria que fossem bem coloridos para alegrar a frente da casa nova. Nesses momentos, entrava para ver como estava ficando a obra e sempre falava um pouco com Estevão. Na primeira vez, os dois trocaram frases curtas sobre o acabamento da moradia. Já na segunda vez, a conversa tomou outros rumos, e cada um falou de seus sonhos. Estevão achou melhor não contar sobre o tempo como padre. Embora confiasse na menina, tinha receio de que ela o julgasse e evitasse a amizade tão bonita que começava a florescer.

Os canteiros de flores estavam prontos, por isso Maria Rosa não precisava perder tanto tempo com isso todos os dias. No entanto, ela queria estar ali. Sentia falta da conversa fluida e das coisas novas que aprendia com Estevão. Ele também sentia falta do diálogo com a menina, que tinha uma ingenuidade à toda prova. Às vezes, divertia-se contando a ela pequenas lorotas, em que Maria Rosa acreditava piamente, mas logo desmentia, deixando-a envergonhada e muito nervosa. Ele adorava o jeito como isso a fazia corar.

Nenhum dos dois percebeu o que acontecia ali, pois nenhum pensamento de desejo os assaltou. Daquela amizade, não nascera uma paixão, mas um amor puro e verdadeiro, que os dois já tinham experimentado em outras vidas. Esse amor havia se eternizado em suas almas, criando um elo inquebrantável entre elas. Nas vidas em que não encarnavam juntos, eles sentiam uma angústia inexplicável, uma saudade que não sabiam explicar. Quando permitido, o espírito liberto ia ao encontro da alma gêmea durante o sono, reabastecendo-a com o mais puro amor. Geralmente, pouco diziam um ao outro além de palavras de ânimo, fé e esperança. Naquela existência, os dois voltaram a encontrar-se, pois estava determinado que assim seria. As previsões de Juanita estavam corretas: nada podia ser feito para impedir ou mudar o rumo dos acontecimentos. Era a resolução da missão espiritual a que vieram. O que Juanita não sabia é que com isso seria resgatado um velho carma, de uma época muito antiga, bem anterior à vinda de Jesus à terra.

Desde que tinham começado a trabalhar no rancho, Estevão e Mercedita apenas tomavam o café da manhã na tenda. Almoçavam sempre na casa principal e, como ao entardecer Ana preparava uma boa merenda, não sentiam necessidade de jantar. Por vezes, tomavam um copo de leite ou comiam uma fruta antes de dormir.

A partir da terceira semana, Mercedita perdera o apetite — dizia estar sentindo uma gastura no estômago. Envolvido por demais no trabalho, Estevão não reparou que a companheira estava mudando sutilmente. Pequenas mudanças que, algum tempo antes, ele certamente teria notado. A paixão já não os invadia. Agora, sentiam um amor imenso e cheio de respeito um pelo outro. Não se deram conta de que era o mesmo amor fraternal de outras vidas nas quais, por diversas vezes, os dois foram companheiros de ideais e até irmãos consanguíneos. Nem mesmo ela, que sempre soube das previsões, percebeu. O que não passou despercebido por Mercedita foi o jeito como Estevão passou a olhar para Maria Rosa: um olhar repleto de amor e carinho, que ele jamais havia dirigido para a cigana. Para ela, Estevão sempre olhava com paixão. Ela também notou que Maria Rosa olhava para ele do mesmo jeito.

Apesar de tudo, Mercedita não sentia raiva, ela sempre soube da verdade. Aos treze anos de idade, antes de conhecê-lo, a anciã do acampamento lhe fez a primeira previsão amorosa e lhe disse que ela encontraria um homem que seria diferente de todos os que conhecia e que, cigano ou não, ele faria grandes mudanças em sua vida. Não ficaria com esse homem até o fim dos dias, mas, graças a ele, alcançaria a verdadeira vida, que a anciã se recusou a descrever. Fechou o baralho rapidamente e, pegando a mão de Mercedita, abriu-a e leu a sorte, porém apenas para si. Alegou que a cigana era jovem demais para saber do futuro mais distante.

Nem mesmo a irmã da moça, Juanita, ao abrir o baralho para confirmar se Estevão era mesmo "o diferente", viu além do que a anciã havia previsto. Conseguiu apenas dizer a ela que esse homem tinha uma mulher a ele predestinada por missão e que o papel de Mercedita nessa história era conduzi-lo até essa pessoa.

Apesar do tempo que havia se passado, Mercedita sempre se lembrava de cada palavra que lhe fora dita. Agora, ela percebia que tudo já estava praticamente encaminhado, que ela não conseguiria mudar o destino — nem queria. O amor que sentia por Estevão era do tipo que só a permitia desejar a ele toda a felicidade do mundo, fosse com quem fosse. Ela ficava feliz por ser alguém com quem ela simpatizara desde o primeiro momento. Embora a vivência da cigana e seu modo de pensar a fizessem parecer mais velha do que era, a diferença de idade entre as duas era de poucos anos e elas haviam se tornado amigas.

Certa manhã, Mercedita decidiu conversar com o companheiro sobre o assunto. Não sabia o que nem como dizer, apenas queria que ele soubesse de sua decisão de, simplesmente, vê-lo feliz.

— Estevão, estes últimos dias têm sido tão corridos que não temos tido muito tempo para conversar, mas preciso lhe dizer uma coisa: tenho observado certa mudança em você. Por isso, gostaria que se abrisse comigo como se eu fosse uma amiga que lhe quer muito bem.

Surpreso com as palavras de Mercedita, Estevão permaneceu calado, pensando no que ela queria dizer com aquilo. Sua consciência o fazia sentir-se culpado por nunca ter comentado com ela as longas conversas que tinha com Maria Rosa, embora nunca tenha acontecido nada de mais. Nem ele entendia por que havia escondido isso da companheira. Ela, por sua vez, sabia que Maria Rosa cuidava dos canteiros de flores da casa nova, mas procurava não pensar nisso. Tinha a certeza de que nenhum dos dois teria coragem de consumar uma traição. Além do mais, percebia que o sentimento que nascia entre eles era puro.

— Meu querido, será que esse tempo todo em que estamos juntos não serviu para que me conhecesse? Será que você se esqueceu da previsão feita por minha irmã, que, naquele confessionário, quando me declarei, contei a você? Lembra-se de que eu lhe disse que nós ficaríamos juntos apenas até que você encontrasse uma florista? Você se recorda agora?

Estevão não sabia o que responder. De fato, tudo havia se passado como Mercedita dissera, mas ele não se lembrara de nada ao conhecer Maria Rosa na feira. Só se dera conta quando a encontrou novamente, no rancho. Desde então, tentou não pensar na história e deixar o destino seguir seu curso.

— Mercedita, vamos deixar estas duas últimas semanas passarem. Cumpriremos o acordado e seguiremos viagem. A casa já está pronta. Hoje, vou trabalhar do outro lado do rancho, arar um bom trecho e prepará-lo para o plantio.

— Meu querido, bem que eu queria que assim fosse, mas não posso fechar os olhos e fazer de conta que não vejo o que vejo, que não sinto o que sinto. Você está fugindo de seus sentimentos. Tem medo de enfrentá-los, devido às consequências, mas ao menos seja sincero para consigo mesmo. Eu sei o que você sente.

— Minha ciganinha, o que sinto pode ser fruto da influência de suas previsões, que ficaram na minha cabeça. Eu as associei a Maria Rosa pelo fato de ela ser florista, mas isso pode ser apenas uma grande coincidência.

— Não se engane! Maria Rosa sente o mesmo por você. Só que pensa que somos casados e sofre com as crises de consciência que, com certeza, deve ter.

— Maria Rosa é uma menina ingênua, o coração dela é puro. Eu não tenho nada a oferecer a ela. Ainda pior do que ser casado é ser um padre, um ministro de Deus que abandonou a missão.

De repente, Estevão se deu conta de que estava falando sobre a menina e expondo os empecilhos para os dois ficarem juntos, como se os motivos fossem apenas aqueles. Desconcertado, tentou ajeitar a situação:

— Minha cigana linda, eu já encontrei você, que abandonou sua gente para me seguir. Não existe maior prova de amor!

— Abandonei minha gente por mim mesma, porque precisava seguir meu coração e viver o que sentia. Agora, mais uma vez, mudarei o rumo de minha vida e, mais uma vez, farei isso por mim. Eu jamais seria feliz tendo você ao meu lado, feliz pela metade. Conforme a previsão, eu tinha de levá-lo até seu verdadeiro caminho, para que você cumprisse sua missão. Acredito que já fiz isso, e em breve partirei.

— Está louca? Para onde vai? Não deixarei que siga sozinha por essas estradas.

— Sossegue. Tenho algum tempo para encontrar qualquer acampamento cigano. Certamente, eles me acolherão até que eu descubra onde está minha tribo.

— Quer saber? — perguntou Estevão, irritado. — Somos dois loucos falando de coisas que nem existem, de consequências de eventos que nem aconteceram. Vamos trabalhar, que já devem estar sentindo a nossa falta.

— Está bem, mas não se esqueça de que só serei feliz quando também o vir feliz. Não tenha receio de me contar qualquer coisa que venha a acontecer.

Os dois seguiram juntos rumo ao rancho. Maria Rosa estava cantando e colhendo as flores que levaria para vender na feira. Sairiam em poucas horas para chegar na aldeia à noite, descansar e logo cedo estender no chão os panos e baldes com os produtos do rancho. Arturo estava levando queijo e manteiga; desta vez, não havia trigo, pois o da colheita anterior havia acabado. Maria Rosa estava carregando grandes baldes cheios de flores e, dessa vez, também decidira levar pequenas mudas plantadas que havia preparado. Tivera essa ideia em outra aldeia onde vendiam os produtos de quando em quando, pois algumas mulheres comentaram que, às vezes, queriam plantar um canteiro, mas não encontravam mudas.

Estevão cumprimentou a todos e se dirigiu para o arado. Queria trabalhar para não ter de pensar. Mercedita, com jeitinho, aproximou-se de Maria Rosa e lhe perguntou se poderia ir para a aldeia com eles. Precisava tentar ter notícia de seus familiares. Depois de conversar com Arturo, a menina disse à cigana que o pai havia permitido, mas que seria bom avisar o marido. Mercedita saiu apressada e foi ao encontro de Estevão. Mentiu para ele pela primeira vez, dizendo-lhe que Maria Rosa havia pedido sua ajuda na feira. Ele apenas comentou:

— Trabalho é trabalho. Vá! Assim, você se distrai um pouco com o movimento da feira.

Bem antes do almoço, a carroça saiu com os três ocupantes animados. A presença da cigana, alegre e faceira, era muito bem-vinda.

Retornaram no terceiro dia, quando a noite já havia caído. Na volta, Mercedita quase não falava, alegando cansaço. Pai e filha estavam muito contentes: Arturo não só vendera tudo o que tinha levado, como também negociara a colheita do trigo. Ia transformá-lo em farinha, o que daria trabalho, porém era o que o cliente desejava e o faria lucrar mais. Maria Rosa tivera sucesso com as mudas e vendera quase todas as flores, pois a cigana não se conteve em ficar parada. Enquanto Maria Rosa ficava na barraca, ela pegou um balde e foi vender flores pelas ruas da aldeia, entrando nos comércios. Tinha lá seus motivos.

Com seu jeito peculiar, Mercedita puxava conversa com as pessoas e perguntava se tinham visto ou sabido da presença de ciganos pela região. Quando encontrava algum viajante, pedia que, se encontrasse algum cigano, avisasse que ela estava no rancho de Arturo. Na metade do dia, descobriu que, na direção do rancho, a dois dias de viagem, havia um acampamento cigano que se fixara ali há uns dois meses. Mercedita ficou contente; se precisasse, eles estariam próximos. Certamente, ela e Estevão os teriam encontrado se tivessem seguido em frente em vez de parar no rancho. Para ela, era mais um sinal de que deveria partir. Sua irmã sempre lhe dissera que, na hora de maior necessidade, ela encontraria amparo em seu povo; se não fosse de sua tribo, seria de outra. Sozinha, ela não ficaria.

Os três chegaram ao rancho com muito o que contar. Era bem tarde, então Arturo deixou Mercedita no acampamento, onde Estevão já estava deitado, embora ainda estivesse acordado. Ela chegou dizendo que precisava de um banho, e ele lhe perguntou se não tinha visto o caldeirão no fogo, pois bem sabia que ela ia precisar tirar a poeira da estrada para dormir bem. Ela riu e foi preparar a tina de banho, enquanto pensava que sentiria falta daquela atenção tão simbólica que ele lhe dava.

Depois de se banhar, reparou que ele estava olhando fixamente para ela. Fazia quase duas semanas que não se amavam. Embora o fogo da paixão tivesse aquietado, Estevão era homem e Mercedita, uma mulher fogosa. Ela se aproximou dele e deixou cair o pano que lhe cobria o corpo. Os dois se amaram pela última vez.

Na manhã seguinte, Mercedita, ainda cansada da viagem, disse a Estevão que só iria para o rancho mais tarde e voltou para a cama. Antes de sair, ele tomou o café que ela havia preparado.

Assim que Estevão chegou no rancho, Arturo o chamou para contar as novidades da feira. Contente, Maria Rosa também queria compartilhar as conquistas, mas o pai não parava de falar, então ela resolveu sair para dar uma caminhada. Precisava se animar, pois a mãe havia pedido que ela lavasse a roupa.

Enquanto caminhava, tentava ordenar os pensamentos e entender o que estava sentindo. Que ânsia era aquela de conversar com Estevão? A feira era apenas uma desculpa. Havia quatro dias que os dois mal se falavam. Justamente quando ele estava prestes a terminar a reforma da casa, ela teve de se ausentar para ir à feira. E agora, como fariam para conversar a sós?

Sentia falta de conversar com Estevão, embora quase sempre falassem sobre o trabalho dela com as flores e as melhorias que ele estava fazendo na casa. De vez em quando, os dois se empolgavam e acabavam divagando sobre outros assuntos, que ele iniciava com alguma observação e ela estendia com comentários simples de quem pouco sabia da vida. O mundo dela se resumia, praticamente, àquele rancho. Algumas vezes, então, Estevão ampliava os horizontes da moça falando de coisas que ela desconhecia ou elucidando questões que Maria Rosa não compreendia; em outras, punha-se a falar do país de origem e da família, principalmente da mãe, a quem tanto amava. Ela o escutava e sempre dava sua opinião sobre os fatos.

Aquelas simples conversas faziam muito bem a ela. Naqueles poucos dias de contato, um foi conhecendo o outro, embora ela sentisse como se já o conhecesse desde sempre. Por vezes, ficava até intrigada, porque conseguia saber de antemão as reações que ele teria em relação a um ou outro fato. Com ele, não era diferente; Estevão sempre adivinhava como ela se sentiria durante a conversa.

Agora, como Maria Rosa faria para cortar aqueles laços? Se fosse amor, estaria perdida; afinal, ele era casado e ela não teria qualquer chance. Além disso, sentia-se mal, porque gostava muito de Mercedita, que havia se tornado para ela uma amiga querida. Não podia sentir amor por aquele homem! Culpava-se por não ter resistido àquelas conversas. Costumava mentir para si mesma, alegando que era apenas curiosidade de saber mais sobre a vida fora do rancho. Mas, naquele dia, resolveu ser honesta em relação aos próprios sentimentos. Decidiu que não pensaria mais em Estevão. Não era certo nem justo para com a amiga.

Maria Rosa voltou para o rancho e fez o que a mãe lhe pedira. Na hora do almoço, Estevão não apareceu — disse a Ângelo que não queria perder tempo, pois uma tempestade parecia estar se formando. O rapaz lhe levaria o almoço e, mais à tardinha, ele viria para o lanche.

Na verdade, Estevão também havia feito um exame de consciência. Comparara as paixões da mocidade à que sentia por Mercedita, que fora, sem dúvida, a mais forte de todas, pois envolvia um sentimento de cuidado e proteção. Já o que sentia por Maria Rosa era diferente, não tinha nada a ver com desejo. Ao contrário, tinha a ver com admiração, alegria, com necessidade de aconchego. Ao lado daquela menina, sentia-se inexplicavelmente completo, como se não necessitasse de mais nada. Com certeza, não era paixão; era amor, desses que enraízam na alma e nunca mais nos deixam.

Ao chegar a tal conclusão, sentiu um aperto no peito. Não era justo com Mercedita, por mais que ela dissesse que era assim que devia ser. Ela havia percebido antes dele o que estava acontecendo e lidava bem com a situação, mas como poderia deixá-la à mercê da vida? Precisava protegê-la. Se ele tinha um amor, por que ela não tinha um também? Certa vez, ela lhe dissera que, nesta vida, sua missão era outra. Ele não compreendia, mas entendia que, na verdade, ela também era uma menina, pouca coisa mais velha que Maria Rosa, e que, corajosamente, havia deixado seu povo para viver com ele a paixão que sentiam. Confiara nele e o libertara da escolha errada que havia feito. Como, agora, ele poderia causar-lhe tamanho sofrimento? Tinha um grande apreço por ela, não podia lhe dar as costas.

O melhor seria afastar-se um pouco de Maria Rosa. Por isso, aproveitando as condições do tempo, que parecia instável, arranjou uma desculpa para não almoçar no rancho. No entanto, o destino enredava a trama da vida. Enquanto comia o almoço trazido por Ângelo, o rapaz comentou que o pai deixara algumas toras de madeira na casa de Ariel para que Estevão fizesse uns bancos. Entusiasmado, pois gostava muito de marcenaria, avisou que veria as toras assim que terminasse as tarefas e, por isso, se atrasaria para a merenda.

Ainda angustiada, Maria Rosa decidiu sair para caminhar novamente. Andou sem rumo por algum tempo e, quando se deu conta, estava na casa que seria de Ariel. Entrou tranquila, pois sabia que Estevão não estava ali. Deitou-se no chão rústico e deixou os pensamentos fluírem. Aos poucos, o sono foi deixando os olhos pesados, fazendo-a adormecer.

Acordou com Estevão abaixado à sua frente, observando-a com aqueles misteriosos olhos azuis. A moça levou um susto, levantou-se rapidamente e se desculpou. Estevão também se levantou e, sem graça, lhe disse:

— Não sei do que está se desculpando. Eu é que deveria ter ido embora quando a vi, mas tive dúvidas de que estivesse apenas adormecida. Ao vê-la no chão, pensei que talvez tivesse passado mal; então, me abaixei para verificar e acabei acordando-a. Como vê, eu é que lhe devo desculpas.

— Saí andando a esmo e vim parar aqui sem perceber. Estava cansada e acabei adormecendo. E você, o que faz aqui? Não tinha terminado a casa?

— Sim, mas seu irmão disse que Arturo trouxe algumas toras para cá. Vim ver o material e verificar o que está faltando. Amanhã, já virei com tudo de que preciso para fazer os bancos que ele pediu.

— Pelo jeito, não esperava me encontrar, nem eu imaginei que o encontraria.

— Verdade. No entanto, o destino parece ter feito com que nos encontrássemos. Ou você acredita no acaso, Maria Rosa?

— Acredito que o destino de cada um está determinado e que ninguém consegue fugir dele. O que tem de acontecer, acontece, por mais que fujamos. As situações nos empurram de tal forma que não percebemos. A questão é saber a diferença entre o que é destino e o que é ilusão.

Maria Rosa surpreendeu-se com o que dissera. Ficou com receio de ter falado demais. Ele era um homem inteligente, e a súbita percepção disso a fez baixar os olhos e corar.

— Eu também penso assim. Mas quando se trata de duas pessoas sentindo a mesma coisa, acho que deve ser destino, pois seria impossível ambas terem ilusões semelhantes.

— Não sei... talvez esse sentimento seja apenas uma prova de que ambos devam relutar, mantendo a dignidade e o respeito às pessoas que tanto amam — falou Maria Rosa, evitando olhar para Estevão.

— Pode ser... mas, sendo vivido ou não, o sentimento ainda será verdadeiro.

Os dois estavam muito próximos, bem de frente um para o outro. Estevão, sentindo o constrangimento de Maria Rosa, tentou sair da frente dela no mesmo instante em que ela desejou fugir dali. Ele deu um passo à direita e ela avançou para o mesmo lado, o que fez os dois trombarem. Assustada, ela ergueu o rosto e ele não resistiu: deu-lhe um doce e singelo beijo.

Depois de se beijarem, ela murmurou:

— Não podemos... Mercedita não merece.

Maria Rosa tentou sair logo dali, mas Estevão não permitiu. Segurou-a firme e disse que ela precisava saber toda a verdade. Só assim os dois poderiam decidir se deveriam ou não viver aquele amor que havia se enraizado em sua alma de tal maneira que ele jamais conseguiria ser feliz sem ela.

Maria Rosa ficou espantada e decidiu perguntar:

— De que verdade está falando? O que você esconde que poderia mudar a situação?

— Maria Rosa, preciso começar dizendo a você que sou um padre que abandonou a batina.

A menina, surpresa, sentou-se no chão bem devagar e pediu que ele lhe contasse tudo, sem nada esconder, pois ela escutaria sem interrompê-lo.

Estevão falou por um bom tempo. Explicou tudo em detalhes, desde sua saída da casa do pai até o dia em que a encontrou na feira. Contou sobre as previsões feitas pela anciã cigana e por Juanita. Falou também das últimas conversas que Mercedita havia tido com ele antes de ir até a feira com a menina e Arturo.

Maria Rosa só escutava. Quando ele contou, por fim, o que Mercedita lhe dissera, lágrimas lhe escorreram pelas faces. Que alma desprendida era aquela que renunciava à própria felicidade para que outra fosse feliz! Ao ver Maria Rosa emocionada, Estevão enterneceu-se. Secou o rosto da menina com as mãos e, mais uma vez, a beijou, apertando-a contra o peito. Queria mantê-la junto de si, pois tinha receio da realidade que encontrariam do lado de fora daquela casa. Pela primeira vez na vida, não sabia que atitude tomar.

Maria Rosa, entretanto, afastou-o e falou com seriedade:

— Já anoiteceu. Pense em tudo o que me disse; eu também vou pensar. Amanhã, voltaremos a nos falar. Teremos de decidir se aceitaremos o destino ou se enterraremos esse amor. Só não podemos prolongar a situação, pois isso muito nos faria sofrer, e a Mercedita ainda mais.

Estevão a abraçou mais uma vez. Não sabia se, no dia seguinte, eles teriam coragem de ficar juntos. Despediu-se dela dizendo:

— Vai, metade de minha alma. Amanhã, tudo será decidido.

Maria Rosa encontrou o pai caminhando já bem perto da casa. Desculpou-se, dizendo que havia deitado na relva e adormecido. Arturo achou estranho, mas, como não havia vivalma por ali, nada diferente poderia ter acontecido. Nem por um instante ele se lembrou de Estevão.

❦

De volta ao acampamento, Estevão encontrou Mercedita preparando uma mesa no chão. Sobre a toalha, havia um belo assado rodeado de batatas. Não fez menção à demora dele, apenas lhe mostrou a tina cheia de água morna. Ele tomou um banho rápido, pois não queria abusar da paciência da companheira. Os dois nunca tiveram segredos um para o outro, e ele se sentia mal com a situação.

— Meu querido, fazia tempo que não comíamos aqui, além do café da manhã. Hoje, aproveitando que não fui para o rancho, resolvi preparar uma refeição à moda dos ciganos.

— Estou faminto! — disse ele a Mercedita, enchendo a boca com um grande pedaço do assado.

Ao vê-lo comer com tanta vontade, a cigana se espantou.

— Nossa, Estevão! Parece que não come há dias...

Ele aproveitou para entrar no assunto.

— Na verdade, só almocei. Não fui ao rancho para o lanche da tarde.

— Por quê? Por causa do trabalho? Você está estranho. Desde que chegou, percebi que não consegue me olhar nos olhos... não tem motivos para isso. Sabe que pode me contar qualquer coisa sem receio. Entre nós, não há segredos.

— É verdade. De você, eu nunca escondi nada.

— Pois então! Bem, se você está sem graça para falar, deve ser algo relacionado à florista.

— Maria Rosa e eu conversamos e contei tudo a ela. Não escondi nada. Falei até mesmo das previsões e de sua decisão de ir embora.

Como Mercedita permaneceu em silêncio, ele continuou:

— Ela me disse que devemos pensar e amanhã decidir se enterramos nosso amor ou se aceitamos o destino. Ela só não deseja prolongar a situação.

— Não posso decidir por você, Estevão, mas devo lhe dizer que a paixão é como o fogo: mais cedo ou mais tarde, se apaga. Pode ou não virar amor fraterno, dependendo da afinidade entre as duas pessoas. O amor verdadeiro, porém, é diferente: ele aumenta a cada dia, vira chama que aquece e jamais se apaga. A mágoa pode até enfraquecer a chama, mas o tempo faz com que o amor a dissipe. Então, a chama volta a incandescer em todo o seu esplendor.

— Ah, Mercedita, até parece que você quer se livrar de mim...

— Não, meu caro. Apenas o fogo esvaneceu e, com isso, o amor fraterno entre nossas almas reviveu. Na verdade, ele sempre existiu, mas estava sufocado pela paixão que nos unia.

— Ah, minha doce ciganinha... eu não tenho todo esse discernimento quando se trata de meus sentimentos e de minha vida. Sei dar conselhos aos outros, mas, quando a situação é comigo, fica difícil. Seria melhor se a vida decidisse por mim, assim eu teria a certeza de que o destino sempre faz a escolha certa.

— Você diz isso porque está pensando apenas com a emoção. Quando está do meu lado ou pensa em mim, você sente pena e se acovarda. Aí, pensa na solução, aparentemente, mais fácil. Afinal, ficar com Maria Rosa também implica ter um bom plano para que a família dela aceite ou, então, para que fuja com ela.

— Agora, só falta você querer me ajudar com esse plano...

— Primeiro, você precisa se decidir. Depois, terá de saber o que Maria Rosa resolveu. Pode ser que ela não aceite ficar com um padre. Por mais que ela o ame, é uma menina de rígido caráter que carrega na alma uma fé imensa.

— E você, no meio disso tudo? Como está se sentindo?

— Até parece que você não me conhece! Ainda não sabe que não espero pelas decisões dos outros para resolver a minha vida? Estevão, tomei minha decisão no dia em que você encontrou a florista das previsões e me trouxe as rosas vermelhas. Quando aparecesse uma oportunidade, eu procuraria meu povo para ter um caminho a seguir e poder ir embora assim que você abrisse os olhos e achasse seu destino. Foi o que fiz quando fui à feira com Arturo e Maria Rosa.

Estevão não conseguia acreditar no que ouvia. Jamais deixaram de compartilhar um com o outro qualquer coisa que fosse.

— Achei que sempre dividíamos tudo. Tem algo mais que eu não saiba?

Mercedita não estava acostumada a mentir. Levantou a cabeça e olhou no fundo dos olhos do companheiro. Recordou-se da noite em que ganhara as rosas e da beberagem que jogara fora. Os dois se amaram poucas vezes depois daquilo, mas ela sabia que havia sido o suficiente.

— Essa demora para responder quer dizer que está me escondendo alguma coisa. E, por sua hesitação, deve ser algo sério. Diga logo! Estou ficando nervoso.

— Não posso lhe dizer, Estevão. É algo muito íntimo que, neste momento, de nada ajudaria. Mas prometo que, assim que eu puder contar, esteja você onde estiver, você ficará sabendo. E, um dia, aqui ou na eternidade, você compreenderá.

— Mercedita, com essas palavras, só atiçou ainda mais a minha curiosidade. Que história é essa de eternidade? Você está doente?

— Não, meu querido. Tudo tem o momento ideal para ser dito, e este não é o tempo certo. Aguarde! O que falei sempre se cumpriu, e não será diferente dessa vez.

Estevão sabia que não adiantaria insistir. Lembrou-se, porém, de que ela não havia dito se havia ou não encontrado seu povo, então decidiu perguntar. Mercedita respondeu, sem rodeios:

— Eles estão a um dia de viagem daqui.

— Mas é mesmo a sua tribo ou será outra?

— Não sei ao certo, mas Juanita me deu a certeza de que, quando essa hora chegasse, ela estaria por perto de algum modo. Então, se for outra tribo, eles saberão como chegar até minha gente. Pretendo ir embora amanhã de manhã.

— De maneira nenhuma!

— Vou embora mesmo que você decida ficar comigo. Se fosse o caso, teria de viver com meu povo. Como sei que isso não vai acontecer, não tenho motivos para esperar.

— Engana-se se acha que a deixarei ir sozinha. Fui até sua gente para buscá-la; agora, não posso deixá-la se arriscar por esses caminhos. Espere eu falar com Maria Rosa amanhã e, depois, iremos.

— Está bem. Mas talvez não seja preciso. Pedi a um viajante que avisasse que estou aqui e que preciso me unir a eles. Então, pode ser que venham até nós. Esperemos. Agora, vamos dormir, que amanhã será outro dia.

Estevão disse boa-noite a Mercedita e virou-se de costas para ela. Não queria que ela o visse chorando. Tinha muito apego àquela cigana, que passara a amar como a uma irmã. Era imensamente grato por tudo o que ela lhe ensinara e pela liberdade que ela lhe havia restituído. Provavelmente, sem a ajuda de Mercedita, ele jamais teria tido coragem de largar a batina.

Lágrimas quentes também escorriam pelo rosto de Mercedita, que, virada para o outro lado, já sentia saudades do tempo que passara ao lado de Estevão. Foi breve, mas tão intenso que valera por toda uma vida. Havia cumprido seu papel para com ele. Dali em diante, se fosse egoísta e insistisse, os dois acabariam infelizes e Maria Rosa teria como companhias a solidão e uma saudade sem fim. Era melhor dormir. Se ele a visse daquele jeito, não teria coragem de fazer o que precisava.

Algum tempo depois, os dois adormeceram.

Enquanto isso, Maria Rosa, deitada em sua cama, lembrava-se do que Estevão havia lhe dito, palavra por palavra. Antes de os dois conversarem, achava que só ela nutria aquele forte sentimento. Pensava que ele gostava de conversar com ela pelo fato de ser apenas uma menina e não saber nada da vida, que, por ser mais velho, a via quase como uma criança. Poucas horas antes, porém, ele afirmara que a amava e lhe contara seu segredo. E, como se não bastasse, contara o que a cigana havia falado sobre ela logo que se conheceram.

Não sabia direito o que pensar. Então, resolveu ir falar com Mercedita no dia seguinte. Não achava aquela situação justa com ela, que sempre havia demonstrado ser sua amiga. Também definiu que não decidiria coisa alguma; deixaria tudo nas mãos do destino. Afinal, ela não havia pedido nada daquilo, o sentimento viera de dentro de sua alma assim que conheceu Estevão. Depois disso, tentou afastá-lo, mas foi em vão. Agora, só lhe restava deixar os fatos acontecerem naturalmente. A única coisa que ela queria era que sua consciência estivesse em paz.

A noite se passou para aquelas três almas, trazendo um novo dia repleto de decisões a serem tomadas.

VII

VOLTANDO PARA O NINHO

aria Rosa levantou-se bem cedo. A mãe, que ainda estava acendendo o fogo, estranhou ao ver a filha já vestida na cozinha.

— Muito bem, mocinha! Seu pai pode não enxergar, mas eu sei que a senhorita se tornou mulher e que já sente como uma. O amor é a única coisa que a tiraria do prumo dessa forma. E não falo por você ter se levantado tão cedo, mas por um conjunto de mudanças que venho notando. Bem, que eu saiba, não existem vizinhos próximos... Como você começou a ficar estranha desde a feira que coincidiu com a chegada de Estevão e Mercedita, concluo que ou você conheceu algum rapaz naquele dia ou que se apaixonou por Estevão, valha-me Deus! — Com o polegar, Ana fez uma cruz nos lábios.

A menina empalideceu. Jamais imaginara que a mãe a estivesse observando e que resolveria falar sobre o assunto justo naquele momento.

— Mãe, por favor! Preciso sair. Na volta, conversaremos.

— Ora, ora! Mas que pressa de sair é essa? Não... vamos aproveitar que seu pai ainda está se levantando e conversar. Até ele sair para ordenhar a cabra, teremos algum tempo a sós.

— Mãe, é uma longa história muito complicada! Nem sei por onde começar.

— Estou certa de que terá tempo de contar. Resuma o que puder e não deixe de fora os detalhes mais importantes... nomes, por exemplo.

Maria Rosa teve a impressão de que Ana tinha a certeza de que se tratava de Estevão, só queria ouvir da boca da filha. Vendo-se sem saída e não sabendo mentir, resolveu contar tudo à mãe. Não escondeu detalhes nem fatos. Ana não ficou surpresa, parecia já conhecer a história, e deixou a menina falar sem interrompê-la, sequer esboçou qualquer reação.

Assim que a moça concluiu o relato, escutou o pai sair para ir tirar o leite da cabra. Ele parecia ter se atrasado e, certamente, nada ouvira, caso contrário, não teria saído sem falar nada.

❧

O que ela não sabia é que Ana já havia contado toda a história ao marido. Havia criado uma grande amizade com Mercedita, que, dias antes, muito agoniada, abrira-se com ela. A cigana havia falado até mesmo das previsões.

Ao ouvir a história, imediatamente, Ana associou a filha à florista e comentou com a amiga, que afirmou estar certa de que se tratava de Maria Rosa. Na ocasião, Mercedita disse a Ana que não estava enciumada, apenas triste, pois seu tempo com Estevão estava terminando e o que os dois viveram tinha sido muito bonito.

Ana disse a Mercedita que não havia gostado muito daquelas previsões. Além de tudo, Estevão era padre, o que tornava a situação ainda mais complicada do que se ele fosse casado. Foi por causa desse detalhe que ela contou tudo ao marido. Arturo ouviu calado e, depois de remoer a história por uns minutos, disse:

— Mulher, um padre fugido da igreja é coisa séria... pensa no pecado perante Deus! Bem, até acho que é melhor abandonar a batina do que exercer o ministério sem vocação; mas, se ele não pediu à Igreja que o isentasse do compromisso, está correndo um grande risco. Mais cedo ou mais tarde, a moça que estiver com ele sofrerá as consequências. Agora, essa história da cigana... não sei não. Se fôssemos ricos, ficaria em dúvida se não seria um combinado dos dois para nos dar um golpe. No entanto, como temos apenas o suficiente para nosso sustento, pode ser que ela acredite nisso tudo mesmo.

Depois de limpar a garganta, prosseguiu:

— Fique de olho em nossa menina. Duvido que ela passe por cima do fato de ele viver com a cigana. Confio em que saberá resistir a qualquer sentimento que lhe bata à porta do coração. Falta pouco para o fim do trato com Estevão. Ele já terminou a casa, mas ainda terá um pouco de trabalho na terra. Quando voltarmos da feira, lhe entregarei algumas toras para que ele faça uns dois ou três bancos para a casa de Ariel. Depois, lhe direi que o trabalho está concluído, faço-lhe a paga e lhe informo que está livre para ir embora.

Ana concordou, no entanto, pouco dormiu naquela noite. Ela já havia notado certa diferença em Maria Rosa, só não atinava com o porquê. Que Deus não permitisse que a filha cultivasse qualquer sentimento por aquele padre!

※※※

Depois de contar sua história, Maria Rosa permaneceu aguardando uma resposta da mãe, que apenas falou:

— Filha, pense bem... Eu e seu pai podemos impedi-la de ficar com esse homem. No entanto, prefiro que você mesma aceite que é impossível viver este sentimento de forma consagrada. Viver com um padre é viver em pecado. Então, seja sensata, e tome a única decisão que alguém temente a Deus poderia tomar.

— Mãe, quero que saiba que só o fato de sentir amor por ele já me faz sentir desonesta com Mercedita, por quem tenho grande apreço. Então, antes de tomar qualquer decisão, gostaria que me permitisse falar com ela. Só com ela, por favor.

— Está bem, assim será melhor. Vá! Corra, que ainda deve pegá-la no acampamento. Mas cuidado, ele também estará por lá.

— Eu sei, minha mãe. Logo estarei de volta.

Assim que a menina saiu correndo, Arturo entrou na cozinha com o olhar triste. Jogou o chapéu sobre o banco e disse à mulher:

— Quando desci, ouvi nossa filha contando aquela história, mas não quis me meter. Aconteceu, não foi? Ela se apaixonou por ele. Tendo terminado ou não o serviço, vou pagar-lhe o prometido e mandá-lo embora hoje mesmo.

— Ah, meu querido... para o homem, certas situações são menos difíceis; para a mulher, tudo é mais complicado. Infelizmente, o sentimento de nossa filha é verdadeiro, senão ela teria recuado e não teria deixado ninguém perceber, muito menos ele. Também acredito nas previsões que fizeram para Mercedita, ou ela não abriria mão dele dessa maneira. Por isso, sei que nossa menina nunca mais sentirá o amor verdadeiro e que, caso venha a se casar com outro, será sem amor.

— O que você está dizendo, mulher? Se for isso mesmo, nossa menina será profundamente infeliz e se alimentará somente da alegria alheia. Seria correto condenarmos Maria Rosa a uma sina como essa?

— E com aquele homem, ela será feliz? Por quanto tempo?

— Preciso pensar. Parece absurdo, mas fiquei em dúvida. Preciso saber mais sobre ele: de onde veio, onde está sua família, do que vivem...

— Não sei em que essas informações vão ajudar agora. A Igreja deve julgá-lo herege, e é isso o que prevalecerá.

Os dois encerraram o assunto com a chegada de Ângelo, que nada comentou, pois, apesar de ter percebido o clima estranho, não tinha o costume de se intrometer na vida dos pais e tinha por eles um respeito muito grande.

Quando Estevão já estava a meio caminho do rancho, encontrou Maria Rosa. Fez menção de falar com ela, mas a menina desviou-se e, sem parar, disse bem alto:

— Vamos conversar ainda hoje, mas antes preciso falar com Mercedita.

Ele não teve opção, a não ser continuar seu caminho. Não sabia que Arturo esperava ansioso por sua chegada. Assim que colocou os pés no rancho, o homem o chamou e o levou para os fundos da casa.

Enquanto isso, Maria Rosa conversava com Mercedita.

— Mercedita, pelo que vejo, hoje também não vai para o rancho.

— Vou mais tarde, mas para me despedir de sua família. Tenho grande apreço por todos.

— Como assim, se despedir? Vocês vão partir?

— Eu vou. Estevão vai apenas me acompanhar. Depois de um dia de viagem, ele poderá voltar, se quiser.

— Não entendo...

— Entende, sim, Maria Rosa. Eu sei que a previsão realmente se concretizou... aliás, está se concretizando. Desde sempre, eu sabia que seria assim. Não tenho mais vida com Estevão. Meu papel foi cumprido. Agora, basta ter coragem e sair de cena.

— Mas e se nós não ficarmos juntos? Você sabe que existe um impedimento maior que sua união com ele. Meus pais jamais consentirão. Mamãe é muito católica, obedece a Igreja em tudo.

— Sim, minha querida, eu sei. Porém, acima de qualquer sentimento nesta vida, está o amor que os pais têm pelos filhos. Diante dele, o certo não parece tão correto, atitudes puramente racionais não existem. Para eles, uma vida inteira de arrependimento, vendo um fruto seu sofrer e definhar até murchar, é muito tempo.

— Não sei, de verdade, qual será a reação deles. Também não entendo você, que, de certa forma, nos ajudou contando tudo para minha mãe. Gostaria de saber por que fez isso.

— Simples, minha querida. Uma coisa é descobrir algo quando já está em andamento, pois demoramos a engolir e o choque não nos deixa raciocinar. Só depois é que, mais calmamente, vemos a situação com mais lucidez. Agora, quando descobrimos de antemão uma situação que poderá ou não acontecer, nos preparamos melhor. Por não termos que tomar resoluções imediatas, estamos livres de atitudes intempestivas e radicais, guiadas pela incompreensão de todos os ângulos da questão. Poucos dias antes de irmos à feira, alegando que estava agoniada e que precisava desabafar, contei tudo a sua mãe. Agoniada, eu estava mesmo, mas de medo da reação dela. No entanto, quando senti que, em pouco tempo, você e Estevão dariam vazão ao sentimento que os invadia, achei que seria melhor preparar o terreno.

— Você é tão jovem e tão sábia...

— Não, não sou. Minha irmã, Juanita, me preveniu de tudo e deixou bem claro que o destino de vocês é um só. Ela me disse que eu nem tentasse atrasá-lo ou mudá-lo, pois Estevão não ficaria comigo e, ainda por cima, correria o risco de perder o carinho que sempre sentiu por mim. Como você vê, não tive opção. Comecei a ser preparada para isso já pela cigana anciã. Só não me contaram como será minha vida depois que tudo isso terminar. Talvez porque irei voltar para minha tribo e levar uma vida normal com minha gente.

— Ah, Mercedita, não acho que isso tudo seja justo com você! Se não fossem as previsões, se não fosse cigana, provavelmente não reagiria dessa maneira.

Mercedita soltou uma de suas costumeiras gargalhadas.

— Menina, eu lhe pergunto: uma moça de seu povo teria coragem de libertar um padre? E depois, quando ele encontrasse o verdadeiro amor, seu povo aceitaria a moça de volta? Se você o tivesse encontrado primeiro, teria tido coragem de lhe dizer "Larga a batina e vem comigo"?

— Jamais! Além do quê, estou muito distante do lugarejo onde ele era padre. Aqui é quase fronteira com a França.

— Bem, a vida não é feita de suposições. O que importa é que agora vocês poderão decidir o que fazer. Eu não pertenço mais ao caminho dele. Com ou sem você, ele cumprirá o restante da jornada sem mim.

Maria Rosa abraçou Mercedita e as duas choraram muito. Eram almas amigas. As rusgas de vidas anteriores, em que a rivalidade imperara, não existiam mais. Uma compreendeu a outra: a cigana tinha com Estevão a ligação eterna do amor fraterno; a menina tinha com ele a ligação amorosa que só duas almas que se completam têm, um amor maior que contém em si todos os outros tipos de amor.

⚜

No rancho, Arturo conversava seriamente com Estevão. Sem rodeios, pediu-lhe que esclarecesse tudo sobre seu passado, sem esconder nada, desde sua vida na casa dos pais até aquele exato instante.

Estevão, que não esperava por aquele interrogatório, ficou espantado. Será que Maria Rosa havia contado tudo aos pais? Talvez ela não tivesse a intenção de aceitá-lo e, por isso, pedira ajuda a eles para mantê-lo à distância. Não havia outra explicação, caso contrário, Arturo não estaria relativamente calmo.

— Perdoe o meu atrevimento, Arturo... Antes que eu inicie meu relato, poderia me dizer por que Maria Rosa contou tudo a vocês antes de tomarmos qualquer decisão?

— Não foi ela quem me contou. Eu soube há dias por minha mulher; que, por sua vez, soube da sua mulher. Hoje cedo, Maria Rosa só confirmou para a mãe aquilo de que tínhamos receio. Em vez de pô-lo para fora do rancho, eu decidi ouvir a história de sua própria boca. Comece a falar antes que eu me arrependa!

Mais que depressa, Estevão começou a contar tudo, sem se esquecer de uma vírgula sequer. Foi um longo relato, que o rancheiro ouviu com atenção, apenas fazendo pequenos apartes para tirar dúvidas.

— Pois bem, rapaz. Você viveu um bocado. Aliás, também gostaria de saber sua idade.

— Vinte e nove anos.

— Bem, minha menina tem apenas dezesseis. Além disso, sua situação me preocupa, mas entendi que Mercedita vai embora. Gostaria que você, primeiro, definisse sua vida para, depois, voltarmos a conversar.

— Quero acompanhá-la até o acampamento cigano, que está a um dia daqui. Preciso ter a certeza de que vão recebê-la. O fogo da paixão se apagou, mas no lugar restou um sentimento verdadeiro. Sinto-me como se fosse seu irmão, seu protetor. Não posso abandonar Mercedita à própria sorte!

— Um homem de bem não poderia ter outra atitude, pois, nessa história, para ser bem sincero, com toda a certeza, a vítima é ela. E, mesmo na situação em que se encontra, ela assumiu uma postura que eu nunca vi em outra mulher, por mais honesta e temente a Deus que fosse. Sei que ela já sabia o que ia acontecer, mas uma coisa é saber da chegada de um temporal; outra é aceitar que, ao passar, ele arrastou consigo toda a terra firme em que se pisava. Pense nisso enquanto a estiver acompanhando. E, se voltar, não lhe prometo nada, apenas que conversaremos.

— Está certo. Gostaria de me despedir de Maria Rosa, se me permitir.

— De acordo. Vá até a entrada do rancho para esperá-la e se despeça ali mesmo. Ah, e não lhe prometa nada. Com os sentimentos tão aflorados, pode prometer algo que no futuro não terá como cumprir. Depois, vá buscar sua montaria para levar os víveres que lhe prometi como pagamento. Há também algumas poucas moedas, mas, como bem sabe, vivemos mais de trocas do que de lucro.

Estevão obedeceu. Quando Maria Rosa alcançou a entrada do rancho, ele estava esperando por ela. Em poucas palavras, resumiu o que conversara com Arturo. Ela, por sua vez, disse já ter se acertado com Mercedita, o que havia trazido paz a sua consciência, além da certeza de que seria preciso ter paciência para ver que rumo sua vida tomaria. Os dois se abraçaram como se desejassem transmitir, por esse gesto, todo o amor que sentiam um pelo outro. Estevão deu um breve beijo em Maria Rosa e disse que precisava ir o quanto antes cumprir seu propósito.

Estevão atrelou os cavalos à pequena carroça em que ele e Mercedita sempre transportavam seus pertences e foi buscar o que Arturo havia separado. Após se despedir e dizer que logo estaria de volta, foi buscar a cigana para seguirem juntos naquela jornada.

O Sol já ia alto quando se puseram a caminho. Acabaram se atrasando porque Estevão decidira guardar os mantimentos na barraca antes de partir. Resolveram deixar a carroça nas imediações do rancho e viajar montados a cavalo. Pelo avançado da hora, sabiam que não chegariam no mesmo dia, pois logo anoiteceria e os dois teriam de parar em algum lugar para dormir. Quando já se propunham a fazer isso, notaram três cavalos se aproximando. Mercedita sorriu: era gente de seu povo.

Estevão ficou pasmo ao ver Juanita e o marido, Ramon, acompanhados de Pablo. Quando chegaram bem perto, a irmã de Mercedita pulou do cavalo e foi logo dizendo:

— Eu lhe avisei, minha irmã, que estaria por perto quando chegasse a hora. Como vê, cumpri com minha promessa.

Mercedita, sem dizer uma só palavra, abraçou a irmã. Lágrimas abundantes lhe banhavam o rosto. A sempre forte ciganinha enfim pôde baixar a guarda e demonstrar o que sentia de verdade: uma tristeza maior que a alma. Até ali, havia demonstrado sangue-frio diante do inevitável, mas só Deus sabia o quanto aquilo lhe custara.

Àquela altura, todos já haviam descido das montarias. Estevão sentia-se particularmente envergonhado, não sabia como enfrentá-los. Percebeu o olhar amoroso de Pablo para Mercedita, mas não sentiu ciúmes. Ao contrário, entendeu que ele curaria a tristeza da alma da ciganinha.

Ramon tomou a iniciativa de falar a Estevão:

— Um dia, você colheu de nossa tribo um botão de rosa. Como a cigana anciã e Juanita previram, era o destino, por isso não fomos atrás de você reclamar nossa flor roubada. Elas também nos disseram que isso duraria pouco tempo e que, em poucos anos, nossa flor retornaria. Não seria mais um botão, mas uma rosa, e que deveríamos recebê-la. Avisaram-nos que ela não teria escolha, uma vez que o destino dela estava escrito desde sempre. Por isso, não caberia a ela decidir. As águas do rio seriam bem mais fortes, derrubando a vontade dela e a sua.

Aproveitando a pausa, Estevão só conseguiu fazer um pedido:

— Por favor, me perdoe! Eu não queria aceitar as previsões. Mercedita e eu éramos tão felizes que acreditei que ficaríamos juntos até o fim de nossos dias. Hoje, mesmo estando aqui, não acho certo o que está acontecendo.

— E quem somos nós para achar certo ou errado o que o destino nos reserva? Se foi previsto, estava escrito; e, se estava escrito, é porque foi determinado pelo Criador, que sempre nos coloca em nosso verdadeiro caminho. Foi isso que aconteceu. Não precisa se desculpar. Vá em paz!

Mercedita se adiantou e deu um abraço bem forte em Estevão:

— Vá, meu querido. Aqui nos separamos. Você encontrou seu caminho e eu retornei ao meu. Adeus!

Ambos sabiam que, naquela vida, não se veriam mais.

Estevão estava a alguns metros de distância quando Juanita o alcançou. Absorto nos próprios pensamentos, não ouviu o trote do cavalo dela.

— O que houve?

Olhou para trás e viu que os outros ciganos a esperavam.

— O que vou lhe dizer não está escrito e talvez você não entenda. Se, quando estiver entre os do seu sangue, a vaidade humana e o orgulho prevalecerem, sempre procure ouvir a voz da razão. Coloque-se no lugar de quem estiver ofendido e ceda com humildade. Não há posse que valha a pena, ainda mais à custa de derramamento de sangue. Sua real missão é plantar o amor entre os seus. Só assim se livrará de ter um destino cruel. E, se esse destino for cumprido, pelo menos o responsável não será alguém do seu próprio sangue.

— Juanita, assim você me deixa preocupado! Se eu voltar para a casa de minha família, tentarei me lembrar desse aviso, embora eu realmente não esteja entendendo muito bem.

— Vá com Deus!

— Adeus, Juanita!

Enquanto Estevão se ajeitava para passar a noite, o grupo voltou para o acampamento cigano.

VIII

RETOMANDO O CAMINHO

No acampamento cigano, todos estavam ansiosos, apesar de não ser do feitio deles demonstrar. Continuaram fazendo suas tarefas, mas não paravam de olhar para a estrada. A noite estava demorando a chegar, mas logo uma nuvem de poeira foi vista ao longe. Todos correram para receber Mercedita. Sabiam que ela vinha com a alma machucada.

Nem a cigana sabia que estava com tanta saudade. Ali, sentia-se em casa. Como era lindo ver as carroças formando um enorme círculo! A primeira coisa que fez foi ir receber as bênçãos de Raul e, depois, as da cigana anciã. Engraçado... acostumara-se tanto a chamá-la assim que havia se esquecido de que ela tinha um nome. Era Carmem, a esposa de Raul. Segundo eles, amor igual ao deles não existia.

Carmem a recebeu com alegria e lágrimas nos olhos. Embora não quisesse que as previsões se concretizassem, sabia que Mercedita cumprira a missão. Agora, caberia a Pablo ampará-la por um tempo, e era isso o que a entristecia, pois nada mudaria o destino.

— Minha menina, desde que a recebi em meu abraço, quando seus pais partiram deste mundo, vi seu destino. Eles a deixaram ao encargo de Juanita, que, aos dezessete anos, já havia se unido a Ramon. Com sete anos de idade, você se tornou a primeira filha deles, pois o amor que eles têm por você sempre foi mais forte que o de uma irmã e um cunhado. Hoje, eles têm os próprios filhos, mas você ocupa o mesmo lugar em seus corações. Procure-os e conte a eles que uma criança está a caminho. Não digo nenhuma novidade, você já percebeu; quis perpetuar o sangue de Estevão. Converse com eles, pois Pablo precisa saber.

Mercedita sabia que uma nova vida crescia dentro dela. Sentiu um aperto no coração, pois mesmo sem saber como eles reagiriam, teria de falar. Depois de prometer à anciã que seguiria seu conselho, foi ao encontro da irmã e do cunhado e lhes contou a verdade.

Juanita, então, lhe disse que havia percebido algo em seu olhar. Era algo diferente, um certo brilho que não deveria estar ali, devido aos momentos tristes que a irmã tinha vivido. Ramon ouviu tudo em silêncio. Não sabia como fazer Mercedita ser aceita novamente pelo clã. Sem marido e com um filho, ela seria posta de lado. Só o tempo poderia fazer a tribo aceitar aquela criança como cigana. Para começar, precisaria arranjar uma carroça para ela; Mercedita não poderia ficar com eles, era o costume e ele, como chefe do grupo, teria de segui-lo. Pensou em levar o assunto ao conselho de anciãos — talvez eles arranjassem uma solução melhor.

Mercedita se calou. Esperava uma posição de Ramon como responsável pela família e como chefe do grupo. Ele permanecia em silêncio, os pensamentos fervilhavam em sua cabeça. Queria encontrar uma solução que não fizesse Mercedita sofrer. Foi quando a ciganinha tornou a falar:

— Vim correndo contar a vocês, porque a anciã me disse que era importante falar logo para que Pablo soubesse.

Ramon olhou para ela como se tivesse entendido o que tinha de fazer. Pablo sempre dissera que não se casaria enquanto Mercedita não retornasse. Segundo a anciã, ela era o primeiro caminho dele. Ele a amava muito e pretendia ampará-la quando ela voltasse.

— Sim, ele precisa saber. Vou conversar com ele, vamos ver como reage. Você sabe, ao menos, quando a criança chegará a este mundo?

— Acredito que daqui a oito meses, se nascer no tempo.

Ramon não disse mais nada. Saiu da carroça e foi se entender com Pablo. Não era homem de rodeios, por isso chegou e foi logo falando:

— Você me disse que não se casaria porque estava esperando por Mercedita. Pois bem, ela retornou. Só que não está sozinha; tem uma vida dentro dela.

Pablo teve uma reação que não sabia explicar. Para os ciganos, uma vida que chega é motivo de muita alegria, mas, naquele momento, não era o que ele estava sentindo. Queria correr e perguntar a Mercedita o porquê. Viveu com aquele homem por três anos e não lhe dera herdeiros. Agora que retornava à tribo, trazia um filho dele no ventre. Seria justo? Como ele a amava, respeitaria a escolha dela em partir, já que não tinham compromisso declarado. Além disso, os mais velhos lhe explicaram que estava escrito que ela retornaria e que precisaria muito dele, mas Pablo não imaginara que teria de amar o filho de outro. Ficou surpreso, não sabia o que dizer.

Ramon percebeu a luta que aquele jovem cigano travava consigo mesmo. O silêncio se estendia e Pablo não conseguia quebrá-lo. Continuava agachado, riscando o chão aleatoriamente com os dedos.

— Veja bem, não estou lhe cobrando nada. O estado em que Mercedita se encontra o livra de cumprir o que prometeu. Apenas achei justo você ser o primeiro a saber, antes de eu ir ter com os anciões, pois precisarei do conselho deles. Certamente, não vamos abandoná-la por isso. Sabíamos que ela vivia com Estevão como companheira e, portanto, estava sujeita a ter filhos dele. No entanto, preciso saber se devo arranjar-lhe uma carroça, para que ela tenha o filho e forme com ele uma família. Com o passar do tempo, será permitido que ela se una a um cigano que a aceite com a criança.

— Ramon, tenho muito apreço por você e o respeito como nosso chefe, mas preciso conversar com meus pais, me aconselhar com eles. Não procure os anciãos ainda. Voltaremos a conversar.

Ramon sentiu uma alegria imensa: o problema seria solucionado. Conhecia muito bem os pais de Pablo e sabia que eles iriam falar com Carmem, a primeira anciã da tribo. Confiava na sabedoria dela e os pais do rapaz também.

Foi exatamente o que aconteceu. Carmem aconselhou os pais de Pablo, explicando sobre as curvas existentes nos caminhos da vida, que sempre nos levam ao nosso destino, à nossa missão. Certamente, a missão de Pablo seria com a criança que estava para nascer e, por isso, precisava amparar Mercedita.

Depois de se acertar com os pais, Pablo foi ao encontro de Ramon, dizendo-lhe que não precisaria procurar o conselho de anciãos. Ele conversaria com Mercedita e pediria que ela se unisse a ele. Falaria do amor que tinha pela moça e que esse amor era tão grande que se estenderia à vida que ela carregava no ventre. A criança viria ao mundo amparada por ele, que a acolheria como se fosse sua.

Ramon, satisfeito com a decisão de Pablo, foi procurar Juanita para lhe contar a novidade. Mais do que depressa, ela se recolheu ao santuário montado na carroça dos anciãos Raul e Carmem para agradecer a Jesus Cristo e a Santa Sara Kali, a quem sempre pedira que guiasse a irmãzinha.

※

Pablo saiu em busca de Mercedita, que estava bem distante do acampamento, sentada à beira do rio que banhava a região. Havia se retirado para pôr os sentimentos em ordem. Nas últimas semanas, tinha andado confusa. Ficara admirada com a imensa saudade que sentira de seu povo. Antes, lembrava-se deles com carinho, tinha vontade de revê-los. Contudo, não sentia falta de ninguém em especial, embora sempre pensasse na irmã e em Pablo. Passara a infância e a adolescência com ele, e os dois foram surpreendidos pelas mudanças em seus corpos ao mesmo tempo. De repente, os adultos já não permitiam que andassem a sós por caminhos longos. Viviam colocando restrições, e ela não entendia por quê. Com o tempo, Mercedita passou a sentir por Pablo um carinho imenso, um amor calmo, suave, seguro. Tinha a impressão de que aquele sentimento existira desde sempre e só ela não percebera. Ele era atencioso e muito preocupado com a moça, procurava estar constantemente por perto, mais do que antes. Então, certa tarde, um doce beijo aconteceu. Os dois eram muito jovens; ela tinha quinze e ele, dezessete anos. Ramon reuniu-se com eles e suas famílias e ficou decidido que Pablo e Mercedita deveriam esperar dois anos. Depois, teriam permissão para assumir o namoro e, no tempo certo, se uniriam com a bênção de todos.

Na mesma época, a anciã chamou Mercedita e Juanita para falar da visão que tivera e que, depois, confirmara nas cartas. Não havia dúvida: o amor por Pablo adormeceria em seu peito e, antes de se unir a ele, ela seria levada por uma paixão por um gajo que não era de seu povo, diferente dos outros. Carmem também contou a Pablo que, por muito tempo, ficou acabrunhado. Perto de completar dezessete anos, a ciganinha conheceu Estevão e se lembrou da primeira previsão. Logo depois, Juanita fez a segunda previsão, que foi confirmada pela cigana anciã.

Depois de tudo já vivido, ali estava ela, carregando uma criança no ventre. Não entendia muito bem o que estava sentindo. A paixão por Estevão havia se aquietado e agora ela o via como um irmão querido. Em compensação, nas últimas semanas, havia pensado muito em Pablo. Ao reencontrá-lo, sentira o coração bater mais forte. Como era belo! Tinha vontade de aconchegar-se em seus braços. Mas e ele, o que ainda sentia por ela? Será que a havia perdoado por fugir?

Mercedita estava perdida em pensamentos quando alguém tocou em seu ombro levemente. Ela se virou e viu Pablo parado à sua frente. Inesperadamente, ele a enlaçou em um abraço forte que lhe passava toda a segurança de que precisava. Então, ele tomou a mão da ciganinha e disse:

— Eu sempre soube que seu caminho seria apartado do meu por um tempo. Carmem me falou da primeira e da segunda previsão antes mesmo de você ir embora com ele, mas me garantiu que o que você sentia era uma paixão passageira, e que era necessária para libertá-lo e conduzi-lo ao real caminho dele.

Mercedita baixou os olhos marejados e Pablo prosseguiu:

— Bem, não sou santo, nem estou livre dos sentimentos contrários ao amor, por isso me senti o mais infeliz dos seres viventes nesta terra. Culpei Ramon por não ter permitido que nós assumíssemos compromisso dois anos antes. Exigi uma reunião com o conselho dos anciãos. Queria puni-lo para aliviar minha dor.

A ciganinha ficou espantada ao ouvir aquilo.

— Meu Deus, Pablo, seria injusto... O que Ramon podia fazer? Ele agiu certo no passado, ao nos conter. Éramos muito jovens! Até a velha anciã foi consultada e deixou bem claro que não era hora de ficarmos juntos, que havia outras coisas a serem cumpridas. E realmente havia.

— Eu sei, Mercedita... eu sei. Mas, na época, foi a minha reação. O conselho me recebeu, mas apenas para esclarecer o que se passava. Na hora, achei que todos desejavam apenas aplacar minha raiva contra Ramon. Peguei meu cavalo e sumi por sete dias e sete noites. Precisava ordenar minhas ideias. Depois, ainda inconformado com o destino, voltei para o acampamento e me desculpei com

Ramon. Entendi, por fim, que ele não era responsável por nada. O único culpado era o destino.

Pablo fez uma pausa, como se procurasse as palavras certas.

— Por fim, acabei me conformando. Até tive olhos para lindas ciganas de tribos que visitamos e que nos visitaram, mas só admirava a beleza delas, não tive vontade de assumir compromisso com nenhuma. O tempo passou até que, certo dia, recebemos o recado que nos enviara por um viajante. Desde então, você, que se tornara uma doce lembrança, voltou a tomar conta de meus pensamentos. A tempestade havia cessado e, em breve, minha ciganinha estaria de volta.

— Sim, aqui estou... confusa, tentando entender como tudo aconteceu. É incrível o quanto uma paixão pode cegar nosso coração, fazendo-nos pensar que é amor. Se bem que eu sempre soube que seria por pouco tempo. Há algumas semanas, percebi que a paixão fora se diluindo sem que eu percebesse. Restou apenas o amor de amigo, de irmão mesmo.

— Mas você está carregando um filho dele, não é?

— Ah, Pablo, quem pode com o coração de uma mulher? Quando Estevão me presenteou com rosas vermelhas, dizendo-me que as comprara na feira das mãos de uma florista, senti no peito algo que não saberia explicar. Era uma espécie de nostalgia, de saudade do tempo que eu vivia. Depois, pensando na previsão, olhei nos olhos de Estevão e vi um futuro com muita dor. Senti que o sangue dele não perpetuaria nesta terra. Desejei, no mesmo momento, que alguém se orgulhasse dele anos mais tarde, que fosse um bálsamo para a dor pela qual eu sei que ele vai passar. Então, joguei fora a beberagem que tomava para não engravidar e coloquei o destino nas mãos de Santa Sara Kali.

— Como ele deixou você voltar para nós nesse estado?

— Ele não sabe, Pablo. Não lhe disse nada, senão ele ficaria preso a mim e não seguiria seu caminho. No futuro, que não sei quando, darei um jeito de ele saber. Mas, até lá, a vida dele já estará encaminhada com Maria Rosa, que é seu amor verdadeiro.

— Fez bem. Deixe que os ventos tragam o momento certo.

Mudando de assunto, Pablo perguntou:

— Agora, gostaria de saber: já descobriu o que sente por mim? A paixão por Estevão se esvaiu e seu coração ficou vazio de sentimentos?

— Percebi que a paixão que sentira por Estevão havia terminado quando comecei a me lembrar de nossas traquinagens na infância e na mocidade e uma saudade enorme de você tomou conta de mim. Então, o amor por você, antes abafado pela paixão, criou força e falou alto dentro de mim.

— Bem, preciso lhe dizer uma coisa: vim ao seu encontro para saber se você deseja assumir aquele compromisso que estava marcado para três anos atrás. Se fizermos isso hoje, poderemos nos unir daqui a sete dias.

— Mas Pablo, e meu filho?

— Mercedita, você quer dizer "nosso" filho, não é?

E os dois se beijaram em um misto de amor, saudade e esperança.

※※※

Mercedita e Pablo viveram juntos e felizes por pouco mais de três anos. O Pai parecia estar compensando os dois pela separação que lhes havia sido imposta pelo destino. Alguns meses depois de celebrarem sua união, nasceu Raul, um belo menino de olhos azuis que era muito amado por todos. Quando o menino tinha cerca de dois anos e meio, Mercedita deu à luz a uma linda menina. Pablo não se continha de tanta felicidade, só não conseguia entender por que não podia ficar ao lado de Mercedita como no nascimento do primeiro filho. Deixaram-no vê-la rapidamente e, depois, o velho Raul pediu a ele que saísse.

Duas horas depois, chamaram Pablo de volta para a carroça. Ao entrar, ele levou um susto ao ver que Mercedita estava da cor da cera. Apesar de terem limpado tudo, trocado as roupas da moça e a coberto, ainda havia sinais de sangue ao redor. Disseram a ele que, aparentemente, a hemorragia estava contida, mas ela ainda sangrava por dentro. Pablo se ajoelhou ao lado da amada, sem conseguir conter as lágrimas. Todos da família ficaram ao redor e Mercedita fez questão de manter a pequena Carmem sobre o peito.

Os nomes das crianças eram uma homenagem ao casal de anciãos que acompanharam Mercedita e Pablo na jornada terrena. Carmem partira havia dois anos, aos oitenta e cinco; Raul, com oitenta e nove anos, ainda tinha uma agilidade que espantava todos. Ele costumava dizer que não partiria antes dos noventa, e acertou: partiu aos noventa e um, dormindo, assim como a companheira.

Mercedita, sentindo a proximidade da grande viagem, pediu a Juanita, Ramon e Pablo que a escutassem.

— Além de meus filhos, vocês são as pessoas a quem mais amo nesta vida. Sei que levarei esse amor comigo e que ele nos unirá por toda a eternidade. Por isso, preciso lhes fazer um pedido.

Depois de uma pequena pausa, a ciganinha continuou:

— Juanita e Ramon, vocês cuidaram de mim como filha desde a infância. Não pensem que a missão de vocês acabou. Agora, vocês terão de cuidar de Raul e Carmem. Por favor, não os desamparem até o dia em que o Pai os chamar. Sinto que, quando vocês partirem, meus frutos já estarão encaminhados.

— Minha vida, eu não abandonarei nossos filhos — disse Pablo, querendo sossegá-la.

— Eu sei, meu querido, mas veja: eu estou com vinte e três anos e minha irmã tem trinta e três, contudo quem está partindo primeiro sou eu. Você está com vinte e cinco e Ramon com quarenta e dois, mas quem sabe do futuro?

Depois, dirigindo para a irmã e o cunhado, continuou:
— Preciso que me prometam que meus filhos terão amparo de pai e mãe.

Mercedita fez uma pausa para recuperar o fôlego. O cansaço era muito e as palavras saíam entrecortadas.

❦

Na verdade, estava pedindo aquilo por sentir que Pablo não se demoraria a juntar-se a ela, o que, de fato, aconteceu sete anos mais tarde: quando tentava socorrer um viajante, a carroça caíra sobre ele, quebrando suas costelas e lhe perfurando os pulmões.

Depois do acidente, os filhos de Mercedita — Raul, então, com nove para dez anos e Carmem com sete — passaram a viver sob a guarda e a proteção de Juanita e Ramon, que os ampararam até o fim de seus dias. Juanita partiria deste mundo aos quarenta e seis anos, vítima de uma doença nos pulmões, que contraíra por causa do auxílio constante prestado a uma peregrina enferma. Ramon tinha cinquenta e cinco anos e seus filhos já estavam adultos, mas ele continuou cuidando dos pequenos de Mercedita e Pablo, agora com dezesseis e treze anos. Ramon chegou aos setenta e sete anos, vindo a falecer de uma doença do fígado que o levou lentamente. As previsões de Mercedita, enfim, estavam corretas.

❦

Naquele instante, porém, ninguém queria saber do futuro. Estavam todos em forte oração, pedindo a Jesus que, por meio de Santa Sara Kali, ela fosse curada e que um milagre acontecesse.

Depois que todos empenharam suas palavras e fizeram o juramento nos moldes ciganos, Mercedita pediu a Pablo que pegasse o anel de rubi que ela havia dado a ele no dia do enlace dos dois. Ele o apanhou e mostrou à amada. Ela segurou o anel e pediu que tirassem a corrente de ouro que usava no pescoço. Então, com as mãos trêmulas, colocou o anel na corrente, beijou-o e pediu a Pablo que andasse sempre com ele junto do peito. No mesmo instante, ele colocou a corrente e pediu a todos que, daquele dia em diante, esquecessem o nome Pablo.

— Rubi é como devem me chamar. Foi o nome que minha rainha me deu e com o qual me coroou.

Seu povo, entendendo sua dor, respeitou a vontade dele e passou a chamá-lo dessa forma.

Mercedita sentiu uma brisa no rosto e viu a velha Carmem a seu lado, acariciando seus cabelos. A boa anciã soprou no ouvido da ciganinha:

— Ainda falta unir os irmãos, e é preciso dar um prazo para que o segredo seja revelado. Depois, nós a recolheremos.

Mercedita pediu que lhe trouxessem Raul. Quando o pequeno se aproximou, ela pegou a mão dele e a uniu à mãozinha da recém-nascida Carmem, dizendo:

— Que um seja a força do outro, cada um em seu caminho, cuidando do caminho do outro. Serão sempre um pensamento, um coração.

Em seguida, pediu que aproximassem o pequeno Raul de seu rosto e o beijou. O menino chorava baixinho, enquanto perguntava se a mãe estava com dor.

— Mais uma coisa, Pablo: não se esqueça de levantar o véu quando nosso filho tiver seis anos. Leve-o para conhecer Estevão. Não se aflija, que o pequeno não deixará de amá-lo, nem Estevão ficará com ele ou lhe causará qualquer problema. Não consegui desvendar o mistério que envolve o futuro de Estevão, mas sinto que tudo se encaminha para um fim repleto de dor.

— Fique tranquila. Eu farei o que me pede, esteja certa.

Mercedita entregou a pequena Carmem a Pablo. Depois, colocou a mão de Raul em cima da mão da menina e a sua por cima. Por fim, olhou o cigano nos olhos e declarou:

— Meu cigano, meu verdadeiro amor, não se desespere.

Então, a cigana se aquietou. O esforço para falar tinha sido muito grande. As palavras lhe saíam com dificuldade e a hemorragia voltara ainda mais forte. Apesar de tudo, trazia um doce sorriso nos lábios. Olhou para o ancião Raul e disse:

— Ela está aqui. Carmem veio.

E, olhando para o rosto do amado e dos filhos mais uma vez, Mercedita partiu. Imediatamente, todos sentiram no ar um perfume de rosas. Do outro lado, realmente, havia pétalas de rosas brancas esperando por ela.

IX

ACEITANDO AS CONDIÇÕES

Depois do aviso dado por Juanita, Estevão ficou pensativo. Passou algum tempo observando os ciganos se afastarem e só quando sumiram de sua vista é que se ajeitou para dormir. Queria partir bem cedo, no primeiro clarão da manhã.

Pensara muito, mas não conseguia entender muito bem as palavras da cigana. Começou a imaginar possíveis situações, caso voltasse. Acreditava que o pai não lhe devolveria o direito que a ele cabia por ser mais velho que Décius. Nem ele achava correto; afinal, todo aquele tempo, o irmão se dedicara a cuidar da propriedade e, obviamente, já estava velho demais para entrar no Exército. A menos, é claro, que tivesse partido, contrariando o pai, e deixado que este, sozinho, preparasse Antognini para a função. Nesse caso, não seria justo para com o irmão mais novo, que, àquela altura, era um homem feito e talvez tivesse até se casado. Se o pai insistisse em lhe dar os direitos de primogênito, teria de saber lidar politicamente com a situação, sem afetar o pai ou os irmãos. Mas ele sabia que não adiantava conjecturar sobre o assunto. Ainda não tinha certeza se voltaria para a casa do pai; tudo dependia do que resolveria com Maria Rosa e, principalmente, com os pais dela.

Estevão procurou esvaziar a mente para dormir, o que não foi difícil, uma vez que estava realmente exausto. Acordou assim que o dia clareou, quando a Lua estava se escondendo no horizonte e o Sol surgia bem devagarzinho, formando um belo quadro. Faminto, decidiu passar um café. Pegou um pedaço do pão e do queijo que trazia consigo e forrou o estômago. Em seguida, preparou a montaria para a viagem de volta. Chegaria a seu destino antes do anoitecer. Não pararia, pois estava ansioso por demais.

Mas, como nem tudo sai como planejamos, a noite já ia alta quando chegou ao local em que acampara com Mercedita, e pensou que seria inoportuno ir ao rancho àquela hora. Decidiu apear do cavalo e descansar ali mesmo. Não conseguiria dormir com fome, então, lembrou-se que ainda havia restado um bom pedaço de queijo e que na barraca havia linguiça seca. Preparou outro café e fez uma pequena refeição. Depois, deitou-se e, antes que pudesse sentir falta da formosa ciganinha que o acompanhara por três anos, adormeceu.

O cansaço dominou Estevão. Não conseguiu se levantar tão cedo quanto no dia anterior. Ao despertar, percebeu que já havia se passado um quarto da manhã, mas não se apressou. Decidira que, antes de ir ao rancho, tomaria um bom banho. Deveria estar bem apresentável.

Perto do meio-dia, Estevão se colocou a caminho do rancho. Seguiu a pé e, no trajeto, a pressa se transformou em receio. O que estava prestes a acontecer era um enigma, embora ele tivesse percebido certa empatia de Arturo por sua situação. Pensou que talvez o rancheiro tivesse alguma ideia.

Sendo já hora do almoço, sabia que encontraria todos na cozinha de Ana. Foi direto para o rancho, mas teve o cuidado de não entrar. Parou na frente da casa e bateu palmas. Quem o atendeu foi Ângelo, que, em vez de convidá-lo a entrar, foi até onde estava e lhe disse:

— Estou sabendo de sua situação. Não costumo interferir nas decisões de meus pais, mas, desta vez, a felicidade de minha irmã, que eu adoro, está em jogo. Papai e mamãe conversaram muito, houve até discussão, pois não entraram em um acordo. Mamãe está convencida de que você é um herege e quem se unir a você herege será. Na verdade, ela tem medo da Igreja.

Estêvão sentiu como se lhe jogassem um balde de água fria. Seu ânimo se esvaiu e sua fisionomia se fechou. Com cautela, ele disse:

— Ângelo, eu amo sua irmã com todas as forças de minha alma. Não é uma paixão passageira, nem um fogo que queima as entranhas. É amor verdadeiro, e eu me contentaria em tê-la apenas por perto e servi-la, se isso fosse possível. Mas acho que não é, porque ela sente o mesmo por mim.

Ângelo não deixou que Estêvão continuasse.

— Espere, eu ainda não terminei. Bem sei... ou melhor, eu e meus pais sabemos o que ela sente por você. Também sabemos que ela guardará esse amor no peito e nunca mais conseguirá amar outro homem. Dependendo das circunstâncias, poderá até aceitar um marido daqui a alguns anos, mas nunca será realmente feliz, pois sua sombra irá sempre segui-la. Isso se ela não preferir se enclausurar aqui no rancho e passar o restante da vida cuidando da família. Seria um triste fim para uma menina que, antes de conhecê-lo, sonhava com o amor e sua realização.

Ângelo fez uma pausa para que Estêvão entendesse a extensão das consequências daquele amor. Não tinha raiva; estava triste e sério, como Estêvão jamais vira. Nem parecia aquele rapaz alegre e de olhar vivaz que, com seus vinte anos, sempre demonstrava certa pureza, parecendo um molecote.

— Bem, agora que sabe da situação criada para minha irmã, peço que escute atentamente a proposta de meu pai e, de modo algum, se desvie do caminho que ele traçar. Vamos entrar, que estão todos esperando.

Estevão tinha um ponto de interrogação na cabeça: que caminho seria esse? Os dois deram a volta na casa e entraram pelos fundos, indo direto para a cozinha, onde todos estavam sentados à mesa. Maria Rosa corou e fez menção de se levantar, mas foi impedida por um gesto da mãe. Estevão cumprimentou-os com um bom-dia e ficou de pé à beira da mesa.

Ana levantou-se e, pegando um prato, lhe disse:

— Não precisa ficar aí parado. Temos de conversar, é certo, mas você deve estar precisando forrar o estômago. Gostando ou não de você, ninguém vai dizer que esteve em minha casa e saiu com a barriga vazia. Portanto, sente-se e coma.

Estevão, sem jeito, sentou-se e Ana o serviu.

— Muito bem. Com a boca ocupada, não vai nos interromper. Arturo, diga a ele o que resolvemos.

— Estevão, vou direto ao assunto. Ninguém aqui aprecia esta situação. Não gostaríamos, de jeito nenhum, que nossa menina se unisse a um homem como você. Realmente, não creio nessa história de que estava previsto, mas como você levou Mercedita para a gente dela e retornou... coisa que, sinceramente, eu pensei que não fosse acontecer... o jeito é expor a decisão que tomamos caso isso acontecesse.

Fez uma ligeira pausa e continuou:

— Já sabia que você estava nas proximidades, porque hoje cedo saí para caminhar e vi sua tenda e seu cavalo. Pedi a Ângelo que fosse recebê-lo assim que o vi na porta e que lhe adiantasse o que sentimos em relação às consequências desse amor que nasceu entre você e Maria Rosa. É necessário que você entenda bem o motivo de termos decidido o que vou lhe dizer.

Ana aproveitou a ligeira pausa do marido e deixou claro o que sentia:

— Antes de meu marido continuar, saiba que muito custou para que ele me convencesse. Não porque eu não queira a felicidade de minha filha, mas porque o senhor abandonou o sagrado compromisso que firmou com Deus, sem se acertar com a Igreja ou ter a permissão. Para mim, isso é heresia e, por isso, um rastro de sangue os seguirá. Ninguém deixa para trás suas dívidas sem que, mais cedo ou mais tarde, o cobrador lhe bata à porta.

Ana falava em tom firme e, ao mesmo tempo, triste. Estava visivelmente contrariada. Quando o marido lhe contara o que seria feito para a felicidade de Maria Rosa, aceitara puramente por amor à filha. Sabia que, do contrário, a menina jamais voltaria a amar alguém. Recordava-se da própria história, quando precisou fugir para convencer os pais de seu amor por Arturo. Apesar de achar que a desgraça os alcançaria, desejava que a filha fosse feliz enquanto Deus permitisse.

Estevão mal conseguia comer, apesar da fome. Toda aquela conversa, que mais parecia uma preparação, deixava-o angustiado. O peso das consequências por ter entrado na vida de Maria Rosa estava tomando um vulto enorme. É como se dissessem que agora não havia mais jeito, que ele a deixara sem opção. Resolveu aproveitar que Ana silenciara para falar.

— Por favor, escutem-me. Jamais quis fazer mal a Maria Rosa. Ao contrário, demorei a entender o que sentia por ela. Se tivesse percebido no início, teria dado uma desculpa e ido embora.

Fez uma pequena pausa para medir as palavras e continuou:

— Não teria deixado o sentimento crescer. E não só por minha condição, mas também pelo compromisso que tinha com Mercedita, que sempre foi merecedora de todo o meu respeito e afeto e por achar que eu tinha o dever de cuidar dela. Mas não foi assim que as coisas aconteceram. Quando me dei conta do tamanho e da natureza do sentimento, ele já havia me tomado por completo. E, mesmo assim, teria recuado se não tivesse percebido que já era tarde, que sua filha também tinha o mesmo sentimento dentro de si. Se eu tenho culpa de alguma coisa é de ter deixado esse amor falar mais alto que a razão.

Maria Rosa apenas ouvia, enquanto observava cada gesto, cada expressão, cada olhar de Estevão. Sentia-se mal por falarem dela como se não estivesse ali. Contudo, na época, era costume os filhos não participarem de certas conversas, a menos que os pais os convidassem a opinar.

— Estevão, explicações pouco adiantam. Nada muda o fato de que eu preciso decidir se permito ou não que minha filha siga com você. Depois de refletir sobre a situação, conversei muito com Ângelo e, depois, falei com Ana. Talvez exista um modo seguro de vocês ficarem juntos sem terminar como ela teme.

Arturo fez uma pausa e prosseguiu:

— É o seguinte: você tem um nome, é filho de um conde, que é um homem de posses. Se existe alguém que poderá protegê-los de qualquer revés é seu pai. Não haverá escudo maior que a propriedade dele. Mesmo sabendo que você está lá, a Igreja não o tirará à força da casa de sua família. Pelo que você me disse, faz nove anos que partiu e que seu pai, ao deixá-lo no seminário, deixou claro que esperaria por sua volta. É quase certo que, talvez, ele não saiba de sua situação; no entanto, você deverá voltar, se quiser se unir a Maria Rosa. Somente lá vocês estarão seguros.

Estevão, enfim, estava aliviado. Permitiriam que ele partisse com Maria Rosa.

— Na verdade, Arturo, eu não tinha planos de voltar para casa tão cedo. No caminho para cá, concluí que, se fizesse isso, acabaria atrapalhando meus irmãos, principalmente Décius, que não seguiu a carreira militar para assumir a herdade em meu lugar.

Para evitar possíveis confrontos ou que meu pai cometa alguma injustiça, seria melhor continuar minha vida em outro canto...

— Bem, Estevão, a decisão é sua. Porém, sem sua palavra de que vai voltar para a casa de seu pai, não permitirei a ida de Maria Rosa. Concordo com o que você disse sobre seus irmãos, mas, nesse caso, estamos falando da vida e da segurança de minha filha. É por isso que não abro mão do que determinei.

Sabia que Arturo estava certo. Se fosse sua filha, agiria do mesmo modo ou com ainda mais rigor para garantir a segurança dela. O silêncio pesava no cômodo.

Maria Rosa baixara os olhos. Estava decepcionada, pois seus pais passaram por cima dos próprios sentimentos para considerar a possibilidade de permitir que ela se unisse a ele. Esperava que Estevão aceitasse a condição imposta de imediato.

— Talvez pudéssemos assentar morada aqui mesmo, Arturo. Eu me encarregaria de construir uma pequena casa, sem ocupar muito espaço em seu rancho.

— Para nós, seria uma alegria, assim não seríamos separados de nossa pequena, que é a luz dos nossos olhos. No entanto, moramos aqui desde o nascimento de Ângelo. Quando o pai de Ana nos cedeu este pedaço de chão, lutamos muito para tirar dele o nosso sustento. Até uns cinco anos atrás, eu e Ângelo ainda trabalhávamos na colheita de outros ranchos para garantir a alimentação da família. Só trabalhávamos em nossas terras nos dias de folga. Eu fazia o trabalho mais pesado, enquanto Ana cuidava dos animais e da pequena plantação. Com o tempo, as crianças cresceram e começaram a ajudá-la. Mais tarde, passei a levar Ariel comigo, para aumentar nosso ganho. Não foi fácil! Como disse, apenas nos últimos cinco anos é que nos arriscamos a viver somente do que produzimos aqui. Estou explicando isso porque você precisa entender que somos muito conhecidos na região. Até hoje, ainda me procuram para determinados trabalhos, que, dependendo da situação, aceito com prazer. Assim, eu não saberia explicar a união de minha filha sem um casamento tradicional como manda a Santa Igreja. Além disso, na vila onde você conheceu Maria Rosa, existe uma igreja, e o padre Diógenes nos visita a cada três meses. Não poderíamos mentir sempre que ele viesse aqui. Minha esposa seria a primeira que, por se sentir mal, deixaria de se confessar e, consequentemente, não comungaria. Certamente, levantaríamos suspeitas. Além disso, Ariel está voltando com a esposa. Pelo que sabemos, é uma excelente moça, mas não a conhecemos a fundo para saber como ela reagiria. Não quero arriscar! E não teria como defendê-los se a verdade viesse à tona e a Igreja batesse à nossa porta para julgá-lo. Aliás, não julgaria apenas você, mas a todos nós, que fomos coniventes e aceitamos abrigá-los.

Fez-se um longo silêncio, quebrado por Ana.

— Estevão, posso aguentar ver minha filha partir sem estar unida pelas bênçãos da Igreja, se for para a felicidade dela. Mas não aguentaria acolhê-los aqui e viver sempre com medo de um dia ter de vê-los enfrentar o julgamento da Igreja. Isso se não nos envolvessem, como disse Arturo, e prejudicassem nossos outros filhos. Não seria justo, pense bem.

Depois de ouvir tudo o que Arturo e Ana lhe haviam dito, Estevão pensou que eles estavam certos. Não poderia ficar com Maria Rosa e ainda viver como bem pretendesse. Teria de repensar seu futuro e ter em mente que, acima de tudo, precisava protegê-la. Olhou bem nos olhos da moça a quem tanto amava e disse:

— Perdoem-me por não ter considerado todos os ângulos da questão. Você tem toda razão, Arturo. Devo preservar a integridade de Maria Rosa e não colocar em risco a de vocês. Dou graças a Deus por permitirem que nós nos unamos e aceito sua condição. Quando deveremos partir?

— Quanto antes, melhor. Tem mais uma coisa: gostaria que Ângelo acompanhasse vocês até que estejam próximos da herdade de seu pai. Ele deverá ir na frente e procurar seu pai para expor a situação. Se o conde concordar em recebê-los, Ângelo irá até vocês para dar-lhes a boa-nova e, em seguida, voltará para casa.

Estevão assentiu com a cabeça. Arturo continuou:

— Não estamos longe da França. Para chegar lá, basta seguirem na direção certa, não se desviarem e não pararem nas aldeias. Em duas semanas, no máximo, estarão em território francês. Sigam direto para o porto e peguem a embarcação que vai até a Inglaterra. Ao desembarcarem, tomem o rumo para as terras de sua família, Estevão. Quando estiverem próximos, Ângelo seguirá sozinho, conforme expliquei. Assim, terei a certeza de que estão seguros e de que não se desviaram do compromisso assumido aqui.

— Não vejo problema nenhum em ter Ângelo como companhia, mas me preocupo, porque sei o quanto ele fará falta no trabalho do rancho.

— Ariel já está chegando. Além disso, graças a você e a Mercedita, o trabalho do rancho está bem adiantado. Sei que demorará algum tempo até Ângelo retornar... alguns meses, eu acho... Mas se trata da segurança e do futuro de minha filha.

Arturo tinha planejado tudo, realmente, até em como garantir que Estevão levasse mesmo Maria Rosa para viver com a família. Ele, por sua vez, não podia reclamar: tudo estava sendo mais fácil do que pensara. Chegara a atinar que teria de traçar algum plano de fuga para levá-la consigo.

Ana, olhando para Maria Rosa, disse:

— Agora, sim, você pode conversar com Estevão. Dê uma volta com ele pelo rancho e veja se é isso mesmo que você quer, minha filha. Antes da chegada dele, você se mostrou irredutível em sua resolução de seguir a vida ao lado dele, mas peço que os dois conversem francamente para terem a certeza do que vão fazer. Caso contrário, ficará o dito pelo não dito.

Na verdade, no coração de Ana, ainda havia uma ponta de esperança de que a filha desistisse. Quem sabe ela recuasse ao ver que teria de se afastar da família definitivamente e estando ciente do perigo que corria ao lado de Estevão, a ponto de precisar viver com o sogro não por escolha, mas por proteção.

A jovem se levantou e Estevão deu-lhe o braço. Os dois saíram a caminhar pelo rancho, trocando poucas palavras até a beira do rio. Ali, Estevão parou e, enlaçando a cintura de Maria Rosa, disse:

— Tanto falamos lá dentro, e acabamos de decidir o que faremos da minha vida e, principalmente, da sua, mas queria ter podido ficar a sós com você antes para lhe perguntar o que, para mim, é o mais importante nisso tudo.

— O que você quer saber? — perguntou a menina ruborizada, enquanto olhava para o chão.

— Quero saber se, nesses dias em que eu não estava aqui, você pensou e pesou seu sentimento por mim; se realmente é o que pensava que fosse ou se você se enganou. Também se está ciente do risco que corremos por eu ter abandonado a batina. Você quer levar este sentimento adiante ou prefere adormecê-lo?

— Estevão, só não conversamos antes porque meus pais não permitiram. Eles precisavam saber se você aceitaria as condições que pretendiam impor; segundo eles, só assim eu teria a certeza de seu amor por mim. Que você queria levar uma vida livre e sem grandes ambições longe dos seus, meu pai já havia percebido. Voltar para a herdade significa assumir compromissos que sua posição de filho exige e reatar laços que há muito você desatou. Por outro lado, eu, que sempre me imaginei vivendo próxima de meus pais mesmo depois de casada, teria de aceitar viver longe deles. Além disso, teria de abrir mão de pedir as bênçãos de Deus para nosso amor por meio do casamento, o que, para mim, é muito importante... Pode não parecer, mas sou católica e sempre segui as leis da Santa Igreja.

Quando começou a falar, Maria Rosa soava meio indecisa, mas, aos poucos, foi se soltando e seu tom de voz se tornara firme. Não estava mais cabisbaixa. Olhando nos olhos de Estevão, continuou:

— Mas o destino não quis que assim o fosse. Não acredito no acaso, mas sim em uma força maior que nos guia sempre para nosso caminho, para que se cumpra a vontade do Pai. Por isso, sei que sua ida à minha barraca de flores naquele dia, assim como sua parada próximo daqui, foram arranjos da Providência Divina para nos encontrarmos. Também tem o fato de seus cavalos terem se soltado e vindo parar dentro do rancho, meu pai tê-los achado e ido procurar pelo dono... tudo já estava determinado. Já quanto ao amor que senti e sinto por você, tenho a impressão de que sempre existiu, mesmo quando ainda não o conhecia nem sabia da previsão da cigana. Sentia que meu amor viria de longe e, nessas horas, uma saudade imensa inundava minha alma. Tinha saudade, mas não sabia de quem. Agora eu sei.

Estevão surpreendeu-se com Maria Rosa. Ela parecia certa do que queria e, sob aquele jeito meigo e sensível de ser, demonstrava uma vontade férrea.

— Maria Rosa, achei que amasse uma menina doce que apenas se entregava aos sentimentos sem questioná-los, mas agora vejo que essa menina é madura, firme e tem uma opinião bem formada a respeito do que está acontecendo.

— Ora, senhor Estevão, o fato de respeitar meus pais e aquiescer diante das ordens, sem interferir nos pronunciamentos deles sobre o assunto, não quer dizer que eu não tenha vontade própria ou que vá sempre concordar com tudo o que todo mundo fala. Sei muito bem o que é certo e o que é errado, do que gosto e do que não gosto. Se lá na cozinha fiquei muda, ouvindo vocês falarem sobre minha vida, é porque, nos últimos dias, os dois conversaram muito comigo. Quando eles decidiram permitir que eu vivesse esse amor, disseram o que deveria ser feito para evitar certos riscos. Como concordei com eles, ficamos apenas aguardando sua volta.

— E eu preocupado com o fato de ninguém pedir sua opinião durante a conversa... Mas quer saber de uma coisa? Adorei esse seu jeito de se colocar, minha brava flor. Bem que me disseram que devemos tomar cuidado com os espinhos das rosas! — falou Estevão entre gargalhadas.

Maria Rosa, que já ia retrucar, teve a fala cortada por um beijo apaixonado.

— Hoje percebo o tamanho do nosso amor, Maria Rosa. Jamais conseguiria fugir de você!

E os dois ficaram ali, à beira do rio, trocando juras de amor até ouvirem Ângelo chamá-los.

Tudo foi ajeitado muito rápido. Os víveres que Arturo havia dado a Estevão como pagamento por seu trabalho dariam por um bom tempo. Só iam precisar de mais dinheiro do que Estevão dispunha, pois as passagens para três pessoas na embarcação para a Inglaterra não seriam baratas. Ana tinha um belo conjunto de brincos de esmeralda e uma corrente de ouro com um lindo pingente que foram de sua mãe. Sem pestanejar, entregou-os ao marido para que os vendesse.

Na manhã do dia seguinte, Arturo foi até a aldeia. Além das joias da mulher, também levou um relógio de ouro que ganhara de presente do sogro ao se casar com Ana. Lembrou-se, então, do que ele lhe dissera na ocasião: "Tome, rapaz! Em caso de emergência, não pense duas vezes e venda-o. Vale um bom dinheiro, mais do que qualquer relógio de ouro comum, pois é adornado com pequenos diamantes. Não estou presenteando você para que o use, mas para socorrê-lo, se tiver algum imprevisto."

Os pais de Ana tinham posses e desejavam para a filha um marido de mesmo nível social. Quando ela e Arturo se apaixonaram, ele era o administrador da família, por isso o casamento dos dois não era bem-visto. De início, chegaram até a expulsar o pobre rapaz de sua propriedade, deixando-o sem eira nem beira. Contudo, depois que Ana fugira com ele e que a notícia se espalhara, acharam por bem concordar com o casamento para salvar a própria honra e a da filha. Deram ao casal terras distantes das deles, para que nelas vivessem, e as joias para uma emergência. Assim, a consciência deles ficaria em paz por não terem dado as costas totalmente para Ana.

Quando Arturo retornou da aldeia, entregou a Estevão uma bela quantia. Daria para cobrir todos os gastos com a viagem e ainda sobraria um pouco. Teve o cuidado de pedir a Estevão que, depois de tudo resolvido, desse a Ângelo o suficiente para que o rapaz pudesse voltar para casa.

❦ X ❦

DE VOLTA ÀS ORIGENS

No terceiro dia após o retorno de Estevão ao rancho, o grupo partiu, cada qual em uma montaria. Um quarto cavalo levava os víveres e parte da bagagem de Maria Rosa, que ela não havia conseguido carregar junto de si. Os homens levavam as mudas de roupa nos próprios animais.

Foi uma viagem cheia de expectativas para Estevão e Maria Rosa. A ansiedade com relação ao futuro tomava conta de suas mentes, fazendo a viagem parecer mais demorada do que era. Para Ângelo, que nunca fora tão longe, tudo era novidade. Ele prestava atenção em cada detalhe da paisagem e isso tornava a jornada mais leve. Cavalgavam de dia e acampavam à noite. Dormiam um próximo do outro, depois de comerem e conversarem um pouco em volta do fogo.

Maria Rosa e Estevão aproveitavam os momentos em que Ângelo adormecia para trocar juras de amor, mas os carinhos entre os dois nunca foram além dos beijos. Estevão queria que ela o conhecesse melhor antes de se entregar.

Certa noite, Maria Rosa lhe confidenciou:

— Sei que uma hora dessas você me fará sua mulher... mas, antes disso, eu gostaria que parássemos em uma capela. Quero pedir, em oração, as bênçãos de Cristo para nós. Assim, terei a certeza de que Ele estará sempre olhando por nossa união e pelos frutos que dela possam vir.

— De acordo, Maria Rosa. Também vou me sentir bem melhor fazendo isso. Quando encontrarmos uma capela, entramos e pedimos a bênção divina. E saiba que não tenho pressa em fazê-la minha mulher, pois de alma você já o é. Tê-la comigo me acalma, alimenta meu espírito. Nunca me senti tão completo!

Os dias se passaram rapidamente. Em menos de duas semanas, os três cruzaram a fronteira com a França. Aos poucos, a paisagem foi se transformando, com algumas plantações beirando a estrada. Era bem diferente das terras espanholas, onde geralmente só havia algumas árvores frutíferas e outras que apenas ofereciam sombra aos viajantes. Rumavam para a cidade onde pegariam a embarcação para a Inglaterra. Ainda levariam quase três semanas para chegar lá. Todos estavam ansiosos: Ângelo e Maria Rosa porque não conheciam qualquer cidade litorânea; Estevão porque via a possibilidade de haver uma igreja na cidade, já que não tinham encontrado uma capela nas estradas que cruzaram.

Enfim, avistaram a cidade ao longe. Decidiram, então, acampar nos arredores, mas, dessa vez, não apenas para dormir. Ergueram uma espécie de cabana onde também poderiam se proteger do Sol durante o dia. Não sabiam quanto tempo se demorariam na região.

Ângelo fez as contas dos dias — ao todo, já estavam na estrada havia trinta e seis — e, agora, tudo dependia do tempo que esperariam pela embarcação para continuar a viagem. De repente, Ângelo ficou apreensivo. Se voltasse daquela cidade para a casa dos pais, teria ficado fora pouco mais de dois meses. No entanto, não sabia quanto faltava para a viagem terminar; poderia ser muito tempo. Nunca havia saído de perto da família antes. Como eles fariam para dar conta de tudo na época da colheita? Só agora percebia os problemas que o pai e o irmão poderiam enfrentar.

Enquanto comiam a refeição que Maria Rosa preparara, Ângelo expôs a Estevão sua preocupação:

— Sabe, Estevão, como estava preocupado com o bem-estar de Maria Rosa, não pensei no quanto meu pai ficaria sobrecarregado, mesmo com a volta de Ariel, que, a essa altura, já deve estar no rancho. Lembra-se de que ele ofereceu trabalho a você e à cigana exatamente porque Ariel se ausentaria por um tempo?

— Claro, meu amigo. Entretanto, lembra-se de que eu mesmo disse a ele que isso me preocupava? Seu pai logo me respondeu que Mercedita e eu havíamos adiantado bastante o serviço e, além do mais, Ariel estava chegando.

— Sim, vocês adiantaram o preparo da terra e o plantio. Mas, dependendo do quanto falta para chegarmos a nosso destino, mais o tanto que vou levar para retornar ao rancho, talvez não chegue a tempo de ajudar na colheita. Sinceramente, não sei como eles vão dar conta dessa parte e de fabricar os queijos, preparar a farinha e dos outros pequenos afazeres.

— É verdade... De nada adiantará termos ajudado a plantar se não derem conta de colher. Você deseja retornar daqui mesmo? Prometo que, assim que eu e sua irmã chegarmos à Inglaterra, seguiremos direto para as terras de meu pai.

— Jamais, meu amigo! Não conseguiria olhar meu pai nos olhos se não cumprisse as ordens dele. Trata-se da segurança de Maria Rosa, como ele disse.

Os dois, então, se calaram. Não adiantaria se preocuparem com tais questões naquele momento. Estevão, contudo, sentia-se mal, pois acabara prejudicando a família de Maria Rosa, que tanto bem lhe fez. Haveria de pensar em algo.

No dia seguinte, Estevão pediu aos dois irmãos que o aguardassem no acampamento. Pretendia ir até a cidade para sondar o horário da embarcação e, quem sabe, lhes fazer uma surpresa.

A cidadezinha era bastante pobre. Ele já conhecia o lugar, embora não tivesse dito nada. Era comum as embarcações que tomava, quando ia com o pai resolver questões em Paris, fazerem parada ali. Estevão descobriu que havia no porto uma embarcação cujo destino era a Inglaterra. Também encontrou uma estalagem simples e barata, onde reservou um quarto com três camas. Não queria dormir sozinho com Maria Rosa antes que estivessem na casa de seu pai, no quarto que seria deles. E não queria deixar sua pequena sem graça diante do irmão, a quem tanto amava e respeitava.

Antes de voltar para buscar Maria Rosa e Ângelo, foi até o porto e conversou com o capitão da embarcação, que, de início, se fez de rogado: disse que estava vindo da Espanha e que tinha sido obrigado a parar ali para fazer alguns reparos urgentes. Alegou que levar mais três pessoas seria uma inconveniência. Enquanto tentava encontrar uma solução, Estevão lembrou-se do quanto o pai era conhecido e influente. Passara por aquele mesmo porto algumas vezes e sabia que era reservado a pequenas embarcações, que a maioria apenas passava por ali para abastecer ou buscar algum passageiro. Dificilmente se demoravam ali.

— É uma pena! Estou certo de que não seria tão difícil acomodar três passageiros em uma mesma cabine. Meu pai, o conde Luchesi de Leon, ficaria muito grato, pois já não me vê há algum tempo, precisamente nove anos.

— Não está vestido como um filho do conde. Eu o conheço há muito tempo, desde quando esta embarcação era comandada por meu pai e eu era um rapazote.

— Sei disso, meu caro, mas meu pai nem sempre pegava esta embarcação. Dependendo do que tinha a resolver, preferia pegar a que seguia pelo lado oposto, que não vinha bater nesta cidade. Mas talvez ele seja seu passageiro de vez em quando. Ou é meu irmão Décius que tem viajado a negócios?

— Afinal, qual dos filhos é você? Conheço Décius e Antognini, e sei de um que, de vez em quando, vem de Paris com a esposa e os filhos para visitar a família. Tem um que, segundo o conde, foi ser padre e sumiu, ninguém sabe que fim ele levou. É você? Se for, pelo visto, não virou padre...

— Pois é, meu caro! Meu pobre pai deixou-me na porta do seminário, mas, na primeira oportunidade, fugi e me perdi nas saias das mulheres da cidade. Os padres me mandaram de volta, mas preferi continuar desfrutando os prazeres da vida. Depois de muito tempo viajando, me fixei na Espanha e me casei. Os outros dois lugares são para minha esposa e meu cunhado.

O homem parecia satisfeito com a explicação. O filho do conde não era arrogante. Era bem comunicativo e havia lhe confiado sua história, e ele adorava histórias. Pensou que, apertando aqui e ali, seria possível acomodar os três.

— Bem, homem, se uma cabine servir, parto depois de amanhã, ao meio-dia. Como sabe, não vou direto; terei de parar nos próximos dois portos para deixar algumas encomendas e pegar outras. Antes de chegarmos à região onde seu pai mora, farei outra parada para deixar alguns passageiros; depois, seguirei para lá e deixarei o senhor e sua família. Então, partirei para descarregar mais adiante.

— Combinado! Depois vou pedir informações para saber se há alguma embarcação que vá direto para a Espanha. Meu cunhado precisará retornar para casa o mais rápido possível.

Estevão estava preocupado com Ângelo. Se ele seguisse em uma embarcação, demoraria menos tempo até a Espanha. Talvez ganhasse uns dez dias e, quem sabe, pudesse descer em um porto mais próximo do rancho. Além disso, o rapaz não precisaria viajar tanto tempo sozinho por aquelas estradas.

Animado, voltou ao acampamento e contou-lhes as novidades. Apesar de Maria Rosa querer continuar ali até o dia da partida, ele a lembrou de que a cidade estava próxima e, por isso, sempre haveria algum movimento na estrada. Para maior segurança dos três, seria mais prudente se acomodarem na estalagem, onde poderiam descansar e se alimentar bem. Além disso, se banhariam decentemente. Como costumavam usar os riachos que encontravam pelo caminho para isso, Maria Rosa sempre saía prejudicada, pois os dois homens tinham de ficar de guarda para que ela se lavasse o mais rápido possível, o que sempre a deixava constrangida.

Quando chegaram à estalagem, Estevão e Ângelo deixaram Maria Rosa subir primeiro para o quarto e se banhar. Depois, foi a vez de Estevão e, em seguida, de Ângelo. Por fim, sentaram-se no salão da estalagem enquanto aguardavam, ansiosos, pela refeição: um delicioso guisado de carneiro com batatas, nabos e rúcula — segundo Ângelo, de lamber os beiços. Os três não comiam tão bem desde que iniciaram a jornada.

Agora, teriam de esperar até o dia marcado para embarcar e, então, seguir até o destino. Estavam impacientes, mas não havia jeito. Maria Rosa conversava com o irmão e com Estevão ou entregava-se à leitura de um velho livro que havia encontrado na estalagem. Os dois homens passavam o tempo jogando cartas com um velho baralho que Estevão trouxera consigo. Ficavam no quarto, para não atraírem curiosos nem jogadores que quisessem apostar.

No segundo dia, bem cedo, Estevão pediu a Maria Rosa que o acompanhasse. Nos arredores da estalagem havia uma igrejinha, quase uma capela, onde ele gostaria de levá-la. Pediriam juntos as bênçãos para a união. No caminho, Estevão colheu algumas margaridas que encontrou em um canteiro que ficava do lado de fora de uma casa e as entregou a Maria Rosa. Assim que entraram na igrejinha, a jovem depositou algumas no altar debaixo de Jesus crucificado e outras aos pés da Virgem Maria. Os dois se ajoelharam em frente ao altar e se deram as mãos. Em nome de Cristo, Maria Rosa pediu em voz alta as bênçãos de Deus para a união deles.

Depois de largar a batina. Estevão nunca mais havia estado em uma igreja. Sentia-se devedor de Cristo, pois abraçara sua causa e a abandonara. Sentia que havia traído o Senhor. Mas ali, ao lado de Maria Rosa, que derramava lágrimas abundantes enquanto pedia as bênçãos, sentiu que Ele o compreendia. Então, prostrou-se no chão e deixou escapar do peito o choro havia tanto tempo contido. Demorou alguns minutos para acalmar-se e conseguir dizer:

— Perdão, Senhor, perdão! Quero continuar a servi-Lo por meio do sacerdócio do matrimônio, honrando-O todos os dias de minha vida, espalhando Sua doutrina de amor entre todos os que comigo conviverem, abraçando a todo irmão, não importando sua raça ou posição social, jamais julgando e sempre me lembrando do quanto tenho que me redimir perante o Pai. Por isso, peço a Vós a Vossa bênção e graças Vos dou!

Quando se levantaram e se viraram para sair, os dois se depararam com o padre sentado em um dos bancos rústicos a lhes observar. Nessa hora, agradeceu a Deus por não ter mencionado, em nenhum momento, o fato de ter sido padre e abandonado a batina. Maria Rosa andou até o banco onde o padre estava, ajoelhou-se e beijou a mão dele, pedindo a bênção. Estevão a imitou.

— Deus os abençoe, meus filhos! Estão de passagem?
— Sim, padre — respondeu Estevão.
— Filho, não sei por que você chorou tanto, mas acredite: senti seu choro sincero vindo das profundezas de sua alma. Tenha a certeza de que Cristo o ouviu e de que o Pai os abençoou. Para onde vão, deve haver uma igreja. Se vocês pediram as bênçãos para sua união é porque não se casaram. Então, assim que puderem, façam isso. Tenho a certeza de que se sentirão melhor.

Dessa vez, foi Maria Rosa quem respondeu:
— Sim, padre. Mas fique tranquilo, que não vivemos em pecado. Meu irmão viaja conosco e não tivemos qualquer contato físico. Esperamos as bênçãos de Deus.

— Fico feliz que assim seja, filha. Sigam em paz!

Com um aceno de cabeça, Estevão se retirou com Maria Rosa.

— Maria Rosa, você mentiu para o padre?

— Não, de forma alguma! Não disse que nos casaríamos na igreja, apenas que esperávamos as bênçãos de Deus. Só não contei que era o que tínhamos acabado de fazer ali e que, portanto, já estávamos casados.

— Tem razão. Você não mentiu nem eu. Apenas omitimos uma parte da verdade que só cabe a mim, a você e ao Pai saber.

— Isso mesmo, senhor, meu marido. Agora posso chamá-lo assim.

Estevão se esqueceu de que estavam na rua e, segurando Maria Rosa pela cintura, levantou-a do chão e a girou no ar. Seguiram, então, para a estalagem e, assim que encontraram Ângelo, disseram a ele que haviam se casado, contaram da ida à igreja e das bênçãos que pediram. Depois, os três almoçaram e voltaram para o quarto. Ela retomou a leitura do livro e eles voltaram a se distrair com o baralho.

※

Chegou, por fim, o dia da viagem. Maria Rosa decidiu colocar um vestido simples, mas muito bonito. O tom de azul do tecido e as grandes rosas que enfeitavam a barra e que pareciam pintadas à mão o tornavam muito especial. Ela também decidiu adornar os cabelos com algumas flores do campo que colhera na estrada, o que a deixou ainda mais bela. Estevão não se cansava de admirá-la.

Quando os três embarcaram, já passava do meio-dia. O capitão, encantado com Maria Rosa, pensou consigo: "Como é bela essa menina! Consigo entender por que Estevão abandonou a farra com outras mulheres. Por uma jovem dessas, qualquer um se apaixonaria e poria a cabeça no lugar."

A viagem transcorria lentamente, mas, segundo o capitão, estava dentro do previsto. Definitivamente, o tempo não estava a favor do grupo. Nos primeiros dias, Maria Rosa enjoou bastante. Estevão pediu certas ervas a um dos marinheiros, que lhe trouxe rapidamente, e macerou. A jovem bebia um pouco por vez durante o dia, o que lhe aliviava a náusea. No quinto dia de viagem, a sensação sumiu e ela começou a se sentir bem melhor.

Para Ângelo, o início da viagem foi extremamente monótono. A paisagem era sempre a mesma; era céu ou mar o tempo todo. Mas o rapaz logo acabou se enturmando com a tripulação, prontificando-se a ajudar na embarcação. Conversava com todos, não importava a classe social. Com isso, praticamente, só ia para a cabine na hora de dormir.

Enquanto isso, Estevão tentava distrair sua menina, que era a única mulher naquela viagem. Além deles, havia poucos passageiros, pois a embarcação estava carregada, essencialmente, de trigo e algumas encomendas — pelas quais os donos esperavam nos portos. Todos tinham um cuidado especial com Maria Rosa e logo a ensinaram o carteado. Assim, grande parte do tempo ela passava jogando ao lado de Estevão; no restante das horas, eles ficavam ouvindo as histórias contadas pelos marinheiros e pelo capitão.

Por vezes, Estevão se mordia de ciúmes de Maria Rosa. Não imaginara que ela seria a única mulher na embarcação, embora soubesse que a finalidade dela era transportar mercadorias. No entanto, era só o que arranjaria naquele porto. As embarcações de passageiros que passavam pelo porto do vilarejo próximo à herdade de seu pai demoravam a passar, pois eram em menor número. O próprio conde já havia utilizado aquele tipo de transporte justamente para ganhar tempo.

Depois da parada no primeiro porto, a viagem pareceu acelerar. Logo chegaram ao segundo porto, e todos tiveram a impressão de que, em um pulo, o capitão chegou ao seguinte, onde alguns passageiros desembarcariam.

Todos estavam ansiosos. Ângelo desejava retornar rapidamente à casa dos pais; agora que a preocupação com a irmã já não era tanta, sentia uma saudade enorme de sua terra. Maria Rosa não sabia o que a esperava e não via a hora de começar a vida ao lado do amado. Estevão, por sua vez, imaginava a reação do pai; também se lembrava do avô Cipião. Passaram-se nove anos; ele devia estar beirando os noventa anos de idade. Nunca soubera sua idade exata, pois o avô dizia que perdera as contas. Estevão esperava encontrá-lo vivo para abraçá-lo mais do que a qualquer outra pessoa que ele havia deixado na herdade. Assim, os três queriam que as horas voassem, mas, por isso mesmo, o tempo parecia insistir em se prolongar.

Um dia, por fim, o capitão avisou a Estevão:
— Amanhã de manhã, bem cedo, atracaremos no porto que é o destino de vocês. Preparem-se!

Estevão explicou a Maria Rosa que era apenas uma questão de horas. Para Ângelo, que vivia entre os marinheiros, aquilo não era novidade. Só não havia dito nada porque o capitão fizera questão de ir à cabine deles para contar.

Maria Rosa teve muita dificuldade para pegar no sono naquela noite. Em sua mente, havia muitas perguntas sem respostas — talvez, nem Estevão as tivesse, uma vez que tudo dependeria da reação de Luchesi. Rezou muito para ser aceita pelo sogro e pelos cunhados, até que adormeceu com um crucifixo entre as mãos.

Antes que o dia raiasse, todos estavam de pé. Não comeram nada, apenas ajeitaram as coisas e se prepararam para desembarcar. Maria Rosa, a certa altura, colocou o irmão e o marido para fora da cabine, precisava se arrumar longe dos olhos curiosos dos dois.

Finalmente, atracaram, e eles já estavam a bombordo. Estevão, abraçado a Maria Rosa, brincava com ela:

— Rainha das flores, eu lhe apresento à Inglaterra, que muito se alegra em receber tão formosa dama em seus domínios.

— Pois saiba que, se me for permitido, haverei de rodear nossa casa de flores dos mais variados tipos, cores e aromas.

— É claro, minha querida! Tenho a certeza de que conseguirá alegrar aquele imenso castelo velho e sem graça. Todas aquelas rochas tornam o ambiente frio e sério. Minha mãe sabia como usar as cores para suavizá-lo, mas, como agora há apenas homens morando nele, é provável que o lugar esteja bastante sombrio.

Maria Rosa sentiu um calafrio ao ouvir a descrição feita pelo amado. Do jeito que Estevão falava, parecia um lugar fantasmagórico, repleto de sombras do passado. Ela pretendia fazer algumas perguntas ao marido, mas não deu tempo. No porto, um homem muito bem-vestido acenava sem parar, gritando:

— É você, meu filho? Desça! Ande, desça já!

— Estevão, quem é aquele homem que está chamando por você? É seu pai? Como soube de sua chegada? — perguntou Ângelo, curioso.

Antes que Estevão pudesse responder, o capitão tomou a frente:

— Espero que não se aborreça, mas, na manhã em que me procurou, depois que nos acertamos e que o senhor foi embora, passou uma embarcação de passageiros que vinha direto para este porto. Então, tomei a liberdade de pedir ao capitão, que conhece seu pai muito bem, que o avisasse de sua chegada. Aí está o resultado.

— Não sei se fico aborrecido ou se lhe agradeço. Queria fazer uma surpresa para meu pai, mas, por outro lado, poderemos liberar meu cunhado mais cedo. Ele está ansioso para retornar aos seus.

Depois de enlaçar a cintura de Maria Rosa, Estevão finalmente desceu para abraçar o pai. Percebeu, naquele momento, o quanto o amava e, antes mesmo de abraçá-lo, as lágrimas já lhe marejavam os olhos.

Após um abraço demorado, os dois se separaram, enxugando as lágrimas. Estevão notou que o pai havia envelhecido um pouco. Tinha muitos fios grisalhos, mas os cabelos estavam totalmente brancos nas têmporas; seu bigode também era grisalho; e já não tinha barba. Devia estar por volta dos sessenta anos de idade.

Sim, o tempo passara rápido. Estevão se lembrou de que a mãe partira já havia dez anos. Falecera ainda jovem, aos quarenta anos. Pensou em perguntar do querido avô, mas o pai adiantou-se.

— Meu filho, quanta demora! Nove anos... Esperei por uma notícia sua todos os dias. Há mais ou menos um ano e meio, enviei um amigo ao seminário onde eu o deixei e fiquei sabendo que você havia abandonado a Igreja e ido embora sem deixar rastro. Como a notícia estava bem atrasada, ninguém sabia ao certo o que havia lhe acontecido, se estava vivo ou não, e eu morria de aflição. Não fosse o velho Cipião, que sempre me acalmava e reacendia minha esperança, dizendo "Ele volta... espera! Ele está vivo e volta!", não sei se teria aguentado tamanha espera. Ordenei algumas diligências à sua procura aqui e na Espanha, e seu irmão Lívius, que sempre foi muito apegado a você, fez outras pela França, mas não tivemos qualquer resultado. Então, quando eu não sabia mais onde procurar, seis dias atrás, o capitão da embarcação de passageiros mandou um mensageiro, dizendo que eu viesse até o porto, pois você chegaria aqui em poucos dias. Quase não acreditei, não sabia se vinha ou não. Mais uma vez, Cipião me deu um belo empurrão e, há dois dias, me hospedei na estalagem para esperá-lo.

Estevão aproveitou que o pai fez uma pausa para lhe apresentar Maria Rosa e Ângelo.

O conde Luchesi queria que todos fossem para a herdade. Como, entretanto, Estevão lhe dissera que, antes de saírem dali, precisava conversar em particular com ele, foram para a estalagem onde Luchesi estava hospedado e acomodaram Maria Rosa e Ângelo, cada um em um quarto. O conde pediu que providenciassem um bom banho para ambos e avisou-os de que ele e Estevão estariam no salão conversando. Quando terminassem, todos fariam uma boa refeição. Estevão pediu, todavia, que os dois conversassem no quarto do pai. Mais que curioso, o conde estava preocupado. O excesso de cautela do filho demonstrava que o assunto era dos mais graves.

Assim que chegaram aos aposentos do conde, Estevão contou-lhe toda a sua história, desde a ida para a igrejinha pobre na Espanha, passando pela fuga com Mercedita, a imensa paixão que sentiram, as previsões ciganas e, depois de três anos, o encontro com Maria Rosa. Por fim, disse que não desejava do pai nada além de sua compreensão e, se possível, trabalhar para ele e morar com a esposa na herdade.

O pai o escutara sem interromper, sorvendo cada palavra, cada detalhe. Não entendia por que Estevão lhe pedia trabalho na herdade; afinal, era seu herdeiro e tinha o direito de primogênito, que o conde não havia passado para Décius. O irmão, por outro lado, não se preocupara com isso, pois acreditava que Estevão não voltaria, ou que, se voltasse, seria com a vida já feita, apenas para visitá-los. Era esperto e haveria de se dar bem na vida.

— Filho, quero que saiba que o que fez é realmente muito sério. Você deveria ter voltado ao seminário na Inglaterra, falado com seus superiores, pedido permissão para abandonar a batina e aguardado. Assim que eu soubesse da situação, daria um jeito de você ser liberado o quanto antes. Mas você se deixou levar por esse seu gênio tempestuoso...

— Pai, se eu fizesse isso, teria perdido Mercedita. O povo dela não ia ficar ali para sempre, nem viria para a Inglaterra. Além disso, a situação ficaria perigosa para ela, caso meus superiores soubessem de sua existência. Apesar de ser cristã, ela é cigana; poderiam acusá-la de feitiçaria ou coisa do tipo. Sei como são os julgamentos deles quando querem atingir alguém. Não se iluda, meu pai. Para ficar com ela, só havia uma única forma: fugindo.

— Sim, meu filho, eu sei, mas você não parou para pensar nas consequências? Será que valeu a pena? Afinal, vocês se separaram...

— Valeu sim, meu pai. Desde o início, Mercedita me falou das previsões que já mencionei. Se ela não tivesse aparecido, eu jamais teria tido coragem de largar a batina. Estava acomodado, apegado ao povo do lugarejo. Adorava estar junto deles, participava de suas vidas ativamente. A menos que algo mudasse dentro de mim, estaria lá até hoje.

— Bem, o que passou, passou, meu filho. Caso estejam procurando por você ou se já procuraram, não vieram até nossa casa, tanto que eu só sabia que você havia sumido, mas não sabia por quê. Como lhe disse, apenas soube quando mandei buscar notícias suas e me disseram que você havia desaparecido em missão de catequese em uma aldeia remota na Espanha, próximo a Sevilha. Pelo que me contaram, o velho padre mandou uma carta ao bispo dizendo apenas isso. Quando foram até lá para saber detalhes, o padre já havia falecido e a aldeia estava sem um conselheiro espiritual, então todos repetiam o que o padre escrevera. Como vê, eles também não sabem o que aconteceu. Passa-lhes tudo pela cabeça, menos que tenha abandonado a batina por um rabo de saia.

— Melhor assim, meu pai. Não podem saber que voltei, muito menos casado. Ainda haverá de passar muito tempo para que se esqueçam do caso.

— Meu filho, você enganou essa moça e a família? Como é possível ter se casado?

Mais uma vez, Estevão se pôs a falar e contou todos os detalhes de seu acerto com Arturo, inclusive do pedido de bênçãos que ele e Maria Rosa fizeram na igreja, diante de Cristo, e que a partir daí se consideraram casados.

— Estevão, você não poderá ficar zanzando fora de nossa propriedade. Sempre haverá o risco de encontrar alguém que se lembre de que partiu para se tornar padre. O pai da menina tem razão: todo cuidado é pouco. Agradeço que ele tenha enviado o outro filho com vocês. Nunca se sabe quem poderiam encontrar pelo caminho. Caso você precise viajar, só o fará se for para ir às aldeias do lado oposto a este porto. Todos sabem de meu desespero por notícias suas, ainda está na memória das pessoas daqui. Foi por isso que o capitão se apressou em mandar me avisar.

Estevão sabia que o pai estava certo. Talvez, não devesse ter voltado, poderia ter assentado moradia em alguma aldeia da Espanha. Perguntou ao pai sobre tal possibilidade, pois não queria correr riscos. No entanto, o conde foi taxativo:

— Em nossa propriedade, ninguém vai falar nada. Se algum servo ou meeiro perguntar, diremos que você desistiu da missão e não chegou a usar a batina... ou que recebeu permissão para deixá-la. Será melhor assim. Daqui a alguns meses, ninguém se lembrará de mais nada.

— Está certo, meu pai. Quanto a Ângelo, ele precisa voltar para casa o quanto antes. Estou causando prejuízo a Arturo, que financiou esta viagem vendendo as poucas joias da esposa, dona Ana. Sobrou algum dinheiro, que darei a meu cunhado para a volta, mas ainda não acho justo, pois eles já foram prejudicados.

— Tem razão, meu filho. Depois de comer, vamos perguntar quando virá a próxima embarcação de passageiros que vai até a Espanha; então, decidiremos o que fazer. Agora, vamos comer, sua esposa e seu cunhado devem estar famintos!

Estevão e o conde desceram para o salão da estalagem, onde os dois irmãos os esperavam apreensivos. A conversa havia sido tão longa que Maria Rosa e Ângelo já haviam se banhado e, cansados de esperar nos quartos, decidiram descer para aguardar. Falaram muito sobre o pai de Estevão, de quem tiveram boa impressão.

Assim que se juntaram aos irmãos, o conde pediu que trouxessem a refeição. Os três se fartaram com a carne de cabrito assada e servida com purê de batatas e salada. O conde não dispensou um bom vinho.

Em seguida, Luchesi chamou Ângelo para ir com ele pedir informações sobre a próxima embarcação de passageiros para a Espanha, deixando o casal sozinho. Ele sabia que Maria Rosa deveria estar insegura com relação ao futuro e precisava conversar com Estevão. Ao mesmo tempo, sossegaria o coração do jovem, que se preocupava em garantir que a irmã fosse bem recebida. Havia simpatizado muito com Ângelo. Admirava a forma como ele obedecera ao pai e como, igualmente, se preocupava com ele e com o trabalho que ficara para trás.

As informações não eram muito boas. Ângelo desejava partir de imediato, mas o transporte só chegaria ao porto dali a mais ou menos quinze dias e partiria no dia seguinte. O rapaz não conseguiu esconder do conde sua frustração.

O conde apressou-se, então, em obter informações sobre a chegada de embarcações de carga. Entendia o descontentamento do rapaz. Conseguiu descobrir que havia uma embarcação que passaria por ali em três a cinco dias e iria até a Espanha. Restava saber se teria lugar para um passageiro. Procurou o encarregado do porto, que o conhecia muito bem e que, mediante algumas moedas de ouro, assegurou que embarcaria o rapaz. Deixou o mesmo montante nas mãos de Ângelo, recomendando a ele que estivesse no porto assim que a embarcação atracasse. Então, com a ajuda do encarregado, deveria procurar o capitão da embarcação e entregar-lhe as moedas de ouro com recomendações suas.

— Bem, meu caro, vejo que agora está mais satisfeito. Não viajará tão bem acomodado, pois as cabines dessas embarcações não se comparam às das que levam passageiros. Mas, como está com pressa, dez dias a menos de espera farão diferença em sua jornada.

— Eu só tenho a lhe agradecer, senhor, mas acho estas moedas desnecessárias. Estevão me disse que ainda tem parte do dinheiro que meu pai deu a ele — disse Ângelo, estendendo o saco de moedas na direção do conde.

— Nem pense nisso! — avisou o conde. — A viagem de retorno é por minha conta. Afinal, você veio trazer meu filho de volta para mim, mesmo que sua intenção fosse a de proteger sua amada irmã.

Caminharam até a estalagem, onde o conde mandou preparar a carruagem para a manhã seguinte. Seria um dia inteiro de viagem até chegarem ao castelo. Maria Rosa ficou preocupada em deixar o irmão ali sozinho, mas o conde acalmou o coração da moça: já havia pedido ao dono da estalagem e ao filho dele que olhassem por Ângelo. Se alguma coisa acontecesse ao rapaz, teriam de se explicar com ele. Estevão, rindo, observou:

— Como pode ver, minha flor, Arturo tinha razão. Por aqui, todos respeitam meu pai e ninguém se atreve a desobedecê-lo. Sabem que é sempre muito generoso, mas, se contrariado, pode ser implacável.

Maria Rosa estremeceu; não gostou daquele comentário. Mas, pelo menos, ficou tranquila com relação ao irmão.

Todos foram dormir cedo. Estevão e Maria Rosa, sem o conde perceber, combinaram com Ângelo que ela dormiria sozinha e que ele se ajeitaria no quarto do cunhado. Estevão prometera a si mesmo que só faria dela sua mulher quando os dois estivessem em casa, em seus aposentos. Ele também precisava sentir que ela estava preparada.

Levantaram-se ainda de madrugada. O conde Luchesi tinha avisado ao proprietário da estalagem, que teve o cuidado de preparar um bule de chá quente, leite e alguns pães.

Depois que todos comeram, Ângelo acompanhou-os até a carruagem e puxou a irmã para seus braços. Com os olhos marejados, abraçou-a como nunca e disse:

— Minha irmãzinha, minha companheira de todas as horas e de tantas labutas... sei que talvez não nos vejamos mais, apesar de o conde ter me convidado para retornar. Acho isso difícil, mas creio que, um dia, Deus permitirá que vocês nos visitem. Assim, nosso pai e nossa mãe verão que tomaram a decisão certa. Amo muito você. Adeus!

Maria Rosa, tentando conter as lágrimas, respondeu:

— Meu irmão, nem o tempo nem a distância separam aqueles que se amam. Vocês estarão sempre comigo. Por favor, diga a nossos pais e a Ariel que ficarei bem. E não aceito esse "adeus". Vou dizer apenas "até um dia", pois, não sei onde nem como, um dia nós voltaremos a nos unir.

— Está bem, minha irmã. Até um dia!

Estevão entregou a Ângelo o que havia sobrado do dinheiro que Arturo lhe entregara. Nesse momento, o conde lhe disse:

— Ângelo, agradecimentos são louváveis, mas podem ser facilmente esquecidos. Como homem prático que sou, gostaria de enviar um presente a sua família. Por isso, antes do jantar de ontem, fiz uns acertos com um amigo e recebi certa quantia, que faço questão de mandar para seu pai.

— Agradeço muito, mas não posso aceitar. O certo seria meu pai dar um dote a minha irmã, mas, como deve saber, não temos situação para isso. Minha mãe estava guardando as poucas joias que ganhara do pai para dá-las como dote a Maria Rosa, mas, com a viagem imprevista, preferiu vendê-las e entregar o dinheiro a Estevão.

O conde mostrou-se irredutível.

— Não lhe dou o direito de recusar! Não se trata de dote. Você bem sabe a situação de meu filho. Estou apenas tentando agradecer a seus pais a maneira lúcida como resolveram a questão — disse o conde, que não admitia ser contrariado, estendendo uma bolsa ao rapaz. — Aceite, vamos! Tenho para com vocês uma dívida que não tem preço. Fizeram meu filho voltar para o seio da família e agora vocês são uma extensão dela. Aceite e terão em mim um amigo para todas as horas e as portas de minha casa estarão sempre abertas para vocês.

Por fim, Ângelo, sem graça, pegou a bolsa, rezando para que Arturo não brigasse com ele. Bem sabia como o pai era orgulhoso.

Depois de receber os abraços do conde e de Estevão, Ângelo viu a carruagem se afastar com o coração apertado. Sentiu que nunca mais veria a irmã. Para tentar se livrar daquela sensação de angústia, voltou para seu aposento na estalagem. Pensou no conde e na impressão que ele lhe causara. Resolveu, então, abrir a bolsa que ele lhe dera e ficou espantado: havia uma pequena fortuna. Seus pais poderiam fazer no rancho tudo o que tinham sonhado e ainda sobraria uma boa reserva para o futuro. Jamais imaginara tal coisa. Certamente, o conde havia exagerado.

Um dia antes do previsto, a embarcação que transportava trigo atracou no porto. Ao ver as moedas de ouro que o conde lhe mandara, o capitão recebeu Ângelo com prazer. Assim, o irmão de Maria Rosa partiu, levando para os pais a esperança de que a filha ficaria bem e, mais que isso, a garantia de segurança de toda a família no futuro.

❦ XI ❦

A HERDADE SEM ESTEVÃO

A viagem transcorria em ritmo acelerado. O conde Luchesi tinha tanta pressa de chegar à herdade que, por duas vezes, saiu da carruagem e foi acomodar-se ao lado do cocheiro. Estava ansioso, pois mantivera segredo sobre a chegada do filho. O único que sabia era o velho Cipião, que lhe havia dito:

— Não conte nem para os meninos. Não sabemos em que condições ele se livrou da batina. Se conheço nosso menino, decerto não soube esperar, pacientemente, pelo processo da Igreja para se libertar. Sempre teve atitudes tempestuosas; não convém arriscar.

— Tem razão, meu sogro. Vamos esperar e, depois, veremos que providências devemos tomar.

Depois que Estevão partira, a rotina na herdade havia sofrido poucas mudanças. O conde deixara a administração para Décius, tomando apenas as decisões mais importantes e intervindo quando achava que o rapaz estava extrapolando em suas atitudes. Foi, aos poucos, ensinando o filho a cuidar da propriedade, tendo o cuidado de levar com eles Antognini, que, apesar de muito jovem, já demonstrava gosto em acompanhá-los. O menino prestava atenção em tudo e, depois de certo tempo, passou a opinar também. O conde logo percebeu que Décius era radical em seus princípios e que Antognini era pura emoção. Um completava o outro, e eles raramente discutiam. Por isso, quando resolveu parar de sair pela herdade, ordenou aos dois que sempre trabalhassem juntos.

Décius sempre teve muita paciência com Antognini e acabava amolecendo em uma ou outra decisão quando o mais novo se punha a defender a causa de algum meeiro ou servo. Cerca de quatro anos após a partida de Estevão, Décius pediu ao pai que deixasse os casos referentes aos subalternos, fossem meeiros ou servos, a cargo exclusivo de Antognini. Para ele, o que interessava eram o trabalho bem-feito e a prosperidade da herdade.

Antognini guardava no peito um desejo que não se atrevia a falar nem com o irmão nem com o pai: a vontade de seguir Cristo, talvez não como padre, mas pregando a palavra de Deus e levando alívio para quantos dele precisassem. Se houvesse alguma ordem de padres que trabalhasse assim, era nela que ele gostaria de entrar. Apenas o avô sabia de seus anseios e lhe aquietava o coração.

— Tenha calma, meu filho! Aqui tem muita gente para você ajudar. Semeie o amor; esteja sempre com os braços abertos e com mel nos lábios. Você poderá ser o bálsamo dessa gente sofrida. Quem sabe, com o tempo, você não encontre uma oportunidade de seguir adiante com seu desejo? Por enquanto, sossegue, pois sinto que sua hora ainda vai demorar.

Antognini, que sempre gostara de ouvir o avô, saía dessas conversas mais tranquilo. Depois de um tempo, decidiu aproveitar as oportunidades que a vida lhe ofertava de esclarecer e auxiliar o próximo. Já ia fazer cinco anos desde que pedira ao pai permissão para ensinar as crianças. De início, o conde achara um absurdo; segundo ele, quanto mais sabido o povo ficasse, pior seria para lidar com ele. Mas, aos poucos, o velho Cipião foi amolecendo o coração do genro, afirmando que não era para deixar ninguém mais sabido, era apenas para ensinar-lhes o básico.

No fundo, o que Antognini queria era levar a eles a palavra de Deus. Como a Bíblia estava em latim, ele traduzia as passagens de Jesus e o povo aprendia a escrever copiando os ensinamentos do mestre e guardando as cópias consigo. Cipião lembrava ao conde, frequentemente, que Deus cobraria dele o fato de ele negar o pedido de Antognini, pois, com isso, ele estava impedindo aquela gente simples de ter acesso às mensagens de Jesus e de aprender os ensinamentos divinos.

Então, quase um ano depois do pedido de Antognini, o conde chamou Décius e avisou que concordaria, desde que as aulas fossem à tardinha e, no máximo, três vezes por semana. Desse modo, os jovens, que já trabalhavam na lavoura para ajudar os pais, também poderiam participar.

Antognini festejou. Não precisaria mais ir embora da herdade. Poderia ajudar a muitos ali mesmo. Ensinando as crianças e os jovens a ler, eles mesmos poderiam espalhar as mensagens do Evangelho traduzidas entre outros que não dominassem a leitura. As sementes seriam jogadas ao vento e dariam frutos.

E assim, passaram-se os anos.

Com a partida de Estevão um ano após o falecimento de Mariana, o conde Luchesi entregou-se à libertinagem com algumas mulheres fora da herdade. Décius sabia, mas não podia falar nada; afinal, era seu pai e lhe devia respeito. Logo soube de uma moça da herdade, filha do casal que cuidava do armazém, que estava grávida e que diziam ser de seu pai. Fechou os ouvidos; não queria saber! Não pretendia se meter na vida do pai nem na vida íntima do povo que morava ali. Para ele, bastava que respeitassem as leis, que eram impostas a todos para colocar ordem e para manter o trabalho frutífero. No entanto, preocupava-se com Antognini: se a notícia chegasse aos ouvidos do irmão, ele seria capaz de exigir que o pai tomasse providências e, com uma criança em jogo, talvez tivesse a absurda ideia de fazê-lo se casar. Teria de conversar com o pai para abafar os rumores.

No mesmo dia, pediu ao pai que lhe concedesse um tempo em particular, longe de todos. O conde não se esquivou, pois não imaginava qual era o assunto. Assim que os dois se fecharam em seus aposentos, Décius falou:

— Pai, com todo o respeito que lhe devo e sem querer me intrometer em sua intimidade, gostaria de saber o que pretende fazer com a criança que vai nascer e de quem o senhor será pai.

O conde tomou um susto. Não esperava que aquele fosse o tema da conversa. Já havia rumores? Não negou, apenas perguntou:

— O que espera que eu faça, meu filho?

— Espero que, mesmo sem reconhecer a criança, o senhor dê a ela e à mãe todo o amparo possível, para que nada lhes falte. Seria um escândalo se isso saísse dos limites da herdade. Somos muito bem-vistos pela Igreja, e o senhor tem amigos poderosos no governo e no clero. Não podemos colocar tudo a perder. Querendo ou não, muitas portas se fechariam, ainda que momentaneamente, até se esquecerem e se distraírem com outro escândalo. Os mais afeitos à moralidade certamente não se esqueceriam. Sem contar a decepção de Antognini, que lida com os problemas dessa gente e, para acalmá-los ou resolver suas contendas, usa as leis impostas pela Bíblia. Ele ficaria em maus lençóis, perdendo, com certeza, toda a boa vontade que esse povo tem para com ele.

— Bem, meu filho, se é isso, está resolvido. Não me pergunte como, mas já falei com os pais da moça e tudo ficará bem.

— Confio no senhor, meu pai. Se diz que está tudo encaminhado, é porque realmente já o fez. Esquecerei o assunto, mas peço que, no futuro, escolha suas amizades femininas fora da herdade. Assim, evitaremos situações como essa, que envolve uma criança que nada tem a ver com os erros da mãe nem... desculpe-me a audácia... com os seus.

O conde Luchesi empalideceu. Ao ouvir as palavras de Décius, lembrou-se de que, anos atrás, seu pai o havia chamado às falas e dito mais ou menos a mesma coisa, o que acabara levando a seu casamento com Mariana. Só faltou o filho exigir que se casasse.

— Meu filho, errar é humano, mas entendo sua preocupação. Sem sua mãe, acabei me perdendo. Envergonho-me do que fiz e aceito a lição que a vida está me dando. Seu jeito de falar é igual ao de meu pai, o conde Leon... aliás, você é quase uma cópia dele. O certo seria eu estar lhe dizendo tudo isso, pois você é jovem; no entanto, não me causa esse tipo de aborrecimento.

— Não encontrei alguém que me encantasse e que me falasse direto ao coração, meu pai. Acredito que me casarei um dia, porém, bem mais tarde.

Dito isso, pai e filho se separaram. O conde quase não dormiu naquela noite. Não se orgulhava do que havia feito: pagara muito bem a um rapaz para se casar com a moça e dera outro tanto aos pais dela para não falarem sobre o assunto. Quisera Deus que o rapaz fosse um bom marido; só assim ele teria paz novamente.

O tempo mostraria, entretanto, que o conde Luchesi estava errado e que as atitudes que tomara trariam muita dor para mãe e filha. Mas, daquelas particularidades, Décius não ficara sabendo. Soube apenas, poucos dias após a conversa com o pai, que a tal moça estava de casamento marcado. Estranhou, mas achou melhor não questionar.

Os dias transcorriam tranquilos e nada perturbava a rotina na herdade. Certo dia, porém, chegou a notícia de que o padre Estevão havia desaparecido durante uma missão em uma aldeia próxima a Sevilha, na Espanha.

O conde e os filhos ficaram desesperados, sem saber se deveriam dá-lo como morto ou não. O velho Cipião dizia que não se desesperassem, pois tinha a certeza não só de que o neto estava vivo, mas também de que ainda apareceria por ali.

Em certa ocasião, pouco antes da ida de Estevão para a igreja na Espanha, o conde mandara Antognini ir ter com ele e verificar como estava. O jovem voltou com a notícia de que o irmão estava muito bem. Os dois tinham passado uma tarde toda juntos e conversado bastante. Estevão mandara abraços a todos e pedira que sossegassem o coração, pois acreditava estar no caminho certo.

Luchesi nunca tinha ido ver o filho. Soubera por um amigo que Estevão estava indo para uma pequena aldeia próximo a Sevilha. Depois disso, nunca mais soubera nada. Isso até um ano e meio antes, quando foi em busca de notícias do filho e descobriu que ele havia desaparecido na Espanha.

XII

REENCONTRO

O conde, sentado ao lado do cocheiro da carruagem, pensava em todos aqueles anos. Nunca havia passado, oficialmente, a primogenitura para Décius, pois tinha a esperança de que Estevão voltasse. Não sabia o porquê, mas se sentia preso àquele filho que lhe havia sido tão ingrato. Era o único que não fazia o que ele mandava, que parecia sempre desconfiar do pai. Apesar disso, o conde tinha uma confiança extrema em Estevão e sabia que, com ele por perto, poderia morrer em paz.

Despertou dos pensamentos com o chamado do filho, o que lhe fez pedir ao cocheiro que parasse a carruagem. Desceu logo em seguida, indo ter com Estevão.

— Diga o que quer, meu filho.

— Meu pai, o senhor, aí ao lado do cocheiro, talvez não esteja sentindo o cansaço, mas já faz quase quatro horas desde a última vez que paramos para nos refrescar e comer. Gostaria de fazer mais uma parada. Já foram, ao todo, oito horas de viagem. Com sorte, teremos mais umas quatro horas pela frente. Poderíamos fazer nova parada para nos fartar dos lanches que trouxemos da estalagem, pois, da outra vez, só comemos as frutas. Depois, percorreríamos de uma só vez o que falta para chegar em casa.

O conde riu. Essa era a questão: Estevão estava faminto, enquanto ele estava com pressa de chegar.

— Está certo, meu filho. Eu pretendia viajar por mais uma hora antes de pararmos, mas vamos lá.

Todos desceram da carruagem e se refrescaram com a água que haviam trazido. Os homens a jogaram na cabeça; Maria Rosa molhou o rosto, o pescoço e as mãos. Estevão pegou um pano que trazia entre os pertences e esticou debaixo de uma árvore à beira da estrada. Depositou sobre ele pães, queijo e geleia de framboesa. Ao lado, colocou uma garrafa de vinho e outra de refresco. Chamou o cocheiro e, depois de perguntar o nome dele, convidou-o a participar do repasto.

— Rodrigo, não me lembro de você, mas quero que se junte a nós para comer. Estamos todos na mesma empreitada.

O conde estranhou a atitude do filho. Decerto, o servo precisava se alimentar, mas Estevão poderia entregar o lanche a ele para que comesse onde bem quisesse. Na época, não era comum que os servos compartilhassem a mesa com os patrões.

Rodrigo, que também ficou surpreso, logo disse:

— Agradeço sua generosidade, senhor, mas vou me sentir mais à vontade comendo à parte de vocês. É o costume.

— Nada disso! Você nos fará um favor se juntando a nós. Estamos cansados de nossas conversas; nesse pouco tempo de parada, poderia nos dar o prazer de contar alguns casos. Vamos, achegue-se! Eu mesmo vou servi-lo.

Para Maria Rosa, aquela atitude era natural, mas o conde balançava a cabeça inconformado. Ora, ora, Estevão sempre contrariando as normas! Decidiu render-se. O rapaz estava calado desde que saíram da estalagem, talvez fosse bom se distrair um pouco.

Todos se acomodaram como puderam na relva. Enquanto comiam, Estevão foi puxando conversa com o cocheiro que, em pouco tempo, começou a contar casos engraçados da região e de suas viagens, desanuviando suas mentes e fazendo com que rissem. Já havia passado três quartos de hora naquele cenário agradável quando o conde chamou todos de volta à realidade.

— Precisamos nos pôr a caminho novamente; afinal, temos cerca de quatro a cinco horas pela frente. Se não nos apressarmos, vamos passar a noite na estrada, o que, sinceramente, eu gostaria de evitar. Não se esqueçam de Maria Rosa, que deve estar muito cansada, dada sua fragilidade, que é natural de toda mulher.

Maria Rosa ia retrucar, pois não gostava de ser considerada mais fraca. Entretanto, Estevão olhou-a nos olhos e abriu um sorriso, pois conhecia bem o gênio da amada. Para não dar o gosto a ele, ela se calou.

O conde resolveu que dessa vez iria dentro da carruagem, recostado no banco. Sentia certa moleza, talvez devido ao vinho que tinha tomado com Estevão — cada um havia bebido um copo e meio. Já Rodrigo — com medo de ficar sonolento durante a condução da carruagem — e Maria Rosa preferiram o refresco.

Em pouco tempo, os três dormiam dentro da carruagem, os homens embalados pelo vinho e Maria Rosa vencida pelo cansaço da noite anterior, em que pouco descansara, devido à ansiedade pela viagem que a levaria ao novo lar.

Quando despertaram, já havia se passado quase três horas. O conde colocou a cabeça para fora da carruagem e viu que estavam bem adiantados, talvez tivessem menos de duas horas pela frente, e ficou satisfeito.

Assim que adentraram as terras de Luchesi, a noite começava a cair. O Sol havia acabado de se pôr, as estrelas despontavam aos poucos e a Lua, belíssima, ia subindo devagarzinho para brilhar com toda a sua magia no firmamento. Era um espetáculo incrível, que trazia aos corações mais sensíveis uma deliciosa nostalgia.

Estevão pediu a Rodrigo que parasse a carruagem. Abriu a porta, desceu e pediu a Maria Rosa que fizesse o mesmo. O conde, que mal podia esperar para chegar à herdade e ver a reação dos outros filhos, desceu e, enquanto observava o filho e a nora, de mãos dadas, admirando o firmamento, disse, fazendo gestos de impaciência com as mãos:

— Ora, veja só, Rodrigo: eu ansioso para chegar em casa, querendo levar Estevão para reencontrar os irmãos, e esses dois resolvem namorar! Sem pensar duas vezes, ele manda parar a carruagem e desce. Esse é meu filho Estevão, sempre fazendo o que quer.

— Senhor, não fique aborrecido! Há anos, ele se foi daqui. A saudade de seu chão e a magia do anoitecer lhe fizeram querer desfrutar de toda essa beleza com a esposa, sem perder um só minuto.

O conde gostou do comentário de Rodrigo. Sim, o filho havia sentido saudade daquelas terras, do chão onde nascera e crescera. Riu e brincou com o cocheiro:

— Tem razão! Eu já estou velho, mas um coração jovem como o seu deve entender os apaixonados. Bem, estou realmente cansado e ansioso, mas vamos esperar um pouco. Se demorarem muito, eu mesmo os trarei de volta à realidade.

Não foi preciso chamá-los. Ao olhar para trás, Maria Rosa percebeu a inquietação do sogro e pediu a Estevão que voltassem para a carruagem. Lembrou-lhe de que o pai não era tão jovem e de que o avô, que era o único que sabia de sua chegada, devia estar ansioso.

Estevão concordou, principalmente ao pensar no avô. Então, para alívio do conde, os dois decidiram voltar à carruagem, logo encaminhando-se para o castelo.

Assim que a carruagem parou, Maria Rosa sentiu um frio na alma. Acostumada às cores alegres da casa paterna, tudo ali lhe parecia muito triste. A construção antiga e demasiadamente alta, as paredes de pedra, as cores sóbrias, o enorme salão logo na entrada, os móveis de estilo inglês... Havia uma atmosfera de seriedade que parecia impedir qualquer manifestação espontânea de alegria.

Uma serva já de certa idade veio recebê-los. Ao ouvir o rangido da porta de entrada, percebeu que alguém estava chegando. Como os rapazes estavam em casa, concluiu que devia ser o conde que retornava. Adentrou o ambiente e, ao ver quem o acompanhava, nem chegou a cumprimentar o conde, desatando a chorar.

— Que é isso, Ana! Está assim tão triste por rever-me? — brincou Estevão.

— Por favor, perdoe esta velha! Ajudei dona Mariana a criar vocês quatro, tenho-os como filhos. Pode até ser um atrevimento, mas amo todos vocês como se fossem meus.

— Jamais peça perdão por amar, Ana — disse Estevão, se aproximando da mulher e beijando suas madeixas brancas.

— Você continua o mesmo menino — agradeceu-lhe Ana, sorrindo corada. — Graças a Deus, as lutas da vida não mudaram seu jeito espontâneo.

Estevão lhe apresentou Maria Rosa, que, de imediato, se identificou com a velha serva. Além de simpática, a mulher tinha o mesmo nome de sua mãe.

— Vou precisar muito de seu auxílio, dona Ana.

— Sim, senhora. Estou ao seu dispor!

— Não me trate por senhora, por favor. Quero ter em você uma amiga. Pode me chamar apenas de Maria Rosa.

Nesse momento, o conde interferiu:

— Minha nora, você ainda é muito jovem e não tem jeito para lidar com os servos. Concordo que Ana a chame pelo nome, como sei que faz espontaneamente com meus filhos, mas apenas ela terá essa intimidade. Os demais deverão tratá-la com o devido respeito. — E, olhando para a serva, ordenou: — Ana, por favor, chame todos os que estiverem em casa. Falta pouco para as oito da noite, mas ainda é cedo para terem se recolhido.

— Estão todos aqui, senhor. Não sei como nenhum deles apareceu ainda. Apenas o senhor Cipião se recolheu aos aposentos.

— Pois, então, vá chamar meus filhos, Ana. Mas guarde segredo sobre a presença de Estevão. Quero surpreendê-los. Chame também meu querido sogro.

Ana balançou a cabeça e saiu. Foi primeiro à biblioteca, que ficava próximo ao salão da entrada e era utilizada como escritório. Sabia que Décius estava ali. Chamou-o, deu o recado do conde e, sem esperar resposta, foi até o segundo andar. Bateu à porta dos aposentos de Antognini, que estava, como sempre àquela hora, lendo o Evangelho e fazendo anotações para quando fosse dar aula aos pequenos. Avisou-lhe da chegada do pai e, em seguida, se dirigiu aos aposentos de Cipião, que estava cochilando. Ela o acordou cuidadosamente e disse que deveria descer, pois o conde Luchesi havia chegado.

Era exatamente o que Luchesi queria: que fossem chegando, um a um, para que pudesse analisar suas expressões. Tinha algumas dúvidas em relação aos irmãos aceitarem Estevão de volta. Quanto ao velho Cipião, este já vinha com o espírito preparado, ansioso por abraçar o neto que tanto amava.

Décius, que estava mais perto, já havia adentrado a sala antes mesmo de Ana chegar ao topo da escadaria. Ao ver o irmão de pé bem ali, ficou tão surpreso que paralisou. Permaneceu imóvel, olhando para Estevão.

— Décius, meu irmão! Vejo que ainda tem o porte de um verdadeiro soldado.

— Estevão? É você mesmo?! Por um momento, duvidei do que via. Venha cá me dar um abraço!

Estevão sentiu um grande alívio ao perceber o carinho do irmão, que havia ficado realmente emocionado. Com os olhos marejados, Décius disse:

— Meu irmão, achei que o tivéssemos perdido. Nosso pai deve ter contado sobre as várias diligências para encontrá-lo aqui na Inglaterra, na Espanha e na França. Não conseguimos qualquer notícia que nos desse um pouco de esperança.

Estevão não teve tempo de responder. Antognini, do meio da escada, assistia à cena e mal podia acreditar. O mais jovem e mais espontâneo dos irmãos estava com vinte e três anos e ainda trazia em si muito da inocência de quando era criança.

— Ora, vejam só! O bom filho à casa torna. Ou seria um fantasma?

E tendo dito isso, em vez de descer as escadas, pulou o corrimão. Então, abraçou o irmão amado com todo o sentimento que trazia no peito.

Estevão ficou emocionado com a espontaneidade de Antognini, que agora reencontrava já como homem feito.

— Vamos, diga-me, Estevão: o que você fez para que nem os padres o quisessem? Vejo que, em vez de uma batina, tem uma aliança. Você aprontou alguma, não foi? — perguntou o irmão mais jovem.

Maria Rosa, que rezava para não a perceberem tão cedo — como se isso fosse possível em uma família só de homens —, corou, pois as atenções voltaram-se todas para ela. Foi salva por Cipião, que descia a escada vagarosamente e foi logo dizendo:

— Será que meu neto desaprendeu as boas maneiras para com os mais velhos? Além de me acordar, vai me deixar descer estas escadas sozinho?

Cipião estava brincando. Apesar da idade, conseguia se movimentar muito bem e não aceitara quando o genro e os netos quiseram transferir seus aposentos para o térreo. Estevão correu para ampará-lo, mas ali mesmo na escadaria ele lhe deu um forte abraço, enquanto as lágrimas caíam. Quando terminava de descer os degraus restantes, deu outro abraço no neto e beijou-lhe o rosto.

— Menino teimoso! Eu avisei que não ia dar certo. Avisei, mas você sempre foi assim: primeiro precisa sentir o fel na boca para, depois, acreditar que é amargo.

— Pode dar bronca, meu avô. O senhor tem toda razão, mas nada nesta vida é à toa! Nada, vovô. Tentei aprender o que podia e, nesses tempos em que fiquei longe, encontrei minha alma gêmea, que está ali encolhida ao lado de meu pai, tentando se tornar invisível atrás da coluna.

Naquele instante, Maria Rosa queria matar Estevão. Aquilo lá era jeito de introduzi-la na conversa? Agora, sim, que todos olhariam para ela. Lançou ao amado um olhar fulminante, enquanto suas faces coravam de maneira notória.

Estevão apressou-se em salvá-la e, abraçando-a, disse:

— Esta é Maria Rosa, minha alma gêmea, minha esposa perante Deus e os homens.

Décius foi o primeiro a adiantar-se e a beijar a pequenina mão da cunhada.

— É com alegria e honra que eu a recebo como esposa de meu irmão.

Antognini fez o mesmo, mas seus dizeres foram outros:

— Agora está perdoado, meu irmão. Finalmente, trouxe uma rosa para este nosso jardim tão apagado e repleto de cravos solitários. Seja bem-vinda, Maria Rosa. Como meu pai já deve ter lhe dito, a casa é sua. Na verdade, acredito que será bem mais sua do que nossa, pois sei que a deixará mais alegre e aconchegante.

Maria Rosa agradeceu e, indo até o velho Cipião, pediu a bênção.

— Para mim, é de suma importância que o senhor nos conceda sua bênção.

O velho emocionou-se. Naquele momento, Maria Rosa ganhara seu coração. Ela e Estevão se ajoelharam e beijaram a mão de Cipião, enquanto ele os abençoava:

— Peço a Deus que os abençoe hoje e sempre. Que o amor de Cristo os fortifique nas agruras e que a Virgem Maria os cubra com seu manto de amor! As bênçãos só são válidas quando vêm de Deus. Eu sou apenas um velho.

Enquanto isso, Luchesi deu ordens a Ana para aprontar algo para comerem. E que se apressasse, mesmo que tivesse de pedir ajuda às duas servas mais jovens que faziam o trabalho mais pesado da casa sob a orientação de Ana, que cuidava apenas da comida e da organização do lar.

Todos estavam de coração aberto e a conversa corria livre e espontânea. Estavam se distraindo com as descrições que Maria Rosa fazia do ambiente familiar paterno e do rancho como um todo quando, de repente, Décius perguntou a Estevão como havia largado a batina e se casado. Fez-se um silêncio no cômodo. Estevão não sabia se podia se abrir com os irmãos. Durante a viagem, o pai havia lhe dito que isso seria decidido quando chegassem à herdade, dependendo das reações de todos. Estava começando a ensaiar uma resposta quando Luchesi veio em seu socorro:

— Sei que todos estão curiosos e é justo, mas daqui a pouco vamos jantar. Maria Rosa, por favor, acompanhe Ana; ela irá levá-la ao quarto de banho. Em seguida, será a vez de Estevão e, por fim, a minha. — O conde fez uma pequena pausa. — Daqui a pouco, vai dar nove horas da noite, é melhor nos apressarmos; até terminarmos, a comida já estará pronta. Peço que deixem esse assunto para amanhã cedo, quando eu e Estevão lhes daremos todas as respostas.

Apesar da curiosidade, os irmãos se aquietaram. O pai tinha razão: estava tarde e ainda precisavam banhar-se antes de comer. Só o velho Cipião já adivinhara o que havia acontecido. Para os padres dizerem que o neto havia sumido é porque ele aproveitou o fato de estar em um lugar remoto e abandonou a Igreja sem dar explicação nem pedir permissão para fazê-lo. Ele conhecia muito bem o gênio impetuoso do neto; só não sabia como havia se casado.

Após terem se banhado, todos foram para a sala de jantar, onde a mesa já estava posta com alguns pratos mais rápidos de preparar, devido ao adiantado da hora. Todos se fartaram; até mesmo os irmãos de Estevão, que já haviam jantado, tornaram a fazê-lo. Só o bom Cipião não quis nada. Havia muito que, no jantar, se limitava a um caldo com torradas. Mais tarde, antes de dormir, Ana levava para ele uma caneca de leite quente.

Enquanto comiam, o conde pediu às servas que preparassem os aposentos de Estevão e Maria Rosa. Quando lhe trouxeram a notícia de que ele estava voltando e que trazia consigo a esposa, providenciara uma cama de casal para o antigo quarto do filho, dizendo a Décius e Antognini que estava esperando a visita de um casal de amigos que se demoraria algum tempo na herdade.

Após o jantar, Estevão pediu licença para se retirar com a esposa. Os dois deram boa-noite a todos e seguiram para o quarto.

Maria Rosa estava exausta, pois as emoções haviam sido muitas. Além disso, temia aquele momento a sós com o marido. Mas, no quarto, Estevão deu-lhe um beijo e a tranquilizou:

— Não precisa se preocupar. Como lhe prometi, tudo ocorrerá apenas quando você estiver pronta.

— Estevão, como poderia saber se estou pronta ou não? Além disso, nunca terei coragem de lhe avisar quando estiver.

Ele riu. Adorava a franqueza da esposa. Aproximou-se dela e sussurrou:

— Durante nossos beijos, eu saberei.

Dizendo isso, Estevão beijou Maria Rosa demoradamente. Pela primeira vez, ela se entregou ao beijo sem reservas, e ele soube que ela estava pronta. E, naquela noite, o amor se fez, assim como em muitas outras noites durante os sete anos que os dois viveriam juntos nesta terra.

❦ XIII ❦

O GUERREIRO
VITORIOSO RETORNA

Dadas as emoções da noite anterior, todos demoraram a se levantar no dia seguinte. Até mesmo o velho Cipião estendeu o sono por mais algumas horas, o que fez Ana suspirar aliviada, pois ela também havia perdido a hora. As outras duas servas se apressaram em preparar o desjejum, não a tendo acordado por respeito — não se lembravam de isso ter acontecido antes, e concluíram que ela havia sido vencida pelo cansaço.

A mesa ficou posta até mais tarde, o que não era a regra naquela família de costumes e normas rígidas; a não ser aos domingos, quando cada um ficava à vontade para fazer o que bem lhe aprouvesse. Aos poucos, todos foram se levantando e descendo para comer, tendo o cuidado de não chamar o casal, que consideravam em lua de mel. No entanto, os dois não se fizeram esperar por muito tempo. Maria Rosa foi acordada pelos beijos do marido e, depois de trocar alguns carinhos, arrumaram-se e desceram.

— Ah, já estão aqui... Que bom! Estou ansioso para ter com você e nosso pai aquela conversa que foi adiada. — Décius não se continha de curiosidade.

Antognini, demonstrando menos indiscrição, retrucou:

— Deixe-os comer sossegados! Nosso pai já está na biblioteca e não vai fugir de lá. Ele pediu que Maria Rosa esteja presente; afinal, agora ela faz parte da família.

Estevão e Maria Rosa se entreolharam. De certa maneira, temiam a reação dos rapazes. Mas o que podiam fazer? Precisavam contar a verdade e fazê-los entender a gravidade do assunto, para que não saíssem por aí dando com a língua nos dentes. Terminaram o desjejum e, depois, dirigiram-se à biblioteca com Décius e Antognini, onde o pai e o avô esperavam por eles.

Todos se acomodaram e o pai tomou a palavra, expondo o que realmente sucedera a Estevão. Sem omitir nada, fez uma síntese dos acontecimentos, procurando ver a reação no rosto de cada um para saber como se sentiam. Quando terminou, perguntou se alguém tinha alguma dúvida e disse que, caso tivesse, poderia questionar Estevão.

Décius foi o primeiro a se pronunciar:

— Que personalidade ímpar tem essa cigana! Trilhou resoluta o caminho que lhe fora traçado, sem se importar nem com os próprios sentimentos, saindo de cena quando deu por completa sua missão. Meu irmão, você teve muita sorte nesta vida! Primeiro, encontrou a cigana, que, além de apoiá-lo, de certo modo o protegeu e encaminhou. Depois, uniu-se à sua alma gêmea, como você mesmo diz, o que na idade dela não seria nada fácil, se os pais fossem rígidos e apegados às leis da Igreja. Mas não... eles conseguiram entender o sentimento da filha, pelo que entendi, pelo fato de, no passado, os dois terem passado por situação semelhante. É, Estevão... com certeza, Deus está com você. E se Ele está, quem sou eu para não estar?

— Concordo, meu irmão, apesar de achar estranho ouvir você, homem acostumado a ver a vida de forma tão lógica, falando em Deus — disse Antognini, realmente admirado com as palavras de Décius.

— Ora, não se espante! Eu creio em Deus e em Seu filho, Jesus, mas, na vida prática, a materialidade toma conta. É preciso ser bem mais racional do que emotivo, mas cada coisa em sua hora. O que é certo é certo, e o que é errado não pode se tornar certo. Existem leis e normas que regem tudo à nossa volta e devemos tentar segui-las, para que não haja tempestades inesperadas no futuro.

O conde aproveitou a deixa e esclareceu:

— É exatamente essa a questão, meus filhos. Quando Estevão abandonou a batina, não pediu permissão aos superiores. Tinha pressa, pois o acampamento cigano ia seguir em frente e esse tipo de coisa demora. Além disso, nem sempre a resposta vem a contento. Como o velho padre do local tornou-se seu aliado, Estevão seguiu seus conselhos. O bom homem deixou passar um bom tempo antes de avisar aos superiores que seu irmão havia partido, ou melhor, disse apenas que havia desaparecido. Já faz pouco mais de três anos que o fato aconteceu. Sinceramente, acredito que a Igreja tem muitas preocupações para ainda se lembrar de um padre que sumiu. Aliás, nenhuma diligência foi feita pelo clero. Deixaram por nossa conta.

— Isso mesmo, meu pai. E, para ajudar, nesses nove anos em que Estevão ficou fora, o padre da paróquia da vila faleceu. Há cerca de um ano, apenas, chegou outro para assumir o lugar. O novo padre não conhece Estevão e, talvez, nem saiba que na região existe uma família que perdeu o filho padre que desapareceu em uma missão — esclareceu Décius.

— Seja como for, não podemos arriscar. Nenhum dos servos... nem os de nossa maior confiança... devem saber da história de Estevão. Se isso fosse a público, ele passaria uns bons anos em cárcere antes de ser excomungado, carregando Maria Rosa consigo. Acredito que não perdoariam o fato de ela saber que ele é padre.

— Bem, meu pai, de minha parte, eu lhe asseguro que nada direi — Décius apressou-se em dizer —, embora, no lugar de meu irmão, eu fizesse exatamente o oposto, esperando pela autorização de meus superiores. Mas cada um é cada um, sabe de suas necessidades e até quando é capaz de suportar.

— Estevão, acredito que Deus só aceita os votos de compromisso daqueles que o fazem de coração. No caso dos que agem por impulso, Ele apenas se apieda em sua infinita misericórdia — pronunciou-se Antognini. — Você entrou para o seminário por impulso. Quando se deu conta de que estava andando por caminhos errados em uma estrada que não era a sua, voltou atrás. Acredito que o Pai já o abençoou, pois Ele aprova quando reconhecemos nossos erros e o que nos levou a cometê-los. No entanto, esse pensamento é meu; a Igreja tem suas normas e, infelizmente, costuma castigar severamente aqueles que a desafiam, que é o seu caso. Sugiro que você se restrinja à nossa propriedade o máximo de tempo possível, pois só o passar de mais alguns anos o colocará a salvo. Não se preocupe com os servos e meeiros daqui. Com certeza, virão perguntar a mim e eu contarei uma pequena mentira, dizendo que a Igreja o desobrigou de seus votos. É o único jeito de abafar, aos poucos, qualquer rumor mais forte.

— Agradeço de coração a compreensão de vocês, meus irmãos. Agora só falta meu avô falar.

— Falar o quê, meu neto? Eu já desconfiava de que fosse mais ou menos isso o que havia acontecido. Conhecendo-o como eu o conheço, sabia que devia ter sido levado pela impulsividade e não pedido permissão a ninguém para abandonar a batina. Nem parou para pensar que, com a influência de seu pai, tal concessão seria muito mais fácil. É certo que os bispos e cardeais haveriam de querer extorqui-lo, mas seu pai, louco que estava para tê-lo de volta, não se faria de rogado. Antes que pudesse imaginar, você teria a liberdade de volta. No entanto, como de costume, você agiu somente com o coração, sem pensar nas tempestades que poderiam ocorrer no futuro. Teve bastante sorte ao ganhar um aliado sábio como o velho padre, que se aproveitou do fato de estarem em uma aldeia pobre e esquecida por seus superiores. Pelo visto, ele demorou quase um ano para avisar o clero de seu sumiço, pois você está livre há três anos e nós só soubemos de seu desaparecimento há um ano e meio.

O bom velho fez uma pausa para tomar um gole de água, fazendo sinal com a mão para esperarem.

— Diante de tudo isso, só tenho uma coisa a dizer: de hoje em diante, espero que saiba usar um pouco de uma virtude chamada paciência. Nem sempre a sorte, ou a proteção divina, como queiram, conseguirá alcançá-lo. Sua alma guarda falhas que poderão atrair para você forças inimigas. Lembre-se de que, mais cedo ou mais tarde, sempre colhemos o que plantamos.

Maria Rosa sentiu um calafrio. De repente, recordou as palavras da mãe. Estevão percebeu a palidez que revestia o rosto da amada e falou:

— O que foi? Está se sentindo mal?

— Não... Ao ouvir o avô Cipião, lembrei-me das palavras de minha mãe.

— E quais foram? — quis saber o bom velho.

— Ela nos disse exatamente assim: "Ninguém deixa para trás suas dívidas sem que, mais cedo ou mais tarde, o cobrador lhe bata à porta".

— Sua mãe é uma mulher sábia. Imagino como foi difícil para ela concordar com sua união e com sua partida.

O conde já estava preocupado com tudo aquilo e ficou ainda mais: justamente seu sogro, que sempre tinha uma palavra para levantar o ânimo de quem quer que fosse, havia deixado todos introspectivos com o que dissera.

— Ora, ninguém pode adivinhar o futuro. Tudo dependerá de como vamos agir. Enquanto eu viver, certamente nenhum mal há de se abater sobre esta casa. Vou procurar o novo padre, que parece ser um bom homem. Falarei com ele antes que alguém da vila o faça. A essa altura, a notícia de que meu filho estava voltando já se espalhou. Aproveito e vejo com ele qual é a forma mais rápida de pedir ao clero permissão para que Estevão deixe a batina. Por ora, o assunto está encerrado.

E, olhando para a nora, falou:

— Maria Rosa você precisa conhecer nossa propriedade. Na verdade, para ver tudo, seriam três dias ou mais de cavalgada, pois a propriedade é bem grande. Abrigamos aqui muitas famílias que trabalham para nós, tanto que, mais além, resolvi dividir o campo e contratar meeiros para cuidar dos lotes. Nossas terras são bem mais extensas que a vila que você conheceu em sua chegada.

— Sim, meu pai, eu mostrarei tudo a ela aos poucos. Hoje mesmo sairemos para dar um passeio depois do almoço. Também gostaria de acertar com o senhor meu trabalho aqui. Acho justo e correto que Décius continue em suas funções administrativas e que Antognini o ajude com os servos e os meeiros, como ambos têm feito. Não quero tomar o lugar de ninguém, não me sinto nesse direito. Cedi minha posição a Décius há muito tempo e, por isso, ele renunciou ao antigo sonho. Hoje, lamento muito por minhas escolhas. Foi puro egoísmo de minha parte.

Qualquer dúvida que Décius tivesse sobre a chegada de Estevão esvaiu-se diante da posição do irmão. Com o coração leve, expressou seu contentamento:

— Admiro seu reconhecimento, meu irmão, mas veja bem... A propriedade é grande, as providências se multiplicam a cada dia e sempre temos de fazer uma ou outra viagem para negociar nossos produtos ou adquirir itens de que precisamos aqui. Sugiro que, por um tempo, você ande comigo pela herdade para se inteirar de tudo. Depois, dividiremos as obrigações conforme as necessidades. De acordo?

Décius sempre fora muito sério. Seus modos de pensar e de sentir eram o oposto do jeito de Estevão. Depois de refletir por alguns segundos, Estevão assentiu com a cabeça. Estava grato pela atitude do irmão, que lhe abria os braços e o recebia de maneira tão generosa.

Luchesi, por sua vez, não poderia estar mais satisfeito. Pelo que pôde perceber, tudo ficaria bem entre os irmãos. Restava apenas esperar para ver como os dois se sairiam na convivência diária. Certamente, haveria uma ou outra divergência entre eles, mas esperava que não fosse nada muito sério.

※※※

Um ano após o retorno de Estevão, nasceu o primeiro fruto de seu grande amor com Maria Rosa. Ele não cabia em si de tanta alegria; ela só lamentava não ter os pais por perto. Eles ficariam orgulhosos não só pelo neto, mas por vê-los tão bem.

Maria Rosa mantinha contato com a família por meio de cartas levadas pelos capitães das embarcações que iam e vinham do porto da aldeia próxima. Na última correspondência, soubera que, graças ao dinheiro que Luchesi mandara por Ângelo a seus pais, o pequeno rancho havia prosperado bastante. Arturo mostrara grande otimismo, chegando a dizer que mais um ano e poderiam comprar a propriedade vizinha. Era um bom lote de terra, um pouco maior que o rancho deles. O dono o adquirira, mas nada fizera com ele; apenas o cercara e, de vez em quando, contratava alguém para carpi-lo, impedindo que o mato tomasse conta do lugar. Para demonstrar sua gratidão ao sogro, Maria Rosa fez questão de ler a carta em voz alta para ele e, em seguida, beijou-lhe as mãos.

Em pouquíssimo tempo, os modos delicados e humildes de Maria Rosa conquistaram todos. Ela fazia questão de decorar o velho castelo com tapeçarias coloridas e mantê-lo repleto de flores. Também havia dado um jeito de forrar o antigo sofá e as cadeiras e de trocar as sóbrias e pesadas cortinas acinzentadas por outras, de tecido mais leve e branco. Fazia de tudo para quebrar um pouco a seriedade do lugar, a que as paredes de rochas davam um quê de antiguidade. Se tivesse escolha, preferiria uma casinha simples, como a dos pais, mas nada podia fazer quanto a isso; então, decidiu enfeitá-lo para quebrar o ar sombrio e trazer mais jovialidade. Todos apreciaram as mudanças. Como dizia o velho Cipião, "Nada como uma mulher para alegrar um lar, seja um castelo, seja uma choupana".

Por gosto de Estevão, o primeiro filho do casal se chamaria Cipião, como o bisavô. Mas o ancião pediu que assim não fosse e que dessem a ele um nome bíblico. Então, colocaram Simão, nome do primeiro apóstolo de Cristo, que, mais tarde, foi rebatizado pelo filho de Deus como Pedro.

Um mês antes de Simão completar um ano de idade, com Maria Rosa já grávida de sete meses do segundo filho, o bom Cipião partiu. Pouco antes, em certa tarde, pedira a Maria Rosa que o levasse até o jardim. Quis sentar-se em um banco debaixo de um velho ipê repleto de flores amarelas. Ali, ao lado da doce menina que conquistara seu velho coração no primeiro olhar, observando o pequeno Simão engatinhar pelo gramado, sentiu um sono incontrolável. Conseguiu apenas dizer:

— Maria Rosa, minha querida, a sesta parece não ter sido suficiente. Meus olhos estão pesados... não consigo controlar o sono...

Ao voltar-se para o homem, ela notou a palidez que tomava conta de suas feições.

— Avô Cipião, vamos entrar.

— Não, minha filha. Sinto como se todas as minhas forças estivessem indo embora. Não se apavore... Depois que minha Damiana se foi, eu a vi poucas vezes, mas agora eu a vejo no meio daquelas rosas, sorrindo para mim. E, como se não bastasse, vejo também minha querida Mariana. Veja como estão lindas! Elas estão se aproximando e estendendo as mãos para mim...

Foram as últimas palavras de Cipião. Com um sorriso nos lábios, ele se foi, deixando um vazio enorme naquele velho castelo. Enquanto isso, no mundo espiritual, havia muita festa: o justo guerreiro voltava à verdadeira pátria. Cumprira sua missão de amparar todos naquela família, dizendo a palavra certa na hora certa. Aprendera a não julgar, a tentar compreender cada ato, cada palavra, levando em consideração o jeito de ser de cada um e a bagagem que trazia da vida.

Maria Rosa amparou a cabeça de Cipião em seu colo, acariciando seus cabelos por alguns segundos. Depois, gritou por Ana, que acudiu prontamente.

⁂

Ainda estavam aturdidos com a súbita morte do velho Cipião quando nasceu Damião, o segundo filho de Estevão. Se o primeiro nascera com os cabelos negros da mãe e os olhos azuis do pai, o segundo viera ao mundo com os cabelos louros do pai e os grandes olhos verdes da mãe, o que fazia todos brincarem com o fato.

— Esses dois se gostam tanto que, para não ter briga — Antognini costumava dizer —, um filho tem os cabelos da mãe e os olhos do pai; e o outro tem os cabelos do pai e os olhos da mãe. Isso, sim, é o que se pode chamar de um grande amor.

A próxima criança veio dois anos mais tarde. Dessa vez, nasceu uma linda menina que, para não se parecer nem com um nem com outro, preferiu vir com os cabelos ruivos em cachos e os olhos castanhos esverdeados de Antognini. A essa bela flor deram o nome de Mirela. E assim estava completa a família de Estevão e Maria Rosa, que não tiveram mais filhos.

Nesta época, o conde já estava bem doente. Seus excessos, que, após a morte de Mariana, tinham sido muitos — sobretudo noites regadas a bebidas e mulheres; evitava apenas as mesas de jogo —, estavam enfim cobrando seu preço. Só sossegara com a volta de Estevão, cuja presença, por si só, lhe impunha certa disciplina. Logo após o passamento do bom Cipião, começou a sentir um mal-estar que acreditava vir do estômago. Costumava apelar para os cuidados de Ana, que lhe preparava beberagens amargas que aliviavam temporariamente os sintomas. No entanto, era só melhorar um pouco para que ele se fartasse de comidas pesadas e gordurosas.

De nada adiantavam as advertências dos filhos e da nora. Não ouvia nem a própria Ana, que passara ali a vida toda. Seus pais haviam sido servos do conde Leon e ela nascera na herdade. Nunca se casou, apesar de ter tido dois pretendentes que gostaram muito dela. Alma devotada àquela família, não aceitara ter de se mudar dali depois de casada. Exigia dos pretendentes que eles, sim, largassem o trabalho e se ajeitassem na herdade. Após a recusa de ambos, ela os rejeitou, acabando, por fim, solteira. Tinha a família do conde como se fosse sua, e todos ali tinham por ela a mesma consideração. Maria Rosa se afeiçoou tanto a ela que ensinou os filhos a chamarem-na de "Vó Ana". Para ela, esse foi o maior presente que alguém poderia ter lhe dado, e sempre dizia: "Só por isso, minha vida já valeu a pena".

Ao perceber que com as suas beberagens o conde só melhorava por algum tempo, Ana insistiu com os rapazes em que o levassem a um médico. Sabia que, na aldeia, havia um que atendia toda a região. Praticamente ordenou a eles que fossem até lá e o esperassem na estalagem pelo tempo que fosse preciso. Os rapazes, que muito a respeitavam, foram falar com o pai, mas ele se mostrou irredutível. Maria Rosa teve, então, uma ideia: um deles iria até a aldeia para conversar com o médico e o traria até o castelo para dar consulta ao conde ali mesmo.

Como tudo foi acertado sem guardar segredo do conde, que prometia pôr o médico para correr, ele aproveitou e pediu que aquele que ficasse encarregado de ir buscá-lo fizesse o favor de trazer também o tabelião. Precisava cuidar de um assunto que estava pendente há tempos.

Ao ouvir o que o pai queria, Décius se ofereceu para cuidar da empreitada. Afinal, Antognini andava muito ocupado com as aulas e Estevão com Mirela, que havia acabado de nascer. Ele mesmo traria o médico e o tabelião. Levaria consigo Paulo e Pedro, dois servos que sempre o acompanhavam. Os dois eram irmãos e haviam nascido nas terras do conde.

Já fazia quatro anos que Estevão tinha voltado, mas, pela primeira vez, Décius teve um sentimento negativo em relação ao irmão, uma espécie de ciúme.

Na administração da herdade, Estevão sabia lidar com o irmão. Décius gostava de manter a ordem e, para ele, não existiam exceções: pau era pau e pedra era pedra. Estevão o respeitava. Quando a divergência tinha a ver com o comportamento dos servos, Estevão recorria a Antognini, a quem Décius sempre ouvia — talvez por não se sentir ameaçado pelo irmão mais novo na hierarquia — e, embora relutando, acabava cedendo. Mas, quando a divergência era no gerenciamento dos produtos, Estevão usava toda a psicologia possível para persuadir o irmão a pensar como ele. Algumas vezes, não conseguia e cedia; noutras, cada um cedia um pouco. Raramente, Décius era o único a ceder. Quando o conde resolvia entrar no meio da questão e concordava com Estevão, Décius, a contragosto, fazia o que não queria. Isso o deixava sisudo por alguns dias, mas o amor entre os irmãos sempre vencia.

XIV

LUCHESI ACENDE O ESTOPIM

Antes mesmo de os primeiros raios de sol surgirem no céu, Décius, Paulo e Pedro puseram-se a caminho da vila. Sabia que levariam o dia todo e só chegariam lá à noitinha. Resolvera levar os servos consigo, porque, se o médico ou o tabelião estivessem em outra aldeia, ficaria na estalagem e os mandaria buscá-los.

Durante toda a viagem, foi à frente do grupo e praticamente não falou. Fizeram apenas três paradas rápidas, o que os servos estranharam, pois, nessas ocasiões, Décius gostava de ouvir as histórias que eles contavam. Estava taciturno, pensativo; as intenções do pai o preocupavam. Sabia que, por lei, o título de conde seria de Lívius, que era o mais velho. Contudo, o irmão, havia muito tempo, fizera questão de assinar um documento segundo o qual renunciava ao título. Estava em excelente posição desde que se casara e tomara, aos poucos, as rédeas dos negócios do duque na França. Para Lívius, títulos não importavam — pelo menos não aquele, pois não queria ter responsabilidades ali. Visitava a família mais ou menos a cada ano e meio, conforme encontrasse uma folga nas atividades. Havia dado ao conde dois netos homens, que eram a razão de viver do irmão, já que, por ocasião do nascimento do segundo filho, sua amada esposa falecera. Não mais se casou. Dizia que só se encontrava o verdadeiro amor uma vez na vida.

Décius ficou o dia inteiro cismado. O pai nunca lhe dissera que o título seria dele, mas, se Estevão tivesse continuado padre, certamente ele abraçaria a posição. Entretanto, o irmão estava de volta e já havia dado três netos ao conde. Ele, que renunciara ao sonho de fazer carreira militar, sentia-se lesado pelas atitudes impensadas do irmão. Estevão ficara fora nove anos, tempo em que ele trabalhara arduamente e conquistara a confiança do pai a ponto de, em menos de três anos, o conde não mais acompanhá-lo para efetuar os negócios da herdade. Ele mesmo passou a tratar com os compradores. Que culpa ele tinha se Estevão tinha agido de maneira precipitada ao entrar para a vida monástica? Não achava justo. Para ele, o título era muito importante e, se Estevão tivesse consciência da atitude irresponsável que o levara a sacrificar seu sonho, abriria mão do título em seu favor. Quanto à herança, era outra coisa, pois todos os filhos tinham direitos iguais.

Infelizmente, aqueles pensamentos de revolta e ciúme contra Estevão abriam brechas no mental de Décius, permitindo que se aproximassem dele inimigos espirituais antigos e poderosos. Aliás, inimigos não só dele, mas de toda a família, que apenas esperavam por uma oportunidade de atuar. Haviam estacionado nas Trevas, vítimas do próprio orgulho e da própria maldade. Não admitiam ver que os companheiros de outras existências, ao assumirem os erros e pedirem misericórdia ao Pai, tiveram o mérito de reencarnar algumas vezes, lapidando seus espíritos, cultivando bons sentimentos e seguindo em franca evolução — tanto que tiveram permissão para reencarnar na mesma família, a fim de que pudessem reatar e fortalecer os laços de afeto que, em um tempo distante, haviam sido rompidos.

Os três chegaram à estalagem ao cair da noite. Banharam-se, fizeram uma refeição rápida e, em seguida, se recolheram. Décius instalou-se sozinho em um dos quartos e os irmãos, em outro.

Pela manhã, Décius procurou saber onde poderia encontrar o tal médico, mas na estalagem ninguém tinha notícias dele. Resolveu ir à residência do homem e descobriu que ele estaria de volta à aldeia em dois dias. Ficou satisfeito; na noite do terceiro dia, os quatro já estariam na herdade. Saiu, então, à procura do tabelião, mas com esse não teve muita sorte: ele estava a três dias de viagem dali. Era muito tempo para esperar. O pai estava doente, precisava levar o médico até ele o quanto antes. Não queria, porém, deixar de lado o assunto do tabelião. Não era homem de adiar boas ou más notícias. Decidiu chamar os servos e ordenar que fossem atrás do tabelião e, assim que possível, o levassem até a propriedade. Ele esperaria pelo médico na estalagem e, depois, seguiria com ele até a herdade.

A espera solitária de Décius na estalagem só fez aumentar suas inquietações. Será que o pai não reconheceria o sacrifício que ele fizera ao renunciar a seu sonho, ou sua dedicação ao trabalho nas terras da família? Se fosse igual aos irmãos mais velhos, teria seguido com seu propósito e deixado o pai sozinho com Antognini. Não! O pai haveria de ponderar. Lamentava-se, agora, por não ter se casado. Estava com trinta e um anos de idade e, no meio que frequentava, não havia encontrado ninguém especial. Não queria se casar por casar — nisso concordava com o avô Cipião. Para que ele se unisse a alguém, a pessoa teria de fazer seu coração falar tão alto a ponto de abafar a voz da razão; caso contrário, não conseguiria ser ou fazer alguém feliz.

No final do segundo dia, informado pela esposa de que Décius o esperava, o doutor Ângelo foi ter com ele. Acertaram que partiriam no dia seguinte, assim o médico teria tempo para se refazer um pouco. Como combinado, Décius voltou para casa com ele, que, em seus trinta e poucos anos, tinha muita disposição. Fizeram três paradas curtas e chegaram à herdade nas primeiras horas da noite.

O conde, que muito a contragosto havia consentido na tal consulta, ordenou que o médico se banhasse, comesse e, em seguida, se recolhesse aos aposentos reservados para ele. Então, no dia seguinte, já recomposto, ele lhe daria a consulta. Argumentou que, àquela hora da noite, não queria nem ouvir falar de doença, pois perturbaria seu sono. Não havia o que fazer: quando o conde punha algo na cabeça, ninguém tirava. Por isso, o jeito era cumprir suas ordens.

Pela manhã, após o desjejum, o doutor Ângelo procurou o conde para finalmente dar-lhe a consulta. Ambos subiram para os aposentos de Luchesi, onde ele falou a sós com o jovem médico, não permitindo a presença dos filhos.

— Muito bem, doutor. Vamos começar entrando em um acordo: o que for conversado aqui, deverá ficar apenas entre mim e o senhor.

O médico balançou a cabeça.

— Sua família está muito preocupada. Se o diagnóstico for simples, não haverá problema em manter segredo; mas, se houver indícios de algo mais grave, se eu ocultar algo de seus filhos, poderei ser acusado por eles mais tarde.

— Doutor, não estou tão velho assim e minhas faculdades mentais não estão afetadas. Por isso, tenho o direito de exigir sigilo. Caso contrário, nem permitirei que esta consulta continue. Dê-me sua palavra de que manterá segredo. Direi aos rapazes o que combinarmos e o doutor apenas concordará.

— Já que não há remédio para sua teimosia, o que poderia fazer? Vamos à consulta! Espero que não haja necessidade de guardar segredo, mas, se for o caso, minha palavra está dada. Concordarei com tudo o que o senhor lhes disser.

Após responder com honestidade às perguntas do médico, o conde entregou-se ao exame físico.

— E, então, doutor Ângelo, o que tem a me dizer?

— Tenha calma, por favor, senhor conde! Fui chamado aqui por causa de seus distúrbios digestivos, que muito me preocupam. Ao examiná-lo, percebi a presença de uma massa avolumada em seu abdômen, que sugere a necessidade de exames mais detalhados. Estamos no fim do mundo e aqui tenho pouquíssimos recursos, mas seu filho mais velho mora em Paris, onde poderia levá-lo para se consultar em um hospital que lá existe e que, diga-se de passagem, tem muito boa fama, principalmente para aqueles que podem pagar.

— Doutor Ângelo, eu posso morrer desse mal?

— Aí é que está: sem dispor de melhores recursos, não consigo determinar a extensão da doença. Mas acredito que, sem tratamento adequado, sim, o senhor pode vir a falecer. Não posso determinar em quanto tempo, pois a massa ainda me parece pequena. Em alguns casos, elas aumentam de tamanho de maneira espantosamente rápida; em outros, crescem mais devagar. Não sabemos qual é o fator que faz esse crescimento ser de um jeito ou de outro.

— Ótimo! — O conde disfarçava a sensação estranha que lhe invadia. — Então, vamos jogar com a sorte, pois não pretendo viajar até Paris, nem para qualquer lugar, nem mesmo aqui na Inglaterra. Não quero ser cutucado ou me tornar cobaia nas descobertas dos mistérios do corpo humano.

— Senhor conde, devo insistir. Acredito que a medicina, ainda que de forma lenta, está evoluindo. Ter um diagnóstico mais preciso ajudaria muito em seu tratamento. Quem sabe, talvez, um procedimento cirúrgico resolvesse o caso? Não posso garantir nada, pois não sei a extensão do problema, mas afirmo, com base neste exame, que a doença ainda está no início.

— Nem pensar! Se o doutor não pode garantir nada, talvez sua previsão para o meu futuro esteja errada e, com o tempo, vejamos esta massa sumir. Mas prometo que farei seu tratamento e direi a meus filhos o que eu achar conveniente... pelo menos por enquanto.

Sem saída, o pobre médico teve de aceitar as decisões do conde. De imediato, deixou-lhe um medicamento que trazia na maleta. Era apenas um paliativo até que fossem providenciados os remédios que prescrevera. Além disso, o doutor Ângelo fez uma lista do que o conde poderia ou não comer, proibindo terminantemente qualquer bebida alcoólica e condimentos mais fortes.

O conde chamou a família e comunicou a todos que tinha apenas um distúrbio digestivo causado por seus abusos. Todos aceitaram a explicação, exceto Maria Rosa. A intuição feminina sempre fala alto no coração dedicado de uma mulher.

— Meu sogro, com sua licença, mas gostaria que o doutor Ângelo desse nomes aos bois. Que nome a medicina dá a esse distúrbio digestivo, doutor? Quero saber, pois existem tantas doenças e tantos nomes!

O médico ficou sem graça, pois não estava acostumado a mentir. Sem dúvida, já havia amenizado certos diagnósticos para não apavorar os doentes, porém jamais os havia ocultado totalmente.

Como a resposta estava demorando, o conde resolveu intervir:

— Ora, minha nora, será que uma simples irritação estomacal tem nome?

— É verdade, minha senhora. O senhor conde tem uma irritação estomacal, mas não é tão simples como ele diz.

O conde lançou para o médico um olhar fulminante que apenas ele entendeu.

— Continue, doutor. Sou eu quem vai assegurar que ele não fugirá do tratamento. Preciso saber detalhes para providenciar tudo o que for necessário.

— Como eu estava dizendo, não é tão simples, minha senhora. Toda doença, se não for tratada, acaba trazendo complicações sérias. As dores que o conde tem sentido apontam para uma irritação já bastante avançada. Para fazê-la regredir, é necessário seguir à risca as recomendações que deixei com seu sogro, e peço que ele entregue à senhora. Também é necessário que providenciem, com máxima urgência, os remédios que prescrevi e que não existem em nossa vila. Vocês deverão ir comprá-los em um lugarejo que fica a cinco dias de viagem daqui. Explicarei tudo a quem for buscá-los. Mandarei, também, uma missiva ao farmacêutico, além da receita. Será apenas desta vez. Depois, como costumo passar por lá a cada três meses, eu mesmo trarei os remédios.

Dessa vez, quem estranhou foi Décius, que perguntou:

— Mas quanto tempo durará esse tratamento?

— Meu amigo, não posso afirmar o tempo exato, mas será bastante longo. Em alguns casos, o paciente é obrigado a tomar medicamentos pelo resto da vida para se ver livre do incômodo, pois, às vezes, a irritação não cede totalmente.

Todos pareciam satisfeitos com as explicações dadas pelo médico, mas o conde estava com uma pulga atrás da orelha: e se quem fosse buscar os remédios fizesse perguntas ao farmacêutico? Por isso, insistiu em que Rodrigo fosse o enviado. Além de ser de extrema confiança, ele não questionaria nada.

No dia seguinte, Rodrigo e o doutor Ângelo saíram bem cedo. No castelo, Maria Rosa trocava confidências com Ana. Ambas concordavam que havia alguma coisa muito estranha com a doença do conde, que algo estava sendo escondido, mas só o tempo diria.

Dois dias após a partida de Rodrigo e do médico, os servos de Décius voltaram ao castelo com o tabelião. O conde queria ser ouvido logo, mas, dessa vez, foi o filho quem pediu a ele que deixasse para outro dia. Alegou que passar o dia todo cavalgando deixava qualquer um sem condição de expor seus pareceres.

Na verdade, Décius queria tempo para conversar com Antognini. Precisava tê-lo a seu lado para que, caso seus medos não fossem infundados, o irmão mais novo o defendesse. Sabia que, com seu jeito humilde e despretensioso, Antognini sabia tocar o coração do pai e, por isso, ele o ouviria. Já ele era visto pelo pai como um homem ambicioso, pois sempre pensava primeiro nos lucros quando se tratava dos negócios. Nunca se deixava levar pelas emoções. Negócios eram negócios, caridade era caridade; e eles não conseguiriam manter a prosperidade apenas fazendo caridade. Apesar disso, não se recusava a fazer algumas concessões para ajudar algum servo ou meeiro acometido pelos imprevistos da saúde.

Assim que Antognini se recolheu aos aposentos, o irmão adentrou, pedindo a ele que o ouvisse. Então, expôs a questão que lhe perturbava a mente.

Depois de ouvi-lo com atenção, Antognini disse que jamais havia pensado no assunto, pois pouco lhe importava quem ficaria com o título. Achava até que, quando Lívius enviuvara, ele poderia ter voltado a viver ali e, com isso, o pai anularia o documento em que o irmão, de próprio punho, renunciava ao título de conde. No entanto, o irmão mais velho viera passar na herdade os primeiros meses de viuvez e trouxera consigo os pais de Lilian, que estavam inconsoláveis com a perda prematura da filha. Na ocasião, ele deixou bem claro que, agora que a esposa se fora, não deixaria os sogros com a casa vazia e, sobretudo, sem os netos. Amava-os de todo o coração, pois era tratado como filho. Além disso, tinha em suas mãos todos os negócios da família. Sem contar que o filho mais novo, ainda pequenino, tomaria da sogra tempo suficiente para que ela não caísse nos abismos da tristeza.

Como sempre, Lívius estava sendo muito justo e correto. Não daria as costas àqueles a quem a esposa tanto amara nesta vida. Aquelas atitudes evidenciavam o caráter do rapaz, o que fazia os irmãos o admirarem. Recorriam a ele, sim, mas para pedir conselhos sobre impasses que ocorriam nos negócios ou em suas consciências. Ele sempre sugeria um bom caminho. Pensando nisso, Antognini falou:

— Meu irmão, não sei o que lhe responder. Se Lívius estivesse aqui, com certeza daria bom termo à questão, mas, como lhe disse, eu mesmo nunca pensei no assunto. Sei que você deixou seus anseios da juventude para trás para poder cuidar dos negócios de nosso pai. Também sei que Estevão não pensou em ninguém quando pôs na cabeça que ia de encontro a sua fé e se tornaria um representante dela, abandonando os deveres de filho e deixando de ouvir os sábios conselhos do avô Cipião, que bem o avisou de que seus ímpetos seriam passageiros.

Antognini fez uma longa pausa, pesando os lados da questão, e continuou:

— Por outro lado, Décius, nosso pai sempre disse que Estevão voltaria e que retomaria seu lugar na herdade, posto que antes fora destinado a Lívius. Você nunca se opôs nem demonstrou insatisfação em relação a isso. Quando ele partiu, eu tinha catorze anos e você, dezoito. Sei que eu era jovem demais e, por isso, você decidiu abandonar seu sonho, mas, uns três anos depois, eu já estava totalmente integrado aos negócios. Ainda teria dado tempo de você procurar realizá-lo. Com toda a influência de nosso pai na época, que era maior que a de hoje, certamente teria conseguido colocá-lo nas Forças Armadas. Por que você não foi?

— Ora, meu irmão, eu já havia me apegado a tudo isto. Considerei que o sonho havia ficado distante, que a hora teria sido aquela. Sempre achei que, na vida, tudo tem o momento certo, e o meu havia passado. Além do mais, nunca achei que Estevão voltaria... pelo menos, não dessa maneira, colocando em risco uma posição que, por merecimento, é minha.

— Eu gostaria de ter consagrado minha vida a Jesus, mas reconsiderei, graças aos conselhos do avô Cipião, que me disse que eu poderia propagar a doutrina cristã aqui mesmo, entre nossa gente, e, ao mesmo tempo, continuar ao seu lado e de nosso pai. Mas isso porque não tenho o gênio impetuoso de Estevão; sou ponderado, sempre peso as consequências de meus atos antes de praticá-los. Bem, de qualquer maneira, poderei falar a nosso pai em seu favor, mas não se esqueça de que é a vontade dele que deverá imperar. Seja lá o que for decidido, teremos de respeitar.

— Está certo, meu irmão. Fico contente em saber que você falará com nosso pai, se necessário. De resto, vamos esperar que tudo corra da melhor forma. Talvez Estevão nem queira o título, pois isso o deixaria em uma evidência perigosa.

Quando ficou sozinho, Antognini pôs-se a refletir sobre o assunto. Amava muito Décius. Ele ficara a seu lado nos anos mais difíceis de sua vida. Era um menino de treze anos quando a mãe partira e, um ano depois, quando todos ainda tentavam lidar com a perda, Estevão deixara a herdade. Antes disso, Lívius já havia se casado. Lembrava-se da atenção que Décius lhe dispensava enquanto o pai se envolvia com mulheres. O conde costumava sair no final da tarde e voltar para casa quando a madrugada já ia adiantada ou, então, no dia seguinte. Eram o avô e Décius que lhe faziam companhia e tentavam amenizar a falta que os carinhos maternos lhe faziam. Sim, durante nove longos anos, apenas Décius estivera a seu lado, compartilhando de seus problemas de mocidade e de sua maturidade precoce.

Entretanto, não podia negar que Estevão acabara se mostrando muito amigo, um companheiro de todas as horas. Ganhara sua confiança a ponto de ele fazer muitas confidências ao irmão mais velho. Estevão compreendia melhor sua personalidade, muito mais maleável que a de Décius. Estava sempre disposto a se colocar no lugar do irmão quando o ouvia. Talvez seus estudos no seminário e sua vivência como padre o tivessem tornado mais sensível, menos radical.

Agora, via-se em maus lençóis. Não queria tomar partido de um dos irmãos. Decidiu rezar para que isso não fosse necessário. Talvez, Décius tivesse razão e Estevão não aceitasse o título, para não chamar a atenção das autoridades.

Quase todos passaram a noite em conjecturas. Apenas Estevão e Maria Rosa não estavam preocupados. Desde que voltara, ele havia decidido acatar as ordens do pai. Por um lado, não achava bom colocar-se em evidência devido ao título; por outro, sabia que precisava pensar no futuro dos filhos. Devia receber a parte da herança que era sua por direito para poder beneficiá-los. Deixava, contudo, os acontecimentos fluírem, desejando que a própria vida resolvesse a questão.

No dia seguinte, assim que o desjejum terminou, o conde Luchesi chamou o tabelião para a biblioteca e expôs o que desejava: Estevão receberia o título e, também, seria o responsável por toda a propriedade. Quando ele viesse a falecer, as terras seriam divididas igualmente entre os irmãos, incluindo Lívius, que continuava sendo seu filho e que tinha direito à herança. Então, ele decidiria se deixaria sua parte nas mãos dos irmãos e receberia apenas uma porcentagem dos lucros ou se a venderia a eles. Essa questão competiria apenas a Lívius resolver.

Depois que o tabelião preparou toda a papelada, chamou os filhos do conde para que ele mesmo lhes comunicasse sua decisão.

— Meus filhos amados, sei que é costume esperar a morte para, depois, colocar os herdeiros a par do testamento. Como, entretanto, não desejo que vocês se revoltem no momento de minha partida, faço questão de que, desde já, tomem conhecimento de minhas decisões, que deverão ser cumpridas.

Fez uma pausa para que todos assimilassem o que ele havia dito. Sabia que Décius se revoltaria, por isso fez questão de expor a situação de Estevão.

— Quero que saibam que, usando de minha influência, consegui que o bispo responsável pela ordem a que Estevão pertencia enviasse a seus superiores o pedido para liberá-lo de sua obrigação para com a Igreja. Obviamente, assim como no passado, fiz uma vultosa doação à ordem. Acredito que esteja para chegar o documento que desobriga este meu filho cabeçudo dos votos.

Estevão tentou dizer alguma coisa, mas o pai não lhe permitiu, fazendo-o calar com um gesto. Ele estranhou Luchesi ter tomado tal providência sem lhe contar nada, pois, pelo que sabia, precisaria ter se apresentado a seus superiores e ter assinado, ele mesmo, o pedido.

Esses detalhes também foram observados pelos outros dois irmãos, que não entendiam como o pai teria tomado tais providências. O que Décius sabia, por se ocupar da contabilidade dos negócios do conde, é que ele enviava periodicamente certa quantia para a ordem a que Estevão pertencera. Nunca o havia questionado sobre isso; afinal, ter boas relações com a Igreja era fundamental, já que era nas mãos da instituição que grande parte do poder político estava concentrado.

O conde contava com o respeito que os filhos lhe tinham para fazê-los confiar em sua palavra. Ele continuou:

— Agora, peço ao tabelião que leia o que determinei para o dia em que já não estiver mais aqui.

E, assim, o tabelião leu o que o conde havia determinado, informando que o testamento já estava assinado e que ia proceder imediatamente a seu registro. O documento ficaria em sua posse até o dia em que, pelas forças das circunstâncias, fosse obrigado a executá-lo.

Antognini, prevendo a tempestade que se formava na mente de Décius, dirigiu-se ao pai:

— Pai, com todo o respeito, gostaria muito de lhe falar antes de o tabelião levar o documento para registro.

— Meu filho, não quero que seja levantada nenhuma questão. Estou decidido há muito tempo, desde a época em que Lívius se casou. Sempre soube que Estevão voltaria; só não esperava que ele demorasse nove longos anos.

— Mas, meu pai... — Antognini gaguejou, mas o conde o interrompeu.

— O tabelião precisa partir. Antognini, meu filho, dê ordens a Paulo e Pedro para que o acompanhem. Não quero imprevistos durante o caminho.

Após as despedidas, o tabelião se foi, levando consigo o valioso documento.

Quando já estava a sós com os filhos, o conde dirigiu-se a Décius:

— Não pense que me esqueci de sua lealdade ou que não a reconheci, nem que desconsiderei seu carinho por mim ao ficar aqui, ajudando-me na propriedade e nos negócios. Seria o esperado de um filho, mas você tinha um sonho, uma vocação que, visivelmente, corre em suas veias. Mesmo assim, você ficou, enquanto os outros dois não pararam para pensar; apenas traçaram o caminho que desejavam seguir e se foram. Um eu permiti, apesar do coração dilacerado, porque era a vontade de minha querida Mariana. Acabei aceitando que esse era seu destino; o outro, fui forçado a aceitar, pois não conseguiria retê-lo aqui enquanto ele próprio não percebesse que tudo não passava de impetuosidade da idade.

O conde fez uma pequena pausa antes de prosseguir:

— Sei que seu amor e sua lealdade não têm preço, mas, como reconhecimento por todo o seu sacrifício, quero entregar em suas mãos esta escritura. É a documentação daquelas terras que fazem limite com as nossas ao sul. Você me disse, muitas vezes, que seria um excelente negócio adquiri-las. Então, fiz isso há algum tempo, esperando o momento certo para lhe passar a escritura. Quero que continue aqui, pois sua parte na herdade é maior que a propriedade que estou lhe dando. Mas, como ela faz limite com nossas terras, não será difícil administrá-la. Talvez seja o caso de arranjar um bom capataz; assim, não prejudicará seu trabalho na herdade e, ao mesmo tempo, administrará o que é seu, sem prejuízo para as propriedades.

Décius olhava para o pai, mas não compreendia muito bem o que ele estava dizendo. Ele o estava recompensando pelo sonho perdido, mas, ao mesmo tempo, tirando dele a autoridade, que até então era máxima? Antes, mesmo com Estevão tendo assumido alguns afazeres na herdade, não se sentia prejudicado, porque as coisas estavam praticamente iguais ao que eram. Agora não. Agora tudo seria diferente: a última palavra seria de Estevão e, depois da morte do pai, quando herdasse o título, só Deus saberia o que poderia acontecer. Décius sentia-se rebaixado e seu orgulho não lhe permitiria aceitar isso.

Por um momento, ele se perdera em seus pensamentos. O pai continuava com as mãos estendidas, segurando a escritura da propriedade. Impaciente, o conde agitou ligeiramente o documento na frente dos olhos do filho, fazendo Décius voltar a si e pegar o papel. Mal conseguindo disfarçar a decepção, disse:

— Meu pai, agradeço muito seu reconhecimento, mas não fiz nada além de agir de acordo com minha consciência. Como um bom soldado, jamais deixaria meu coronel em maus lençóis ou sozinho em uma batalha, por mais que isso me distanciasse de meu sonho. Ou melhor, de meu plano, uma vez que o senhor mesmo me assegurou que me ajudaria e que, em breve, eu estaria integrado à vida militar.

Décius respirou fundo e continuou:

— No entanto, os caminhos da vida afastaram de mim o que eu já considerava perto de concretizar. No início, considerei a atitude de Estevão bastante egoísta. Ele nunca havia demonstrado vocação para a vida monástica e eu tinha a certeza de que era apenas um ímpeto. Mas me conformei porque o senhor, vindo ao encontro do que eu pensava, afirmou que ele voltaria em cerca de um ou dois anos. Eu era jovem; se esperasse dois anos, ainda teria tempo de colocar meu plano em prática. Entretanto, Estevão demorou nove anos para regressar. Ninguém aqui imaginava que ele abandonaria a batina. Ao saber de seu desaparecimento, esperamos ansiosamente por notícias, mas elas nunca vieram e ele demorou mais de três anos para chegar aqui. Agora, o senhor está me recompensando por meu ideal de vida perdido com uma propriedade. Então, eu pergunto a todos: qual é o valor que cada um dá a seus ideais, a seus sonhos, a seus anseios da alma?

Antes que o pai respondesse, Estevão tomou a palavra. Havia sentido na alma as palavras de Décius. De fato, não era justo o irmão ter pagado daquela maneira por um ato impensado seu.

— Meu irmão, não existe valor que recompense alguém de maneira justa por seu ideal de vida abandonado. Você tem toda razão. Meu pai, em vez de o senhor recompensar meu irmão materialmente, acredito que seria justo irmos juntos até o tabelião para cancelar o testamento e, em um novo documento, inverter a situação: Décius tomaria o meu lugar e eu ficaria contente em assumir o dele.

Décius estava intimamente satisfeito. Tinha a certeza de que Estevão não fazia questão de título, nem de posição. Queria apenas receber sua parte para viver ali com a família e garantir o futuro dos filhos

Antognini aproveitou para apoiar Estevão em sua decisão.

— Nada mais justo, meu pai. Pense bem: mesmo o senhor tendo afirmado que já encaminhou a papelada do desligamento de Estevão, para ele é melhor não ficar em evidência. O senhor bem sabe que, enquanto a alta cúpula da Igreja tiver muitos bispos e cardeais que lhe devem favores, todo o ocorrido será dado como esquecido. No entanto, se isso mudar ou se o senhor vier a falecer, alguém pode remexer nessa história e constatar que meu irmão já vivia maritalmente com Maria Rosa antes de a Igreja o desobrigar dos votos. Pior: podem descobrir que ele vivera maritalmente com uma cigana, que, bem sabemos, é um povo considerado herege, devido à prática aberta da quiromancia, da leitura de cartas e das previsões futuristas, sem contar as variadas simpatias ensinadas por eles e que a maldade das pessoas as faz ver como magia. Por tudo isso, meu pai pense bem na atitude que tomou. Além de ser injusto para com Décius, o senhor poderá estar assinando a sentença de Estevão.

O conde calou-se, apreensivo. Só ele sabia que sua doença ia levá-lo à morte; não sabia quando, mas seu fim seria por causa dela. Pediu aos filhos que saíssem e o deixassem pensar. Que falta lhe faziam os sábios conselhos do velho Cipião! Ele certamente saberia lhe indicar a solução. Ficou refletindo sobre o assunto por um bom tempo. Pediu que seu almoço fosse servido ali mesmo.

Nenhum dos filhos saiu para trabalhar, pois estavam muito ansiosos. Estevão aproveitou para se desculpar com Décius. Realmente, sua atitude fora por demais egoísta. Quisera poder voltar no tempo e seguir os conselhos do avô. Décius, por sua vez, foi amistoso e abriu o coração para o irmão. Havia se habituado a trabalhar na herdade, administrá-la com a preciosa ajuda de Antognini acabou se tornando uma tarefa agradável. Não que seu sonho não lhe viesse à lembrança de vez em quando... nesses momentos, respirava fundo e pensava que nem sempre o homem tem o controle de seu destino.

Somente no final da tarde o conde chamou os filhos. Teve de admitir, muito a contragosto, que eles estavam certos. Disse, então, que iria até o tabelião apenas acompanhado de Décius e faria a alteração que considerava a mais adequada. Quando indagado por Estevão quais seriam os novos termos do testamento, falou em tom enérgico, sem dar aos rapazes abertura para exporem suas opiniões:

— É simples: Décius ficará com o título, que lhe abrirá muitas portas e será indispensável em certas negociações e concessões de que precisamos junto ao governo. Estevão ficará com o comando geral da propriedade e será sempre dele a última palavra. Disso não abro mão. Antognini continuará com as responsabilidades que tem agora e acrescentarei que ele deverá continuar ensinando a todos, meeiros e servos, crianças e adultos, dependendo da vontade deles de frequentar suas aulas. A propriedade será dividida por igual entre todos, como determinei no primeiro testamento. Décius manterá a propriedade com que o presenteei. Estou retirando o comando principal da herdade dele, mas faço questão de recompensá-lo pelos anos em que ficou ao meu lado. Bem, acredito que esteja tudo explicado. Aconselho todos a jantar e, em seguida, se recolher. Amanhã, parto bem cedo com Décius.

Com aquelas palavras, o conde punha fim ao impasse. Décius, contudo, ainda não ficara satisfeito. Sentia-se um tanto humilhado. Queria o título porque, com ele, viria o comando geral. O título sem o comando lhe parecia apenas um adorno, e não é com adornos que um espírito militar se satisfaz, mas com gente para comandar.

Durante a noite, quase não pregou o olho. No entanto, conhecedor da personalidade de Estevão, vislumbrou a possibilidade de, aos poucos, ir afastando o irmão da administração e das decisões mais importantes. Afinal, ele adorava confraternizar com os servos e meeiros, muitas vezes ajudando-os em seus afazeres. Odiava a rotina, todo dia queria algo diferente, um novo desafio. Somente ao chegar a tal conclusão, Décius adormeceu.

Levantou-se assim que surgiram no céu os primeiros clarões do dia. Quando o conde desceu para o desjejum, já estava com a carruagem pronta e o cocheiro a postos. Não permitiria que seu pai cavalgasse, pois a distância era longa. Além disso, zeloso como sempre, ele se lembrou de que o pai estava em tratamento.

Durante a viagem, pai e filho pouco conversaram. Revezavam-se para se sentar ao lado do cocheiro e olhar a paisagem. Décius se perguntava que mal haveria em ele gostar de tomar as decisões. Sempre acertava. Até os meeiros e servos concordavam que, apesar de sua rigidez no trato, jamais deixara de se preocupar com eles. Era enérgico quando cobrava trabalho — achava que tudo precisava funcionar como um relógio que jamais atrasa —, mas também se preocupava com o bem-estar de todos. Ouvia sempre o que Antognini propunha em relação a eles e, conforme a necessidade, atendia prontamente ou, então, em oportunidade propícia. Não conseguia entender por que o pai não reconhecia isso. Para ele, a preferência do pai por Estevão era clara, senão teria deixado tudo como estava.

Após acertarem tudo com o tabelião, os três tomaram o caminho de volta. Décius ficou encimesmado durante quase toda a viagem. Nem ele nem o pai comentaram o assunto. Ao retornarem à herdade, o conde apenas pedira a Estevão que trabalhasse mais junto a Décius para que, no futuro, pudesse exercer a responsabilidade que lhe delegara.

※

Aos poucos, a rotina foi voltando ao castelo. Cada irmão assumiu as funções que lhe cabia e Estevão procurava tomar ciência de tudo o que acontecia na propriedade. Evitava entrar em contenda com Décius. Quando suas decisões sobre qualquer assunto rotineiro divergiam, procurava sempre um modo de não ferir o orgulho do irmão. Muitas vezes, chegava a concordar com ele só para não brigarem. No entanto, quando a discordância se referia a um assunto mais grave, Estevão não renunciava ao poder de decisão que o pai lhe outorgara, fazendo valer sua vontade. Décius percebia isso e se sentia cada vez mais diminuído. Também notava que o irmão concordava com ele em questões simples, mas não por entender que sua decisão era a mais acertada, mas para agradá-lo, como se agrada uma criança.

Por mais incrível que possa parecer, Décius, que tinha o espírito de um militar, só conseguia sorrir e esquecer-se da própria rigidez quando estava com as crianças de Estevão. Sempre brincava com elas. Por vezes, gostava de colocar os meninos sobre o cavalo e cavalgar com eles; noutras, inventava jogos e permitia que o vencessem só para vê-los gargalhar. Com a pequenina, era um mimo só. Dizia que não saberia do que brincar com ela quando atingisse a idade dos meninos, mas haveria de inventar alguma coisa. Todos concordavam que era inacreditável a maneira como ele se transformava. Podia-se dizer que, nesses momentos, era feliz.

O tempo passou rápido e, para Luchesi, foi implacável. Após dois anos de luta contra a doença, por fim, entregou-se a ela. Agora, o médico vinha à herdade a cada quinze dias praticamente. Nada mais lhe aliviava o sofrimento, que já não era uma simples dor de estômago, mas algo que parecia rasgar suas entranhas. Um ano antes, o doutor Ângelo contara aos filhos do conde a verdade sobre a doença, passando a administrar o que havia de mais forte para amenizar as dores. Mandara buscar no Oriente um preparado cujos componentes nem ele sabia dizer ao certo quais eram; tinha a certeza de que um deles era o ópio, embora em quantidade reduzida, já que, segundo o que se dizia na época, a substância podia viciar o paciente. Mas, considerando que o conde não tinha muito tempo de vida, isso seria melhor do que mantê-lo em constante sofrimento. A princípio, o medicamento era administrado em pequenas doses, que aliviavam as dores por algumas horas, porém, o avanço da doença exigiu que elas fossem sendo aumentadas e que se diminuísse o intervalo entre elas.

Era de admirar a dedicação de Maria Rosa, que, aos poucos, foi delegando o trabalho com os filhos para uma jovem serva do castelo. Eles ainda eram pequenos — tinham cinco, quatro e dois anos, respectivamente —, mas ela raramente abandonava a cabeceira do sogro. Ana assumia o lugar dela junto ao conde nas horas das refeições, e os filhos se revezavam durante a noite. Todos sofriam com o doente. Sua alimentação era apenas à base de líquidos, que lhe eram servidos a cada duas horas, pois ele ingeria pouquíssimo por vez.

O conde ficou preso na cama, sem conseguir se levantar, por três meses. Quando a dor diminuía, ele se animava e pedia a Maria Rosa que contasse seus casos ou, então, ele mesmo contava a ela histórias curiosas narradas pelo pai. Também gostava de falar sobre Mariana e perder-se em suas lembranças. Para cada filho, ele buscava narrar alguma passagem da vida do mesmo, ainda que já tivesse contado anteriormente. Quando passava a noite com Antognini, pedia a ele que lhe falasse sobre as crianças que viviam na herdade. O filho amoroso se esmerava em enfeitar as histórias para distrair Luchesi ao máximo. Sempre contava um ou dois fatos e, em seguida, emendava histórias da Bíblia, evitando palavras rebuscadas. Contava-as sempre da maneira mais simples possível, se atendo às passagens sobre Jesus. Nessas horas, invariavelmente, o conde, mesmo com medo de morrer durante o sono, se acalmava e conseguia dormir um pouco.

No último mês, a dor não o abandonara. Às vezes, diminuía consideravelmente, mas não cessava. À noite, Antognini comandava as preces junto à cabeceira do pai, sempre acompanhado dos familiares e de Ana. Nessas horas, o conde deixava que grossas lágrimas rolassem por sua face abatida. O que ninguém sabia era que aquelas eram lágrimas de culpa. Havia um fato que o atormentava, uma pendência que o fazia sentir um enorme remorso. Toda vez que Maria Rosa lhe beijava as mãos e ele via nela uma filha amorosa, seu coração doía, pois outra filha poderia estar ali, lhe ofertando amor, se ele não a tivesse rejeitado e até mesmo se livrado de sua presença.

Aquele havia sido seu maior erro, seu arrependimento mais sincero. Precisava confessá-lo e arranjar para que fosse reparado, ainda que tardiamente, como a espiritualidade esperava que ele o fizesse. O maior beneficiado seria o próprio conde, que começaria, desde aquele momento, a reparar um erro horripilante, dando alívio à própria consciência e paz ao espírito de uma mãe que, pelo sofrimento da filha querida, se debulhava em lágrimas. Era Liliane, a quem o conde fizera muito mal, e que, agora, junto àquele leito, orava ao Pai Maior, implorando, em nome de Jesus, que Luchesi deixasse o orgulho de lado e, finalmente, tomasse providências para salvar a filha de um destino bastante cruel.

Certa manhã, o conde tomou coragem e disse a Maria Rosa que Estevão fosse ter com ele antes de sair. Precisava falar urgentemente com o filho.

Em pouco tempo, Estevão estava ao lado do pai. O conde, depois de pedir à nora que se retirasse, contou ao filho toda a história, sem omitir qualquer detalhe. Concluiu dizendo que não sabia do paradeiro da filha, mas esperava que os avós dela realmente a tivessem entregado a um orfanato. Nunca se dera o trabalho de verificar, pois tinha receio de saber a verdade. Todavia, duvidava de que tivessem seguido à risca o que ele havia ordenado. Se pudessem, tentariam lucrar ainda mais em cima da pequena, não se satisfazendo com o dinheiro que ele lhes havia dado.

Estevão estava atônito. Que coisa horrível o pai havia feito! Como pudera abandonar o sangue de seu sangue daquela maneira? Ainda por cima, providenciara para que ela fosse levada para longe de seus olhos. Sem conseguir absorver tudo aquilo, perguntou ao pai sobre a desventurada mãe da criança.

— Liliane? Ah, meu filho, acho que sempre fui hipnotizado por olhos verdes e azuis. Minha venerada Mariana tinha olhos azuis e os de Liliane eram verdes. Pobre menina! Era diferente dos pais. Não tinha dentro de si a cobiça aflorada. Tão jovem... tinha idade para ser minha filha. E, justamente por eu ser um homem maduro, foi fácil me acercar dela e ganhar sua confiança. Tinha um sorriso franco e sonhos muito simples. Dizia que os pais esperavam que ela fizesse um bom casamento para que pudessem se ajeitar, já que seus dois irmãos mais velhos haviam sumido no mundo ainda jovens. No entanto, ela me confidenciou que somente se uniria a um homem por amor, chegando mesmo a dizer que fugiria de casa se eles lhe arrumassem um pretendente indesejado. É claro que eu a apoiei e lhe afirmei que a ajudaria a se desvencilhar dos pais, que, desde menina, faziam dela sua serva. Ela era responsável por todo o trabalho doméstico e ainda os auxiliava no armazém, ficando ali sozinha após o término das obrigações em casa, pois os pais alegavam cansaço.

O conde fez um sinal com a mão pedindo uma pausa. Depois, continuou:

— Para que ela pudesse se encontrar comigo, os pais dela se dispunham a ficar no armazém... certamente, por minha posição. Eu era o patrão e, ainda por cima, estava viúvo. Eles deviam sonhar com a situação privilegiada em que a filha os colocaria se nós dois nos casássemos. Tirei minhas dúvidas e confirmei o que já sabia: ela era uma ovelha nascida no meio de lobos. Mesmo assim, meu coração não se condoeu e levei adiante meu projeto de conquista. Nada lhe prometi, apenas disse que a amava, o que não era de todo mentira. Eu tinha uma grande afeição por aquela jovem de coração generoso. No entanto, logo no segundo mês, ela veio até mim assustada e me falou que achava que estava grávida. Depois disso, não a procurei mais. Até que Décius ouviu um zum-zum-zum entre as pessoas daqui e veio me exigir uma providência, que eu tomei, sem seu irmão saber qual tinha sido. Ele nunca me indagou e eu nunca lhe contei.

— Mas, meu pai, Décius permitiu, dentro de nossas terras, que a pobre moça fosse vítima de um marido cruel que a obrigava se prostituir? E Antognini, não percebeu tamanha afronta às leis divinas?

— Não, meu filho. Não só arranjei o noivo como paguei a ele um bom dinheiro pela virgindade de Liliane. Ele era nosso vizinho, havia herdado dos pais um pequeno sítio. A pobre Liliane foi levada por ele para lá e, fora de nossa propriedade, ele a forçava a se deitar com outros homens. Seus irmãos nada poderiam fazer, principalmente Antognini, que lamentava o que diziam sobre os moradores daquele sítio, mas não sabia que ali moravam sua irmã bastarda e a infeliz que eu havia desonrado. Enfim, Liliane foi vítima de todos, meu filho. Ela não merecia aquele destino, tanto que Deus se apiedou dela e logo a levou desta vida.

— Pai, o que o senhor quer de mim, contando-me esses terríveis acontecimentos? Apesar de considerar um verdadeiro crime o que o senhor fez, não posso julgá-lo e muito menos perdoá-lo, pois não fui sua vítima.

— Quero lhe pedir que, assim que eu me for, você vá atrás de minha filha e faça o que houver de melhor por ela.

— Não precisava nem me pedir, meu pai. Com ou sem seu consentimento, estando o senhor doente ou não, era exatamente isso que eu faria no direito de irmão da menina. Que idade ela tem agora?

— Está com quase catorze anos. O nome dela é Maria Clara.

Estevão tranquilizou o pai, prometendo que só falaria com os irmãos sobre o assunto após sua partida. Em seguida, chamou Ana para ficar junto dele e foi à procura de Maria Rosa. Precisava abrir o coração. A antiga aversão que tinha ao pai agora voltava com tudo. Estava enojado com o que ele havia feito.

Maria Rosa ouviu tudo calada. Emocionou-se ao saber que haviam tirado a criança da mãe e ao imaginar o sofrimento da pobre criatura. Ciente das obrigações que todos temos para com nossos semelhantes — principalmente com aqueles com os quais temos ligações consanguíneas —, disse a Estevão que proteger a menina não era o suficiente, precisava trazê-la para junto deles, passando por cima de qualquer preconceito. Se o pai errara, a criança não tinha culpa; bastava o sofrimento da mãe, que, infelizmente, não poderia ser reparado. Era exatamente o que Estevão queria fazer. Satisfeito, concordou com a esposa e os dois traçaram planos para uma futura viagem e como ele deveria agir para obter a localização da pequena.

No mundo espiritual, uma alma ajoelhava-se e louvava, dirigindo afetuosa prece a Jesus e à Virgem Maria. Liliane agradecia a interseção junto ao Altíssimo, pois sabia quão difícil era penetrar no coração do conde Luchesi e fazer germinar o remorso, a ponto de derrubar seu orgulho e sua vaidade. Prometeu ficar ao lado de seu algoz até a derradeira hora e perdoá-lo do fundo de sua alma, tendo Jesus por testemunha. E assim ela o fez.

De fato, essa era a única questão pendente que impedia o conde Luchesi de se desvencilhar dos laços da carne. Assim, algumas horas depois da confissão, ele começara a piorar visivelmente. De uma hora para a outra, as poucas forças que lhe restavam foram se extinguindo. A respiração tornou-se difícil e a dor, alucinante. O conde gemia sem parar.

Maria Rosa percebeu, de imediato, que aquela crise era diferente de todas as outras. Sua intuição lhe dizia que ele não sairia dela com vida, apesar de fazer três dias que o doutor Ângelo ali estivera. Pediu ao marido e aos cunhados que dessem um jeito de ir buscá-lo o mais rápido possível, mesmo que viajassem a noite toda e que não descansassem para voltarem o quanto antes.

Os filhos não quiseram se ausentar em um momento tão crítico. Em vez disso, pediram a Paulo e Pedro que fossem buscar o médico. Enquanto isso, plantaram-se dentro do castelo, mal dormindo e não saindo dali por nada.

Antognini, sentado ao lado do leito do pai, orava, suplicando a Deus que amenizasse os sofrimentos dele. Maria Rosa e Ana o acompanhavam. Nessas horas, o conde adormecia, mas ainda parecia sentir dores, pois continuava a gemer.

Paulo e Pedro foram rápidos. Viajaram a noite toda sem parar para descansar, fazendo a troca de cavalos na estalagem. Mal se alimentaram e foram atrás do doutor Ângelo, que, imediatamente, se aprontou para seguir viagem com os irmãos. Chegaram ao castelo no início da madrugada e o médico logo foi ter com o conde.

Depois de examiná-lo, chamou os filhos e avisou que Luchesi dificilmente acordaria na manhã seguinte. Mesmo assim, administraria a ele a medicação de hora em hora, para que as dores amenizassem um pouco. Era só o que podia fazer. A doença estava, enfim, vencendo aquele corpo cansado de lutar pela vida.

Durante a madrugada, apesar da medicação, o conde despertou. Ao abrir os olhos, viu toda a família reunida. Com dificuldade, pediu aos filhos e a Maria Rosa que colocassem as mãos em cima das suas e pediu perdão por suas atitudes impensadas. Afirmou que amava todos do mesmo modo e que, se os tratava de formas diferentes, era porque cada um tinha um modo de ser.

Após uma ligeira pausa, o conde disse a todos que havia confessado o último desejo a Estevão e que nenhum deles deveria interferir em seu cumprimento. Isso era fundamental para que sua consciência partisse apaziguada, apesar de saber que havia cometido outros tantos erros.

Sob a promessa de todos os presentes, o conde fechou os olhos. Sua respiração tornou-se lenta e de sua boca começou a sair uma secreção, que Maria Rosa limpava toda vez que acontecia. Ele já estava inconsciente e seus olhos espirituais viam ao seu lado duas mulheres: uma era aquela a quem ele dedicara um amor quase fraternal e que, naquela vida, o havia orientado como se fosse uma mãe paciente e generosa; a outra era aquela a quem tanto prejudicara. Estranhamente, esta trazia um semblante tranquilo, com um leve sorriso, e dizia a ele: "Não temas".

Dali a poucos minutos, o conde fazia a passagem, entre confuso e muito fraco. Os irmãos socorristas o fizeram adormecer e o levaram rapidamente dali. Seu espírito estava sendo reclamado por inimigos poderosos de outras vidas que argumentavam que ele havia cometido falhas suficientes para continuar onde estava quando encarnou. Mais uma vez, sucumbira aos prazeres fáceis. Seus amigos espirituais, contudo, alegavam que ele tinha méritos, que amava os filhos e que tudo fizera por eles. No comando da herdade, procurara ser justo nas questões, apesar de, muitas vezes, colocar seus interesses materiais e seu orgulho à frente, este, porém, já bastante diminuído devido à convivência com Cipião e Mariana. A vítima de sua maior atrocidade o perdoara, tendo conseguido permissão do Altíssimo para ali estar, assegurando que ele não cairia nas mãos de tais inimigos.

E, assim, nosso irmão Luchesi seguiu para um pronto-socorro espiritual que ficava na própria crosta terrestre. Ali, permaneceria apenas o necessário para sua melhora, o que demorou muito tempo, devido aos cruéis eventos ocorridos com a família encarnada um ano após sua passagem.

Após as celebrações fúnebres, o conde Luchesi foi enterrado no cemitério da propriedade ao lado de Mariana. O castelo entristecera. As crianças perguntavam pelo avô, que, com eles, se desdobrava em carinhos. Maria Rosa dispensou a boa Ana, ordenando a ela que descansasse por, pelo menos, três dias. O abatimento físico e emocional da serva era evidente. Maria Rosa temia por sua saúde, pois tinha a mesma idade do sogro que partira.

※ XV ※

RESGATANDO SEU SANGUE

Enquanto Maria Rosa coordenava o trabalho dos servos da casa, Estevão pediu uma reunião urgente com os irmãos. Relatou, então, tudo o que o pai lhe confidenciara. Décius não parecia muito surpreso. Conhecia metade da história; só não sabia que o pai se livrara da menina daquela maneira. Já Antognini ficou desnorteado com a notícia. Que história era aquela, que havia acontecido bem debaixo de seu nariz e ele não percebera? Puxando pela memória, lembrou-se de que alguns meeiros diziam que o conde tinha um caso ali na propriedade, mas ele, sem graça de falar no assunto com o pai, pedira a Décius que verificasse. O irmão lhe dissera, na época, que aquilo não passava de intriga de gente que pretendia desestabilizar o bom relacionamento que eles tinham com o pai. Ele acreditara e deixara claro para todos que, se quisessem sua amizade e sua ajuda, não tocassem mais no assunto. Depois disso, ninguém mais comentara nada com ele.

Após um breve silêncio, Estevão perguntou a Décius por que ele permitira que o pai agisse com tamanha injustiça. Por um erro cometido por ele, a vida de uma moça fora destruída, e sabe-se lá como vivia a própria filha, sangue de seu sangue.

Décius não era de gaguejar, mas, dessa vez, ao começar a falar, era notória sua insegurança — a mesma que ele sentira na época. Ele, que se gabava de sempre agir como um militar, exigindo respeito às leis, fechara os olhos e os ouvidos. Não tivera coragem de enfrentar o pai. Pedira a ele que cuidasse para que a criança não passasse necessidade, mas também pedira que abafasse o caso para evitar um escândalo. Foi sincero e disse a verdade a Estevão. Não passara por sua cabeça investigar a moça em questão, verificar se era uma pessoa digna ou não, tampouco acalentou a ideia de o pai reparar o malfeito casando-se com ela. Se realmente amasse aquela mulher, teria ele mesmo pensado nisso em vez de livrar-se do fardo.

— Muito bem... — disse Estevão, nervoso com a situação. — Saibam que o último pedido de nosso pai foi exatamente para que eu reparasse o erro que ele cometera, amparando a menina. Aliás, segundo ele, ela se chama Maria Clara.

— Está certo. Vá ver como ela está, como vive. Se necessário, daremos a ela um bom dote para que se case com um homem de bem... caso ela esteja mesmo no orfanato e não deseje seguir a vida monástica — propôs Décius.

— Meu coração me diz que nosso pai estava certo. Os avós da menina não devem tê-la entregado ao orfanato, e antevejo que a encontrarei em péssima situação — Estevão começava a preparar o terreno para trazê-la ao convívio deles.

— Nesse caso, ela deverá viver aqui, entre nós — concluiu Antognini, ainda se sentindo mal com o que acabara de saber.

Décius ficou extremamente nervoso. Como admitiria, diante de todos, o erro cometido pelo pai? Não conseguiu se calar.

— Pense bem, Estevão. Ampare a menina, mas não a traga para cá. Nosso pai morreu, mas o escândalo será o mesmo. Até o respeito que as pessoas têm por nós será abalado.

— Sinto muito, meu irmão. Com ou sem escândalo, se ela não estiver em um lugar decente, eu a trarei comigo. E não farei isso pelo dever de cumprir a vontade derradeira de nosso pai, mas pelo dever de irmão. Espero que ela seja muito bem recebida. Não tenho mais nada a dizer sobre isso. Partirei amanhã de manhã, levando comigo alguns homens, pois não sei o tipo de gente que vou encontrar.

❦

Ao todo, Estevão demorou dez dias na empreitada e voltou com a menina, para alívio de Maria Rosa e de Antognini. Já Décius, que recebeu a notícia quando voltava da vistoria feita em terras de dois meeiros, precisou preparar o espírito. Mais uma vez, Estevão o contrariara. Por que o irmão fizera aquilo? Será que a menina estava tão mal alojada que não poderiam ampará-la sem trazê-la para a herdade?

Entrou no castelo e foi direto para a biblioteca, não queria encontrar a menina antes de falar com Estevão. Ainda não sabia, mas não corria esse risco: Maria Rosa e Ana a banharam, a alimentaram e, depois, a acomodaram no quarto que era do avô Cipião. Maria Clara adormeceu profundamente, tamanha era sua exaustão.

Estevão foi até biblioteca, levando consigo Antognini e, antes de Décius questioná-lo, acomodou-se em uma cadeira e relatou toda a história da menina, tal como os avós dela haviam contado para ele. Esclareceu, também, que ela estava prestes a estrear no meretrício, o que ainda não havia ocorrido devido à fragilidade de Clara — como decidiram chamá-la. Seus patrões — ou donos, como a pequena os chamava — estavam esperando apenas que ela criasse um pouco mais de corpo, pois como estava não chamaria a atenção de ninguém.

Décius sensibilizou-se, apesar de saber o escândalo que a novidade poderia causar. Sempre fora justo e, além disso, não queria ter esse peso na consciência. Se ela estivesse bem, seria diferente, mas não era o caso. A menina não havia feito mal algum para merecer tal castigo. Naquele tocante, Estevão agira acertadamente, o que Décius fez questão de deixar claro para os irmãos.

Estevão respirou aliviado. Apesar de conhecer o bom coração do irmão, estava receoso, devido ao orgulho que ele sentia pelo nome da família. Após o jantar, todos se recolheram.

No dia seguinte, Ana estava com Clara na cozinha. Queria a todo custo preparar o desjejum. Maria Rosa chegou a tempo de ver a discussão entre as duas, balançou a cabeça e sorriu. A menina tinha o sangue de Luchesi, sem dúvida. Seus irmãos também detestavam ficar à toa; sempre procuravam algo para fazer, fosse o que fosse. Ela não era diferente. Encerrou a discussão pegando a menina pela mão e dizendo a ela que, antes do desjejum, daria um jeitinho em seus cabelos. Levou quase meia hora, mas Maria Rosa conseguiu deixá-lo bem melhor. Os cabelos de Clara eram muito bonitos, com cachos enormes que lhe caíam sobre os ombros.

Ela era muito grata a Estevão e a Maria Rosa, que cuidava dela como se fosse sua mãe. Apesar de ser tão jovem, sentia-se como se vivesse um sonho, do qual temia acordar e se deparar com o pesadelo que era sua vida antes de Estevão resgatá-la.

Naquela manhã, Décius conheceu a pequena. Enquanto descia as escadas, reparou na menina sentada à mesa, de cabeça baixa. À primeira vista, parecia tão franzina! Reparou que os cabelos compridos e cacheados dela eram muito bonitos. Acercou-se da mesa e parou bem na frente de Clara. Maria Rosa, que estava ao lado da menina, fez as apresentações.

Quando a jovem ergueu o rosto e olhou para Décius, ele estremeceu. Aqueles olhos tinham algo que o impressionava. Não eram apenas belos; traziam alguma coisa que ele reconhecia. Era como se ele tivesse encontrado um amigo depois de longos anos de separação. O homem ficou ali parado, encantado com aqueles olhos brilhantes, enquanto um largo sorriso se abria em seu rosto. Era um lindo sorriso, que ele costumava reservar apenas aos sobrinhos que tanto amava.

Décius não sabia dizer de onde vinha aquela estranha sensação. O mundo espiritual assistia a tudo, pois era um encontro determinado. Ele acabara de receber em sua família alguém que havia vivido com ele em várias reencarnações. Fora sua esposa, sua mãe, sua amante, sua filha e um amor não assumido, por orgulho, na época da passagem de Cristo sobre a terra. Os dois haviam se encontrado muitas vezes, algumas delas repetindo as posições, os parentescos. Precisavam reatar os laços, reavivar o amor que sentiam, recuperar a confiança que tinham um no outro e que se perdera. Dessa vez, ela seria sua irmã, uma irmã bastarda que ele tanto havia rejeitado em pensamentos. Agora, olhando para Clara, se arrependia de não a ter procurado quando ela ainda era uma criança, antes de o pai ordenar que sumissem com ela, ordem esta de que ele não havia tomado conhecimento. Apenas soubera do sumiço da menina e preferira nada questionar.

Clara também sorriu para Décius, o que fez Estevão reclamar. Era a primeira vez que a via dar um sorriso, apesar de Maria Rosa afirmar que a menina sorrira para ela antes de adormecer. Com sua costumeira espontaneidade, foi logo dizendo:

— Ora, ora, Clara, você mal olhou para mim até agora e, logo na apresentação, presenteou meu sisudo irmão com o sorriso mais lindo que já vi. Estou com ciúmes!

A menina corou de tal modo que suas faces queimavam. Antognini, que a conhecera no dia anterior, brincou:

— Clara, não se acanhe. Na verdade, é para mim que você deveria sorrir, pois sou o mais jovem e o menos sério de todos. Também vou querer este lindo sorriso.

Todos começaram a rir. A espiritualidade estava feliz, pois a família toda se empenhava para que a menina se sentisse parte dela e muito benquista. Liliane deixava as lágrimas caírem livres, enquanto agradecia muito a Jesus. Seu amor era magnânimo! Ela sabia que suas bênçãos estavam sempre auxiliando a todos nós; bastava que enxergássemos a vida e nosso próximo com amor para que o véu da cegueira espiritual se levantasse e pudéssemos sentir as bênçãos do mestre. Liliane recebeu permissão para ser a protetora da filha no ambiente familiar. Não ficaria ao lado dela o tempo todo, mas poderia vir nos momentos mais difíceis e em que fosse necessário um amparo maior. Havia sido informada da terrível prova que todos ali enfrentariam, principalmente os três irmãos.

Depois do desjejum, Clara ficara à vontade para fazer o que mais apreciasse, com a anuência de todos. Havia sido escrava durante todos aqueles anos e tido suas vontades podadas pela vida. Chegara a hora de satisfazê-las. Estevão conversou com ela para saber como desejava ocupar o tempo, e ela pediu para cuidar das crianças. Eram tão pequenos! Clara gostava de brincar com eles — ela não se lembrava de ter brincado um dia. Aceitou com alegria as aulas que Antognini lhe oferecera, pois não sabia ler nem escrever. No início, tinha muita dificuldade, o que, somado a seu jeito muitas vezes alienado, fez com que levantassem a hipótese de ela ter algum tipo de problema mental. Levaram-na ao médico. Após conversar com ela e saber de todo o seu histórico, o doutor Ângelo deu um diagnóstico:

— Sua mente acostumou-se a fugir da realidade para que ela sofresse menos. Tentou não viver o presente, fazer tudo de modo automático, deixando a cabeça vaguear por um mundo de fantasia. Ela não é doente mental, mas o sofrimento que a vida lhe impôs a deixou meio abobada. Recomendo que Antognini continue com os ensinamentos. Quem sabe, se receber muito carinho, ela pare de se refugiar nesse universo de faz de conta?

E foi assim que todos passaram a considerá-la: uma menina abobada. Clara não se importava. Não confiava nas pessoas, que mudavam seus modos de ser e de pensar de uma hora para outra. Agindo da maneira como agia, ela poderia ficar junto daquela família que a amava e que tão bem lhe fazia, e não correria o risco de se magoar. Dava-se bem com todos e, se fosse necessário, daria a própria vida por eles.

※

Depois de algum tempo, a vida voltou ao normal e cada um retomou à rotina. Ninguém fazia ideia da nuvem densa que se formava por causa da insatisfação de Décius.

Aos poucos, Estevão, sem a presença paterna, foi tomando de fato as rédeas de todos os assuntos da herdade. Permitia que os irmãos trabalhassem como bem entendessem, mas fazia questão de ser notificado de tudo o que faziam. Quando se tratava de alguma questão que precisava ser resolvida de imediato, Décius e Antognini tomavam a decisão; mais tarde, em casa, reuniam-se na biblioteca, e Estevão pedia que explicassem o porquê de a terem tomado, caso não concordasse com a resolução. Não importava qual dos irmãos fosse o responsável; questionava os dois da mesma maneira.

Passado algum tempo, porém, Estevão parou de aceitar as opiniões dos irmãos, por mais simples que fosse a questão. E já não tinha o mesmo cuidado para não ferir o orgulho de Décius. Para Maria Rosa, justificava-se afirmando que não podia viver pisando em ovos. Se algo desse errado, a responsabilidade seria dele.

O que Estevão não percebia, entretanto, era o quanto Décius se sentia humilhado com aquelas atitudes. Durante muito tempo, ele havia sido o único a tomar decisões por ali, mesmo com o pai vivo. Na época em que o irmão mais velho vivia longe de casa, a última palavra era a dele. O pai raramente se opunha à sua vontade; confiava nele e pronto.

Décius tornou-se taciturno. Falava pouco e evitava discutir. Afinal, se sua opinião raramente prevalecia, de que adiantaria desgastar-se? Antognini, por outro lado, sentia-se útil no que lhe cabia. Estevão não se opunha a nada do que ele gostava de fazer; ao contrário, o incentivava. Assim, ele tentava mudar a disposição do irmão contrariado, mas era em vão. Sentindo-se diminuído, Décius passou a deixar de lado alguns detalhes nas conversas com Estevão. Aparentemente, eram coisas sem importância, mas, com o tempo, causariam problemas aos negócios. Isso porque, toda vez que o irmão mais velho discordava dele, deixava claro que por ora fariam como Décius decidira, mas, em uma próxima vez, tudo seria diferente. Ele não queria ter de determinar algo para os servos ou meeiros e, depois, mudar o que havia dito.

Naquele ano, os dias se passaram arrastados. O ambiente foi se tornando pesado e, afogado em mágoas, Décius acostumou-se a dizer ao irmão caçula que Deus haveria de fazer justiça.

Antognini, apesar de gostar muito de Estevão, tinha predileção por Décius; afinal, foi ao lado dele e com sua orientação que deixou para trás a adolescência sofrida e encontrou um trabalho que o fazia sentir-se realizado. O pai era carinhoso e sempre o amparara, mas fora em Décius que ele encontrara um braço forte. Esperava que, com o passar do tempo, as desavenças entre os irmãos se apaziguassem. No entanto, só pareciam piorar, tornando-se uma guerra silenciosa, já que Décius, sabedor da vontade do pai em testamento, não enxergava saída.

Antognini chegou a falar com Estevão e pedir a ele que relevasse as pequenas coisas, como fazia quando o pai estava vivo. O irmão, contudo, lhe explicou pacientemente que, se agisse assim, Décius se sentiria ainda mais diminuído, pois logo perceberia o que ele estava tentando fazer. Antognini, balançando a cabeça, respondeu:

— Querido irmão, por não querer renunciar à sua autoridade em nada, vai acabar atraindo acontecimentos muito tristes para nossa família. Deveria sentar-se com Décius e chegar a um meio-termo. Ele já não é feliz aqui. Aliás, eu também não sou: passo a vida fazendo um trabalho social junto aos que dependem de nós, mas aqui dentro, em meu próprio lar, tenho de assistir calado a dois irmãos meus se desentendendo. Não posso concordar com isso! Estou levando em consideração tudo o que eu, nosso pai e nossos negócios devem a Décius. Até você deve a ele, pois foi para ajudá-lo a satisfazer suas ilusões que nosso irmão se viu impedido de buscar o próprio ideal de vida. Sinto muito se o testamento de nosso pai lhe deu esse direito. Sei que ele fez isso por querer, principalmente, proteger os netos e, ao deixar o título para Décius, manter você no anonimato. Mas tenha a certeza de que ele também desejava atar vocês dois um ao outro, porque sabia que se um tivesse poder e título, o outro iria embora em pouco tempo.

— Antognini, nunca o vi falar de um jeito tão decidido antes. E você, não se sente diminuído? Não ficou nem com o poder nem com o título.

— Está vendo só? Você não me conhece como nosso pai me conhecia ou como Décius me conhece. Meu irmão, eu não tenho nem um nem outro, mas tenho o direito de receber em espécie minha parte na herança e ir embora, se quiser. Vocês teriam a obrigação de fazer os acertos comigo, assim como com Lívius, se ele assim o quisesse. Contudo, nosso irmão diz que jamais se deve dividir um patrimônio e que se contentará com a divisão dos lucros ao final de cada ano. O que é justo, já que nós vivemos aqui, comemos aqui e retiramos mensalmente o que compete a cada um por igual, independentemente de poder, título ou herança. Enquanto eu encontrar aqui minha paz e minha satisfação com o trabalho que realizo, não vejo por que ir embora. Porém, não quero mais assistir à disputa entre vocês.

Antognini fez uma pausa e, depois, concluiu:

— Quero só ver como ficarão as coisas quando terminarmos de colher esta safra e precisarmos, talvez, de concessões governamentais para vendê-la. Décius é o único que poderá conseguir isso, não só por causa de seu título, mas também pelo fato de você não poder se expor. Fico pensando se ele agirá como sempre agiu, levando a bom termo seu dever em nome da prosperidade da família, ou se decidirá que, já que não pode opinar em nada, também não servirá para conseguir concessão alguma. E então, meu caro irmão, o que você fará?

Estevão prometeu que pensaria no melhor jeito de conversar com Décius para acabar com a rixa entre eles. Desculpou-se com o irmão caçula. Explicou que não agia daquela forma para diminuir ninguém. Queria apenas aplicar a forma de administração que conhecera na Espanha e que havia tornado prósperas muitas propriedades. Antognini, dando-lhe um abraço, disse-lhe:

— Está certo, meu irmão. Só que você, tão afeito às reuniões, esqueceu-se de nos avisar... ou, pelo menos, de avisar a Décius... que pretendia introduzir uma nova forma de administração como experiência. Ele não aceitaria de pronto, mas, se você propusesse as mudanças paulatinamente, talvez tivesse conseguido um resultado melhor. Tanto ele quanto eu teríamos passado a tomar decisões conforme a linha de raciocínio indicada por você. Aqui, sempre trabalhamos em parceria, meu irmão, independentemente da personalidade de militar típica de Décius. Depois de ganhar a confiança dele, introduzi muitas coisas que achava corretas e bani outras tantas.

Estevão assentiu com a cabeça. Estava orgulhoso do irmão caçula, que sabia mesmo dialogar. Ele expunha suas opiniões calmamente; falava verdades sem ofender. De fato, nos últimos quatro meses, por medo de se deixar dominar por Décius, havia imposto sua vontade sem se preocupar se o magoava. Para arrematar o assunto, disse a Antognini:

— Muito bem! Peço a você que fale com Décius e tente amenizar a mágoa que ele tem de mim. Pode dizer a ele que conversou comigo e que eu reconheci meus exageros. Diga, também, que amanhã à tardinha eu e ele conversaremos e, sem dúvida, chegaremos a um acordo satisfatório. Está bem assim?

— Está, sim, meu irmão. Farei o que me pede, pois não vejo a hora de ter a paz de volta a este lar.

E assim, concluída a conversa, cada um foi cuidar de seus afazeres. Antognini estava satisfeito, pois Estevão se mostrara maleável, afinal. Agora, esperaria uma oportunidade de trocar algumas palavras com Décius. Precisava ser em seu quarto, a sós. Que o Pai o perdoasse, mas decidiu florear um pouco as palavras de Estevão. Sabia que Décius, quando se fechava em seu orgulho, tinha um jeito peculiar de entender os fatos, vendo sempre o pior lado deles.

Acontece que, em uma propriedade imensa como aquela, nem todos os meeiros e servos estavam contentes com o serviço. Alguns tinham o sonho de chegar a capataz, quem sabe a braço direito do patrão, mas isso era quase impossível com três irmãos para tomar conta de tudo. Se houvesse apenas um dono, seria mais fácil.

Entre eles estava Honorato, um homem especialmente astuto, filho de antigos servos da propriedade. Tinha quase quarenta anos de idade e era casado com Estela, que não escondia a ambição, tentando sempre fazer com que o marido levasse vantagem nas situações que se apresentavam. Além de conhecer os três muito bem,

Honorato tinha a percepção aguçada e notava o desencontro que havia entre os mais velhos. Com Antognini, porém, nem se preocupava, sabia que ele não tinha grandes ambições e, por enquanto, não era empecilho para seus projetos.

Por ter participado da infância dos rapazes, Honorato tinha certa liberdade com eles, principalmente com Décius. Estava sempre cercando-o de gentilezas e levando-lhe notícias dos maus-feitos ocorridos na propriedade. Alegava lealdade em nome da amizade entre o pai e o conde Luchesi no passado. Não mentira: seu pai era um homem de respeito e fiel aos bons princípios. Conquistara a confiança do conde por merecimento, e não por meio de intrigas ou por lhe satisfazer as vontades com segundas intenções. O filho, entretanto, não havia herdado sua boa índole.

Apenas Estevão tinha certa cisma com o homem. Não sabia dizer muito bem por quê, mas desconfiava dele por alguns comportamentos que os irmãos pareciam não notar. Eram detalhes, mas que para ele diziam muito: para começar, Honorato não o olhava nos olhos quando os dois conversavam. Às vezes, suas brincadeiras pareciam deboches; noutras, deixava escapar algo sobre algum servo ou meeiro como quem não quer nada, mas sempre plantando uma dúvida a respeito da vítima de seus comentários. No entanto, Estevão guardava suas impressões para si, pois seus irmãos tinham opiniões diferentes. Para eles, o servo era apenas um homem simplório e, por isso, falava demais, sem pensar nas consequências.

Honorato, por sua vez, sabia que não era apreciado por Estevão. Para ele, esse era mais um sinal de que ele deveria ser afastado da herdade. Haveria de encontrar um jeito para isso. Precisava apenas dar um jeito de fazer com que a insatisfação de Décius crescesse a ponto de o rapaz desabafar com ele. Tinha a certeza de que, então, saberia conduzir a conversa de tal maneira que acabaria por descobrir o mistério de Estevão que, de padre sumido, acabou voltando para casa trazendo consigo uma esposa. Sentia que naqueles acontecimentos havia algo que poderia beneficiá-lo. Sem Estevão por perto, saberia fazer com que Décius o colocasse como capataz. Afinal, o jovem Antognini tratava mais dos problemas das famílias que ali residiam e resolvia as questões que envolviam servos insubordinados. Décius preferia que assim fosse. Era mais radical e inflexível; sabia que acabaria perdendo a paciência e exagerando na penalidade. No passado, havia mandado alguns servos embora. Certa vez, seu pai teve de interceder, pois o rapaz rompeu contrato com dois meeiros, desalojando as famílias e dando-lhes um prazo para irem embora. Graças aos apelos de Antognini, o conde fez o filho mudar de decisão e revogar a ordem dada.

Conhecendo todo o histórico de Décius, Honorato sabia que ele era um homem correto, bom, enérgico em seus princípios, mas também era uma pessoa manobrável. O patrão tinha certa ingenuidade. Achava que todo mundo era como ele, que não escondia de ninguém o que era. Presa fácil! Já Honorato, além de esperto, tinha a mulher como cúmplice. Ela o ouvia e incentivava. Também procurava sempre apurar os ouvidos para conseguir qualquer informação que fosse útil ao marido.

Na tarde daquele mesmo dia, Honorato colocou-se propositalmente no caminho de Décius, que saíra para fazer algumas vistorias. Seguiu o patrão a certa distância e, quando o rapaz apeou do cavalo para lavar o rosto no riacho, aproximou-se como se estivesse ali por mero acaso e perguntou se poderia lhe ser útil em alguma coisa. Décius agradeceu e disse que apenas o calor o incomodava. Mais do que depressa, Honorato sugeriu que ele se sentasse ao pé de uma frondosa árvore para descansar um pouco, e aproveitou para começar a colocar seu plano em prática:

— Agora o senhor pode descansar mais do que antes. Pelo que se comenta, seu irmão Estevão cuida dos principais assuntos da propriedade. Já estava mesmo na hora de o senhor ter uma folga. Trabalhou tanto todos esses anos...

Pronto! Honorato sabia que havia cutucado a ferida. Fazia muito tempo que vinha reparando na mudança de Décius: antigamente, o rapaz trazia o semblante sério, mas tinha uma energia criadora, não dava sossego a ninguém. Agora, limitava-se a fazer vistorias. Não apressava ninguém, apenas punha-se a par do andamento do trabalho. E, se algo estava errado ou atrasado, ele apenas questionava os motivos, aceitando as justificativas, por mais descabidas que fossem. Parecia colher material para relatório somente. Raramente dava ordens de pronto; depois de algum tempo, voltava e dizia o necessário para agilizar o trabalho, estipulando prazos e condições.

Sim, Honorato conseguia imaginar perfeitamente o que se passava. Viu Décius mudar lentamente após a partida do pai; viu também a mudança de Estevão, que, apesar de tratar muito bem a todos, passou a ter ares de patrão, abandonando aquele quê pueril que trazia consigo quando voltara para casa.

Décius, desanimado e amolecido pelo calor da tarde, aceitou a sugestão do servo. Pediu-lhe, ainda, que pegasse algumas laranjas para os dois chuparem enquanto trocavam um dedo de prosa e desanuviavam a cabeça. Honorato não precisava de mais nada. Aquela situação era perfeita. Apressou-se em buscar as laranjas e os canivetes. Entregou algumas frutas ao patrão e puxou a conversa.

— Quando eu era criança, sempre via o senhor seu pai comandando essas terras, quase sempre com Cipião do lado. Todos comentam, ainda hoje, que o bom senso do velho ajudou a trazer várias melhorias para os servos e meeiros. Dizem que ele influenciou muito o conde Leon e seu pai. É muito bom me lembrar disso!

Honorato notou que o rosto de Décius desanuviou e, astutamente, continuou:

— Na época da partida de sua mãe, corria à boca miúda que o senhor ia embora, assim como seu irmão Lívius, para seguir carreira militar. Todos ficaram surpresos quando seu irmão foi para o seminário e o senhor continuou aqui.

Décius olhou para Honorato e balançou a cabeça:

— É incrível que, mesmo sem ninguém comentar nada fora do castelo, todos soubessem que eu estava me preparando para a carreira militar. Quer dizer, então, que todos sabem que meu ideal de vida naufragou...

— Ah, não fique aborrecido, meu senhor. Na época, todos acharam sua atitude muito honrada, digna de alguém que não só amava a família, como também conhecia seus deveres para com o pai. Aliás, não se podia esperar outra coisa de sua pessoa. Em todos os anos em que o senhor nos comandou praticamente sozinho, demonstrou grande senso de justiça. E, por se saber um tantinho destemperado, se me permite a audácia, encarregou o jovem Antognini de tratar dos nossos problemas pessoais e de trabalho. Quer maior prova de bom senso?

Enquanto falava, Honorato analisava as feições de Décius e percebia que aquilo que ele dizia estava tocando o rapaz de algum modo. Na realidade, não estava dizendo nenhuma mentira ao exaltar as qualidades do patrão e seu comportamento quando ele não precisava dividir o espaço com o irmão mais velho. Ficava à vontade, a lei era sua, por isso não era difícil renunciar a algo para beneficiar um ou outro servo ou meeiro. Honorato estava contente. Era a posição atual de Décius que desejava evidenciar, fazendo-o comparar o antes e o depois.

— Honorato, eu o conheço desde sempre, mas nunca havia reparado em seu modo de se expressar. Parece-me que antes seu linguajar era mais simples. Hoje, está expondo seus pensamentos de forma clara, usando as palavras corretamente...

— Coisas de seu irmão caçula. Há cinco anos, resolvi aceitar a ajuda que ele ofereceu a todos. No começo, tinha um pouco de preguiça, mas ele me abriu novos horizontes por meio da escrita e da leitura de bons livros. Aliás, não só a mim, como também a minha Estela. Só agora reparou, senhor?

— Já havia notado algumas mudanças, mas só hoje me dei conta de toda a sua evolução. É, Antognini faz um belo trabalho! Quisera ser como ele, a vida seria bem mais fácil. Ele se sente realizado. Eu, que já não me importava tanto por ter aberto mão da carreira que desejava seguir, por ter encontrado compensações aqui, hoje me sinto totalmente deslocado. Será que estou errado em me sentir assim?

— Errado, senhor? Do que está se acusando? De ter conduzido os negócios de seu pai, de ter estado ao lado dele, de ter sido o ombro forte do irmão que ficou órfão tão cedo?

— Não, Honorato, estou me acusando de não entender a posição de Estevão, a posição que meu pai determinou para ele. Às vezes, para chegar a um ponto, existem dois caminhos; ambos chegam a ele, mas se determino o caminho A, ele insiste no B. Não consegue entender meu ponto de vista, e isso me aborrece.

De repente, Décius teve um sobressalto e percebera, talvez tardiamente, que havia dado abertura para o servo entrar em sua mente e descobrir seus segredos.

— Mas o que estou fazendo, afinal? Não sou de falar de meus sentimentos, ainda mais a um servo.

— Senhor, por favor, me perdoe. Se abriu o coração, é porque, como o senhor mesmo disse, me conhece desde sempre. Na infância, não existiam servo e senhor, só crianças que participavam juntas dos folguedos. Fique tranquilo! Não comentarei seu desabafo com ninguém e, se preferir, não me aproximarei mais do senhor.

Agora, Honorato se fazia de humilde. Sabia como tocar o coração de Décius.

— Honorato, de fato, na infância, éramos apenas crianças, sem títulos, posições ou cargos. Seria bom se ainda fosse assim hoje, mas... sabe... realmente acredito que foi Deus que nos aproximou. Não tenho com quem me abrir no castelo. Antognini fica dividido, e com razão, apesar de eu saber que ele pende para o meu lado. Minha única alegria são meus sobrinhos, a quem amo demais. Sem eles, não veria encanto nenhum nesta vida.

— Soube que o senhor ganhou uma irmã...

— Sim, Clara. Ela também tem sido uma alegria constante. É prestimosa com todos, além de ter se tornado grande companheira de Maria Rosa.

— Como vê, senhor, nem só de tristezas a vida é feita. Quanto ao impasse com seu irmão, em minha opinião de servo humilde e ignorante, é uma situação muito injusta a que o conde Luchesi criou. O natural seria esperar que Estevão se adaptasse às suas normas; afinal, foi ele quem deixou tudo para trás, causando a todos muitas amarguras. Nesse caso, o senhor não tem qualquer culpa.

— Não posso desfazer o que meu pai fez. E, de qualquer maneira, amo meu irmão e não quero o mal dele. Gostaria apenas que as decisões fossem mais divididas, que fossem levados em consideração os muitos anos de experiência que tenho. Só isso. Mas chega de falatório! Agradeço sua amizade. É bom saber que existem dois ouvidos prontos a me escutar.

E, dizendo isso, Décius montou o cavalo e continuou seu caminho. Honorato, satisfeitíssimo, não via a hora de contar tudo à esposa. Enfim encontrara a brecha de que precisava.

❦ XVI ❧

RUBI E JUANITA CUMPREM O PROMETIDO

Na divisa com a França, certo acampamento cigano havia se fixado havia alguns dias em terras espanholas. Era a tribo de Ramon, que vinha para cumprir o prometido a Mercedita, já que fazia meses que o menino completara seis anos. Como gostavam de cumprir tudo à risca, não podiam esperar mais ou, em mais alguns meses, o menino estaria com sete anos.

No entanto, a Inglaterra e a França eram muito ríspidas com o povo cigano. Por isso, eles não podiam pisar em suas terras. Não havia como a tribo toda atravessar a fronteira sem correr riscos, era preciso zelar pela integridade de todos.

Assim, decidiram que apenas Rubi, Juanita e o pequeno Raul iriam, porém disfarçados, e tiveram a infelicidade de usar capas com capuz por cima das roupas. Rubi usava uma capa negra, Juanita escolheu uma capa cinza-escura e o pequeno vestia uma capa marrom. Os três falavam espanhol fluentemente e se comunicavam por meio dele, abandonando o dialeto cigano. Atravessaram o limite com a França por terra e tomaram uma embarcação para a Inglaterra, com a desculpa de irem à procura de um tratamento para a saúde do pequeno. Juanita sentia o coração apertado, mas, por ter previsto muita dor para Estevão, acreditou ser esse o motivo. Mal sabia ela que seriam justamente aquelas capas a causa dos sofrimentos dele.

Os três chegaram à estalagem à noitinha e foram obrigados a pernoitar ali. Mas, antes do amanhecer, colocaram-se a caminho das terras do falecido conde Luchesi. Há muito haviam se informado da localização de seu destino e, como tinham pressa, pagaram por montarias e seguiram viagem.

Antes do entardecer, adentravam a propriedade da família Luchesi. Por causa da hora, não foram vistos por ninguém. Tiveram o cuidado de acampar próximo ao rio, em um trecho em que a mata era mais fechada. Juanita preparou uma refeição com as provisões que haviam trazido e, depois de comerem, Rubi apagou o fogo. Exaustos, não foi difícil adormecerem. Não haveria de ter nenhum perigo por ali.

No dia seguinte — o mesmo dia em que Estevão havia prometido a Antognini que conversaria com Décius —, logo ao amanhecer, Rubi se pôs a caminhar na direção do castelo, com o rosto coberto pelo capuz. Decidira não usar a montaria para não ser visto por ninguém. Não era muito longe; levaria cerca de uma hora para chegar lá, mas ele não tinha pressa. Estava, sim, ansioso: como Estevão reagiria? Afinal, quando deixara Mercedita no acampamento, ela estava grávida de pouco mais de um mês. Agora, o pequeno Raul já tinha seis anos. Tanta coisa havia acontecido em todos aqueles anos, e Mercedita já não estava com eles.

Perdido em pensamentos, Rubi não percebeu que alguém o avistara e que o acompanhava de longe. Era Honorato, que, como sempre, não perdia a oportunidade de xeretar a vida de todos na herdade. Percebeu que a direção tomada pelo homem era a do castelo. Ficou curioso para saber quem era o forasteiro que usava aquela capa tão sinistra e cujo capuz deixava claro que o homem queria se esconder.

No castelo, todos, exceto as crianças, estavam acordados. Reunidos à mesa da refeição matinal, que já estava posta, aguardavam apenas que Maria Rosa descesse. Ela estava atrasada, o que era raro.

Enquanto isso, Estevão pensava que queria muito ter a tal conversa com Décius. Não era homem de protelar essas coisas. Se havia algo a ser feito, era melhor que fosse logo.

Foi bem nesse momento que Rubi chegou ao castelo. Preferiu procurar pela entrada dos fundos, para tentar não despertar a curiosidade de toda a família. Ficou ali parado diante da porta, sem saber o que ou como fazer. Maria Rosa havia descido e ido atrás de Ana na cozinha, como de costume. Fazia questão de cumprimentar a boa senhora, por quem tinha muito apreço e respeito. Quando adentrou o cômodo, as duas ouviram um barulho vindo dos fundos, seguido de latidos dos cachorros no canil. Rubi, sem querer, havia encostado em uma pequena pilha de tonéis vazios e derrubado todos eles. Maria Rosa correu para abrir a porta, acompanhada por Ana. Depararam-se com Rubi, todo sem graça, empilhando os tonéis. Imediatamente, voltou-se para as duas mulheres e, baixando o capuz, pediu desculpas pelo acidente.

Maria Rosa demorou a responder, porque estava tentando puxar pela memória se aquele homem residia ali na herdade. Quando se deu conta de que ele lhe era desconhecido, Estevão, que também ouvira o barulho, apareceu atrás dela. Antes que Maria Rosa dissesse algo, ele perguntou ao homem:

— Bom dia, senhor. O que faz aqui nos fundos do castelo?

Rubi sorriu. Reconheceu imediatamente o pai de seu filho: aqueles olhos azuis eram iguais aos de seu menino. Estevão ficou intrigado, tentando se lembrar de onde conhecia aquele homem.

— Bom dia, senhor Estevão. Vim justamente conversar com o senhor. Não está me reconhecendo? Lembra-se de um certo acampamento sete anos atrás? É de lá que preciso lhe falar.

Maria Rosa entendeu imediatamente. Com certeza, aquele homem trazia notícias de Mercedita. Então, como sempre, tomou a atitude mais acertada.

— Estevão, meu querido, é melhor eu e Ana entrarmos e você atender este senhor. Parece que o que ele vem lhe dizer é muito importante.

— Sim, minha querida, faça isso.

— Com sua licença, senhor.

— Agradecido, senhora.

E assim foi feito. Antes de ir para a sala de refeições, pediu a Ana que não comentasse nada sobre o tal homem. Ela diria a todos que era alguém que desejava tratar de negócios e que Estevão ia despachar, dada a impropriedade da hora.

Sozinho com Rubi, Estevão, preocupado, dirigiu-se a ele:

— Meu amigo, perdoe-me! Reconheço seu rosto, mas não sei exatamente quem você é. Parece um jovem cigano que tinha muito amor por Mercedita.

— Sim, Estevão. Os anos se passaram... sete anos e alguns meses, penso eu... e os tristes acontecimentos envelheceram aquele jovem cigano. Mercedita nos deixou há quatro anos, quando deu à luz nossa filha, a pequena Carmem.

Estevão não pôde esconder a tristeza. Com os olhos lacrimejantes, mal conseguiu dizer:

— Tão jovem! Meu amigo, devo tudo a ela. Se hoje estou aqui, com minha esposa e meus três filhos, foi graças a ela e sua enorme bondade e dignidade. Que bom que Deus não o abandonou e que sua filha lhe dá razão para viver.

— Não só a pequena Carmem, mas também o pequeno Raul, que está com seis anos e nove meses. É sobre ele que vim lhe falar. Vamos nos sentar debaixo de uma árvore e eu cumprirei o que prometi a Mercedita em seu leito de morte.

Estevão sentiu no peito algo inexplicável. Que sensação estranha! Era uma mistura de alegria e emoção, como se ele estivesse esperando por aquilo. Ele e Rubi caminharam até uma árvore próxima, mas fora do caminho dos irmãos, que poderiam sair a qualquer instante. Assim que se sentaram, Estevão pediu:

— Pablo, por favor, fale logo! Estou ansioso. Seja lá o que for que Mercedita pediu, eu farei, pelo amor de irmãos que nos liga e em agradecimento pelo que ela fez por mim.

— Então, fique sabendo que nada tem a fazer, além de saber a verdade. Ela desejava que tudo ficasse como está, mas que o laço fosse feito. E o laço é apenas um ritual de união de duas almas, de um pai com o filho... um filho que até hoje você nem sabia que existia. Enquanto estou aqui dizendo tudo isso a você, Juanita está contando a verdade ele.

Estevão empalideceu. Então, sua ciganinha estava grávida quando quis que ele a levasse de volta para sua gente! Será que ela sabia ou só soube depois? Com certeza sabia, apenas preferiu não falar, pois ele não a deixaria partir e, então, não se uniria a seu grande amor. O sacrifício de Mercedita fora maior do que imaginava.

— Ela não me disse nada. Se eu soubesse...

Rubi o interrompeu:

— Se soubesse, não permitiria que ela partisse e, então, a missão dela para com você seria desviada. Quando Mercedita o deixou, já havia percebido que o sentimento dela por você era o amor de uma irmã por um irmão. A paixão já havia cessado; serviu apenas para unir vocês e para que o seu destino fosse cumprido. A lembrança que tinha de nós dois juntos retornou forte e o amor que sentia por mim voltou a falar alto no coração dela. Mercedita separou-se de mim para levá-lo até seu verdadeiro caminho, pois só ela poderia fazer isso. Nunca pensei em Raul como seu filho. Estive presente em seu nascimento e o embalei muitas noites. Ri com ela quando ele começou a engatinhar e a se enfiar embaixo de cada lugar que você nem imaginaria. Juntos, vimos ele dar os primeiros passos e dizer as primeiras palavras.

Rubi fez uma pausa, emocionado, e, então, continuou:

— Contei a ele histórias de nosso povo. Mercedita, desde que Raul era pequeno, o encaminhou para a fé cristã. Então, ela nos deixou e eu continuei a protegê-lo e a amá-lo tanto quanto amo e protejo a pequena Carmem.

— Entendi, meu amigo. Para Raul, você será sempre o pai dele, e sua gente será sempre a gente dele. Imagino que ele sofreria muito se precisasse deixar tudo isso para trás, principalmente porque, para ele, o espírito da mãe vive lá.

— Sim, Estevão. Ela me disse que eu podia vir até aqui tranquilo, que você jamais tiraria Raul de mim ou de Carmem. Disse também que, antes de tudo, você é um homem justo e bom. Ah, e não me chamam mais de Pablo. Antes de partir, Mercedita colocou este rubi em meu peito e, desde então, todos me chamam de Rubi.

— Uma bela homenagem a ela, Rubi! Agora, preciso conversar com Maria Rosa. Depois, gostaria de ver o pequeno Raul, abraçá-lo e fazer o ritual de união de almas. Quero que você saiba que eu o amo desde já e que nunca o esquecerei. Sempre que estiverem próximos dos limites com a Inglaterra ou com a França, deem um jeito de me avisar, que irei até vocês. Com o tempo, meus meninos também irão comigo visitar o irmão em seu acampamento.

— Está certo, mas não podemos nos demorar muito por aqui. Ficaremos um dia para você conhecê-lo e partiremos bem cedo no dia seguinte. A Inglaterra anda prendendo os ciganos e acusando-os de hereges. Não posso arriscar. Neste papel está marcado o lugar onde estamos acampados. Venha nos ver amanhã e passar o dia conosco.

— Iremos, sim... eu, Maria Rosa e meus filhos. Quero que a união seja feita entre todos, e que os irmãos sejam ligados pelos laços da alma.

— Tome cuidado para que ninguém os veja. Até amanhã!

— Até amanhã, meu irmão. Por criar meu filho, não posso considerá-lo menos do que isso: meu irmão.

Rubi sorriu. Estava feliz, pois mais uma vez as previsões de Mercedita haviam se concretizado. Apressou-se para levar a boa-nova a Juanita.

Estevão, por sua vez, voltou para o castelo. Encontrou apenas Maria Rosa e Clara, que brincava com seus filhos; os demais já haviam saído para cuidar de seus afazeres. Discretamente, levou a esposa para a biblioteca e a colocou a par de tudo. Maria Rosa apenas deixava as lágrimas escorrerem enquanto ouvia o que Estevão lhe contava. Chorava por Mercedita, que vivera tão pouco tempo com seu verdadeiro amor e nem ao menos pôde ver os filhos crescer.

Os dois decidiram que, no dia seguinte, após o café da manhã em família, alegariam que Estevão teria de ficar em casa para cuidar de alguns problemas pessoais. Então, depois que todos se fossem, se vestiriam e iriam até o lugar onde Rubi e Juanita estavam com Raul. Não queriam olhos curiosos a observá-los.

Mal sabiam eles que Honorato estava alerta. Depois de ver que o assunto do tal homem era com Estevão, ficou ainda mais curioso, achando bastante estranho o local escolhido pelos dois para conversar. Praguejou por não conseguir ouvir quase nada. O único momento em que escutou alguma coisa foi quando Rubi se despediu, pedindo a Estevão que tomasse cuidado. Entendeu que iriam se encontrar no dia seguinte, mas não ouviu a resposta dada por Estevão. Resolveu, então, seguir Rubi para descobrir aonde ia e o viu chegar a uma tenda protegida pela folhagem. Viu também um menino correr até ele e uma mulher em que facilmente identificou traços ciganos. Então era isso: os forasteiros eram ciganos. Decidiu que, no dia seguinte, nem iria seguir o patrão; iria direto para aquele local e esperaria, escondido, para ver o que fariam. Só depois conversaria com Décius. Haveria de conseguir algo para plantar de vez a desconfiança entre os irmãos.

❦

Maria Rosa, muito organizada, deixou preparadas as roupas com que vestiria os pequenos para que, logo após o desjejum, fossem ao encontro dos ciganos para conhecer o filho de seu amor. Difícil foi despistar Clara, que, acostumada a acompanhá-los a todos os lugares, principalmente quando se tratava de algum passeio, não entendia por que daquela vez seria diferente. Estevão precisou conversar com ela. Segurando suas mãos, sentou-a em uma cadeira e lhe disse:

— Minha querida irmãzinha, desta vez não posso levá-la conosco. Não pense que não quero, apenas não posso. É um assunto que ninguém deve saber e lhe peço o favor de não comentar com nossos irmãos. Se perguntarem, diga que nada sabe.

Olhando-o firmemente nos olhos, respondeu-lhe, muito séria:

— Está certo, meu irmão. Mas saiba que alguém o espreita. É uma serpente que rasteja sem deixar rastro, tome cuidado. Saiba também que o que faz é certo, deve mesmo fazê-lo, mas a serpente pode usar contra você.

Estevão empalideceu. Antognini já havia lhe falado que Clara tinha o dom da vidência e que só estava contando isso a ele porque o via como um religioso que jamais a trairia. Na ocasião, Antognini afirmara que pedira sigilo à irmã e que só contasse suas vidências a ele se julgasse necessário, porque os padres poderiam ver isso não como uma dádiva divina, mas como uma faculdade demoníaca.

— Clara, não se preocupe! Deus me protegerá da serpente. Não vê que Ele já mandou você me avisar? — E, dizendo isso, deu-lhe um beijo no rosto e foi avisar Maria Rosa que Clara entendera e que poderiam partir.

No caminho, Estevão olhou para todos os lados enquanto conduziam a charrete. Não teve um só minuto de sossego até chegarem ao local combinado, mas nada percebeu. Acabou chegando à conclusão de que, se a tal serpente existisse, ela não estava ali. Mal sabia ele que Honorato estava à espreita perto da tenda de Rubi.

Assim que chegaram, Rubi, Juanita e o pequeno Raul se aproximaram da charrete. Estevão desceu, auxiliou Maria Rosa e deixou que ela ajudasse os pequenos. Olhou para o pequeno Raul e viu a si mesmo: o menino tinha os olhos azuis como os dele; a boca e o nariz também eram iguais. Emocionado, não se conteve e correu para abraçar o filho.

O pequeno Raul sentiu um misto de curiosidade, medo e, depois, alegria, como se estivesse com muita saudade de alguém que ainda não conhecia.

Estevão pegou-o no colo e, então, rodopiou com ele, como fazia com os outros filhos. Por fim, disse ao menino:

— Então, é você meu tesouro escondido, o presente que Deus me ofertou? Aquele que fará a ponte entre nós e o povo cigano? Sem dúvida, meu rosto está estampado no seu e eu sinto muito orgulho disso.

Agora, Raul sentia vergonha, pois todos olhavam para ele. Estevão colocou-o no chão e lhe disse:

— Meu filho, você tem muita sorte, sabia? Agora, você tem dois pais: Rubi, que é um grande homem, um cigano sábio que o ama muito; e eu, que não sou nada importante, mas que senti um amor imenso assim que soube de você. Esse amor fará com que, mesmo estando distantes, um sempre saiba do outro.

— Meu pai Rubi me disse que, se eu sentisse amor pelo senhor, também deveria chamá-lo de pai. Então, vou chamar o senhor de pai Estevão.

Estevão sorriu. Seu filho era um menino cativante.

— Eu fico muito feliz em ser chamado de "pai Estevão". Agora, quero lhe apresentar seus irmãos e a mãe deles, que foi uma grande amiga da sua mãezinha.

As crianças foram apresentadas umas às outras. Todas queriam falar ao mesmo tempo. Mirela, a menorzinha, ainda não articulava bem as frases, mas já queria atenção.

De repente, Raul deu-se conta:

— Pai Estevão, sou seu filho mais velho, assim como sou o filho mais velho de meu pai Rubi.

— Sim, meu filho. A diferença entre você e Simão é pequena, de pouco menos de um ano, mas ainda assim você é o mais velho.

Juanita, abraçada a Maria Rosa, convidou os adultos a entrar na tenda, pedindo às crianças que brincassem ali fora. E, já que Raul era o mais velho, pediu a ele que tomasse conta da pequena Mirela. Assim que todos se acomodaram, começou a falar sobre o ritual de união de almas que pretendia conduzir. Era bem simples, mas seria necessário fazer um pequeno corte em cruz. Estevão assentiu com a cabeça, e Maria Rosa disse que também queria participar. Afinal, tinha grande afeto por Mercedita e queria unir-se a seu filho. Todos concordaram, mas o ritual teria de ser feito imediatamente, na beira do rio que corria por ali. Rubi pegou três velas brancas e amarrou cada uma com um laço de fita nas cores branca, rosa e azul. Em seguida, todos se dirigiram para o rio.

Infelizmente, não perceberam a presença do servo traiçoeiro. Estavam felizes; as crianças iam à frente dos adultos, correndo e brincando ruidosamente. Honorato os seguiu a certa distância e, quando viu que pararam na beira do rio, amoitou-se atrás de uma grande pedra.

De repente, todos silenciaram. Os adultos se ajoelharam no chão e Juanita fez uma prece em sua língua. Depois, a cigana cantou em louvor a Deus, a Jesus Cristo e a Santa Sara Kali. Em seguida, fez um grande triângulo com as três velas, acendeu-as e todos formaram uma roda dentro dele, com o pequeno Raul no centro. Então, a cigana fez um pequeno corte em formato de cruz no pulso do pequeno Raul. Depois, Estevão entrou na roda e Juanita fez o mesmo corte no pulso dele. O ritual de união de almas foi feito encostando os pulsos cortados em cruz do filho e do pai. Em seguida, Maria Rosa, Simão, Damião e Mirela, um a um, passaram pelo mesmo processo. Ao final, Juanita cantou mais uma vez e fez uma sentida prece de agradecimento.

Honorato, olhando de longe, não entendia o que estava acontecendo, mas via com nitidez alguns detalhes, como os cortes feitos nos participantes da roda, onde apenas Juanita e Rubi não estavam. Para ele, era feitiçaria e pronto, não precisava de explicações. Deu-se por satisfeito, pois finalmente tinha a prova de que precisava: acusaria o casal de praticar bruxaria e de levar os filhos para o mesmo caminho. Faria a acusação a Décius, deixando nas mãos dele a resolução da questão. Estava feliz, pois se livraria de Estevão, que tanto o incomodava. Assim, a serpente que Clara vira nas previsões foi-se embora carregada de veneno para destilar.

Sem desconfiar de nada, todos festejavam no acampamento de Rubi. Estevão levou Raul para debaixo de uma árvore para conversar com o filho. Prevenida, Juanita já havia preparado com antecedência rodelas de massa para assar na fogueira acesa do lado de fora da tenda. Maria Rosa, por sua vez, trouxera uma carne de panela com legumes que ajudara a boa Ana a preparar, além de uma panela com arroz. Aproveitando-se da habilidade da cigana, pediu a ela que ajeitasse as duas panelas para que a comida esquentasse; assim, comeriam tudo com as rodelas de massa. Sem mencionar o bolo que Maria Rosa havia tirado da mesa de café da manhã, já pensando na sobremesa.

A conversa de Estevão com o pequeno Raul durou até os dois serem chamados para comer. O menino, curioso, perguntava de tudo ao pai, que, ao lhe responder, já emendava uma pergunta sobre a vida do pequeno. Não queriam perder tempo; afinal, se separariam no cair da tarde.

Todos se sentaram no chão para comer. Riram e brincaram uns com os outros, como se fossem uma grande família. Terminada a refeição, deixaram as crianças brincarem mais um pouco, pois logo iriam embora. Estevão lamentava não poder levar o pequeno Raul até o castelo pelo menos por alguns dias. Seria bom ele ver como o pai e os tios viviam. Entretanto, Juanita foi taxativa:

— Quando você for ao nosso acampamento, com certeza permitirei, mas hoje não posso. Sinto nuvens negras se aproximando, um aperto estranho no coração. Sinto que há perigo em volta, não sei se de vocês ou de nós. Seja como for, é arriscado estender nossa estadia. Estamos acampados na fronteira da Espanha com a França, onde está tudo calmo. Por enquanto, não somos malvistos; então, pretendemos ficar por lá todo este ano. Se quiser, espere uns três meses e vá nos visitar. Ficaremos muito felizes em recebê-los. Talvez a nuvem escura já tenha passado e eu permita que Raul fique uns dias aqui com vocês. Até lá, também teremos a certeza de quando vamos partir e para onde, e poderei dizer a você, Estevão.

— Está certo, Juanita. Eu não me perdoaria se algum mal acontecesse a Raul por teimosia minha. Mas, em três meses, todos nós estaremos lá. Com certeza, passarei uma semana com vocês. Depois, Raul poderá vir e passar uma semana comigo. Então, eu o devolvo e fico sabendo de seu próximo paradeiro. Vocês nunca mais terão paz; eu os visitarei sempre que possível.

— Será um prazer! — respondeu Rubi. — A alegria de meu filho é minha alegria. Ainda faltou vocês conhecerem a pequena Carmem. Ela é igual a Mercedita, sem tirar nem pôr.

Todos estavam sorrindo, mas a dor lhes partia o coração. Estevão e Maria Rosa por se separarem de Raul; as crianças por não quererem deixar o irmão, nem este a elas e ao novo pai. Rubi sentia um aperto no peito. Não sabia o que era, mas sentia que, antes de seu povo levantar acampamento, ele iria para junto de Mercedita. Juanita, protetora de todos, sentia o perigo que rondava Estevão e sua família, mas não conseguia saber muito bem de onde vinha. Só sabia que ele viria, por isso ela queria voltar para o acampamento. Ali ela dobraria o joelho e rezaria muito para Jesus Cristo e para Santa Sara Kali, pedindo que protegessem aquela família, incluindo as crianças, porque a sombra cobria a todos.

Chegou a hora da despedida, que foi um tanto dolorosa para todos. Estevão queria estar presente na hora da partida do filho, mas Rubi disse que os três partiriam de madrugada, assim estariam no porto antes do dia clarear para pegar o primeiro barco de travessia para a França. Segundo ela, seu povo estava a menos de duas horas da fronteira com a Espanha. Lamentando, Estevão despediu-se do pequeno Raul. Os dois se abraçaram demoradamente, deixando as lágrimas escorrerem pelo rosto.

Estevão e a família subiram na charrete e partiram rumo ao castelo, enquanto Juanita, em silêncio, com o coração cada vez mais apertado, pedia proteção para todos. No dia seguinte, como Rubi planejara, os três partiram para chegar ao acampamento de seu povo o quanto antes. Só ali se sentiriam realmente seguros.

XVII

CEGO PELA ÂNSIA DE PODER

Quando Estevão chegou ao castelo com a família eram quase sete da noite. Para não chamarem atenção, entraram pela cozinha. Estevão foi ao encontro dos irmãos a fim de distraí-los, chamando-os para a biblioteca. Então, Maria Rosa subiu para o quarto com as crianças. Apenas Clara e a boa Ana viram tudo, notando o cansaço delas e como estavam sujas. Deviam ter brincado muito! Enquanto Clara auxiliava Maria Rosa a dar banho nos pequenos, Ana preparava um pouco de canja, que, a pedido de Maria Rosa, levaria ao quarto deles, alimentando-os ali mesmo.

Clara notou a marca do corte em forma de cruz nas crianças. Devido à sua vidência, sabia que não era nada de mal; ao contrário, sentiu que era algo que, de algum modo, os tornava mais fortes. Resolveu não comentar nada, fazendo de conta que não tinha visto.

Quando Maria Rosa desceu, banhada e com roupas limpas, achou que Estevão ainda estava conversando com os irmãos. Pensou que seria melhor se ele contasse tudo de uma vez. Não gostava de mentiras, pois sempre acabavam vindo à tona. Naquele caso, principalmente, não teriam como esconder o filho de Estevão para sempre.

Estevão, porém, já havia conversado com os irmãos e estava no jardim. Pretendia falar sobre o assunto sobre o qual havia conversado com Antognini e contar do pequeno Raul no dia seguinte. No entanto, Honorato já havia destilado seu veneno.

Assim que assistiu ao ritual de união de almas, certo de que era feitiçaria, o servo pegou o cavalo que havia deixado amarrado distante do local e foi à procura de Décius. Ao encontrá-lo nas plantações, apeou do cavalo e disse que precisava conversar com ele para evitar que uma tragédia caísse sobre os sobrinhos. Sabia do amor do patrão pelos pequenos e que, assim, garantiria sua atenção. Em poucas palavras, descreveu tudo o que vira desde a ida de Rubi ao castelo, no dia anterior, até o ritual que acabara de assistir. Décius ouvia tudo com atenção, sem querer acreditar que fosse verdade, afinal, Estevão era cristão. Ter deixado a batina era uma coisa; pender para o lado da heresia era outra bem diferente. Mas Honorato insistiu em que ele olhasse o pulso das crianças; ali estaria a prova do que ele dizia. Acresceu que seria necessário tomar providências para chamar Estevão à razão. Talvez estivesse enfeitiçado por aqueles ciganos, que usavam até capas, como os feiticeiros!

Décius foi ao encontro de Antognini e lhe expôs a situação. Não podiam deixar que as crianças fossem conduzidas por um caminho tão perigoso, tampouco deixar a herdade e todo aquele povo nas mãos de Estevão, que ou estava sob o domínio de um forte feitiço ou havia enlouquecido. Antognini, que não acreditava em feitiços e sabia que o povo às vezes se utilizava de rezas e simpatias, achou aquilo um exagero. Conversariam com Estevão, que, provavelmente, teria uma boa explicação para dar.

Desse modo, quando Estevão chegou e os convidou para conversar na biblioteca, os dois aquiesceram rapidamente, ambos ansiosos para tirar a limpo a tal história. Estevão sentou-se e convidou os irmãos a fazer o mesmo, dizendo que desejava falar com Décius sobre os negócios e se desculpar por ter sido tão rude com ele nos últimos tempos, mas não teve muita chance para isso.

— Décius, meu irmão, dois dias atrás, Antognini conversou comigo e me chamou à razão. Percebi que tenho sido um tanto intransigente no trato com você, não lhe dando a oportunidade de pôr suas ideias em prática, nem explicando o que eu tenho em mente fazer por aqui. Realmente, foi um erro, porque acredito que você teria me entendido e, quem sabe, me dado um voto de confiança na gestão diferente que tento implantar na herdade.

Fez uma pausa para que Décius assimilasse o que ele estava dizendo e demonstrasse alguma curiosidade em saber o que ele estava pensando. No entanto, acreditando que Estevão só queria impor sua vontade mais uma vez, tendo apenas mudado de tática, Décius foi logo dizendo:

— Estevão, neste momento, temos um assunto mais urgente para tratar. Veio ao meu conhecimento, por meio de uma testemunha que a tudo assistiu, que você não só se entregou à prática da feitiçaria, como também arrastou consigo sua esposa e seus filhos. Gostaríamos de ver as crianças para constatar se realmente estão com os pulsos marcados. Aliás, gostaríamos que nos mostrasse o seu pulso, que está escondido pela manga longa da camisa.

Pego de surpresa e colocado contra a parede, Estevão reagiu de maneira intempestiva, sem pensar nas consequências.

— Ora, quem são vocês para me julgar? Acreditam que eu abandonaria Cristo para me entregar à feitiçaria? E o pior, que levaria minha esposa e meus filhos para o mesmo caminho? Sua testemunha viu errado, entendeu errado. Não deve ter ouvido as palavras e muito menos sabido o motivo do que viu. Vocês deveriam me perguntar se eu tenho algo novo para lhes contar em vez de me acusar. Até parece que não me conhecem! E você, Antognini, que tanto prega o Cristo, por que acreditou em tal disparate? Esqueceu-se do "não julgueis para não serdes julgado"?

Antognini não sabia o que dizer. Afinal, Estevão concordou que havia acontecido alguma coisa que fizesse parecer que ele e Maria Rosa estavam praticando feitiçaria. Tentou, então, levar a conversa de outra maneira:

— Estevão, eu disse a Décius que não acreditava que você faria tal coisa e, com certeza, haveria de ter uma explicação. No entanto, você acabou de afirmar que realmente houve algo que levaria alguém a pensar que você estava praticando feitiçaria. Gostaria de ouvir sua versão dos fatos; afinal, somos seus irmãos e não vamos sair por aí espalhando o que você nos contar.

Naquele momento, Estevão pensou no pequeno Raul. Ele, Juanita e Rubi só iriam sair dali rumo à fronteira com a França de madrugada e ainda teriam de pegar a embarcação para a Espanha. O rumo da conversa estava perigoso e ele não confiava em Décius. Precisava ganhar tempo antes de contar a verdade. Decidiu que esperaria até o dia seguinte e então contaria tudo. Assim, daria tempo para que os três se adiantassem em seu caminho.

— Tem razão, Antognini. Vocês são meus irmãos e eu confio em vocês, mas preciso preservar alguém, uma criança que nada tem a ver com isso. Por isso, peço a vocês que me deem um voto de confiança até amanhã à tarde. Então, junto de Maria Rosa e das crianças, contarei com pormenores tudo o que aconteceu e a grande alegria que recebi dos céus. Prometo que nem saio do castelo amanhã, apenas espero a tarde para lhes contar.

— Uma criança? Honorato disse mesmo que havia um menino envolvido e que ele não entendeu muito bem se era seu filho. Achei um absurdo e nem levei em consideração — disse Décius sem pensar, revelando o nome da testemunha.

— Ah, então a testemunha é Honorato? Bem que me avisaram de uma cobra que rodeava meus caminhos. É ele, então.

— Quem o avisou? Os ciganos feiticeiros com quem você esteve? Onde eles estão agora? — Décius indagou, já bastante alterado.

— Calma, Décius! O que importa isso agora? Nem todos os ciganos são feiticeiros. Ao longo dos séculos, eles têm se convertido e, por isso, hoje a maioria deles é cristã — apaziguou Antognini, que bem sabia da perseguição aos ciganos imposta pela Igreja na Inglaterra.

— Obrigado, Antognini! Você é um rapaz sensato. Por favor, esperem até amanhã à tarde, como eu pedi, e eu contarei tudo.

— Décius, meu irmão, os fatos não mudarão, nem acontecerá coisa alguma se esperarmos até amanhã à tarde. Entendo que Estevão queira dar tempo para a família cigana estar bem longe daqui. Por alguma razão, teme por eles.

— Se nada mudará nem acontecerá, não vejo por que Estevão não pode nos contar agora mesmo. A menos que ele esteja esperando algo fazer efeito, como um feitiço. Dizem que, às vezes, demora um pouco.

Antognini precisou se levantar para impedir Estevão de avançar sobre o irmão. Mas todos no castelo ouviram quando, aos berros, o irmão mais velho disse:

— Eu jamais faria qualquer coisa que prejudicasse minha família, que, além de meus filhos e minha esposa, são meus irmãos, incluindo Clara, que também participará da conversa que terei com vocês amanhã. Agora, aceitando ou não, entendendo ou não, vocês terão de esperar até amanhã à tarde.

E, dizendo isso, saiu da biblioteca batendo a porta e foi para o jardim. Precisava respirar um pouco de ar puro para tentar se acalmar.

Antognini e Décius continuaram na biblioteca, o primeiro tentando acalmar o segundo. Enquanto esbravejava, Décius se deu conta de que aquela história era um ponto fraco do irmão. Quem sabe com tudo aquilo ele não conseguiria diminuir a autoridade de Estevão? Se ele soubesse encaminhar o assunto, talvez o irmão o deixasse voltar a ser o administrador e Estevão voltaria apenas a trabalhar como antes. Claro que ele daria ao irmão algum poder de decisão, mas o pulso forte seria o seu. Amava o irmão, mas sentia-se no direito de ter de volta o poder de mando. Estevão já tinha uma esposa, lindos filhos... não precisava de mais nada. Que administrasse a família que criara! Percebeu, então, que aquela, talvez, fosse sua única chance e estava disposto a não deixá-la passar.

— Até amanhã à tarde, muita água terá passado por debaixo da ponte e eu não pretendo ser enganado. Não vou permitir que, em sua ânsia de nos dominar, ele apele para feitiçarias ou qualquer outra coisa. Diga a Estevão que falarei com ele daqui a dois dias. Vou investigar essa história.

— Investigar?! Décius, você enlouqueceu? Se abrir a boca sobre essa situação, colocará a vida de Estevão em risco. Pelo amor de Cristo, o que vai fazer?

— Não se preocupe, irmãozinho. Só me faça um favor: apenas amanhã à tarde, quando Estevão resolver contar a tal história, avise a ele que precisei viajar inesperadamente. Amanhã de manhã, ele ainda me verá à mesa do café. Em seguida, sairei sozinho. Será o tempo de ir fazer o que preciso e voltar. Depois de amanhã à noite, já estarei de volta.

— Você pretende perseguir os ciganos?

— Não, eu acredito que Estevão está realmente protegendo uma criança, e acho que é o filho dele. Vou apenas sondar quem são essas pessoas, de onde vêm, que tipo de ciganos são. Só isso. Isso me ajudará a acreditar ou não em nosso irmão. Além disso, vou tratar de um assunto pessoal.

— Não sei, não! Sinto que você está me escondendo alguma coisa. Que assunto pessoal é esse que não pode esperar?

— É um assunto que está esperando há muito tempo. Já que vou sondar os tais ciganos, pretendo aproveitar a viagem e resolver o que é preciso. É coisa rápida, mas importante para mim.

— Olhe lá, meu irmão... Confio em você, mas que eu não descubra que mentiu para mim. Quando você voltar, já saberei da verdade e o porei a par de tudo. Você verá que foi tudo um mal-entendido.

— Gostaria mesmo que assim o fosse, Antognini, mas não sei... Feitiçaria ou não, alguma coisa aconteceu. Acredite: Estevão tem a intenção de nos dominar. Mas vamos aguardar.

Só então os dois saíram da biblioteca, deparando-se com Maria Rosa esperando por eles na sala.

— Nossa, que conversa demorada! Estevão ficou na biblioteca?

— Não, Maria Rosa. Ele saiu de lá já faz algum tempo. Não está lá em cima? — perguntou Antognini.

Nesse instante, Clara, que vinha descendo as escadas, respondeu ingenuamente:

— Eu vi Estevão andando pelo jardim. Fiquei olhando até que ele sumiu no meio das árvores. A noite está fresca. Deve ter ido caminhar.

Bastou para Décius lançar um olhar significativo para Antognini.

— Vê o porquê de esperar até amanhã? — disse, enquanto subia as escadas.

Maria Rosa voltou-se para Antognini com um ar de interrogação:

— O que ele quis dizer com isso? Não entendi.

— Ora, minha cunhada, meu irmão é cismado mesmo. Esqueça isso. Acredito que Estevão quis apenas esfriar a cabeça. Depois ele conversa com você. Vou me retirar. Boa noite!

— Boa noite! Vou esperar por Estevão. Está tudo meio estranho.

Antognini, assentindo com a cabeça, subiu as escadas. Enquanto se dirigia para o quarto, pensava em toda aquela situação. Não acreditava que Estevão estivesse envolvido com feitiçaria ou coisa parecida. Para falar a verdade, ele não faria sequer uma simples simpatia. Não... devia haver uma explicação plausível para tudo aquilo. Quem sabe a tal marca no pulso não era apenas uma marca cigana para se identificarem? Ficou algum tempo orando a Jesus e pedindo que tudo fosse esclarecido. Pediu proteção a Estevão e, também, que o Mestre tirasse as desconfianças de Décius. Depois das orações, tentou conciliar o sono, mas só conseguiu quando a madrugada já estava alta.

Décius pouco dormiu. A mente dele não desligava. Tinha agora algo que poderia fazer Estevão renunciar à administração da herdade. Não queria fazer mal ao irmão, mas não era justa a posição em que ele ficara. Exatamente ele, que abrira mão de seus sonhos e projetos para ficar ao lado do pai. Também vinha à sua cabeça o estranho aviso de Clara. Jamais imaginara que ela fosse adivinha ou tivesse vidência. A irmã parecia sempre tão alheia aos assuntos da família... Aliás, comportamento justificável pela pouca idade e por ela estar entre eles havia apenas um ano. A menina tinha vindo à sua procura logo que ele subira para o quarto, a fim de alertá-lo. Ele se lembrava nitidamente de cada uma das palavras dela: "Décius, meu irmão, você sabe que lhe quero bem. Por isso, vim lhe dizer que existe uma sombra muito escura, quase negra, bem próxima a você. Eu já havia percebido antes, só que ela estava distante, agindo como se o observasse, mas agora ela está muito perto mesmo. Você deveria rezar a Cristo e tirar os maus pensamentos da cabeça".

Na hora, Décius levou um susto. Nunca tinha visto Clara falar tão sério. A menina olhou em seus olhos e disse tudo com um tom de quem o aconselhava com muita preocupação. Desconcertado, brincou com ela, para não mostrar que suas palavras haviam surtido efeito. Dessa vez, ela não riu, como sempre fazia. Apenas repetiu o pedido: que ele rezasse. Em seguida, deu-lhe boa-noite e saiu do quarto.

Não entendia o porquê de ela lhe dar tal aviso. Talvez, ao vê-lo nervoso, com o semblante sério, tivesse ficado preocupada e, como ainda era mais criança que adulta, sua imaginação devia ter voado. Sim, devia ser isso. Assim concluindo, sossegava e tornava a pensar em Estevão, mas, no curso de seus pensamentos, Clara ficava reaparecendo em sua mente. Decidiu seguir o conselho dela, mas fazia muito tempo que não rezava, não sabia o que dizer. Então, apenas fez o sinal da cruz e pediu a Cristo que o guiasse para que ele alcançasse seus objetivos sem prejudicar o irmão. Depois disso, finalmente conseguiu dormir, mas foi um sono repleto de pesadelos. No último, ele caía em um abismo profundo. Com a sensação de queda, acordou assustado e todo suado, não conseguindo mais pegar no sono. Ficou deitado na cama, esperando o dia raiar.

Clara, por sua vez, foi se deitar após fazer suas orações. Estava tão preocupada que resolveu ir dormir no quarto das crianças. Ajeitou-se com algumas cobertas no chão e ali fez mais uma prece à Virgem Imaculada. Então, dormiu o sono daqueles que têm a consciência em paz.

Enquanto isso, Maria Rosa ficou sentada em uma cadeira na sala, esperando o marido voltar para casa. Não adiantaria subir e tentar dormir, estava preocupada demais. Ficou ali, pensando em tudo o que havia ocorrido durante o dia. Tinham sido bons momentos.

Estevão, que havia caminhado bastante pelo extenso jardim, parara e se sentara em um banco para colocar os pensamentos em ordem. Sentia que, dessa vez, Décius lhe causaria problemas, ele estava estranho e parecia acreditar, realmente, que Estevão praticara feitiçaria. Isso era muito grave! Os dois teriam de falar com Honorato, pois, se ele abrisse a boca, a mentira correria como rastilho de pólvora pela herdade, logo estaria no vilarejo e, o que era pior, na Igreja — isso, sim, era um problema. Envolvia até risco de morte. Perdido em pensamentos, não notara a hora passar. Se não fosse o cansaço que começou a sentir, teria ficado ali indefinidamente.

Era início de madrugada quando Estevão voltou para casa. Assim que entrou, deparou-se com Maria Rosa cochilando na cadeira da sala. Sentiu remorso, havia se esquecido dela. Devia estar preocupada. Carinhosamente, acariciou os cabelos da esposa e beijou-lhe a testa, despertando-a.

— Vamos subir, querida. Já é tarde, o dia foi bastante cansativo.

— Ora, ora, quem vem me dizer que está tarde! Logo o senhor meu marido — disse, sorrindo para ele e acariciando seu rosto.

Sempre fora assim: os dois jamais discutiam. Não que Maria Rosa aceitasse tudo o que Estevão dizia ou fazia; ao contrário. Eles sempre conversavam e expunham seus pontos de vista até chegar a um bom termo. Amor e respeito nunca lhes faltaram. Eram felizes, e os problemas familiares não os afetavam. Viam-nos como momentos passageiros e sempre se lembravam de que tinham um ao outro. Isso bastava para esquecerem qualquer dissabor com a família ou com os negócios.

Subiram para o quarto, mas antes passaram pelo quarto dos filhos. Sorriram ao ver Clara deitada no chão perto das crianças.

— Pobrezinha, Estevão! Ela é tão apegada às crianças... tem por eles um amor quase maternal. Abre mão até do conforto por eles. Deixou sua caminha tão boa e está deitada neste chão duro.

— Sim, essa minha irmã puxou o jeito de minha avó paterna. Eu não a conheci, mas dizem que era uma mulher que vivia para os outros. Já do meu pai, percebo nela a vontade férrea.

— Vontade férrea? Em Clara?

— Sim, minha querida. Quando Clara quer algo, ela não desiste. Só que, ao contrário de meu pai, sabe esperar, não atropela ninguém. Antognini conversa muito sobre ela comigo. Diz que é aplicada nos estudos e que, por maior que seja a dificuldade, se propõe a aprender. E quando ele pensa que ela desistiu, Clara, de repente, demonstra dominar o que não sabia.

— Esse lado dela eu não conheço. Comigo, ela sempre aquiesce diante do que peço. Nunca me pede nada; parece até que nada quer. Certa vez, ela me disse que não tinha mais nada para querer, pois a vida já lhe proporcionara muito sofrimento, mas agora ela tinha uma família e se sentia amada.

— Outra qualidade de Clara: ela sabe ser grata. Além disso, não está interessada em bens materiais. Ela busca o conhecimento e fazer o bem para esta família, que ela aprendeu a amar e à qual é tão grata.

Já em seus aposentos, Maria Rosa perguntou ao marido:

— Afinal, Estevão, o que aconteceu na biblioteca? Achei Décius tão estranho!

Estevão não queria atrapalhar o sono da esposa e, àquela hora, nada poderia ser feito. Seria melhor falarem pela manhã. Pensando nisso, deu uma desculpa:

— Ah, Maria Rosa, você sabe como Décius implica com as coisas e como eu sou turrão. Não se preocupe. Vá dormir, que amanhã, depois do café, conversaremos.

Maria Rosa, que estava realmente cansada, aquiesceu. Deitou-se e dormiu rapidamente. Já Estevão, rolou um pouco na cama, mas depois acabou pegando no sono. Se nada devia a Deus, não deveria se preocupar com o que Décius achava.

No dia seguinte bem cedo, Décius tratou de dar ordens a Paulo e Pedro para que se aprontassem para uma viagem. Ordenou também que seu cavalo fosse preparado. Partiriam logo depois que ele tomasse o café da manhã.

Quando voltou para o castelo, a mesa estava ainda sendo posta para o desjejum. Ana se desculpou:

— Perdoe-me, Décius. Já estou terminando. É que nenhum de vocês tem o costume de levantar-se tão cedo. Se tivesse me avisado ontem, certamente já estaria tudo pronto.

— Fique tranquila, Ana. Sei que estou fora do horário normal. Não dormi muito bem ontem à noite e, ainda por cima, acordei cedo. Não precisa se apressar. Eu espero.

Ana sorriu. Os "meninos", como ela costumava dizer, eram sempre tão educados com ela! Nunca lhe chamavam a atenção nem se queixavam de nada. O conde Luchesi também era assim. Sempre a tratara muito bem. Dona Mariana, então, era como uma irmã. Ela se pegou pensando em como tinha tido sorte na vida.

O cansaço de Estevão e Maria Rosa fez com que os dois se atrasassem. As crianças, também exaustas, não acordaram no horário normal, tampouco Clara. Antognini, por ter pegado no sono já com a madrugada alta, também se atrasara.

Assim que a mesa ficou pronta, Décius começou a tomar seu café. Comeu de tudo um pouco. Estava achando providencial o atraso dos demais. Assim, nem precisaria inventar uma desculpa para sair logo. Apenas disse a Ana que, já que todos tardavam, ele sairia para trabalhar e, talvez, não viesse para o almoço.

Depois que Décius saiu, demorou ainda uma hora para que Antognini aparecesse para o café da manhã. Quando perguntou pelos outros, Ana lhe disse que apenas Décius havia se levantado e saído; os demais ainda não tinham descido. Enquanto Ana requentava o leite e coava um café fresco, Maria Rosa desceu e, após cumprimentar o cunhado, foi direto para a cozinha. Preparou uma bandeja para levar aos meninos, que tomariam o café da manhã no quarto, e pediu a Ana que os ajudasse nisso, assim Clara poderia descer. Ao voltar para a sala de refeições, encontrou Estevão sentado à mesa, conversando com o irmão.

— É, Antognini, pelo visto Décius foi o único que não perdeu a hora hoje. Ou ele dormiu melhor do que nós ou nem conseguiu dormir.

— Eu demorei a pegar no sono. Já era madrugada quando consegui adormecer — respondeu Antognini ao irmão, enquanto começava a se servir. Não queria que comentassem mais nada sobre Décius.

Clara desceu as escadas cantarolando, chamando a atenção de todos.

— Que felicidade é essa, Clara? Sonhou com passarinhos esta noite? — indagou-lhe Maria Rosa.

— Com passarinhos, não, mas com uma mulher muito bonita. Parece que eu a conheço de algum lugar... Ela me disse para ter calma e não perder a fé. Logo a tormenta virá trazendo lágrimas, mas é preciso ter força para continuar depois dela.

— Nossa! E você ainda acordou cantando? — inquiriu Antognini, espantado.

— Sei que algo ruim vai acontecer. Sei disso há algum tempo. Mas agora sei que, quando a tristeza vier, não estarei sozinha. Espero que todos aqui também sejam protegidos. Além do mais, depois desse sonho, tive outro, do qual não me lembro muito bem. Acho que estava brincando com crianças em um jardim... Então, acordei contente.

— Está bem, Clara. Coma logo, senão tudo vai esfriar... se é que já não esfriou — advertiu Maria Rosa.

Continuaram a tomar o café da manhã em silêncio. Antognini foi o primeiro a se retirar, dizendo que ia visitar alguns meeiros que estavam doentes. Estevão aproveitou, então, para chamar a esposa à biblioteca e colocá-la a par do ocorrido na noite anterior.

Maria Rosa ficou muito assustada com o que disseram a Décius. Acusação de feitiçaria era coisa séria, e a prova estava bem ali, nos pulsos dos dois e nos das crianças. Não eram cortes profundos, apenas a pele fora afetada. Mesmo assim, demoraria alguns dias para desaparecerem ou quase. Estevão garantiu a ela que não tinha com o que se preocupar. Conversaria com os irmãos à tarde e eles veriam que aquilo não era um feitiço, apenas o jeito cigano de unir aqueles que se amam. Quanto a Honorato, os três pensariam juntos em um jeito de ele ficar calado. Talvez tivessem de dar algo material a ele, mas valeria a pena se conseguissem enterrar o assunto.

Antognini resolveu não ir para o castelo na hora do almoço. Não queria mentir sobre Décius, apesar de saber que estaria apenas adiando a conversa. Afinal, o irmão só voltaria de viagem na noite do dia seguinte.

Ao entardecer, quando Antognini voltou para casa, Estevão, ansioso, esperava por ele nos arredores do castelo.

— Que bom que você chegou! Eu havia marcado com você e Décius de conversarmos hoje à tarde, mas nem um nem outro veio. O que aconteceu?

— Estevão, eu não vim porque, já que Décius não estaria presente, e foi ele quem levantou as acusações, sobre as quais tenho a certeza de que há um mal-entendido, achei que poderíamos conversar agora à noite.

— Obrigado por seu bom senso! Mas onde Décius está?

— Décius foi ao vilarejo logo cedo. Havia tempos que ele precisava tirar alguns documentos pendentes daquelas terras vizinhas que o pai lhe deu de presente quando ainda estava vivo.

— Antognini! E você acreditou nisso? Essa história está mal contada! Então, depois daquela discussão, de ele se mostrar tão ansioso a respeito da acusação que me fizeram, ele simplesmente esqueceu tudo e foi resolver problemas pessoais?

— Não sei o que pensar, meu irmão, mas acredito que ele não fará nenhuma bobagem. Décius é turrão, mas ama muito todos nós e adora seus filhos. Então, sossegue seu coração. Vou tomar um banho. Reúna as crianças na sala com Maria Rosa e Clara, que eu quero ouvir o que realmente aconteceu, está certo?

— Está certo, meu irmão. Estaremos na sala lhe esperando.

Estevão fez o que o irmão lhe pediu. Depois de algum tempo, Antognini desceu e foi para a sala, sentou-se em uma cadeira à frente de Estevão e disse:

— Sou todo ouvidos...

Estevão, então, contou tudo o que havia acontecido desde o dia em que Rubi o procurara, sem esquecer nenhum detalhe. As crianças enriqueceram a narrativa contando pormenores sobre o novo irmão. Maria Rosa apenas acompanhava a conversa. Estava receosa, pois Décius, que dava indícios de ser uma ameaça para eles, não estava ali, o que era muito estranho.

Ao final da história, Antognini sorriu aliviado. Para ele, não existiam bruxos, feiticeiros nem nada parecido. O que Estevão lhe contara era um ritual comum entre os ciganos, consagrado a Jesus e a Santa Sara Kali, que era uma santa católica.

— Quer dizer, então, que eu tenho um novo sobrinho? Espero poder conhecê-lo logo! Quanto ao ritual, por ser um costume cigano, é melhor ficar entre nós. Oriente as crianças para que não digam nada a ninguém. Se isso cair nos ouvidos da Igreja, estaremos em maus lençóis.

— É o que penso também. Vamos esperar por Décius. Com certeza, ele saberá um jeito de fazer Honorato esquecer o acontecido — disse Estevão ao irmão.

— Melhor seria falar com Décius o quanto antes. Sinto que a nuvem escura tomou conta da mente dele. Por favor, Antognini, vamos rezar por ele — pediu Clara.

Antognini, ciente dos dons de Clara, mas notando a curiosidade das crianças, preferiu levar o que ela dissera na brincadeira e deixar a reza para mais tarde.

— O que eu sei, Clarinha, é que agora mesmo tem uma nuvem no meu estômago, que está fazendo um barulho enorme. Preciso me livrar dela comendo muito. Prometo que rezaremos, sim, depois de jantarmos. Mas, agora, vamos todos para a mesa, que a pobre Ana está cansada de esperar.

Assim, todos foram jantar e, habilmente, Antognini fez com que as crianças esquecessem o que Clara havia dito. Depois da refeição, todos se recolheram, menos os dois. Juntos, como faziam muitas vezes, oraram ao Pai.

※※※

Décius, àquela altura, estava chegando à estalagem no vilarejo. Vinha da igreja com o coração pesado; não gostara da maneira como as coisas haviam sido conduzidas. Tivera o azar de chegar ali justamente no dia em que o bispo da região tinha decidido fazer uma visita. Segundo o padre Romão lhe explicaria depois, a Igreja estava insatisfeita com a arrecadação de sua paróquia e o bispo tinha ido até lá para fazer pressão nos fiéis, principalmente nos mais abastados.

Estava preocupado, pois fora pego de surpresa, jamais imaginara que o bispo estaria ali naquele momento. Como não viu o padre Romão ao entrar, foi procurá-lo na sacristia, dizendo que gostaria de conversar com ele. Custou a conseguir começar a falar. Precisava tomar cuidado para não colocar a Igreja contra Estevão. Queria podar sua autoridade, e não complicar a vida do irmão.

— Com licença, padre.
— Que surpresa, meu filho! Que bons ventos o trazem aqui?

— Acabei de chegar, sequer fui à estalagem. Mandei os servos irem para lá e vim direto conversar com o senhor, pois preciso retornar à herdade amanhã cedo.

— Veio apenas para falar comigo?

— Sim, padre. Meu coração está muito apertado. Estevão precisa de ajuda.

— O que está acontecendo?

— Bem, padre, quando Estevão saiu da Igreja, enveredou-se por um caminho estranho. Creio eu que ele foi iludido pela beleza de uma cigana, que, aliás, era cristã.

— Há algum tempo, seu pai encaminhou um pedido à Igreja para que revogassem os votos feitos por seu irmão, mas eu não sabia dessa parte da história.

— E qual foi o resultado disso?

— A resposta deve estar para chegar, creio eu. Pelo que sei, já deveria ter chegado. Mas continue, meu filho.

— Então... como eu ia dizendo, Estevão apaixonou-se pela cigana e viveu com ela por alguns anos. Depois, conheceu Maria Rosa e se deu conta de que o que ele sentia pela cigana não era amor.

— Menos mal. Mas os dois vivem em pecado, não é mesmo?

— Sim, padre, essa é a situação. Foi por isso que meu pai encaminhou o pedido. A ideia é que, depois, Estevão e Maria Rosa peçam as bênçãos da Igreja.

— Filho, sinto que isso não é tudo. O que mais está acontecendo?

— Um cigano procurou Estevão recentemente. Não sei qual foi o assunto, mas notei algumas marcas no pulso de meu irmão. Ele ainda não explicou do que se trata; disse apenas que o faria hoje à tarde. No entanto, como notei que ele anda muito estranho e sei que, se um meeiro não o tivesse visto junto aos ciganos, guardaria segredo de mim, resolvi não esperar. Por isso, peço ao senhor que vá ter uma palavra com ele.

— Meu filho, mesmo sendo cristãos, os ciganos não abandonaram seus costumes e rituais. A diferença é que agora os fazem invocando Jesus e Santa Sara Kali, reconhecida pela Igreja.

— Sei disso, padre, mas vai saber o que escondem em seus sortilégios! Temo que Estevão tenha sido enredado e, o que é pior, que ele queira passar esses costumes aos filhos.

Enquanto Décius falava, percebeu que o padre fazia um sinal negativo com o dedo, porém mantendo estranhamente a mão na altura da cintura. Não havia dado muita importância, por isso assustou-se ao ouvir uma voz atrás de si.

— Ora, ora, mas Estevão não é o administrador da herdade? Não é a ele que todo o povo que trabalha ali presta contas? Não é a ele que escutam e respeitam?

Logo que ouviu o "ora, ora", Décius se virou e, na porta da sacristia, viu outro pároco, só que vestido de modo um pouco diferente do padre Romão. Então, ele se deu conta: aquele não era um simples padre, era o bispo. Já tinha ouvido falar dele. Diziam que negociava com a fé e que levava seus julgamentos e atitudes ao extremo.

— Senhor bispo, este é o conde Décius, irmão de Lívius, Estevão e Antognini.

Décius estendeu-lhe a mão, mas o bispo passou reto por ele, fazendo de conta que não tinha visto.

Então, Décius disse ao padre Romão:

— Padre, o senhor se esqueceu de mencionar nossa irmã Maria Clara.

— Desculpe, mas como não há qualquer documento oficial reconhecendo a paternidade dela, o senhor bispo não a levaria em consideração. Além do mais, ela ainda é muito jovem.

— Se não há documento, ela deve ser filha do pecado. É a prova viva da leviandade do conde Luchesi e uma mancha vergonhosa para a família. Vocês deveriam tê-la colocado em um convento — disse o bispo, olhando para Décius.

— Sinto muito que o senhor pense assim. Para nós, Clara só trouxe alegria. Ela não tem culpa dos erros de meu pai. E, se me dá licença, vou me retirar, agora que percebo que o padre Romão está ocupado com o senhor.

— Retirar-se? — perguntou o bispo. — Mas você estava falando de seu irmão, que ele está envolvido com sortilégios. Não quer a ajuda da Igreja?

— Queria apenas saber como agir para afastar de uma vez por todas a influência que os ciganos têm sobre Estevão. Mas vou conversar com meu irmão e, assim que der, ele mesmo virá até aqui.

— Meu filho, a alma humana é cheia de surpresas. Se você estiver certo, seu irmão deve ser socorrido o quanto antes. Contudo, se ele tiver plena consciência de tal sortilégio, nossa ação deverá ser mais severa.

— Acho que o senhor está exagerando. Foi apenas uma dúvida que passou por minha cabeça. Por gostar de tudo às claras, vim falar com o padre Romão, que, sem dúvida, saberia me aconselhar. Só isso.

— Não, meu filho. Você não faria uma viagem de cerca de doze horas e bateria aqui à noite se não estivesse lidando com algo que o amedronta. Aliás, o padre Romão já ia fechar a igreja; foi por sorte que você a encontrou aberta. Vê só como a mão de Deus está a seu favor? O que você fez foi certo e não me esquecerei disso.

— Mas eu não fiz nada, já disse! Queria apenas um conselho, pois amanhã devo conversar com meu irmão assim que chegar ao castelo.

— Mas você nem esperou para ouvir o que o padre Romão tinha a lhe dizer. Depois que me viu, apressou-se em querer ir embora. Ansiava mesmo por um conselho ou apenas influenciar o padre com suas ideias?

— Não estou entendendo o que o senhor está insinuando.
— Como não? O senhor é um conde que usa o título para abrir portas nas altas hierarquias, de acordo com os interesses de sua família. No entanto, quem manda e desmanda na herdade é seu irmão Estevão. O senhor é apenas um peão que executa a vontade dele.

O ponto fraco de Décius havia sido atingido. Seu orgulho fora mortalmente ferido e ele ficara sem resposta. O bispo prosseguiu:

— Como eu disse, a alma humana é cheia de surpresas. Talvez o senhor pense que, se cortarmos a influência de Estevão na herdade, o senhor possa ter de volta seu antigo cargo e seu irmão não lhe traga problemas. Para nós, seria a certeza de que, até ele voltar ao juízo normal, não influenciaria mais ninguém por lá. Claro que nós o afastaríamos por um bom tempo e, depois, se você quisesse, ele voltaria a ocupar o cargo que seu pai deixou para ele.

Décius olhava abismado para o bispo, que parecia ter lido seus pensamentos. Diante disso, sentiu que não podia confiar naquele homem. Ele era astuto e podia estar jogando com as palavras ou dizendo meias-verdades para esconder a real intenção de obter favores financeiros de algum modo. Com certeza, já havia analisado a situação em que cada irmão ficara depois da morte do pai de antemão. Sim, ele viera disposto a se aproveitar de qualquer pendência entre os irmãos e, sem querer, Décius havia acabado de lhe oferecer um prato cheio.

— Senhor bispo, sua imaginação é muito fértil. Jamais inventaria um pretexto para me apropriar da posição que Estevão ocupa e...

O bispo interrompeu o argumento de Décius.

— Calma, meu filho. Eu não disse que você inventou, apenas que pode ter se aproveitado dos fatos em causa própria.

— Não, senhor. Eu amo meu irmão e realmente quero o bem dele. Perdão, mas o senhor passou dos limites. Com licença, vou me retirar. Boa noite, senhores!

Mais que depressa, Décius saiu da igreja sufocado pelas palavras do bispo. Pensou consigo mesmo que aquele homem, sim, é que devia ter parte com o demônio. Sua cabeça estava explodindo. Não conseguia se livrar da má influência do bispo e, ainda por cima, percebera que o padre Romão havia ficado calado. O pobre padre estava claramente com medo de seu superior.

Diante do ocorrido, Décius achou melhor voltar logo para casa. E foi com esse pensamento que adentrou a estalagem. Seus servos já estavam recolhidos. Pediu algo para comer e, depois, foi para o quarto que lhe indicaram. Pediu que o acordassem às quatro da manhã, assim como aos servos. Sairiam bem cedo, então, estariam na herdade entre cinco e seis da tarde.

O que Décius não sabia é que naquela mesma estalagem estavam hospedados Rubi, Juanita e o pequeno Raul. Eles também pretendiam sair cedo, pois haviam conseguido uma embarcação que zarparia às seis horas.

Naquela noite, apesar de todas as preocupações, Décius caiu na cama exausto e dormiu. Sonhou que se debatia em um cubículo sem portas nem janelas, de onde não via saída. O sonho parecia nunca terminar. Acordava sobressaltado, voltava a dormir e continuava sonhando com a mesma coisa. Em uma das vezes em que acordou, decidiu levantar-se e lavar o rosto na bacia de água que estava em cima da mesa. Depois, voltou a dormir, dessa vez tendo um sono mais tranquilo.

※

No dia seguinte, Décius acordou logo que o estalajadeiro bateu na porta do quarto. Levantou-se rapidamente, por receio de dormir novamente. Ainda estava cansado, com dor no corpo. Lavou-se e desceu. Seus servos demoraram um pouco mais, então ele aproveitou para acertar as despesas na estalagem e pedir um café reforçado para os três. Já ia começar a comer quando Paulo e Pedro finalmente desceram. Chamou os dois para se sentarem à mesa e se servirem.

— Comam bem! Vamos ter um dia longo e cansativo pela frente. Preciso chegar logo à herdade.

— Desculpe, patrão, mas o senhor resolveu tudo ontem mesmo? — perguntou Paulo.

— Tudo o que pensei em fazer, já fiz... espero que não tenha sido uma besteira.

— Besteira, patrão? — Foi a vez de Pedro perguntar.

— Deixem isso para lá! Vou contar com a boa sorte.

Quando os três estavam comendo, três pessoas desceram as escadas. Paulo cutucou o irmão e comentou que eram estranhos. Décius olhou para trás e viu Rubi, Juanita e o pequeno Raul. Sabia que eram eles, porque as capas que vestiam tinham capuzes, como Honorato descrevera. Quando passaram pela mesa de Décius, Raul olhou para ele, que gelou.

— Meu Deus, era verdade! Os olhos são iguais.

— O que era verdade, patrão? — indagou Paulo.

— Nada. Estou apenas pensando alto. Já terminaram?

Os dois assentiram com a cabeça, levantaram-se e saíram para buscar as montarias.

Décius aproximou-se dos ciganos e, sem dizer quem era, deu-lhes um aviso.

— Bom dia! Sei que são ciganos e vim avisar que aqui no vilarejo há um bispo que não é confiável.

— Agradecemos, senhor. Partiremos hoje para a Espanha — respondeu Rubi.

Décius não conseguia tirar os olhos do pequeno Raul, a quem perguntou:

— Pequeno, que idade você tem?

— Seis para sete, senhor — respondeu Raul.
— Seu filho é um belo menino, senhora.
— Não é meu filho. Sou tia dele. A mãe faleceu há alguns anos.

Só então Juanita prestou atenção no homem. Sentiu um calafrio e não pôde deixar de dizer:

— Um ato impensado pode pôr tudo a perder, senhor.

Instintivamente, Décius respondeu:

— Não porá. Darei um jeito.

E, depois de passar a mão na cabeça do pequeno, acenou com a cabeça, despedindo-se.

Assim que Décius saiu da estalagem, Juanita comentou:

— Parece que ele nos conhece, Rubi.
— Sim, tive a mesma impressão. Estranho, não é, Juanita?
— Estranho é um coração bom que deixa de fazer bondade pelos maus pensamentos que tem. Mas vamos indo. Não podemos perder a embarcação.

Assim, os três seguiram em paz rumo ao acampamento cigano na Espanha.

XVIII

ARREPENDIMENTO TARDIO

Décius nunca se arrependera tanto de algo que havia feito. Perdido em pensamentos, ficou calado a viagem toda. Estevão tinha um filho e queria protegê-lo, por isso adiara o dia de contar o que havia acontecido. Não era fácil, para ele, admitir que errara. Tentava aliviar a própria culpa jogando-a em Honorato. Da maneira como o servo contou a história, com tantos detalhes e afirmando ser um caso de feitiçaria, não tinha como duvidar de sua palavra, mas agora via que eram meias-verdades. E, sendo honesto consigo mesmo, além de não acreditar que Estevão praticasse feitiçaria, ele sabia que havia levado a coisa toda para esse lado para se aproveitar da situação. Sim, nisso o bispo estava certo.

Chegaram à herdade ao cair da noite. Décius entrou no castelo e, como não havia ninguém na sala, decidiu tomar um banho. Deu ordens à criada para prepará-lo e foi para o quarto esperar. Sua cabeça fervia. Não teria paz enquanto não se passassem os dias e ele visse que seus atos não teriam consequências. No entanto, tinha a certeza de que o bispo levaria consigo uma boa soma em dinheiro.

Assim que a criada avisou que o banho estava pronto, Décius foi mergulhar na água morna, esperando relaxar um pouco enquanto se limpava. Enquanto isso, Ana avisou a Estevão da volta do irmão, então ele pediu que o jantar fosse servido quando Décius descesse.

Antognini já havia chegado em casa e estava em seu quarto orando. Tinha receio do que o irmão pudesse ter feito.

Assim que Décius desceu, a criada foi chamar os demais. Todos se reuniram à mesa, menos as crianças, que haviam jantado antes e estavam no quarto brincando com a filha de uma criada da casa pouco mais velha que elas. Ana já havia servido o jantar e aguardava na cozinha que os patrões terminassem de comer. Maria Rosa aproveitou a ocasião para falar de um assunto importante:

— Estevão, meu marido, e meus queridos cunhados, vocês me deixaram encarregada da casa como quando o pai de vocês era vivo. Pois bem: gostaria de comunicar a vocês que hoje foi o último dia de trabalho de Ana.

— Querida, você enlouqueceu? Ana não tem mais ninguém nem mais nada, além deste trabalho — comentou Estevão, preocupado.

— Não, eu não enlouqueci. Apenas faço justiça a quem dedicou a vida a esta família desde que se entendeu por gente.

Após dizer isso, chamou Ana. A criada, que ouvira a conversa, entrou chorosa na sala de refeições.

— Pode falar, patroa. Estou aqui.

— Está chorando por quê? Nem sabe o que vou dizer! Acalme-se e escute.

Maria Rosa fez uma pausa para dar a Ana tempo de se recompor. Depois, olhou para a criada e sentenciou:

— De amanhã em diante, você fará de seu dia o que quiser. Não terá obrigações, nem será responsável por nada nesta casa. Há dois meses, trouxe Lourdes para cá e, como lhe pedi, você tem ensinado a ela tudo o que sabe. De amanhã em diante, ela ficará em seu lugar e terá a ajuda de Lia, que será a segunda criada da casa. Também incumbi Letícia de ajudar com a louça do almoço e a do jantar, pois, aos treze anos, ela é nova demais para cuidar de mais tarefas. Mais tarde, aos poucos e se ela quiser, nós a treinaremos para trabalhar aqui.

— Mas, dona Maria Rosa, vou me sentir inútil! O que vou fazer o dia todo? Devo ficar confinada em meu quarto?

— Claro que não, minha querida Ana. Já lhe disse: fará o que quiser! Poderá andar pelo jardim, tomar sol, olhar as crianças brincando. E, se quiser palpitar de vez em quando na cozinha, eu não me importo, desde que seja sua vontade.

Antognini levantou-se e abraçou Ana, dando-lhe um beijo no rosto, sendo seguido pelos demais presentes. Por fim, Estevão a pegou pela mão e a colocou sentada à mesa. Envergonhada, Ana o ouviu:

— A partir de hoje, é neste lugar que fará suas refeições. Sempre quis fazer isso, mas sabia que você não teria aceitado. Agora, a bondosa senhora que ajudou mamãe a nos criar e que auxilia na criação de meus filhos não é mais uma criada; é nossa amiga.

— Pois, então, vamos comer! Pare de chorar e coma, dona Ana, que sua comida é muito boa! — disse Clara, fazendo todos rirem.

Com a novidade, o clima de tensão diminuiu e todos comeram em paz.

Após o jantar, foram para a sala. Maria Rosa pediu apenas que esperassem por ela, pois precisava pôr as crianças na cama. Décius, que não aguentava mais esperar, disse que tinha urgência naquela conversa. Dona Ana, que ouvira tudo, disse a Maria Rosa que sossegasse, pois colocaria os pequenos para dormir.

Assim que Ana saiu da sala, Décius começou a expor tudo o que acontecera, mentindo apenas ao dizer que o parecer do bispo era uma armação para coagi-lo. Também disse a Estevão que conhecera Raul, mas que não havia se identificado.

Todos ouviram o relato calados, de cabeça baixa. Estevão e Maria Rosa, de mãos dadas, trocavam olhares temerosos. Foi apenas quando Décius falou de Raul que Estevão suspirou aliviado e disse à esposa:

— Graças a Deus! Meu menino não corre mais perigo! Não pude lhe dar nada, mas pelo menos não coloquei sua vida em risco.

Depois disso, o silêncio preencheu o ambiente. Antognini foi o primeiro a falar das consequências da atitude de Décius.

— O bispo veio ao vilarejo para coletar dinheiro. Sem querer, você lhe deu um prato cheio para que ele nos coloque contra a parede, Décius.

— Sinto muito, de verdade! Contudo, não é com o dinheiro que estou preocupado. Tenho receio é de que a ambição do bispo não possa ser aplacada dessa maneira. Ele fez questão de enfatizar que meu título não vale nada e que, segundo o testamento de nosso pai, quem manda é Estevão. Uma coisa é o fato de as terras estarem no nome de todos nós; outra é apenas um de nós ter poder de decisão sobre todas as partes. Para o bispo, isso parece ser um bem valiosíssimo.

Estevão ainda estava calado quando Antognini lhe disse:

— Estevão, você foi padre, viveu entre eles. O que acha?

— Acho que o bispo virá aqui muito antes do que imaginamos. Certamente, ele tentará levar mais que uma soma em dinheiro. Não sei por quê, mas acho que vai reclamar minhas terras para a Igreja e irá querer no comando alguém que reze pela cartilha dele.

Estevão havia acertado em cheio: o bispo tentava encontrar um modo de tirá-lo da jogada e de ficar com toda a parte que lhe cabia. Para isso, teria de dar um jeito nos herdeiros de Estevão. Maria Rosa não era esposa de fato; portanto, não tinha direitos.

— Então, não tem outro jeito, Estevão: vocês viajarão amanhã após o almoço — ponderou Antognini, ainda abismado com tudo o que estava acontecendo. — Por garantia, não tomem uma embarcação. Cruzem a propriedade e sigam até um ponto onde possam atravessar para o outro lado. De lá, poderão decidir para onde ir.

— Antognini, não podemos fugir com três crianças pequenas a esmo meu irmão. Simão, o mais velho, tem apenas seis anos de idade. Não posso arriscar a saúde de meus filhos!

Décius, que só queria afastar Estevão da administração da herdade, agora o antevia falar em dar ao bispo sua parte nas terras. Atordoado, perguntou:

— Estevão, mas do que o bispo pode acusá-lo, afinal?

— Décius, a Igreja criou uma lei que proíbe a prática de heresia. Para aplicá-la, o Tribunal Público condena à morte todo aquele que for julgado como herege. O bispo pode julgar como heresia o voto de união que eu e minha família fizemos. Se ele juntar a essa acusação o fato de eu ter abandonado a batina, fugido e vivido em pecado com Maria Rosa por todos esses anos, correrei risco de vida.

— Achei que apenas os bruxos fossem condenados à morte... — tentou argumentar Décius.

— E você acha que Honorato não seria capaz de testemunhar contra mim? — Estevão questionou Décius.

Décius não respondeu, apenas baixou a cabeça. A situação estava indo longe demais. Ele não desejara nada daquilo. Queria apenas afastar o irmão do cargo.

Maria Rosa ouvia tudo apavorada. Clara, sentindo sua angústia, abraçou-se a ela como se quisesse consolá-la.

Antognini tomou a frente:

— Muito bem. De fato, se vocês fugirem com uma acusação dessas em cima de suas cabeças, não terão paz em canto algum. Vou pessoalmente falar com o bispo. Amanhã cedo enviarei um mensageiro para marcar a conversa e, depois do almoço, seguirei viagem ao lado de Paulo ou de Pedro.

Décius gostou da ideia. Se Antognini fosse, o bispo não poderia dizer que ele tinha qualquer interesse no caso e, sem dúvida, saberia instruir o irmão mais novo sobre como poderia tirar Estevão da administração.

Com a estratégia definida, todos se retiraram para os aposentos. Já no quarto, Estevão abraçou Maria Rosa e, cheio de ternura, disse:

— Não importa o que aconteça, nós jamais nos separaremos. Estaremos juntos dando força um ao outro, nem que um esteja aqui e o outro lá no infinito. Nosso amor nos unirá para todo o sempre.

— Você está se despedindo de mim, meu querido?

— Sinto que algo vai acontecer e que não é coisa boa. Por isso, quero ter a certeza de que saiba do tamanho do meu amor por você e que me perdoe por tê-la metido nessa confusão.

— Estou certa de que todos nós ficaremos juntos, só não sei onde, nem como isso acontecerá.

— Meu Deus, se Décius não quisesse tanto a administração, nada disso teria acontecido. O bispo acertou em cheio nisso. Se algo acontecer, jamais o perdoarei. Ele colocou em risco toda a família só pelo desejo de ter o poder.

— Pois eu já não o perdoo, meu querido. Ele foi longe demais!

— Antognini, por sua vez, guardou segredo sobre a viagem de Décius. Ele só veio me contar no final da tarde, com receio de que eu fosse atrás dele e o impedisse de falar com o padre.

— Antognini não quer nada além de paz, Estevão.

— Mas mesmo não concordando com Décius, não fez nada para evitar que ele fizesse uma bobagem. Ao contrário, o acobertou.

— Ele está arrependido, meu querido.

— Agora é tarde! E Décius não acredita que o bispo possa fazer alguma maldade contra mim, por isso ainda não entendeu a gravidade de suas ações.

— Meu amor, vamos dormir. Amanhã será outro dia.

Naquela noite, os dois adormeceram abraçados. Maria Rosa teve um sonho, mas acordou sem se lembrar de nada. Por isso, não entendeu por que o travesseiro amanhecera molhado.

No dia seguinte, a rotina familiar foi praticamente a mesma. Apenas Décius se mostrou apressado para falar com Honorato. Disse a Estevão que sossegasse, pois sabia lidar com o servo.

Estevão não tinha a mesma confiança, mas decidiu esperar para ver o que ia acontecer. Só assim saberia se poderia perdoar aquele irmão tão cabeçudo ou se iria odiá-lo até o fim da vida. Ele e Maria Rosa resolveram passar o dia com as crianças, que era a melhor forma de não ficarem cismando com o perigo iminente.

Décius fora procurar Honorato. Precisava comprar o silêncio do homem. O assunto era sério e colocava em risco a vida de seu irmão. Ao encontrá-lo, falou:

— Bom dia, Honorato! Precisamos falar sobre "aquele" assunto. Você contou para mais alguém, além de mim e sua esposa?

— Er... Minha esposa?

— Sim, eu sei que conta tudo a Estela.

— Não, patrão. Só para o senhor e para ela. O patrão que decide.

— Muito bem. A situação está praticamente resolvida; então, você não precisa mais se preocupar. E só para esclarecer: o que você viu foi apenas um ritual cigano unindo o menino com sua família de sangue. O pequeno é realmente filho de Estevão, só isso. Não é nenhuma feitiçaria, é um costume cigano

— Mas se é só isso, por que não podemos falar no assunto?

— Em primeiro lugar, porque o povo é ignorante e vai dar asas à imaginação; em segundo lugar, porque, devido à língua grande das pessoas, que aumentam tudo, essa história pode ser distorcida; em terceiro lugar, porque o menino é filho de meu irmão e, por enquanto, não quero que ninguém saiba dessa criança.

— É, patrão, mas tem gente que viu os ciganos saindo daqui. Andaram me fazendo umas perguntas, mas eu disse que não sabia de nada. Para disfarçar que eram ciganos, vestiram umas capas estranhas. Pareciam capas de bruxos, ainda mais com aquelas cores escuras. Até a criança usava.

— Com receio de serem perseguidos por serem ciganos, tiveram a infeliz ideia de usar as tais capas. Não atinaram que eram iguais às que dizem que os bruxos usam... se é que usam mesmo. Isso é coisa do povo. Bruxo não sai por aí de capa, mostrando que é bruxo.

— Concordo, não sou ignorante. Mas vai explicar isso para o povo que quer saber por que os bruxos estiveram aqui...

— Honorato, não faça parecer mais do que é.

— Só estou dizendo o que ouço.

— Pois, então, ajude o povo a esquecer, não participando desses comentários.

— Sim, patrão, pode deixar. Mas não sei não... seu Estevão continua mandando em tudo.

— Por enquanto. Vamos entrar em um acordo, isso é certo. E você não será prejudicado por ele. Eu mesmo já estou pensando em colocar você como capataz.

— Mas cada parte das terras já tem um capataz.

— Mas não têm um a que todos os capatazes se dirijam. Esse um faria a ponte entre eles e o patrão.

— Ah, seu pai tinha um faz tempo. Ainda éramos jovens quando ele morreu. Depois disso, seu pai começou a levar Estevão para se inteirar das coisas da propriedade, já que Lívius se comprometeu com casamento fora daqui.

— Verdade... eu me lembro. O nome dele era Jackson, não era?

— Isso mesmo!

— Está na hora de pôr alguém no lugar dele. Pense nisso.

— Nem preciso pensar. É claro que aceito, se Estevão não impedir.

— Já disse que haverá uma divisão na administração.

— Ótimo, vou aguardar.

— Então, até mais, Honorato.

— Até mais, patrão. E fique tranquilo: ninguém saberá de nada. Vou tentar abafar qualquer disse me disse.

Décius deu-se por satisfeito. Mais tarde daria um bom dinheiro para Honorato se estabelecer fora dali, o mais longe possível, de preferência. Dirigiu-se para o castelo, já contando que Antognini tivesse enviado o mensageiro para avisar ao bispo da conversa que pretendia ter com ele. Mal sabia ele, no entanto, o que havia acontecido logo depois que saíra do vilarejo e voltara para casa.

O bispo, além de ambicioso, era bastante astuto. Pensou que ficaria de mãos atadas por um bom tempo se Estevão fugisse, não por culpa, mas por medo. Talvez outra pessoa colocasse as mãos nele, mantendo para si as vantagens por pegá-lo. Além disso, havia a possibilidade de a história chegar à França e de Lívius, influente como era, ajudar o irmão a se safar. Não! Precisava resolver tudo o quanto antes.

No dia seguinte, o bispo mal esperou o dia amanhecer para pedir escolta militar ao comandante responsável pela região. Todavia, como o vilarejo era bem tranquilo, este disse que dispunha de apenas nove homens, além dele. O bispo riu. Era aquele o exército que defendia a Coroa e a Igreja? Bem, para o que ele precisava, era o bastante. Em seu séquito particular, havia mais três homens. Seriam doze ao todo, o suficiente para impor medo ao povo das terras do falecido conde Luchesi.

O bispo requisitou todos os homens disponíveis ao comandante, que se opôs: pelo menos três teriam de ficar com ele no vilarejo, pois demorariam pelo menos três dias para voltar. O lugar não podia ficar à mercê dos malfeitores, afinal. Mesmo contra sua vontade, o bispo foi obrigado a concordar. Marcou a partida para o dia seguinte e deu ordens para que todos o aguardassem na frente da igreja às três e meia da manhã. Pretendia estar na estrada, no máximo, às quatro horas, pois, como estavam de carruagem, levariam de catorze a quinze horas para chegar à herdade.

O pobre padre Romão foi o último a saber da empreitada. O bispo não confiava nele. Achava que, se soubesse de seu plano, o padre mandaria alguém à frente para avisar a família Luchesi. Por isso, contou-lhe tudo apenas às três da tarde. De fato, o padre, imediatamente, pensou em dar um jeito de avisar. Precisava ser rápido, mas quem iria até lá? Lembrou-se, então, de que na estalagem havia um rapaz que costumava ir duas vezes por semana para aquelas bandas buscar vegetais, ovos e leite. Ele conhecia bem a estrada e era de confiança. Decidiu procurá-lo.

Sem demonstrar nada além de surpresa e sem questionar as ações do bispo, esperou o superior ir banhar-se e saiu, avisando ao sacristão que atenderia o chamado de um doente.

Agiu rápido. Antes das quatro horas da tarde, estava na estalagem e fez um sinal, disfarçadamente, para o rapaz que prestava serviço ao estalajadeiro. Então, alegando precisar de um pouco de ar, saiu do local. O rapaz saiu atrás dele.

— Sua bênção, padre.

— Deus o abençoe, meu filho. Preciso de um favor urgente.

— Pode falar, padre.

— Preciso que você entregue este bilhete a Estevão ou a Antognini o mais rápido que puder. É caso de vida ou morte!

— Deus do céu, padre! Dê-me aqui, que eu vou.

— Mais ninguém pode saber. Vá agora mesmo, assim chegará lá de manhã. Na volta, poderá pegar as encomendas da estalagem, se for dia de buscar.

— Não, padre. Vou a cavalo, chego lá entre quatro e cinco da manhã e volto. Ninguém vai desconfiar de nada. Ao patrão, digo que recebi o recado urgente de um parente e me vou.

— Tem certeza, Dimas?

— Tenho, padre. Já estamos perdendo tempo. Quinze minutos e saio. Agora, vou fazer cara de triste e entrar. Ah, vou dizer que o senhor me trouxe a notícia.

— É por uma boa causa, Dimas, tenha certeza. Deus o abençoe!

O rapaz ia entrando quando o padre Romão emendou:

— Ah, se na volta você ouvir o barulho de cavalos ou de uma carruagem, esconda-se. Ninguém pode vê-lo. Que Deus o acompanhe!

O padre Romão voltou aliviado para a igreja. Dimas chegaria à herdade na mesma hora em que o Bispo e sua comitiva pretendiam sair do vilarejo. Estranho era que o bispo fazia questão de sua presença, só não sabia por quê.

Dimas, que havia chegado à herdade às cinco da manhã, procurou um canto no jardim para esperar o dia clarear. Cansado, acabou dormindo, mas, por sorte, acordou a tempo de ver Décius saindo. Como o recado era para um dos outros dois irmãos, esperou que ele se afastasse. Então, viu Antognini sair do castelo e seguir na direção das casas dos servos. Correu atrás dele enquanto chamava seu nome. Antognini virou-se surpreso.

— Dimas, o que faz aqui, homem?
— Bom dia, senhor. Venho trazer um recado do padre Romão.
— Então me dê logo! Para você passar a noite viajando, deve ser bem urgente.

Dimas tirou o bilhete da camisa e o entregou a Antognini.

— Obrigado, Dimas! Vamos até a cozinha. Assim você poderá comer alguma coisa e, se quiser, descansar um pouco.
— Senhor, agradeço, mas não posso demorar para voltar.
— Ao menos coma algo antes de ir. Venha!

Antognini levou Dimas até a cozinha e pediu que o servissem. Teve o cuidado de entrar pela porta dos fundos, para não assustar Estevão. Antes queria saber o que o padre Romão havia escrito. Foi para um canto sossegado do jardim e leu a mensagem:

Meus filhos, nada posso fazer contra o bispo. Ele é autoridade na Igreja; eu nada sou. Aviso que ele sairá do vilarejo às quatro da manhã, com escolta militar, e seu destino é sua propriedade. Preparem-se, pois desconfio de suas intenções.

Que Deus os abençoe! Por favor, rasguem este bilhete depois de ler. Padre Romão.

Antognini ficou lívido. Estevão tinha razão: aquele tipo de gente não prestava, por isso ele saíra da Igreja. Agora ele entendia. Voltou para o castelo e chamou Estevão à biblioteca.

— E então? Você enviou Paulo ou Pedro ao vilarejo?

— Nenhum dos dois. E não é disso que quero lhe falar. Dimas, o rapaz da estalagem, trouxe um bilhete do padre Romão. Ele pede que o rasguemos assim que tomarmos conhecimento do que ele escreveu.

— O que foi, meu irmão?

— Leia você mesmo e, depois, rasgue.

Estevão leu e, estranhamente, manteve-se calmo. Não disse nada antes de rasgar o bilhete.

— Bem, Antognini, eu disse que ele se apressaria em vir até aqui. Nada podemos fazer, além de recebê-lo. Mas, se ele vem com escolta militar, pretende dominar o castelo e fazer o que tem em mente, que não deve ser boa coisa.

— Nunca imaginei que a situação se agravaria dessa maneira.

— Por que você não me avisou de que Décius pretendia fazer o que fez?

— Porque Décius me disse que ia apenas investigar os ciganos para ver se eram gente do bem e, depois, resolver as questões referentes às terras que nosso pai deu a ele.

— E você acreditou?

— Sim e não. Seja como for, não achei que chegaria a isso.

— Ora, meu irmão! Se não acreditou na história de investigar os ciganos, achou que ele ia fazer o quê? Aonde mais ele iria, que não à igreja?

— Estevão, eu até pensei na igreja, mas o padre Romão é uma boa pessoa. O problema foi Décius ter encontrado o bispo por lá.

— Se você tivesse me avisado, ou eu o impediria de ir ou eu o seguiria logo cedo. Colaria nele e apareceria na hora em que entrasse na igreja. Décius nem ia saber que foi você quem me contara. Eu diria que havia decidido falar com o padre para esclarecer algumas dúvidas.

— Por favor, me perdoe, meu irmão.

— Você vai ter que viver com isso, Antognini. Foi confidente de Décius e conivente com ele, mesmo sabendo que mentia.

— O que você quer dizer com "viver com isso"?

— Quero dizer que alguma coisa vai acontecer e que ninguém poderá impedir. Sofrerei as consequências, mas é você quem vai viver com a culpa. Agora, vamos deixar de conversa e preparar a todos.

O clima era tenso. Estevão estava preocupado, não com os bens materiais, mas com Maria Rosa, as crianças e, é claro, com a própria vida. As marcas que traziam nos pulsos eram fracas, mas bastante visíveis ainda.

Antognini chamou Clara e a avisou de que não deveria falar nada. Se algo lhe fosse perguntado, ela deveria dizer que não sabia. E, o mais importante de tudo: não poderia mencionar qualquer visão que tivera, pois, se assim o fizesse, o bispo a consideraria uma herege, bruxa ou qualquer coisa que a fizesse sofrer.

Estevão preparou Maria Rosa, que, por sua vez, conversou com os meninos. Eram tão pequenos, não entendiam nada do que estava acontecendo. Não podia pedir que mentissem, por isso disse apenas para não terem medo, que ela e o pai estariam sempre com eles. Mirela era muito pequena, não adiantava falar com ela; apenas a abraçou e a beijou várias vezes.

Maria Rosa passara a manhã toda em seus aposentos com os filhos. Desceu para pegar o almoço e levou para eles, deixando-os aos cuidados de Ana. Depois, desceu novamente e encontrou Antognini e Estevão à mesa.

Décius evitava ficar muito tempo no castelo. Naquela manhã em especial, depois de andar a esmo fazendo hora, sentou-se debaixo de uma árvore, com o pensamento longe. Retornou quando todos já haviam começado a comer.

— Desculpem a demora. Já conversei com Honorato e está tudo certo.

— Sente-se e coma, Décius. E saiba que nada está certo; o bispo está a caminho da herdade. Deve chegar ainda hoje — relatou Antognini.

Décius empalideceu.

— Como? E como vocês ficaram sabendo disso?

— Alguém nos avisou — respondeu Antognini.

— Alguém? Quem?

— Que diferença isso faz, Décius? Vamos deixar esse bem-intencionado fora da história. Quanto menos gente souber, melhor para ele — respondeu Estevão.

— Agora não dá para impedir, Décius. Vamos apenas aguardar e rezar para que ele não extrapole sua autoridade — acrescentou Antognini, olhando bem para o irmão em quem tanto confiou.

Décius calou-se e começou a comer. O alimento desceu rasgando-lhe a garganta. O semblante de todos era de tristeza e de preocupação. Até mesmo Ana, que não sabia da gravidade do assunto, deixou-se contagiar pela tristeza de todos. Um a um, foram se retirando da mesa e, cabisbaixos, indo para os aposentos.

Antognini chamou Clara para rezar e ela o seguiu, mas o interrompeu no meio da oração:

— Jesus está ouvindo, eu sei, mas eu preciso ficar com as crianças. Não sei por quanto tempo poderei estar com elas.

— Por que diz isso, Clara?

— Não sei, apenas sinto que preciso estar com elas.

— Vá, mas lembre-se de guardar as visões para si quando o bispo chegar.

— Guardarei e não saberei de nada.

— Isso mesmo. Agora vá!

Com o coração apertado, Antognini deixou as lágrimas escorrerem pelo rosto. Agira de forma errada; não devia ter confiado em Décius.

Enquanto isso, Décius estava perdido em seus pensamentos. Por que não escutara o que Clara havia lhe dito? Ela lhe falara da sombra e ele não lhe dera ouvidos. Esperava poder evitar o pior, mas tinha medo daquele bispo.

※

Passaram o resto do dia isolados, cada qual em seu aposento. Quando a criada foi avisá-los de que o jantar estava servido, Maria Rosa pediu a ela que trouxesse a comida de toda sua família para seu quarto, inclusive a de Clara, que não arredava o pé dali.

Antognini e Décius desceram. A vasta mesa de refeições estava praticamente vazia: estavam ali apenas os dois e dona Ana, que disse, com a voz chorosa:

— Dói meu coração vê-los dessa maneira. Não sei o que está acontecendo, mas imagino que a tristeza seja por causa da visita do bispo.

Antognini olhou para Ana e lembrou-se de que não a havia alertado sobre o que fazer.

— Dona Ana, quero pedir à senhora que não diga nada ao bispo sobre a vinda daquele homem aqui, o tal cigano, tampouco sobre qualquer outra coisa que envolva Estevão e sua família. A senhora nada sabe e nada viu. Está bem?

— Claro! Não sou boba, nem precisava me pedir.

— Obrigado, dona Ana. Todos sabemos que podemos contar com a senhora.
— Sempre, meu filho. Sempre!

Os três terminaram o jantar em silêncio e, cerca de uma hora depois, o senhor bispo chegou. Estevão desceu as escadas correndo e gritando:

— Eu abro a porta!

Estevão respirou fundo enquanto se preparava para deixar entrar no castelo o homem que, segundo pressentia, vinha lhe fazer mal.

— Boa noite.
— Boa noite, senhor bispo. Seja bem-vindo em nome de Deus.
— Agradecido.

Atrás dele, estava o padre Romão, que cumprimentou Estevão com um abraço e o abençoou.

Maria Rosa estava na sala e, depois de se apresentar, convidou-os a se sentarem à mesa e se alimentarem. Em seguida, perguntou:

— Quantos homens estão do lado de fora, senhor bispo?
— Apenas nove, senhora — respondeu o bispo.
— Vou preparar algo na cozinha e servi-los. Também vou providenciar um lugar para acomodá-los.

O bispo e o padre Romão sentaram-se à mesa e foram servidos. Na cozinha, a criada, que já havia sido avisada para fazer mais comida para o jantar, colocou as panelas para esquentar. Os soldados e o cocheiro foram servidos ali mesmo. Acotovelaram-se à pequena mesa dos servos, mas comeram até se empanturrar.

Depois de se dizer satisfeito, o bispo pediu para se banhar e se deitar, pois estava exausto. O padre Romão o acompanhou. Antes mesmo que o padre terminasse o banho, o bispo já estava dormindo, e ele tratou de fazer o mesmo. Estavam ambos acomodados no quarto de Clara, que fora dormir junto das crianças, dividindo a cama com o pequeno Damião. Todos em seus aposentos dormiam, mas, exceto para o bispo, tinha sido muito difícil pegar no sono.

No dia seguinte, toda a família, menos as crianças, esperava o bispo descer para o café. O padre Romão já havia descido e confirmado aos irmãos que não sabia das intenções do bispo. Alertou-os para não confiarem nele, pois era mosca-varejeira e, onde não havia carniças, ele as produzia. Depois de ouvir as palavras do padre, Estevão apenas lhe disse:

— Uma triste imagem a que o senhor nos pinta dele, padre.

— Infelizmente, meu filho.

Por fim, o bispo desceu e saudou todos. Em seguida, fez uma breve oração e disse aos presentes que se servissem. Todos o obedeceram. Ele gostava disso. Sentir o poder que tem e o medo que causa nas pessoas. Sabia muito bem que era o medo que o fazia ser respeitado.

Após o café da manhã, o bispo pediu a todos que seguissem com as vidas normalmente. Ele, por sua vez, pretendia dar uma volta pelas terras do conde Luchesi. Todos se entreolharam. Antognini se ofereceu para acompanhá-lo, mas o bispo não queria outra companhia que não a do padre Romão e de alguns homens de sua escolta. Levou consigo seis soldados e, ao restante, deu ordens para cuidarem que ninguém saísse dos limites do jardim do castelo.

Assim que o bispo saiu, os irmãos se reuniram na sala para trocar impressões. Incontestavelmente, o comportamento do religioso era de quem tinha ido em busca de provas contra Estevão. Não quis que nenhum deles fosse junto para poder intimidar à vontade aqueles a quem procuraria.

O bispo andou muito pela propriedade, parando em vários lugares. Era sempre recebido com respeito, mas todos, sem exceção até o momento, estavam com receio de tecer qualquer comentário às observações dele. Diziam apenas que Estevão era enérgico, mas, em compensação, muito justo e humano com eles. Nunca castigara ninguém, nem descontara deles o valor referente aos estragos que, às vezes, aconteciam nas plantações durante a colheita e no armazenamento. Até lhes dava uma bronca ou outra, mas não passava disso. Décius agia quase do mesmo jeito. A diferença era que descontava o valor pelos estragos e, depois, de algum modo, os ressarcia; se não fosse com dinheiro, era com mantimentos. Muitas vezes, o valor ressarcido era mais alto que o do desconto.

O bispo não conseguiu encontrar quem censurasse Estevão, pois todos gostavam dele. Então, decidiu mudar de estratégia: em vez de perguntar às pessoas o que achavam de Estevão e se desconfiavam de alguma atitude que podia indicar que ele praticava outra fé, começou a dizer que estava ali devido à presença de ciganos na região e queria saber se passara algum por ali. Só depois de ouvir as respostas é que perguntava sobre Estevão.

Já estava longe do castelo, passava do meio-dia e o bispo ainda não havia encontrado o que queria. Mas não voltaria de mãos abanando. Estava determinado a encontrar pelo menos uma pessoa que soltasse a língua, alguém que, por inocência, falasse dos ciganos ou que, por antipatia a Estevão, lhe atribuísse qualquer coisa que o ajudasse a colocá-lo contra a parede.

Honorato seria a chave que abriria as portas para o bispo, mas, confiante nas promessas de Décius e sabendo-se língua-solta, resolveu confinar-se em casa com a esposa assim que viu o bispo conversando com quem lhe aparecesse pelo caminho.

A certa altura, o bispo só pensava onde poderia almoçar. Todos estavam trabalhando, até mesmo as mulheres. Cada vez que voltava para a carruagem, ficava mais desanimado e faminto. O padre Romão, que rezava em silêncio para que o bispo desse com os burros n'água, resolveu conversar com ele sobre a situação.

— Senhor bispo, por favor, me desculpe, mas por que não voltamos para o castelo e amanhã o senhor continua daqui? Viremos rápido, sem parar, até este ponto e, daqui para a frente, o senhor faz as perguntas àqueles com quem cruzar.

— Padre Romão, todos com quem conversei até agora evitaram falar sobre os ciganos para proteger os patrões. Ou o senhor acredita que ninguém os viu?

— Se viram, não deram importância, já que não ficaram por estas bandas nem três dias e que, pelo jeito, não ficaram zanzando por aí.

— Sim... Eram três ciganos: um homem, uma mulher e uma criança. Eles vieram até aqui e foram embora em menos de três dias. Por quê?

— Ah, vai saber o que se passou na cabeça deles... Mas como o senhor sabe que eram três?

— Meu caro, andei conversando com algumas pessoas na estalagem e soube que eles pernoitaram lá quando chegaram ao vilarejo e pouco antes de ir embora. Também me disseram que Décius estava lá e conversou brevemente com eles.

— Não sabia disso, senhor.

— Não mesmo? Ou pensa que não percebo suas tentativas de proteger Estevão e de me fazer desistir?

— Senhor, realmente não acredito que qualquer um dos rapazes tenha cometido heresia. Além disso, sei da fé de Estevão. Ele só não continuou no sacerdócio porque não aceitou alguns desmandos da Igreja, que, como o senhor bem sabe, muitos superiores cometem por ganância ou por radicalismo. Ele é um homem íntegro e não compactua com injustiças.

— Se é assim, não encontrarei nada aqui. Mas ainda preciso me convencer dessa inocência. E, respondendo à sua pergunta, não voltarei amanhã. As pessoas que ainda preciso inquirir podem ser instruídas a me responder o mesmo que me disseram hoje. É melhor continuar hoje mesmo. Mas, por Deus, preciso comer!

O bispo deu ordens ao cocheiro para sair do campo e seguir em direção a alguns casebres que avistava ao longe.

— Senhor bispo, então vamos até os meeiros. Com certeza, terão alguma comida pronta em casa.

— Não, meu caro. Se alguém viu ou sabe de algo, não serão os meeiros que vivem tão longe do castelo.

Padre Romão calou-se. Pensou em Honorato e ficou aflito. Ainda não o tinha visto. Sabia que uma daquelas casas era a dele. Só faltava o bispo encontrá-lo!

Bem mais perto dos casebres, viram um rapaz andando com uma enxada no ombro. O bispo mandou que parassem a carruagem e saltou.

— Bom dia, meu bom rapaz.

— Boa tarde, senhor padre. Nunca o vi por aqui.

— É porque nunca vim para cá. E não sou padre, sou bispo.

— Desculpe, senhor! Eu não sei a diferença.

— Qual é seu nome, rapaz?

— Cirilo, senhor.

— Bem, Cirilo, sou o superior do padre. Eu comando as igrejas da região. Estou aqui para ter um dedo de prosa com os empregados dos donos desta terra.

— O senhor quer reunir todos? Complicado, pois a terra é extensa. É mais fácil ir reunindo e falando com os que trabalham em cada região. Mas não dá para fazer tudo hoje.

— Eu sei. Estamos andando desde cedo. Agora, estamos cansados e famintos.

— Nisso eu posso ajudar, seu bispo. Tire uma horinha que rapidinho minha mulher serve todos vocês. Só não sei se tem muita coisa para servir.

— Isso, homem! Somos nove, mas não se preocupe... — O bispo tirou algumas moedas do bolso e entregou-as ao homem, que prontamente sorriu.

260

— Enquanto a mulher prepara a comida, vou avisar ao povo daqui de perto para virem para cá. Assim, o senhor não perde mais tempo.

— Ótimo! Sabia que tinha encontrado um bom cristão.

O cocheiro, os soldados, o padre e o bispo se acomodaram no alpendre de uma casa pequena de três cômodos. A esposa do rapaz lhes serviu água fresca e correu para dentro para preparar algo rápido. O casal tinha três filhos pequenos, que brincavam na frente do casebre. Curiosas, as crianças pararam a brincadeira para ficar olhando os soldados, cuja farda lhes chamava a atenção.

Em pouco mais de uma hora, a jovem senhora serviu ao grupo uma comida simples, mas muito saborosa. Todos se fartaram e agradeceram.

O bispo estava agoniado. Onde estava o homem que fora buscar os trabalhadores daquelas imediações? Estava quase dando três horas da tarde!

Um dos soldados havia se aproximado das crianças e conversava com elas. De repente, uma delas, um menino, começou a desenhar no chão um círculo grande. Dentro, desenhou um rio e uma carroça. O soldado lhe perguntou o que era aquilo e o menino, inocentemente, lhe respondeu:

— Papai pesca longe e eu vou junto. Da última vez, enquanto ele pescava, conheci um menino que desenhou para mim como era um acampamento cigano.

— Tem certeza? — perguntou o soldado.

— Sim, senhor — respondeu o menino.

— Sabe onde foi?

— Nós estamos ao norte do castelo, então foi ao sul, senhor. Sei disso porque papai me ensina.

— Quantos anos você tem?

— Dez anos, senhor.

O soldado se levantou e foi diretamente falar com o bispo.

— Senhor, encontrei alguém que viu os ciganos: o menino.
Em seguida, contou ao bispo o que o menino dissera.
Padre Romão não conseguia esconder sua tristeza. O bispo tinha, por fim, a confirmação de que os ciganos tinham estado por ali. Agora, ele não desistiria enquanto não incriminasse Estevão.
Nesse momento, chegaram Cirilo e mais uns vinte homens.
— Aqui estão, senhor. Não são muitos, mas quem sabe podem ajudar o senhor a encontrar o que procura...
— Na verdade, preciso confirmar o que já descobri bem aqui, com sua família.
— Descobriu? — indagou Cirilo, confuso.
— Isso mesmo. Você pesca, rapaz? Leva seu filho junto? Da última vez, vocês encontraram alguém diferente?
O sorriso de Cirilo apagou. Honorato havia lhe dito para não falar com ninguém sobre o menino cigano e a mulher cigana que vira. Sabia que havia um homem cigano também. Ele se esquecera de conversar com o filho. E agora?
— Sim, senhor. Pesco quando sobra um tempo e meu filho vai comigo. Da última vez, encontramos um menino e sua mãe, que alegou estarem de passagem.
— Ah! De passagem para onde?
— Estavam indo para o vilarejo para pegar uma embarcação.
— Mas estavam aqui nestas terras?
— Pararam para descansar, mas já iam embora, segundo a mulher me disse.
— E vieram de onde?
— Não perguntei a ela.
— E o homem?
— Que homem? Eu não vi nenhum homem.
— Eram ciganos, Cirilo?

— Não me pareceram, senhor. A mulher e o menino vestiam roupas comuns.

— Você está mentindo, rapaz.

Àquela altura, todos os trabalhadores em volta deles estavam no mais completo silêncio.

— Não, senhor. Só disse o que sei.

— Você sabe o poder que tem um bispo?

— Não, senhor.

O bispo olhou bem para os trabalhadores e, então, disse:

— O poder de um bispo é grande. Posso mandar prender, castigar, posso tirar seus bens, posso condenar hereges à morte... Alguém aqui pode ter o bom senso de me responder se teve gente estranha acampada perto do castelo nos últimos dias?

Todos baixaram a cabeça. Não gostaram daquele homem.

— Senhor bispo, o senhor está coagindo essas pessoas com ameaças subentendidas e isso não é certo — disse, corajosamente, o padre Romão.

— Cale-se, seu imprestável! Não ouse me corrigir! — gritou o bispo. Em seguida, dirigiu-se aos servos: — Não tenho nada contra vocês. Apenas estou impedindo que caiam nas malhas da feitiçaria. Quem proibiu vocês de falar? Se fosse gente de bem que passou por aqui, não teriam de esconder isso de mim.

— Senhor, eu disse a verdade, e acredito que só eu tive contato com o menino e a senhora — explicou Cirilo.

— Mentir para um representante de Deus é um pecado grave, Cirilo.

— Não minto, senhor. Contei o que sei. Não posso inventar o que não sei.

— Ah, ele não sabe de mais nada... pois eu não acredito! — vociferou o bispo. — E vocês, também não sabem de nada? Será que precisarei castigá-los?

Houve um murmúrio entre os servos. De repente, um gritou:

— Honorato! Pergunte a ele.

O bispo sorriu satisfeito. Chamou os soldados e ordenou que fossem à busca do tal Honorato, junto de Cirilo e do homem que havia falado.

Por dentro, o bispo vibrava. Sabia que agora seria uma questão de tempo para que pudesse acusar Estevão de heresia e bruxaria. Com sorte, faria o mesmo com a esposa e os filhos. Aquelas terras eram prósperas. Como eram quatro irmãos, um quarto da propriedade era de Estevão. Era, sem dúvida, uma boa fatia.

Pouco tempo depois, Honorato apareceu, seguido de Cirilo e do outro homem. Ao ser indagado pelo bispo, negou categoricamente:

— Jamais vi tais pessoas por aqui, senhor. E não pedi a ninguém que mentisse. Mencionaram meu nome porque tenho amizade com Décius.

— Mentira! — gritou alguém ao fundo.

Ninguém confiava em Honorato. Ele não tinha amigos por ali. Apenas o tratavam como um conhecido ou um vizinho, mas ninguém se abria com ele.

— Fala logo, Cirilo! — gritou outro.

Cirilo não tinha o costume de entregar ninguém, fosse quem fosse. Era o exato oposto de Honorato. Continuou calado.

Cansado e percebendo que ninguém diria o que ele gostaria de saber e que, se falassem, seria a palavra de um contra o outro, resolveu dispersar o povo. Pediu que apenas Honorato continuasse ali.

— Homem, me diga a verdade. Mesmo sabendo que você está mentindo, ainda estou lhe dando esta oportunidade.

— Não tenho nada a dizer, senhor.

— Ah, não? Pois estou certo de que Décius pediu a você que se calasse. Mas saiba que a mim ele disse que o único em quem eu não podia acreditar era você, pois vive tirando vantagem das situações.

Ao dizer aquelas palavras, o bispo encarou Honorato. Nada daquilo era verdade, mas assim ele jogava o homem contra o patrão.

— Décius falou isso de mim? O senhor tem certeza?

— Acha que eu minto? Por que acha que eu não o procurei logo de pronto?

— É uma pena Décius me trair assim! — Honorato caiu na armadilha. — Eu jamais o trairia, mesmo não gostando de Estevão. Afinal, trato é trato.

— Então, homem, vou propor uma coisa: ou me diz que trato é esse ou vou considerá-lo conivente com seus patrões e castigá-lo.

— Não, por favor, senhor! Eu creio em Cristo! Vou lhe contar tudo desde o início, quando o cigano chegou aqui.

Antes de Honorato começar a falar, o bispo pediu a um dos soldados que lhe trouxesse sua maleta. Dela retirou pena, tinteiro e alguns papéis em branco. Obteve uma confissão completa do homem, incluindo o fato de que os ciganos, Estevão, a esposa e as crianças fizeram um ritual que lhe pareceu feitiçaria. Escreveu a seu modo o que lhe era narrado e, ao terminar, fez Honorato fazer uma marca no papel. Em seguida, chamou um soldado que sabia escrever o próprio nome e pediu a ele que assinasse como testemunha. Estava feito! Agora, era só agir.

❦ XIX ❧

INOCENTES CONDENADOS

 Sol já estava se pondo quando o bispo e sua escolta se puseram a caminho do castelo, chegando lá em três horas. Todos os aguardavam ansiosos.

Ao entrar no castelo, o bispo pediu que lhe preparassem um banho e que servissem seu jantar no quarto, ordenando que o mesmo fosse feito com o padre Romão. Queria evitar que ele ficasse sozinho com os irmãos.

Estevão tentou argumentar:

— Senhor bispo, por favor, coma conosco. Estamos ansiosos para saber como foi sua conversa com nossos servos. Nem jantamos esperando pelo senhor.

— Pois não estariam ansiosos se nada temessem! — disse o bispo, com ares de censura. — Amanhã, conversarei com todos depois do café da manhã.

E, dizendo isso, deu ordens aos soldados para que não deixassem ninguém sair do castelo. Depois, subiu, carregando consigo o padre Romão, mas, antes de acompanhá-lo, o padre fez um sinal significativo para Antognini.

Resignados, todos sentaram-se à mesa de refeições para jantar. Ainda não sabiam, mas era a última vez que se reuniam daquela maneira, apenas em família. Comeram calados, a tristeza deixando o ambiente carregado. Os pensamentos repletos de medo. Tinham a certeza de que algo terrível estava para acontecer.

De madrugada, o padre Romão não conseguia dormir. Levantou-se sem fazer barulho para não acordar o bispo e foi ter com Antognini, que por ele foi acordado. Resumidamente, contou ao rapaz o que havia ocorrido. Não sabia o que o bispo havia escrito, mas só o que Honorato lhe contara já era o suficiente para garantir, no mínimo, um castigo de tortura. Além disso, com base naquele relato, a Igreja poderia tomar os bens de Estevão, caso a esposa e os filhos estivessem envolvidos.

Antognini estava apavorado. Depois de agradecer e pedir ao padre que voltasse para o quarto, invadiu os aposentos do casal. Estevão, com o sono leve devido às preocupações, acordou imediatamente. Em seguida, ele acordou Maria Rosa. Em poucas palavras, Antognini contou a eles sobre o perigo que Estevão corria. Segundo ele, o irmão devia fugir imediatamente para o lado oposto ao da aldeia.

— Não posso fugir e deixar Maria Rosa aqui! Ele a condenará e, o que é pior, descontará nela a ira por minha fuga.

— Será, meu amor? — perguntou Maria Rosa. — Em nossos costumes, a mulher deve obedecer ao marido; então, acho que tenho essa desculpa para me salvar e ficar com nossos filhos.

— Ela tem razão, Estevão.

— Ouçam bem o que vou dizer: não vou abandonar minha família. Se eu morrer para aplacar a ira do bispo, morrerei feliz.

— Mas Estevão... — Antognini foi interrompido.

— Vá para seu quarto antes que alguém o veja aqui, Antognini! — ordenou Estevão.

Nenhum dos quatro conseguiu voltar a dormir naquela noite.

Bem cedo no dia seguinte, Estevão desceu com Maria Rosa e pediu a Ana que tomasse café com as crianças e ficasse com elas até Clara ir para lá.

Antes de descer, Antognini foi até o quarto de Décius e colocou-o a par de tudo. Décius empalideceu. Não era assim que tinha planejado! Se Honorato não tivesse aberto a boca, o bispo não teria provas. Até havia pensado em propor ao servo um acordo bastante rentável, a fim de sossegá-lo. Estevão sairia da administração, ele assumiria o posto e tudo ficaria perfeito. E agora?

Décius cometeu o erro de desabafar com Antognini, sem se dar conta de que Clara estava parada na soleira da porta.

— Se você não fosse meu irmão, eu o mataria, Décius! Juro que o mataria! — praguejou Antognini.

De repente, a voz de Clara ecoou no cômodo:

— Pois eu sou meia-irmã, e a metade que não é irmã irá matá-lo se algo acontecer a Estevão.

Depois de dizer aquelas palavras, a menina saiu correndo escadaria abaixo. Atingira Décius em cheio: ele a amava desde o primeiro dia em que a vira. Sentido, baixou a cabeça e chorou.

Clara foi até a sala e disse a Estevão que precisava falar com ele. Quando os dois estavam na biblioteca, ela contou ao irmão tudo o que tinha ouvido. Estevão ficou lívido. Com sua ânsia pelo poder, Décius acabou colocando ele e sua família em risco, mesmo não querendo seu mal.

— Clara, minha irmãzinha, caso algo me aconteça, você não deverá matá-lo, pois isso a impedirá de cuidar de Maria Rosa e de meus filhos. Promete que vai cuidar deles para mim?

— Você me salvou e hoje eu nada posso fazer para ajudá-lo... então, eu prometo, meu irmão.

E, dizendo isso, a menina desatou a chorar. Foram interrompidos por Antognini, avisando que o bispo chamava todos para o café da manhã.

Reuniram-se à mesa, mas pouco comeram. Apenas o bispo se fartou, se deliciando com a tristeza e o pavor das pessoas à sua volta. Como o padre Romão costumava dizer, era um sádico, um servo do demônio.

Após a refeição, foram todos para a sala. O bispo pediu que esperassem ali e convidou Estevão e Maria Rosa a acompanhá-lo até a biblioteca. Fechando a porta, pediu que lhe contassem o que havia acontecido no encontro com os ciganos.

Estevão olhou para Maria Rosa e depois para o bispo:

— Encontro?

— Ora, não se faça de desentendido, Estevão. Não adianta tentar ganhar tempo. Aliás, tempo para quê?

Percebendo que não adiantava mais adiar aquele momento, Estevão encarou o bispo e começou a contar toda a verdade. Sabia que o pequeno Raul já estava a salvo; então, podia falar sem reservas. Quando terminou, o bispo perguntou a mesma coisa a Maria Rosa, que apenas respondeu:

— Confirmo tudo o que meu marido relatou.

Então, o bispo pediu que o esperassem ali e foi até a sala pedir a Clara que trouxesse as crianças. Com um aceno de cabeça de Antognini, a menina foi buscá-las e as levou à biblioteca, para onde o bispo já havia voltado.

O bispo, com frieza e gestos rudes, olhou o pulso de cada criança, confirmando a existência de um sinal em forma de cruz. Pediu a Clara que se retirasse e levasse os pequenos para seus aposentos. Em seguida, olhou para Estevão e Maria Rosa e lhes disse:

— Estou satisfeito. Retirem-se.

Mandou, então, chamar Décius e Antognini. Ambos entraram na biblioteca, Antognini por último, fechando a porta atrás de si.

— Sentem-se, senhores.

— Estou bem em pé — disse Antognini.

— Eu também — Décius imitou o irmão.

— Pois bem. Vou direto ao ponto: tenho provas e testemunhas de que seu irmão e sua cunhada, de livre e espontânea vontade, entregaram as almas ao demônio em um ritual realizado por dois bruxos adultos e um menino, os três sendo de origem cigana. — O bispo fez uma pausa dramática e, em seguida, continuou: — Não só eles se entregaram e se fizeram bruxos, como fizeram o mesmo com os filhos.

— Isso é uma calúnia! — gritou Antognini, indignado.

— Meu rapaz, nada tenho contra você, mas se desrespeitar meu julgamento, mandarei prendê-lo.

— Que julgamento?! — Décius também perdeu a calma.

— Ora, eu faço parte do Tribunal Público contra heresias e estou apto a fazer julgamentos sempre que necessário.

— E onde está o advogado de defesa, já que o senhor é acusador e juiz?

— Decerto, não poderia ser você, meu caro rapaz, pois foi você quem procurou o padre Romão a fim de pedir ajuda para seu irmão.

— Tem razão, senhor bispo. Mas eu posso — afirmou Antognini.

— Poderia, Antognini, se seu irmão e sua cunhada não tivessem confessado. Não há o que defender.

— Por que o senhor bispo está fazendo isso? O que ganha distorcendo os fatos e chamando simples ciganos de bruxos? — indagou Antognini.

— Meu caro, ganho a paz de ver cumprido o meu dever para com Jesus Cristo.

— O senhor não é digno de pronunciar o nome de Cristo — exaltou-se Antognini.

— Tenha calma, meu irmão. Assim não chegaremos a lugar nenhum — Décius apaziguou Antognini. Depois, dirigiu-se ao bispo. — Muito bem, senhor bispo. Bem sei que o senhor pode castigar meu irmão e minha cunhada mantendo-os, por tempo indeterminado, presos nestas terras sem permissão para se comunicar com pessoas que não sejam seus familiares.

— De fato, eu poderia fazer isso, se fosse um simples caso de sortilégio ou se apenas tivessem amizade com bruxos, mas não é bem assim. Eles se entregaram ao demônio e levaram as crianças consigo. Agora, são todos servos do demônio.

— Ora, não me venha com essa! — Décius começou a gritar, completamente fora de si. — Estevão apenas participou de um ritual de união de almas, que é um costume cigano, porque tem um filho criado por eles. Só isso! Além do mais, esses ciganos são cristãos.

O bispo, sentindo-se ameaçado, abriu rapidamente a porta e gritou pelos soldados, que acudiram imediatamente. Virou-se, então, para os irmãos e disse:

— Entendo que estão ambos cegos pelos laços fraternos que têm com Estevão. Por isso, não tomarei qualquer atitude mais drástica contra vocês, vou apenas confiná-los. — Em seguida, disse aos soldados: — Escoltem os dois até os respectivos aposentos e assegurem que fiquem lá até que tudo termine. Quero um soldado montando guarda no andar superior para impedir que outras pessoas entrem nos aposentos deles.

O pânico estampou-se no semblante dos dois irmãos. Enquanto era levado para o quarto, Décius gritava que podia negociar e o bispo se fazia de surdo. Ele também ordenara que Estevão e a família ficassem trancados em seus aposentos. Apenas Clara havia ficado livre. Contudo, o bispo, que não era de se arriscar, chamou-a para ir até a biblioteca para interrogá-la.

— Então, menina, o que sabe sobre as bruxarias de seu irmão e sua cunhada?

Clara lembrou-se das palavras de Antognini, que havia pedido a ela que sempre respondesse que não sabia de nada. Apenas isso.

— Não sei nada.

— Não minta, menina! Fale ou irei castigá-la.

— Falar o quê? Eu não sei de bruxaria nenhuma. Meus irmãos são bem mais velhos. Antognini me ensinou a ler, a escrever e a história de Jesus. Décius e Estevão me tratam como criança, não falam assuntos sérios na minha frente. Maria Rosa me mima, pois quer compensar o que já sofri.

— Mas você não viu as marcas nas crianças? — insistiu o bispo.

— Marcas?

— Sim, nos pulsos.

— Ah, sim! Pelo que me disseram, foi uma brincadeira que fizeram com uma pedra. Disseram que só Mirela chorou, porque é menina.

— Não achou estranho que os pais tivessem as mesmas marcas?

— Eles têm, senhor bispo?

— Não viu?

— Ora, como veria, se andam de mangas compridas? O senhor quer que eu lhe conte uma história? Isso eu sei!

O bispo pensou consigo mesmo: "Parece que essa menina não sabe de nada. E, se souber, o que poderá fazer? Não conseguiria opor resistência a mim. Além disso, é bastarda, não tem direito a nada".

— Muito bem, menina. Suba para seu quarto e fique lá, senão mando lhe dar umas cintadas.

— Por quê?

— Assim como seus irmãos, eu também acho que você ainda é uma criança e aqui vamos tratar de coisa séria. Fique lá.

Satisfeita, Clara subiu para o quarto. Só não sabia se conseguiria descobrir se Estevão estava bem.

Padre Romão havia sido mantido na sala. O bispo foi até ele e ordenou:

— Pegue uma montaria e volte para a igreja.

— Por que isso agora? — perguntou o padre, desconfiado.

— Porque estou ordenando. Aqui você não tem serventia. Hoje à noite eu também já estarei a caminho de lá.

— Está certo. Volto sozinho?

— Se quiser, leve consigo um servo daqui.

— E qual foi o seu julgamento, senhor bispo? — indagou o padre, prevendo o pior.

— Ainda não decidi. Seja lá qual for, saberá quando eu chegar ao vilarejo.

O padre Romão não disse mais nada. Com dificuldade, conseguiu que um soldado o acompanhasse até o quarto para buscar suas coisas. Assim que saiu do castelo, procurou os irmãos Paulo e Pedro e expôs a eles o ocorrido. Tinha a certeza de que o bispo mandaria executar Estevão e a esposa. Não tinha como impedir, pois estavam sendo vigiados por guardas. Toda a família estava confinada, cada um em seu aposento; agora, estranhamente, o bispo o mandara embora.

Os irmãos queriam invadir o castelo, mas o padre avisou que era impossível, pois os soldados os matariam.

— Então, o que devemos fazer? — Paulo perguntou ao padre Romão.

— Não sei ao certo, mas vou fazer de conta que vou embora. Paulo, você virá comigo; nós dois nos esconderemos nos limites ao sul. Pedro, você deverá nos avisar quando souber o que vai acontecer.

— Pode confiar, padre Romão. Assim que eu souber, vou até lá. Só que é uma hora para ir e outra para voltar — comentou Pedro.

— Eu sei, mas não podemos nos esconder nas imediações. Os servos a quem o bispo convenceu de que Estevão e a esposa são bruxos estão nas proximidades e receberam ordem de avisar aos soldados se virem qualquer movimento suspeito.

— Então, vão. Tomarei cuidado quando for ao encontro de vocês.

Assim, o padre Romão e Paulo partiram. No limite sul da propriedade, embrenharam-se no mato, amarraram os cavalos e ficaram de tocaia na estrada.

●❀❀●

Os eventos que se seguiram no castelo foram habilmente orquestrados, e se deram de maneira muito rápida. Primeiro, o bispo mandou dois soldados ordenarem a todos os servos que trabalhavam no castelo que retornassem às suas casas e não saíssem de lá até segunda ordem. Aos servos que moravam no castelo, deu ordens para que fossem para seus aposentos e de lá não saíssem, incluindo as servas que trabalhavam na cozinha. Segundo ele, não haveria almoço. O bispo também pediu aos soldados que fincassem cinco estacas no solo próximo ao castelo, mas não explicara o motivo. Apenas determinou que as colocassem em círculo.

Até uma e meia da tarde, as estacas estavam prontas e alguns soldados já tinham uma noção do que estava para acontecer. O bispo ordenou, então, que buscassem as crianças e as amarrassem nas estacas; em seguida, mandou que buscassem Estevão e Maria Rosa.

Maria Rosa soltou um grito ao ver as crianças amarradas. Estevão não se conteve e começou a lutar com um dos soldados, mas logo foi derrubado por outros dois e caiu inconsciente. Quando voltou a si, já estava amarrado ao lado de Maria Rosa, com as crianças à frente dos dois.

Maria Rosa chamou o soldado que estava na frente dela:

— Pelo amor de Deus, escute-me!

— O que você quer? — o soldado perguntou.

— As crianças são inocentes. Se vão morrer, que morram antes que o fogo as mate de dor.

Ele se aproximou de Maria Rosa e cochichou:

— Como?

— Tem um sonífero muito forte em uma das gavetas da mesa da biblioteca. Corra até lá, pegue e dê uma boa dose a elas, por favor — implorou Maria Rosa.

Os soldados calaram-se por medo do bispo, mas ninguém queria participar de um infanticídio. "Que se queimem os pais, mas não as crianças", diziam entre si.

O soldado a quem Maria Rosa fez o pedido viu uma boa saída para os pequenos. Ao menos não sentiriam as dores que o fogo causaria.

Aquiesceu, afastou-se e chamou um colega para expor a situação. O soldado concordou imediatamente e os dois se apressaram a ir à biblioteca. Vasculharam as gavetas da mesa e, com certa dificuldade, encontraram o sonífero. Dividiram todo o frasco em três partes, colocando-as em copos com um pouco de água.

Enquanto isso, sentado no banco do jardim, o bispo contemplava a cena nos fundos do castelo. Minucioso, mandara preparar as estacas naquela área porque as janelas dos quartos davam para a frente e para as laterais. Preferia que Décius e Antognini não percebessem o que ia acontecer.

De fato, trancados em seus aposentos, nenhum dos irmãos conseguia ver o que estava acontecendo nos fundos do castelo. Antognini rezava e Décius, deitado em sua cama, se martirizava. De vez em quando, os dois olhavam pela janela, mas nada viam de extraordinário.

Clara também rezava em seu quarto, acompanhada de Ana. Pedira ao soldado que ficava de guarda no pé da escada para confinar-se com a menina, alegando que já estava de idade, então passava mal quando nervosa. O soldado permitira. Afinal, que mal poderiam fazer uma menina e uma velha?

O bispo não sabia que os quartos dos servos ficavam justamente naquela área e que era possível assistir a tudo o que acontecia ali. Pedro, como combinara com o padre Romão, estava na estrebaria que ficava bem na frente do castelo; havia se esquecido completamente dos fundos. No entanto, quando os soldados foram buscar o sonífero, Lourdes, a criada que ficara no lugar de Ana, viu o triste cenário da janela de seu quarto. Assim que se deu conta do que estava acontecendo, a jovem serva decidiu sair para buscar ajuda. Precisava tentar.

Lourdes saiu sorrateiramente do castelo, mas foi vista justamente pelos dois soldados que haviam ido buscar o sonífero. Eles, então, viram nela alguém que poderia dar às crianças o conteúdo dos copos. Ao se ver cercada por eles, tremeu, pois achou que estava perdida.

— Calma, mulher, calma — disse um dos soldados.

— Por favor, tenham misericórdia. Eu não fiz nada.

— Não importa o que pretende fazer. Agora é tarde! Nem nós podemos fazer nada, a não ser aliviar o sofrimento das crianças.

— Como? — perguntou ela.

— Estes copos contêm um sonífero muito forte que a senhora de Estevão pediu que déssemos às crianças. Vamos distrair os soldados que estão ali e você fará com que elas bebam.

— Está certo — concordou Lourdes.

Os dois, então, fizeram sinais para chamar os soldados que montavam guarda junto às estacas. Quando se aproximaram deles, deram um jeito de deixá-los de costas para as crianças e começaram a inventar casos sobre o bispo, dizendo como se sentiam mal com tudo aquilo. Lourdes aproveitou para chegar perto das crianças e dizer:

— Não tenham medo, crianças! Mamãe pediu que eu lhes desse este remédio. Ele fará com que nada possa machucar vocês. Em nome de Jesus, tenham fé!

— Mamãe e papai também tomaram? — perguntou Simão.
— Eles disseram que só tomarão se vocês tomarem.
— Está bem! Tome, Damião. Você também, Mirela — disse Simão aos irmãos.

Mirela, que não tinha três anos completos, só chorava. Lourdes conseguiu dar o sonífero a todos, que tomaram rapidamente enquanto faziam caretas.

Lourdes saiu rapidamente de perto das estacas e se esgueirou por detrás das crianças. Apesar de estarem confabulando uns com os outros, os soldados a viram, mas perceberam que ela entrou no castelo pela porta da cozinha. Ficaram sossegados; afinal, ali dentro havia um soldado no andar superior e outro no pé da escada. Ela não chegaria até aqueles que estavam confinados nos aposentos.

Assim que entrou, a jovem serva avistou o soldado no pé da escada. Não conseguiria passar, porque, para sair do castelo, teria de atravessar a sala. Nesse momento, retornaram ao castelo os soldados que tinham ido avisar aos servos que moravam por ali que não saíssem de suas casas. Era isso que o bispo esperava. Ordenou que ficassem do lado norte e deu-lhes ordens para atirarem em qualquer um que viesse por ali. Depois, chamou o soldado que estava de guarda no pé da escada e mandou que auxiliasse na guarda do lado norte. Aproveitando o fato de que os soldados estavam perto dos limites do jardim e não estavam olhando em sua direção, Lourdes saiu em disparada até a estrebaria, onde entrou esbaforida e deu de cara com Pedro.

— O que houve, Lourdes? O que está acontecendo? — perguntou ele.

Rapidamente, ela o colocou a par de tudo. Pedro, por sua vez, começou a estudar um jeito de sair dali.

— Homem, você vai seguir para o sul, não é? Para aquele lado não tem soldado.

— Sim, mas para isso preciso atravessar o jardim a cavalo.
— Está bem. São quatro soldados. Vou distraí-los.
Dizendo isso, Lourdes saiu da estrebaria, mas não antes de soltar os quatro cavalos que ali estavam. Os soldados ficaram atônitos, e os cavalos foram cada um para um lado. Então, os soldados viram Lourdes correndo e gritando:
— Ajudem-me a pegá-los!
Enquanto os quatro soldados foram em sua direção, um quinto cavalo saiu da estrebaria, com um cavaleiro andando a seu lado. Pedro andou por algum tempo escondendo-se na lateral do animal e, quando se julgou seguro, montou e saiu em disparada. No entanto, chegaria ao seu destino ferido: um soldado o viu montando e foi ao seu encalço.

O cavalo do soldado era veloz, logo estava bem próximo. Pedro saiu da estrada e cavalgou pelo meio das árvores, sempre seguido pelo homem. Então, decidiu diminuir a marcha, apear do cavalo e se esconder em uma grande touceira. O soldado começou a procurá-lo e, ao avistá-lo, disparou atrás dele. Pedro não teve como correr. O soldado deu-lhe um golpe com a espada afiada, fazendo-o cair. Apesar de não estar desmaiado, Pedro ficou imóvel. O soldado o observou por um tempo e, vendo que não se levantava, decidiu voltar para o castelo. Afinal, mesmo não estando morto, não iria muito longe se conseguisse andar.

Pedro tinha sido ferido no peito, cinco dedos abaixo do ombro, e havia perdido sangue. Com grande dificuldade, ainda conseguiu montar o cavalo novamente e seguir para o sul.

Enquanto isso, no castelo, o bispo lia a acusação feita àquela família, deixando claro que incluíra os pequenos porque haviam sido preparados para serem bruxos. Eram servos do demônio, tendo sido entregues a ele pelos próprios pais. Infelizmente, não existia outra maneira de livrá-los daquela sina, a não ser a fogueira santa, que os purificaria. Teve como testemunhas quatro soldados e alguns servos que, sem seu conhecimento, os espreitavam das janelas dos quartos.

As crianças, bastante sonolentas, ao verem que as labaredas da fogueira acesa no centro do círculo de estacas aumentavam rapidamente, começaram a gritar pelos pais, e cada grito era uma punhalada no coração de Estevão e de Maria Rosa. Então, o bispo disse que, para diminuir o sofrimento das crianças, atearia fogo primeiro nas fogueiras preparadas ao pé de cada uma. Porém, quando o bispo se aproximou delas e começou a encomendar a alma dos pequenos, o efeito do sonífero se fez por completo e, uma a uma, as cabeças penderam sobre o peito das crianças.

O bispo estranhou aquela reação. Verificou a pulsação das crianças e notou que estava quase sumindo. Entendeu que alguém tinha dado algo a elas, mas nada disse. Para ele, a única coisa que importava é que os herdeiros de Estevão estavam mortos, ou estariam em poucos segundos. Deu prosseguimento ao ato criminoso e, com uma tocha, ateou fogo às pequenas fogueiras preparadas ao pé das estacas.

O bispo virou-se e olhou para o casal, que chorava copiosamente. Então, sem dó nem piedade, ateou-lhes fogo. Estevão e Maria Rosa sentiram uma dor terrível. O fogo queimava seus pés e ia subindo por suas pernas; foi tudo muito rápido. A fumaça começou a asfixiá-los. Em menos de um minuto, os dois já estavam inconscientes e, alguns segundos depois, mortos como os filhos.

Quando Pedro chegou ao limite sul da propriedade, já fazia algum tempo que se via a nuvem de fumaça preta no céu. Ao perceber que ele estava ferido, o padre Romão e Paulo correram para ajudá-lo.

— Vim avisar a vocês o que já sabem. Viram a fumaça, não? — perguntou Pedro.

— Sim. Imagino que Estevão esteja morto — respondeu o padre Romão, com uma lágrima escorrendo pelo rosto.

— Não, padre... não apenas Estevão. Dona Maria Rosa e seus filhos também estão mortos. O bispo queimou todos eles.

— Meu irmão, você está delirando — afirmou Paulo.

— Não estou, não. Se duvidam, vão até lá e vejam vocês mesmos.

— Vou tratar de você, meu filho — falou o padre Romão, sem conseguir conter o choro.

— Chore primeiro, padre — Pedro ponderou.

Mas o padre Romão não ouviu. Rasgou um pedaço da batina, molhou com água e limpou o ferimento de Pedro. Com o resto da vestimenta, deu uma volta bem apertada no peito do rapaz para estancar o sangue. Depois, Paulo e o padre decidiram deixar Pedro descansar um pouco.

No castelo, tudo estava terminado. O bispo ordenou aos soldados que chamassem os irmãos, pois não precisavam mais ficar confinados. Antognini e Décius desceram, seguidos de Ana e Clara. Antognini foi o primeiro a falar:

— Vi uma nuvem negra de fumaça no céu. O que o senhor fez?

— Purifiquei as almas conspurcadas pelo demônio. Agora, livres, poderão subir aos céus.

Décius e Antognini se lançaram sobre o bispo, mas os soldados rapidamente dominaram os dois irmãos. Foi a vez de Clara perguntar:

— E as crianças, onde estão?

— Com os pais, minha filha. É o lugar delas.

Ana não aguentou. Deu um grito, levando a mão ao peito. Logo depois, caiu morta no chão.

— Cuidem do enterro dela e do enterro do que restou daqueles que foram purificados — ordenou o bispo aos irmãos, que estavam paralisados de tanta dor. — Décius, a Santa Igreja tomará para si a parte das terras que pertenciam a Estevão. Vocês receberão o ofício da posse daquilo a que a Igreja tem direito, além de outro que lhes dirá como deverão prestar contas.

E, voltando-se para os soldados, disparou:

— Estou indo embora. Acompanhem-me.

O bispo deu as costas aos irmãos e saiu escoltado, covarde que era. Já na carruagem designou que dois soldados acompanhassem a carruagem e os outros ficassem ali mais um dia para auxiliar nos enterros. Na verdade, aquele gesto de bondade não era próprio do bispo, mas ele estava com receio de que os irmãos reunissem os servos da herdade e fossem atrás dele. Por isso, também pediu aos soldados que acalmassem os moradores do lugar, dizendo a eles que os demônios foram tirados dos corpos dos mortos em nome da Santa Cruz.

Eram seis horas da tarde quando partiu, deixando atrás de si o sangue dos inocentes, ato que, no momento certo, em outra dimensão ou outra vida, a Lei Divina cobraria.

XX

NA TERRA, A VIDA CONTINUOU

Antognini, Décius e Clara se jogaram cada qual em uma cadeira da sala. Antognini, arrasado e recusando-se a aceitar os fatos, pôs-se a contemplar o vazio. Clara encolheu-se no assento, com as lágrimas escorrendo pelo rosto e a cabeça fervilhando. Parecia não ter entendido muito bem o que havia ocorrido.

Décius estava aparentemente apático, mas beirava a loucura. Como dito, ele jamais imaginara que as coisas tomariam aquele rumo. Queria, sim, que o irmão tivesse seus direitos de mandos cortados ou ao menos diminuídos. Devido aos eventos narrados por Honorato, viu a chance de fazer isso acontecer. Acreditou mesmo que a Igreja afastaria Estevão da posição de administrador por algum tempo, mas não que mandasse executá-lo. Se aquele bispo maldito não estivesse no vilarejo, o padre jamais tomaria tal atitude. Ele mesmo saberia manipular o padre para realizar seus propósitos.

O soldado que ficara no comando entrou na sala e pediu para levar o corpo de Ana para a pequena capela da propriedade. Antognini olhou para ele e disse que fosse chamar Lia, uma das servas do castelo. A jovem se apresentou diante de Antognini com os olhos inchados de tanto chorar.

— Estou aqui, patrão.

Antognini notou que ela também estava arrasada. Entretanto, alguém tinha de fazer o que era necessário.

— Lia, vejo que, assim como nós, você está sofrendo. Porém, Ana merece ser preparada para que todos se despeçam dela e, depois, ela possa ser propriamente enterrada. Chame alguém para ajudá-la, talvez Lourdes, e cuidem disso. Quando ela estiver pronta, este soldado, que levará Ana para ser banhada e trocada, também irá buscá-la e a levará para a capela — dizendo isso a Lia, virou-se para o soldado. — Senhor, por favor, ajude-a e peça a mais um que o ajude a carregar Ana.

— Sim, senhor. Pode contar conosco. Ficamos para ajudá-los e, também, para apaziguar a gente que mora nestas terras.

— Grato. Então, faça isso, por favor.

O marido de Lourdes, que era responsável pelo extenso jardim, também foi se oferecer para ajudar.

— Senhores, permitam que eu lhes prepare um banho. Mergulhar em uma tina de água quente os ajudará a clarear um pouco as ideias.

— Sim, Nicolas, faça isso. Mas peça a uma das servas que fique junto de Maria Clara enquanto ela se banha. Ela está fora de si — solicitou Antognini.

— Também pedirei a uma das servas que prepare um caldo de legumes para os senhores. Sei que mal tomaram o café da manhã, precisam se alimentar.

— Está certo, mas arranje que cada um seja servido em seus aposentos — pediu Antognini.

— Fique tranquilo, patrão. Vou providenciar tudo.

— Obrigado, Nicolas.

Mais uma vez, o soldado se aproximou:

— Senhor, a senhora já foi levada para ser cuidada. Enquanto a prepararam, vou com alguns soldados recolher as cinzas e o que sobrou dos corpos.

— Faça isso. Mas quero tudo em caixotes fechados. Não quero que sejam vistos desse jeito. Quero que todos se lembrem deles como eram: muito belos.

— Sim, senhor.

— Soldado, é preciso que saiba que eles não eram bruxos, nunca foram. E cuidado com o bispo. Ele fará o mesmo a qualquer um que tenha bens que ele possa tomar e não poupará quem se colocar em seu caminho. Agora, vá!

O soldado ficou paralisado. Apesar de toda a dor que estava sentindo, aquele homem ainda conseguia lembrar-se de dizer que tomasse cuidado. Justamente a ele, que assim como seus companheiros, assistira a tudo sem nada fazer. Não porque concordassem, mas porque o bispo era autoridade máxima, era um juiz da Igreja e eles tinham que acatar suas ordens.

Havia, sim, um jeito de acabar com os desmandos do bispo antes que mais inocentes fossem vitimados. Por isso, antes de reunir os demais, o soldado separou dois de sua confiança e contou a eles sobre o aviso de Antognini. Enfim, os viu colocar para fora toda a indignação deles contra as matanças ocorridas ali. Segundo pensavam, todos eles eram culpados por aquelas mortes, pois, por medo, ninguém enfrentou o bispo. Se um deles o fizesse, teria o apoio de alguns companheiros, soltariam os irmãos e imobilizariam o bispo. Entretanto, se acovardaram e nada fizeram. Por isso, haviam decidido impedir o bispo de continuar com aqueles crimes.

— Vocês sabem o que e como fazer, mas não se esqueçam: apenas o bispo.

❦

As horas foram se passando e, aos poucos, os servos e meeiros foram chegando para o funeral. Exceto Honorato e sua família, estavam todos ali. Não houve um que não tenha ido dar condolências aos irmãos. Até mesmo os que moravam a dois dias de distância, nos limites do norte, foram até o castelo. Chegaram quase dois dias após o enterro, mas não deixaram de ir.

Mal sabiam que, no dia seguinte, haveria mais um corpo para enterrar. Antognini estava certo: Clara estava fora de si.

Depois que os irmãos se banharam em seus aposentos, uma das servas trouxe-lhes o caldo de legumes, que mal foi tocado por eles. Foi preciso muita insistência para que tomassem um pouco. Permaneceram em seus quartos, tentando encontrar forças para as despedidas na capela.

Aos poucos, o cansaço venceu Antognini. Décius, com a culpa latejando em sua consciência, não queria pegar no sono. Estava decidido a acabar com a própria vida. Lembrou-se das palavras de Clara. Se ela as cumprisse, lhe faria um favor.

Clara também não conseguia dormir. Não parava de pensar em como as crianças haviam sofrido, na dor que Maria Rosa e Estevão deviam ter sentido. Seu peito se encheu de ódio. Não seria justo que o causador de tudo aquilo ficasse impune. Saiu de seu quarto e foi ver Antognini, que estava dormindo. Percebeu que, além deles, não havia ninguém no andar superior do castelo. O quarto de Décius era próximo. O terceiro andar estava vazio, pois ali ficavam dois aposentos de hóspedes e os aposentos de Estevão e sua família, que agora já não podiam ocupá-lo.

Dirigiu-se ao quarto de Décius. A porta estava aberta como se ele a estivesse convidando. Entrou e o olhou para ele, que estava deitado na cama de olhos fechados. Achou que ele estava dormindo. Então, pegou o punhal de cima da pequena mesa e aproximou-se dele. Neste momento, Décius abriu os olhos e segurou a mão de Clara. Sorriu para ela e lhe disse:

— Seus olhos verdes são inesquecíveis. Eu já os vi antes em algum lugar. Não carregue culpa por isto. Eu mesmo pretendia fazer, mas sabia que havia uma chance de você fazer por mim.

Clara voltou a si. Décius não era mau. Desde que chegara ao castelo, sempre a tratara com muito carinho. Parecia conhecê-la havia muitos anos. Não queria mais matá-lo. Tentou soltar a mão que ele estava segurando, mas não conseguiu. Não percebeu que Antognini havia acordado e saído à procura do dono dos passos que ouvira. Enfim, parou na soleira do quarto de Décius, viu a cena e escutou o que Décius disse. E, aliviado, ouviu o que Clara respondeu:

— Não, Décius, você não sabia que seus atos levariam a essa chacina. Eu queria matá-lo, mas olhando para você não sou capaz. O amor de irmã dentro de mim fala mais alto.

Tentou tirar a mão com o punhal de cima do peito de Décius, mas ele a segurou firme.

— Pago pelo meu orgulho, pela minha ânsia de poder. Amo você, irmãzinha.

Depois de dizer essas palavras, Décius usou toda a sua força para puxar a mão de Clara. Antognini percebeu a intenção do irmão e avançou para impedi-lo, mas chegou tarde: ele já havia enterrado o punhal no próprio peito. Só então soltou a mão da irmã por ele tão amada.

Clara começou a gritar de desespero, acordando todo o castelo.

— Clara por que está aqui?

Décius, que tinha apenas um fio de vida, ao ouvir a pergunta do irmão, abriu os olhos e balbuciou:

— Fui eu, perdoe-me! Sou um covarde e forcei a mão de Clara, ela já tinha desistido. Amo vocês, assim como amo Estevão... nunca se esqueçam.

Antognini não aguentou e se pôs a chorar sobre o irmão, que acabara de falecer. Os soldados entraram no quarto de Décius e levaram os dois para os aposentos de Antognini. Depois, foram chamar Nicolas e, juntos, prepararam o corpo de Décius para ser velado na capela.

Antognini e Clara dormiram abraçados. Lourdes, sabendo que eles não iam conseguir pegar no sono depois de tudo o que havia acontecido, serviu-lhes um chá com sonífero, e isso os ajudou a repousar por algumas horas. Pouco antes das dez horas, os dois desceram juntos para o café da manhã. Lia os obrigou a sentar-se à mesa e comer um pouco. Eles pareciam anestesiados, mas obedeceram, pois ainda teriam um longo dia pela frente.

Enquanto se serviam, Nicolas pediu licença e se aproximou da mesa. Então, disse a Antognini:

— Senhor, não seria melhor enviar uma carta a seu irmão Lívius? Ele virá com urgência, tenho certeza.

Antognini olhou para Nicolas por um segundo e, depois, pediu-lhe que trouxesse pena e papel. Rabiscou rapidamente as seguintes palavras:

Lívius, estão todos mortos. Apenas eu e Clara sobrevivemos. Venha antes que eu enlouqueça.

— Aqui está. Que seja levada imediatamente. Que estranho nem Paulo nem Pedro estarem por aqui...

— Paulo foi acompanhar o padre Romão, que foi mandado de volta ao vilarejo pelo bispo assim que vocês foram confinados em seus aposentos. Pedro, quando soube por Lourdes o que ia acontecer, foi encontrar-se com eles para pedir ajuda, mas não deu tempo.

— Como sabe disso tudo?

— Sei porque um dos soldados perseguiu Pedro e o feriu. Mas ele se esforçou para continuar e alcançou Paulo e o padre Romão.

— Como Pedro está?

— O padre fez um curativo com um pedaço da batina e eles voltaram para cá. Estão na casa de Pedro, pois não queriam que os soldados fizessem perguntas. Chegaram aqui já eram quase dez da noite. Mas aconteceu uma coisa estranha: eles só viram dois soldados a caminho do vilarejo. Não havia nenhuma carruagem.

— Como assim?

— Conversei com os soldados hoje cedo. Aquele que os comanda disse que a situação já está sendo investigada.

— Então, avise ao padre Romão que não precisa mais se esconder. Diga que venha até capela, pois vamos dar adeus àqueles a quem amamos.

Tudo se seguiu de forma bem triste. O padre Romão estava quase irreconhecível sem a batina, além de bastante abatido. Com muito amor, encaminhou aquelas almas ao Pai Altíssimo.

✦✷✦

Logo após os enterros, de volta ao castelo, Antognini pediu ao padre Romão que ficasse no castelo até Lívius chegar. Com um sorriso apático, o padre lhe disse:

— Se você me arrumar algumas roupas, eu fico. Mas quero que saiba de uma coisa: não poderei mais exercer o sacerdócio.

— Por quê? Cristo nada tem a ver com as maldades do bispo.

— De fato, mas eu tenho a ver com a morte do bispo.

— O que está dizendo, padre Romão?

— Preparamos uma emboscada. Cavalgamos uns vinte minutos após os limites do sul e encontramos uma pedra grande fora da estrada. Pedro sentou-se atrás dela enquanto Paulo se jogava na frente da carruagem e pedia ao bispo que desse a extrema-unção ao irmão que estava moribundo. Quando o bispo se aproximou de Pedro, não esperei que ele o matasse. Enquanto ele se abaixava, eu mesmo finquei-lhe nas costas um facão até o cabo.

— Meu Deus, padre Romão! Mas por quê?

— Por quê? Não foi por vingança. Decidimos assassiná-lo pelas pessoas que ele ainda iria matar na fogueira pela vida afora. Gente inocente como seu irmão! Ele se aproveitou de uma situação dúbia para levar à fogueira não só Estevão, mas também Maria Rosa e seus filhos, crianças inocentes que eu batizei.

— Calma, padre! Mas e a escolta? Como se livrou deles?

— Aconteceu algo muito estranho. Enquanto Paulo fazia de tudo para distraí-los e evitar que acompanhassem o bispo, apareceram dois soldados. Vinham a galope, por isso chamaram a atenção da escolta. Os soldados se aproximaram e, sem apear, olharam dentro da carruagem, perguntando onde estava o bispo. Um soldado da escolta explicou o que havia acontecido. Eu, concentrado no bispo, nem me dei conta. Paulo já estava desesperado, pois teria de dar um jeito na escolta, mas agora eram quatro soldados.

— E o que vocês fizeram?

— Graças a Deus, não precisamos fazer nada. Como não apearam dos cavalos, os soldados que chegaram viram perfeitamente quando eu ergui o braço com o facão e o abaixei. Um deles foi até mim e Pedro e disse:

— Padre, esconda-se no meio do mato. E você, desfaleça.

Então, ele chamou os soldados da escolta e disse:

— Vejam! Este homem está desmaiado e o bispo está morto. Qual de vocês dois o matou?

— Nenhum de nós, ora! Ficamos consolando esse aí, que não parava de chorar — explicou o soldado, apontando para Paulo.

— Muito bem, então foi ele.

— Bem, ele não saiu de perto de nós. Tem de haver mais alguém.

— Vocês estão em maus lençóis, meus amigos. Não foram vocês, não foi esse aí e, como podem ver, não há mais ninguém por aqui. No mínimo, serão considerados cúmplices desse aí. Não serão apenas expulsos; terão de encarar o cárcere ou a pena de morte. Quem sabe?

— Nos ajude a jogar a culpa nele, o irmão do moribundo.

— Não basta os inocentes que deixamos o bispo queimar na fogueira? Agora outro inocente vai pagar pelo que não fez? — disse o segundo soldado.

— Mas somos inocentes também. O que você propõe?

— Simples: vamos colocar o bispo na carruagem e queimamos tudo. Claro, soltaremos os cavalos primeiro. Vocês dirão que foram atacados por dez homens mascarados, que os imobilizaram e atearam fogo à carruagem.

Mais do que depressa, os soldados da escolta gritaram:

— Está feito!

Antognini, boquiaberto, só conseguiu perguntar:

— E?

— Ora, fiquei escondido até atearem fogo na carruagem com o bispo dentro. Também ouvi quando os dois soldados que chegaram pediram desculpas aos da escolta e disseram que os nocauteariam para que a história parecesse verdadeira. Depois, amarraram os cavalos em uma árvore e deixaram os soldados inconscientes. Só então permitiram que eu saísse do esconderijo e que nós três voltássemos para cá, acompanhados por eles. No caminho, os dois apenas disseram: "Ninguém matou ninguém. O bispo foi vítima de seus atos. Se o padre já não tivesse feito isso quando chegamos, nós mesmos íamos fazer. Quando chegarmos ao castelo, aguardem cerca de meia hora e só depois se deixem ver. Vocês dois: vão para casa e levem o padre junto. Amanhã, tudo estará mais calmo". Assim fizemos, Antognini. O bispo morreria de qualquer jeito, mas foi para mim que a oportunidade se apresentou primeiro.

— Está certo, padre, está certo. Agora, vamos tentar seguir.

A vida no castelo arrastou-se até a chegada de Lívius.

Daqui em diante, posso contar-lhes apenas o rumo que cada irmão tomou após a tragédia, sem entrar em detalhes. Até mesmo porque a história de cada um deles, sem dúvida, mereceria um livro à parte.

Antognini aguardou Lívius por pouco tempo. Assim que ele recebeu a trágica mensagem enviada pelo irmão, colocou-se imediatamente a caminho. Não queria acreditar que fosse verdade. Seguiu viagem sozinho, pois não queria levar a família consigo sem antes saber dos fatos. Acertara com o velho duque, seu sogro, que enviaria notícias e, se sua influência fosse necessária, mandaria chamá-lo.

Durante a viagem, lembrou-se de que fora à herdade um mês antes do falecimento do pai. Já havia se passado um ano. Estava mesmo planejando ir para conhecer Clara, mas jamais pensou que teria de fazer isso às pressas e depois de receber uma notícia tão inacreditável.

No fim da tarde de um dia nublado, Lívius chegou à herdade. Logo encontrou Clara, que ainda não conhecia, sentada no balanço pendurado nas primeiras árvores em frente ao castelo. Muito triste, a menina não percebera a chegada da carruagem.

Lívius desceu, pagou o condutor e ficou alguns segundos parado, olhando para aquela menina no balanço. Soubera, por carta dos irmãos, o que o pai havia feito e que Estevão tinha ido buscá-la. Achou bom a terem trazido para o castelo, mas se perguntou e questionou os irmãos se o mais acertado não teria sido encaminhá-la para um convento. Lembrou-se de que, na ocasião, os irmãos lhe escreveram uma única carta assinada pelos três, na qual revelavam com detalhes o sofrimento da menina. Queriam recompensá-la pelos maus-tratos que havia sofrido. Entregá-la ao convento seria querer livrar-se do problema. Seu senso de justiça falou mais alto, por isso ele acabou concordando com a decisão dos três.

Caminhou lentamente na direção da moça, que estava de costas, e teve o cuidado de fazer barulho ao pisar nas folhas secas espalhadas pelo chão. Ela, imediatamente, olhou para trás e deu um pulo do balanço.

— Calma, menina. Sou Lívius.

Clara o olhou de frente sem saber o que dizer. Aquele era o irmão que faltava conhecer. Lívius não pôde deixar de reparar nos belos olhos verdes da menina e em seus traços, que lembravam um pouco os de seu pai.

— Você é Maria Clara?

— Sim, Estevão quis que me batizassem assim. Mas todos me chamam de Clara — disse a ele. De repente, as lágrimas começaram a escorrer por seu rosto.

Lívius sentiu o coração apertado.

— Então, é tudo verdade?

Ela apenas balançou afirmativamente a cabeça. Ele a abraçou e juntou suas lágrimas com as da irmã. Nesse instante, Antognini o viu da janela do quarto e, rapidamente, desceu as escadas, correndo para fora do castelo e indo na direção do irmão. Parecia querer se agarrar a uma tábua de salvação.

Lívius estava enxugando as lágrimas de Clara enquanto ela lhe dizia:

— Minha felicidade durou um ano. Apenas um ano.

Neste momento, ao ver Antognini, ela disse a Lívius:

— Veja só como meu irmão corre para abraçá-lo.

Lívius virou-se e, imediatamente, recebeu um forte abraço de Antognini, que chorava feito criança. Não precisaria mais se fazer de forte, Lívius tomaria as rédeas.

Já na sala do castelo, Antognini e Clara colocaram Lívius a par de toda a tragédia. Lívius custou a crer no que lhe contavam, mas padre Romão estava ali e podia confirmar tudo. Lívius pediu um tempo para se recompor. Apesar de afastado da família pelas obrigações assumidas após o casamento, sentia um amor enorme pelos irmãos, pela doce Maria Rosa, a quem vira apenas três vezes, mas por quem sentia grande afeto, e pelos sobrinhos.

Por alguns dias, não quis tomar conhecimento do que ocorria naquelas terras, que também eram suas. Aproximou-se de Clara e buscou conhecê-la. Era impossível não gostar dela. Ainda tão jovem, praticamente uma criança, fora vítima de um destino cruel, graças à leviandade de seu pai, que não pensou nas consequências quando decidiu enviá-la para longe de suas vistas a fim de tentar apagar seu ato infame. Aquilo causara a infelicidade, a tortura e a morte da pobre mãe de Clara e, como se não bastasse, trouxera enorme sofrimento à própria filha. Não fosse por Estevão, ela seria uma escrava do meretrício. Lívius conversou muito com Antognini sobre Clara, expressando o desejo de garantir um futuro melhor à irmã tão sofrida.

Lívius logo precisou agir: o padre Romão lembrou a ele e a Antognini que a Igreja viria tomar o que pertencia a Estevão. Só se demoraria um pouco mais que o normal por não ter a certeza do que acontecera, mas o soldado da escolta particular do bispo já devia ter apresentado seu relatório à matriz. Que não se enganassem achando que tudo ficaria como estava. Em breve, a instituição enviaria alguma autoridade para confirmar os fatos e tomar a herança de Estevão.

Lívius mandou ao sogro uma mensagem com um resumo dos fatos e pedindo sua ajuda. Ora, no nervosismo em que estavam não havia pensado no que o velho duque rapidamente cogitou. Em resposta, ele escreveu a Lívius:

Meu caro genro, se o bispo morreu queimado na carruagem em que viajava, o depoimento do empregado de vocês não existe mais. Procurem esse empregado e o façam jurar que não deu aquele depoimento, que apenas viu os ciganos próximos do castelo e que foi Estevão quem conversou com eles, permitindo que passassem dois dias ali, apenas isso. Envio um mestre nas leis que vai inocentar Estevão e toda a sua família. O nome dele e os de seus descendentes serão limpos.

Assim foi feito. Honorato, que diante dos fatos realmente estava arrependido, mas também apavorado, alegou às autoridades competentes da Igreja que não sabia ler nem escrever e que o bispo o havia enganado, repetindo a história que o velho duque escrevera a Lívius. A história foi revertida e o bispo passou a ser considerado um anticristo. Estevão e seus familiares foram inocentados. Estavam mortos, mas seus nomes seriam honrados. Quando isso tudo aconteceu, já haviam se passado quase cinco meses da tragédia. Clara lembrou os irmãos do filho cigano de Estevão, e os três decidiram ir às terras espanholas à procura do acampamento cigano.

Não foi difícil encontrar o acampamento. Ao verem o pequeno Raul, lágrimas brotaram dos olhos dos três; ele era mesmo filho de Estevão. Aqueles olhos azuis, alguns traços e o gênio não deixavam dúvidas.

Os ciganos, principalmente Juanita, choraram a tragédia. E, apesar de os corpos não estarem ali, fizeram um ritual de despedida, assistido pelos irmãos de Estevão.

O pequeno Raul sentiu a perda no fundo de sua alma. Pensava no pai e nos irmãos todos os dias, ansioso para revê-los. De seu sangue, lhe restava apenas Juanita agora.

Lívius levou consigo o ouro que o sogro lhe mandara para o caso de ser necessário dar à Igreja. Havia usado bem pouco; restavam ainda três quartos do total enviado. Chamou o pequeno Raul, Rubi, Juanita e Ramon e, sem aceitar recusa, lhes disse:

— Por mim, levaria o pequeno Raul embora comigo, mas entendo que as raízes dele estão aqui. Então, peço a vocês que guardem este ouro para quando ele já for homem. — E, agachando-se, falou diretamente com Raul. — Meu pequeno Estevão, vejo seu pai em você. Vou deixar com sua tia meu endereço na França. O das terras na Inglaterra eles já sabem, mas anotarei para que guarde com você. As terras também são suas, não se esqueça disso. Caso você ou qualquer um de sua tribo queira nos visitar, será muito bem-vindo. Todos sempre serão recebidos como se fossem meu amado irmão Estevão. E se você precisar de qualquer coisa, seja para si ou para sua família cigana, pode nos procurar.

O pequeno Raul enlaçou os bracinhos no pescoço de Lívius e chorou. Fez o mesmo com Antognini e Clara. Os quatro ainda se encontraram mais algumas vezes naquela vida, pois nunca permitiram que os laços se rompessem.

Depois da visita, os ciganos voltaram à sua rotina e os três irmãos retornaram à herdade. Na viagem de volta, Lívius imaginou que agora precisaria assumir a administração da propriedade, só não sabia muito bem como fazer isso, devido às suas obrigações na França. Já no castelo, enviou uma mensagem ao sogro, que, percebendo a angústia de Lívius, determinou que ele ficasse dois meses na França e dois meses na Inglaterra.

Lívius ficou satisfeito com o arranjo, mas ainda precisaria de algum homem de confiança para tomar conta das terras de sua família no período em que ele estivesse distante. Antognini indicou dois: os irmãos Paulo e Pedro, que passariam a morar no terceiro andar do castelo e a dividir as tarefas entre si. Nenhum dos dois era casado, mas, se um dia decidisse formar família, os quatro aposentos do andar dariam conta de acomodar os filhos que viessem.

O padre Romão, que encaminhara à matriz seu pedido de desligamento da Igreja, também ficara por ali, ocupando o quarto que havia sido de Décius, e foi de grande utilidade para os irmãos.

Antognini continuou cuidando apenas dos problemas das famílias que moravam naquelas terras. Decidira permanecer no castelo, mas passava quase todo o tempo fora, auxiliando os servos e meeiros. As terras eram extensas, e havia ainda a propriedade que seu pai havia dado a Décius e que, depois da morte do irmão, Lívius e Antognini haviam doado a Clara. Lívius apenas tomava conta da propriedade para a irmã, assegurando que se tornasse produtiva.

Todos os dias, Antognini fazia sua peregrinação pela região. Uma semana no castelo e ele já se preparava para partir novamente. A cada partida, levava consigo duas carroças lotadas de mantimentos, remédios, roupas e tudo o que faltava ao povo, muito pobre e carente. Não ia sozinho; com ele, seguiam um jovem servo a quem chamava de "irmãozinho" e, na maioria das vezes, o padre Romão. Por onde passavam, o socorro espiritual chegava. Antognini era eloquente em sua fé, por isso, em algumas contendas, esperavam a vinda dele para ouvir seu aconselhamento.

Dessa maneira, Antognini ia aos poucos apaziguando o coração. Sentia-se culpado por ter dado ouvidos a Décius, sem se dar conta de que, por sua ânsia de poder e seu orgulho ferido, ele não percebia o perigo em que colocava Estevão. Pobre Antognini! Culpava-se até pela morte de Décius. Se tivesse pensado melhor, não o teria deixado sozinho naquela noite. Depois de algum tempo, seu trabalho fraterno o renovou e o fez compreender alguns desígnios do Pai. Antognini levou essa vida por mais de vinte anos, nos quais cada vez estendia suas visitas para mais longe dos limites das terras da família. Aos poucos, foi rareando a volta ao castelo, chegando a passar seis meses fora.

O padre Romão acompanhou Antognini em suas peregrinações por muito tempo, até que o Pai o recolheu à pátria espiritual. Àquela altura, Antognini já era chamado de Frei Antognini. Não adiantava ralhar com o povo; assim o batizaram. O Pai, que a ninguém desampara, deixara com ele seu primeiro ajudante, o "irmãozinho", que o auxiliava no que fosse necessário. Com o tempo, outro padre desiludido com a Igreja se juntaria a eles. E assim foi até o fim de seus dias. Suas andanças dariam um longo e belo livro.

Ao sentir a proximidade da morte, Antognini voltou para o castelo para ficar. Nessa ocasião, Lívius já havia se instalado ali definitivamente fazia dois anos. Após um ano do retorno de Antognini, com muita dor, o irmão mais velho assistiu à partida do caçula.

Na maior parte do tempo, Lívius vivia muito só. Seus filhos se dividiam entre a França e a Inglaterra e ele mesmo havia levado Clara para a França, para que ela recebesse uma boa educação. Além disso, precisava protegê-la e, como Antognini não parava no castelo, achou que essa seria a melhor solução.

Sempre que podia, Clara ia à Inglaterra. A saudade que sentia de Antognini era muito grande, pois apegara-se a ele não como a um irmão, mas como a um pai. Nem mesmo depois do casamento com um conde francês ela deixou de ir à herdade. Também fez questão de ter os filhos nas terras da família.

Infelizmente, a vidência de Clara foi mal utilizada pelo marido. Embora ele a amasse, não resistiu às facilidades que podia obter graças às informações que a esposa lhe dava. Por meio de Clara, acabava descobrindo as fragilidades de seus adversários e usando-as contra eles nos negócios e na política.

A pobre Clara, ao perceber o mal que estava fazendo a outras pessoas em favor do marido, sem saber dizer não aos pedidos dele, desejou não ter mais as visões. Um dia, teve uma ideia: se ficasse cega, com certeza, as visões cessariam. Então, com a chama de uma vela, queimou os próprios olhos. Entretanto, de nada adiantou, pois a terceira visão ficou ainda mais forte, deixando-a mentalmente perturbada por muitos anos.

O marido, arrependido, jamais a abandonou. Afastou-se dos negócios e dedicou-se a cuidar dela com muito carinho. Além disso, restituiu o que pôde àqueles de quem tinha obtido algum tipo de vantagem graças à clarividência da esposa. Isso deixou Clara muito feliz, e ela costumava dizer que tudo tinha valido a pena. Ainda assim, continuou reclusa, vivendo ensimesmada até o fim de seus dias. Não quis mais reencarnar com o dom da vidência, embora ele fosse próprio dela. Preferiu provar a si mesma que sua fé seria firme mesmo que ela não conseguisse ver o mundo espiritual.

Não posso contar mais nada sobre Clara, pois, atualmente, ela está sob o jugo da carne. Suas quedas e sua ascensão também dariam um belo livro. Para isso, porém, precisaríamos de sua permissão, o que ela não nos tem dado nas conversas que temos em sono, quando está livre da matéria.

Falta apenas dizer que, assim que Honorato testemunhou a favor de Estevão e este foi considerado inocente, Lívius o expulsou das terras. Alegando ter seus direitos e afirmando que não pretendia sair, Lívius colocou fogo na casa do homem, obrigando ele e a esposa a irem embora só com a roupa do corpo.

Apesar de todo o mal que Honorato e a esposa causaram à sua família, Antognini decidiu ajudá-los. Queria apenas vê-los bem longe, temendo que, com raiva de Lívius, voltassem a espalhar boatos. Sem que o irmão soubesse, encontrou o casal na estrada e deu a eles uma charrete e uma boa soma em dinheiro, dizendo:

— Honorato, ainda não sei se consigo perdoá-lo, prefiro entregar nas mãos do Pai. Mas não vou deixar vocês na miséria. Peguem este dinheiro e vão com Deus, mas para bem longe destas terras. Sua fama de traição corre solta e, se algum patrão nos pedir informações sobre você, teremos de dizer a verdade.

— Sim, senhor. Eu agradeço.

Estela, outrora tão falante, ouviu tudo cabisbaixa. Quando os dois homens terminaram de conversar, ergueu a cabeça para olhar para Antognini e disse:

— Senhor, não queríamos a morte de ninguém, muito menos a das crianças. Honorato apenas fez a intriga por pensar que isso o ajudaria a se tornar capataz, como Décius lhe prometera.

— Honorato jogou um irmão contra o outro, fomentou a sede de poder de Décius e, ainda por cima, entregou Estevão ao bispo — respondeu Antognini a Estela. E, voltando-se para Honorato, concluiu: — Você sabia, sim, o que estava escrito ali, pois era o que você mesmo havia contado a Décius. Sua esposa está tentando defendê-lo, mas sei que ela lhe incitava a ser cada vez mais ganancioso.

— Não queria a morte de ninguém, patrão, eu juro! — reforçou Honorato.

— Pode até ser, Honorato, mas, como você é um irresponsável, não mediu as consequências de seus atos. Peçam perdão a Deus os dois, quando suas consciências os acusarem. Agora, sumam da minha frente!

Honorato e Estela seguiram viagem e não tardaram a encontrar o destino.

Com isso, encerro aqui a história dos irmãos Leon, os filhos de Luchesi. O restante, não cabe contar neste livro.

XXI

LIVRE-ARBÍTRIO — LUZ OU TREVAS?

Voltemos aos nossos irmãos que desencarnaram pelas labaredas do fogo.

Havia algum tempo, uma cúpula espiritual tinha se encarregado daqueles trágicos desencarnes. Na verdade, sabia-se da possibilidade de ocorrerem, mas, como ao espírito humano é dado o livre-arbítrio, se Décius não tivesse acendido o estopim, não teria sido daquela maneira, nem naquele dia. Aconteceria alguns anos mais tarde, em um acidente cuja culpa seria do descuido de alguém.

Entretanto, Décius deixou-se levar pelo ego, que o cegou e o impediu de analisar friamente o perigo a que estava expondo Estevão e a família. Inimigos trevosos aproveitaram-se de sua fraqueza e alimentaram seus lamentos contra o irmão. Se ele soubesse o que aconteceria, não teria agido daquela forma. Contudo, não ouvira o alerta de Antognini, tampouco acreditara na maldade de alguns membros do clero. Apesar disso, não era um homem mau e jamais feriria alguém em sã consciência, fosse quem fosse.

A espiritualidade, acompanhando o desenrolar dos fatos, logo percebeu que tudo se encaminhava para um fim trágico. Então, a cúpula espiritual de uma colônia elevada que cuidava das reencarnações dos envolvidos, enviou uma mensagem à direção de um pronto-socorro espiritual na crosta terrestre, onde Mariana e Liliane já trabalhavam engajadas no serviço socorrista, passando-lhes a missão de realizar o socorro daqueles espíritos.

Mariana, Liliane, Cipião e Damiana já estavam no castelo havia algum tempo. Desde que Honorato havia procurado Décius para contar-lhe sobre Estevão e os ciganos, tinham recebido autorização de atuar para amenizar os ânimos de todos.

Naquele alvorecer, alguns amigos espirituais se fizeram presentes no local. Entre eles, estavam irmãos que trabalhariam no processo de cortar os laços que uniam os espíritos aos corpos. Não que tivessem desistido de atuar junto do bispo e de agir em seu mental, mas o religioso estava ligado a seres trevosos, antigos magos de baixa magia. Os únicos que poderiam se rebelar seriam os soldados, mas não fariam isso, pois a energia do medo os paralisava. Já os trabalhadores da terra e do castelo não acreditavam que alguém morreria. Achavam que haveria algum tipo de castigo, não uma sentença de morte.

Os primeiros espíritos a ter os laços cortados foram Simão, Damião e Mirela, que, graças à grande dose de sonífero ingerida, já estavam desmaiados e agonizando minutos antes de o bispo atear-lhes fogo. Sentiram a quentura, mas aquilo lhes parecera um pesadelo. Antes de o fogo alcançar seus corpos, já haviam morrido de parada cardíaca, devido à alta dose do remédio.

Nesse instante, havia um irmão trabalhando em cada criança, desligando os fios que as prendiam aos corpos carnais. Os espíritos infantis sonolentos foram entregues a outros irmãos que, imediatamente, os levaram ao pronto-socorro espiritual. Entretanto, era um arranjo provisório, pois aquele não seria o lugar deles.

O bispo, consumido pela maldade, ateou fogo em Estevão e Maria Rosa apenas quando viu as chamas tomando conta dos pequenos. Nenhum dos dois havia percebido que elas já haviam desencarnado; acreditavam apenas que dormiam.

Ao cercar os dois, os socorristas perceberam que beiravam à loucura, devido à visão dos filhos sendo queimados. Nem quando as chamas começaram a lhes atingir as vestes, Estevão e Maria Rosa desviaram o pensamento das crianças. Mas a Providência Divina age rápido para com os justos: antes que o fogo os consumisse, os corpos já haviam tombado por causa da fumaça que os asfixiava. Neste momento, mais um espírito se fez presente; era Mercedita, que chorava copiosamente.

Ao serem recolhidos, Maria Rosa e Estevão estavam conscientes, diferente das crianças. A preocupação com os filhos não dava descanso ao mental dos dois. Estevão, mesmo sem forças, lutava para ir à procura dos pequenos. Sequer reconheceu os parentes queridos. Foi Mercedita quem se aproximou de Maria Rosa e, chorando como ela, disse:

— Maria Rosa, minha amiga. Estevão a ouve, fale com ele. Se ele não se acalmar, a atuação espiritual terá dificuldades em ajudar.

Maria Rosa, que estava sendo amparada por Damiana, arranjou forças não se sabe de onde e gritou para Estevão:

— Estevão, escute: as crianças estão esperando por nós. Essa gente as socorreu, assim como fazem conosco.

Estevão, que tentava se desvencilhar das mãos amigas e gritava que ia atrás dos filhos, calou-se por um instante. Olhando para os espíritos à sua volta, não reconheceu ninguém; seu estado não permitia. Então, começou a fazer várias perguntas:

— Quem são vocês? Como nos salvaram? Levaram as crianças para casa?

Os irmãos espirituais acharam por bem não desfazer o engano naquele momento. Irmão Joel apenas respondeu:

— Sim, meu amigo. Elas estão bem e seguras. Deixem que nós também os levemos para casa.

Em seguida, irmão Joel colocou a mão direita na testa de Estevão, que se rendeu e adormeceu imediatamente. O mesmo foi feito com Maria Rosa, e ambos foram levados para o pronto-socorro espiritual.

É importante esclarecer que, embora Mariana e Liliane trabalhassem nesse mesmo pronto-socorro espiritual na época do ocorrido, ambas logo foram para outra organização espiritual próxima à crosta, onde podiam estudar e, ao mesmo tempo, atender os espíritos agarrados às trevas da ignorância. Mariana já conhecia o lugar, pois trabalhava lá duas vezes por semana e havia criado laços fraternos inesquecíveis com os irmãos do local.

Luchesi havia sido resgatado graças ao perdão de Liliane. Como seus inimigos espirituais eram muitos, ainda não tinha tido permissão de vê-la, nem de encontrar sua outra benfeitora, Mariana. Fora necessário adormecê-lo por um bom tempo. De vez em quando, era mantido acordado, mas por períodos curtos. Ele mesmo preferia que fosse assim, para não ter de pensar nos erros que cometera. Não teriam sido tão graves, não fosse o mal que fizera a Liliane e, depois, à própria filha. Enquanto ele não encarasse a realidade, não poderia iniciar o processo de cura espiritual e, por consequência, a retomada de seu caminho evolutivo.

Retornando às vítimas da fogueira, Estevão e Maria Rosa ficaram isolados em uma enfermaria; as crianças haviam sido colocadas em outra. Os irmãos sabiam que, se Estevão e Maria Rosa não as vissem bem, seus espíritos não sossegariam. Além disso, não seria saudável para os pequenos. Em pouco tempo, seriam enviadas a uma colônia espiritual própria para espíritos que desencarnam na infância terrestre. Mesmo sendo espíritos milenares, demoram algum tempo para se acostumar à nova situação, precisando receber cuidados específicos de irmãos dedicados.

Todos foram mantidos dormindo por três meses. O choque emocional que tinham sofrido fora muito forte e os abalara profundamente. Era preciso diminuir o efeito desse choque para que não alimentassem o ódio, pois não conseguiriam ficar ali se carregassem um sentimento tão negativo.

No dia em que Estevão despertou, Mercedita estava de pé ao lado dele, observando-o Sabia que era hora. Quando ele abriu os olhos e a viu, fechou-os novamente e reabriu. Depois, falou para si mesmo:

— Ou estou louco ou Rubi mentiu... ou, se ele disse a verdade, eu morri.

Mercedita sorriu para ele e disse:

— Você não está louco e Rubi não consegue mentir. Ele é um homem honrado, então...

— Mas Maria Rosa também está aqui!

— Sim, ela e a família que vocês formaram.

Nesse instante, Maria Rosa despertou, olhando para Estevão e Mercedita.

— Estou sonhando? Estou, Estevão?

— Acho que não, minha querida. Se você está, eu também estou. Parece que a situação é outra.

Então, ambos olharam para Mercedita, que apenas sorriu e lhes acalmou:

— Agora, está tudo bem!

O rosto de Estevão fechou ao mesmo tempo que Maria Rosa deu um grito:

— Meus filhos! Meus filhos!

Estevão se levantou e perguntou a Mercedita:

— Onde estão meus filhos?

— Mantenham a calma, vocês dois! Não mergulhem no que aconteceu. Aquilo tudo já passou, não existe mais. E seus filhos estão se recuperando.

— Mercedita, você me conhece. Quero meus filhos já! — vociferou Estevão.

A alteração fez as energias caírem. Segundos depois, dois irmãos enfermeiros entraram no quarto.

— Boa tarde, irmão! Sou Joel e este é Francisco. Em que podemos ajudar?

— Quero meus filhos! — respondeu Estevão.

— Queremos nossos filhos agora! — emendou Maria Rosa, energicamente.

— Muito justo. As crianças só estão aqui para que vejam que elas estão bem. Sabíamos que iam querer isso para se acalmar. Vou levá-los até elas. Vamos!

Amparados pelos irmãos, Estevão e Maria Rosa caminharam lentamente até o quarto onde os pequenos estavam.

As crianças tinham acabado de acordar. Abriram os olhos e procuraram pelos pais, mas, em vez deles, viram uma senhora. Ela sorriu para eles e disse:

— Que felicidade ver que vocês acordaram e estão bem, crianças! Simão, Damião e Mirela, sou Mariana.

— O nome de nossa avó — comentou Damião.

Mariana sorriu novamente. Bem nesse momento, Estevão e Maria Rosa entraram no aposento, seguidos dos enfermeiros e de Mercedita.

— Papai! Mamãe! — gritaram os pequenos.

Sem que ninguém conseguisse contê-los, os três, apesar de fracos, voaram para os pescoços dos pais. Foi uma cena emocionante até para os enfermeiros, que já estavam calejados depois de tantos atendimentos. Depois de se abraçarem, Simão quis saber:

— Papai, o fogo... acho que vi o bispo com uma tocha na mão, mas adormeci. O que houve?

— Eu também, papai! Não conseguia ficar com os olhos abertos... quando eles fecharam, faltou o ar e eu dormi. O que aconteceu? — perguntou Damião.

O sorriso de Mirela foi se apagando enquanto ela dizia:

— Papai, o homem mau amarrou eu, Damião e Simão. Cadê Clara? Quero brincar!

Estevão e Maria Rosa não paravam de chorar. Como poderiam dizer a eles que tinham sido queimados? E será que foram? Eles mesmos já não sabiam dizer.

Só então Estevão viu a senhora presente no quarto e reconheceu a mãe.

— Mamãe! Mas... como?!

— Estamos todos mais vivos do que antes, meu filho.

Mariana o abraçou com muito amor e sentiu o turbilhão de emoções que o filho sentia. Ele a beijou no rosto e concluiu:

— Então, aconteceu mesmo? Não foi um pesadelo. Estamos todos mortos!

— Não, Estevão. Esta é a verdadeira vida — respondeu Mariana.

— Pode até ser, minha mãe, mas não viemos para cá na hora devida. Quem acendeu esse estopim foi Décius. Maldito seja ele!

— Acalme-se, meu filho. Você não conseguirá ficar aqui se deixar sua energia baixar. Se alimentar o ódio, será puxado para outra dimensão. A julgar pelo que você e Maria Rosa viveram e pela maneira como levaram essa última vida, vocês merecem estar aqui. Não joguem isso fora. Não atrasem a evolução de vocês.

— Então, seremos puxados para outra dimensão juntos, senhora. Se fosse apenas por mim e por Estevão, eu perdoaria, mas por meus filhos, jamais. — A doce Maria Rosa havia acendido dentro de si a chama da vingança.

— O que vai acontecer com nossos filhos, minha mãe?

— Serão enviados para uma colônia espiritual destinada a espíritos cujo desencarne ocorreu na infância. Lá existem trabalhadores que desencarnaram adultos e outros que desencarnaram quando crianças, mas que, para trabalhar na colônia, preferiram manter a aparência infantil da última encarnação. Eles ajudarão os pequenos a se direcionar para a evolução, assim que assimilarem suas passagens. Aos poucos, cada um tomará conhecimento de seu inconsciente milenar.

— Ótimo, minha mãe! Nós seremos afastados deles?

— Vocês poderão visitá-los, e eles a vocês, assim que todos estiverem em condições de fazer isso. Entendam, meus queridos, o amor que os une às crianças é puro, portanto, eterno. Passe o tempo que passar, mesmo que todos reencarnem, esse amor sempre os puxará para vocês e vocês para eles. Sempre se reconhecerão.

— Então, dona Mariana, eu e Estevão vamos nos afastar um pouco e, quando tivermos condições, voltaremos — avisou Maria Rosa.

— Não façam isso! Ninguém está livre de inimigos. Todos nós somos espíritos milenares e, por nossas imperfeições, acumulamos dúzias deles. Infelizmente, nem todos ganharam entendimento e nos perdoaram, nem tudo conseguimos resgatar. Rezem e desejem se livrar do ódio que nutrem.

— Minha mãe, estou conseguindo me manter aqui sem deixar que a revolta ou o ódio se manifestem, mas com certeza vou atrás de quem causou tudo isso.

— Estevão, vocês desencarnaram há três meses. Na mesma época, antes que se passassem vinte e quatro horas do suplício de vocês, Décius desencarnou.

— Como assim? O bispo o matou também?

— Não, meu filho. Clara ia matá-lo com um punhal, mas se arrependeu. Só que Décius, torturado pelo remorso, segurou a mão dela e a puxou na direção do próprio peito. Não conseguimos impedir. Os inimigos dele o influenciaram e praticamente o levaram à loucura. Tampouco conseguimos socorrê-lo após o desencarne. Seu avô Cipião bem que tentou, mas, apesar de Décius ter semeado muitas coisas boas naquelas terras, o peso da culpa pelo que havia feito a você e sua família, a consciência de ter se deixado dominar pela ânsia do poder, somado ao suicídio, fizeram com que ele fosse puxado para um abismo nas Trevas. No entanto, como ele não estava de posse do domínio de sua mente, acreditamos que não se demorará muito por lá. Então, talvez consigamos alcançá-lo.

— Como faço para chegar até lá, minha mãe?

— Meu filho, você não pode entrar. Quando chega a hora de um irmão ser recolhido, apenas os guardiões do lugar e as equipes socorristas podem atravessar.

— Estevão, estamos nos demorando. Além disso, as crianças estão ficando assustadas com tudo o que estão ouvindo. Vamos nos despedir e seguir para onde temos de ir.

Assim dizendo, Estevão e Maria Rosa abraçaram os filhos e pediram a eles que se mantivessem unidos no novo lar. Disseram que vovó Mariana ia sempre visitá-los e que os dois também iriam vê-los assim que pudessem. Mal sabiam eles que, na verdade, se passariam três séculos até que voltassem a ver as crianças.

Os enfermeiros saíram com as crianças, que, chorosas, iam acenando com as mãozinhas e dando adeus aos pais tão amados.

Assim que as crianças partiram, Estevão deu a mão a Maria Rosa e pediu aos irmãos que os levassem para fora dali. Como era um direito deles garantido pela lei do livre-arbítrio, os irmãos não tiveram alternativa, a não ser acompanhá-los. Sob o olhar de dor de Mariana e de Mercedita, ambos saíram dos limites do pronto-socorro espiritual. Ficaram algum tempo perambulando e logo foram atraídos por uma força que os fez cair muito. Foram puxados para uma região trevosa.

Ali, a energia pesada intensificava o que sentiam, uma mistura de mágoa e raiva. Em pouco tempo, a aparência deles embruteceu, dava dó de ver. Antes de encarnar, os dois estavam evoluindo, graças aos diversos resgates e aprendizados pelos quais vinham passando. Eram espíritos milenares que já trabalhavam para a Lei Divina. Não tinham maldade dentro de si e, de certa maneira, isso os protegia dos seres que perambulavam pela região. E, justamente por carregarem a Lei Divina em seus inconscientes e por entenderem que nada justificava o desrespeito a ela, algo dentro deles pulsava, pedindo que recuassem em seus propósitos.

Pareciam não encontrar parada. Depois de caminhar a esmo, acabaram no vale ressequido das dores. Ali, encontraram muitos espíritos que sentiam a dor da traição. Alguns gemiam, outros soluçavam alto; alguns gritavam enlouquecidos, enquanto outros se fechavam dentro da própria dor e apenas ficavam contemplando o nada. Todos tinham uma coisa em comum: não conseguiam perdoar e, por isso, não queriam se voltar para Deus. Ele havia assistido a seus sofrimentos sem fazer nada; pelo menos, era o que eles pensavam.

No pronto-socorro espiritual, Mariana e Liliane se despediram de Mercedita, que fazia morada em outro núcleo espiritual, onde os irmãos com raízes ciganas seguiam sua evolução. Naquela época, muitos ciganos haviam reencarnado na Terra e diversos outros estavam na espiritualidade. Estes se reuniam em uma colônia em que os costumes e as crenças de todos eram afins. Quando decidiam reencarnar, dirigiam-se à colônia mais próxima, onde havia um departamento de reencarnação e, conforme a necessidade, podiam ou não voltar à Terra como ciganos.

Na colônia, Mercedita havia descoberto sua real origem: desde uma época remota no Egito, seu espírito pertencia àquele grupo nômade. Ali, recebera permissão para auxiliar aqueles de seu povo que continuavam encarnados na Terra. Trabalhava com algumas tribos ciganas, incluindo aquela à qual pertencera em sua última encarnação. Por isso, jamais deixou de proteger os filhos. Não demorou muito para que Rubi e Juanita se juntassem a ela.

Estevão passara algumas vezes por sua vida, ora como cigano, ora sendo levado até seu povo por circunstâncias do destino. Até aquela última existência, nunca tinham sido amantes. Por vezes, foram pai e filha, noutras mãe e filho adotivo e até mesmo irmãos. A origem de Estevão também remontava ao Egito e, até então, os dois raramente se separavam, um era sempre o apoio do outro. No entanto, quando Mercedita seguiu com o povo cigano, Estevão enveredou por outro caminho. Os dois reencarnaram juntos séculos depois, para um aprendizado necessário à evolução de ambos. Então, novamente se separaram, voltando a se encontrar séculos mais tarde para que Mercedita o fizesse assumir seu verdadeiro resgate.

A Mariana restou apenas despedir-se da amiga e aguardar o tempo que, ela sabia, ainda demoraria muito.

❀

Estevão e Maria Rosa estavam sob a vigilância dos guardiões daquele imenso vale. Julgavam-se livres, mas, na realidade, estavam muito distantes disso. Só encontrariam um rumo quando estivessem com o emocional bem resolvido ou quando clamassem por ajuda. Os dois perderam a noção do tempo, e anos se passaram até seu orgulho diminuir. Maria Rosa começou a questionar Estevão sobre o porquê de nunca saírem do vale, mas ele não sabia o que responder.

Certa vez, um companheiro de infortúnio esbarrou sem querer em Estevão enquanto caminhava. O espírito parou, olhou para ele e Maria Rosa e exclamou:

— Que bênção divina!

— Não vejo nenhuma bênção! Quem é você? — indagou Estevão.

— Eu nada sou. Foi nisso que me transformei depois da dor que me atingiu. Andava pela vida como um cristão deve andar e, conscientemente, nunca prejudiquei ninguém. Era meeiro e trabalhava de sol a sol para sustentar minha família. Um dia, não sei por que, atearam fogo em minha casa. Acordei a tempo de salvar as crianças, mas não consegui livrar minha esposa. Então, deixei meus filhos com meu irmão e saí à procura da razão do acontecido. Nessa busca, fui morto. Uns enfermeiros bondosos me socorreram e me levaram para uma espécie de hospital, mas não quis ficar lá. Queria descobrir quem havia feito aquilo e por quê.

— Você ainda salvou seus filhos; já eu, nem isso consegui. Mas você ainda não me disse que bênção divina foi essa que viu.

Maria Rosa segurava a mão de Estevão e prestava atenção na conversa.

— Ora, a bênção de não estar sozinho, que é como a maioria vaga por aqui. Vocês, pelo menos, têm com quem dividir a dor. Eu não tenho ninguém.

Estevão e Maria Rosa se entreolharam. De fato, Deus não os havia separado nem mesmo na morte. Lágrimas começaram a escorrer dos olhos de ambos.

— Meu amigo, é verdade. Não tínhamos nos dado conta disso até agora.

— Pensem nisso e continuem a caminhada. De minha parte, vou orar a Deus.

— Então, não rezará sozinho. Rezaremos com você — disse Maria Rosa.

O homem deitou-se no chão com a cabeça abaixada e os braços voltados para o alto. Em seguida, rogou com toda a força de seu espírito:

— Senhor Eterno, que tudo sabe e a tudo vê, tenha misericórdia deste ser que nada é, a não ser um instrumento em Suas mãos. Já não quero saber do passado, porque o Senhor sabe e me mostrará quando eu estiver preparado para isso. Permita, Pai, que eu Lhe seja útil de algum modo, pois até quem nada é ainda é filho Seu.

Estevão e Maria Rosa, ajoelhados, acompanhavam o espírito, prestando atenção em suas palavras. Estevão, então, se pronunciou:

— Senhor, eu duvidei de Sua justiça, de Seu amor, mas Lhe dou graças por permitir que Maria Rosa, luz do meu caminho, permanecesse junto a mim. Já não sei se tenho ódio. Se esse irmão é o nada, eu sou o vazio.

— Também não sei se tenho ódio, Senhor, mas sei que não tenho mais a certeza de meus caminhos. Permita, meu Pai, que Estevão, meu companheiro e amparo, me conduza aos Seus desígnios.

Depois da prece, os três se calaram e assim ficaram por algum tempo, se desmanchando em lágrimas. Não se levantaram, como se exigissem uma resposta dos céus. De repente, aquele lugar, que era só penumbra, foi inundado por uma luz tênue. Da luz, saiu um formoso cavaleiro, que foi até eles e disse:

— Três espíritos que buscam por respostas, recusaram-se a ficar na proteção da Luz, de que tinham merecimento, para dar vazão a um sentimento negativo, mantendo-o vivo. Os três sentiam a mesma coisa: já que nada tinham podido fazer para salvar aqueles a quem amavam na Terra, ao menos cultuariam esse sentimento tão próximo do ódio.

O cavaleiro fez uma pausa, mas nenhum dos três teve coragem de levantar a cabeça. Humildes, continuaram olhando para o chão enquanto o escutavam.

— Agora se uniram para pedir o quê? Clemência? Misericórdia? Um caminho? O que nos fez atender suas preces foi o fato de terem finalmente confiado em Deus. Oraram cada qual à sua maneira, choraram para esvaziar o emocional à beira de um colapso... então, voltaram a clamar, ora um, ora outro, sem desistir. Confiantes no Pai, esperaram, pois tinham a certeza de que, no momento certo, seriam socorridos.

Os três continuaram calados. Não se atreviam a olhar para o cavaleiro, que vinha montado em um belo cavalo preto.

— Sei que se calam por respeito. Esperavam uma resposta, mas foram surpreendidos com um guerreiro em uma bela montaria. Você, irmão, que diz ser um nada.

— Sim, meu senhor.

— Não sou seu senhor. Pode me chamar apenas de Cavaleiro da Lei.

O espírito assentiu respeitosamente e o cavaleiro prosseguiu:

— Quando caiu em si e percebeu que, ao insistir na busca por respostas, havia se tornado inútil ao Senhor, passou a dizer que era um nada. Imediatamente, Deus abriu seus olhos e lhe mostrou o casal que passava por você, para que percebesse a bênção divina que eles carregavam. Naquele instante, você deixou de ser um nada para tornar-se um instrumento divino e abrir os olhos destes dois irmãos. Caso queira prosseguir, eu o levarei ao Senhor dos Caminhos, que é meu senhor. Então, você servirá a Deus através dele, em seu polo negativo.

— Agradeço por ser útil. Eu o servirei com todo meu amor e minha fidelidade.

O Cavaleiro da Lei olhou para Maria Rosa e Estevão:

— Quanto a vocês dois, preferiram deixar seus entes queridos na Luz e vir atrás de algo que nem sabem o que é. No fundo, acreditavam que seriam atraídos para o irmão que é alvo maior do sentimento negativo de ambos. E, por isso, vagam aqui há três anos no tempo da Terra.

— Três anos, senhor?!

— Cavaleiro da Lei — corrigiu. — Sim, três anos, e é pouco. Este irmão que os encontrou está vagando por aqui há cinco anos.

E ainda não é muito. Há espíritos que demoram dez, vinte, trinta, cem anos para perceber o erro que cometeram.

— Senhor, nós teremos um caminho? — indagou Maria Rosa.

— Já disse: senhor, não. Cavaleiro da Lei.

— Desculpe-me, Cavaleiro da Lei.

— Sim, vocês terão um caminho, cada qual onde atuar melhor.

— Como assim? — perguntou Estevão.

— Cada um de vocês atuará em sua Linha de origem, que poderá cruzar ou não com a Linha que os regia na última vida na Terra.

— Não entendemos...

— Tudo a seu tempo... está gravado em suas consciências milenares, mas, para que possam reencarnar, é necessário colocar um véu no passado. A seu tempo, tudo virá a vocês, novos conhecimentos e outros que já estão em suas mentes. Basta acordá-los.

— Mas lá no pronto-socorro espiritual eles não servem apenas a Jesus? — quis saber Maria Rosa, ainda confusa.

— Sim, servem ao Grande Mestre Divino. Mas isso não quer dizer que deixam de estar vinculados à sua Linha de origem. Se estão trabalhando ali e evoluindo é porque esse era o melhor caminho para eles, determinado por seus ancestrais.

O Cavaleiro da Lei deu alguns segundos para que assimilassem o que havia dito e, em seguida, determinou:

— Você, Estevão, que em sua última encarnação teve como orixá de cabeça o Senhor das Balanças, e que desencarnou protestando contra a injustiça sofrida, ficará algum tempo com ele, em seu lado cósmico ou negativo. Isso até estar pronto para trabalhar ao lado de seu ancestral, que é Oxalá, o Senhor da Fé. Acreditamos que alguns séculos bastarão.

— Séculos?! — questionou Estevão, perplexo.

— Ora, e de que isso importa? Aqui não medimos o tempo, que, para nós, é infinito e, aliás, passa muito rápido.

Estevão, sem mais argumentos, apenas disse baixinho:

— Espero honrá-lo, Cavaleiro da Lei.

— E você, Maria Rosa, que carrega tanto amor que quase o transformou em ódio, servirá à Senhora do Amor, dona das águas doces, sua ancestral, também no polo negativo.

— Sim, Cavaleiro da Lei. Se assim está determinado, assim o farei.

— Mas, Cavaleiro da Lei, iremos nos separar? Eu e Maria Rosa não nos veremos mais? Isso é um castigo? — perguntou Estevão, preocupado.

— Desde os primórdios, vocês se separaram apenas por breves períodos, quando precisaram cumprir deveres que só competiam a um. Mas sempre sustentaram um ao outro, pois, sem o amor, a fé de nada vale. Na realidade, vocês se sustentam há milênios. Estarão, sim, separados nas Linhas de Força, mas estarão sempre unidos e poderão se ver sempre que as tarefas de vocês permitirem. Agora, vamos! Levarei um a um, deixando por último o irmão que servirá ao meu senhor em seu polo negativo, pois aquela região também é meu destino.

O Cavaleiro da Lei seguiu primeiramente para a fonte inesgotável do amor à orixá Oxum. Estavam às margens de um rio imenso e, ao fundo, se avistava uma linda cachoeira. Ali, foi recebido pela Senhora do Amor, que zelava por aquele ponto de força. Era linda e indescritível, com uma luz que quase não permitia que vissem sua aparência. Todos se ajoelharam, a guardiã diminuiu sua luz e saudou o cavaleiro:

— Seja bem-vindo, Cavaleiro da Lei!

— Eu reverencio a Senhora do Amor e a saúdo, senhora deste ponto de força.

— Cavaleiro, a Lei manda que eu direcione ao meu reino uma filha de Oxum, uma filha do amor.

— Sim, senhora. Aqui está ela.

O Cavaleiro da Lei foi até Maria Rosa e a ergueu do chão, amparando-a. Em seguida, levou-a até as águas para mostrá-la à senhora daquele ponto de força.

Maria Rosa, de cabeça baixa, não ousava levantar os olhos. Com a proximidade da Senhora do Amor, lágrimas abundantes escorreram por seu rosto.

— Isso, filha. Chore e comece a limpar a energia negativa que tem guardada dentro de si.

Com dificuldade para falar, Maria Rosa só conseguiu balbuciar:
— Perdão! É mais forte do que eu.

— Não me peça perdão, filha. Graças ao Pai Infinito, criador de tudo o que existe, você não caiu a ponto de dar vazão a seu sentimento negativo. Em seu íntimo, a luta entre o amor e o ódio foi grande. Você precisa de ajuda para esgotá-lo, e isso será feito no lado negativo de meu ponto de força. Quando estiver livre desse sentimento e restar apenas a tristeza pelo ocorrido, você virá até mim e, então, me servirá, tornando-se uma guardiã do amor no polo negativo. Você auxiliará muitos filhos que se esqueceram do amor do Criador e fará esse amor renascer neles, para que também iniciem suas evoluções.

Estevão não tirava os olhos de Maria Rosa. Como a amava! Em momentos como aquele, seu amor por ela tomava conta de seu ser imortal e ele se esquecia do ódio que sentia. Esse sentimento não passou despercebido à senhora daquele ponto de força, que disse a ele:

— Filho, tão belo é o amor sente! Levante-se e venha ao encontro de sua amada. Pode abraçá-la.

Era tudo o que Estevão queria ouvir. Em um segundo, já estava na frente de Maria Rosa e, então, os dois se abraçaram. Ao redor deles, formou-se um lindo círculo luminoso, em tons de rosa, azul-

-claro e amarelo-claro. Estavam emanando as cores das energias do mais puro amor. Até o Cavaleiro da Lei ficou emocionado. Era raro encontrar um amor como aquele.

Lentamente, os dois se afastaram. Estevão olhou para a senhora do ponto de força por um breve instante e, baixando os olhos, disse:

— Senhora, sei que erramos ao permitir que o ódio nos dominasse, mas peço piedade. Quem não cairia ao ver os filhos sendo queimados?

— Sei bem o que vocês passaram e sei que é difícil não se deixar dominar pelo ódio ou pela sede de justiça. Mas, assim como ela, você não deu vazão ao ódio, nem deixou que ele apagasse totalmente o amor que sentia por seu irmão. Por isso, também será recolhido por seu ancestral. Contudo, antes, você passará por pelo reino de Xangô para esgotar o sentimento de injustiça que carrega consigo. Acredito que, com isso, o ódio também se esgotará, então você será recebido por Oxalá.

A senhora daquele ponto de força fez uma breve pausa e, então, continuou:

— Saiba, entretanto, que vocês ficarão separados por um período, até que o ódio se esgote e reste apenas a tristeza. Quando isso acontecer e vocês estiverem aptos a integrar as linhas de trabalho que lhes foram destinadas, apesar de trabalharem em pontos de forças distintos, poderão se encontrar e cruzar essas linhas quando necessário. Um poderá auxiliar o outro, amparando-se mutuamente e cada qual cumprindo sua missão.

— Eu entendo, senhora. Cada um de nós precisa voltar a sentir a própria essência, e isso só poderá acontecer no reino do ancestral de cada um.

— Você não sabia isso, filho, ao menos não da última vida que teve na Terra. Deixou seu inconsciente falar, fico feliz por isso. Agora venha, filha!

Nesse momento, uma névoa turvou a visão de todos os presentes. Ninguém mais via Maria Rosa, que havia sido levada pela guardiã daquele ponto de força para esgotar seu ódio e se equilibrar no amor. Estevão chorou muito e foi amparado pelo Cavaleiro da Lei. O irmão que dizia ser nada se juntou a eles, muito emocionado.

Assim que Estevão se reequilibrou, o Cavaleiro da Lei levou-o rapidamente para uma imensa pedreira, carregando consigo também o outro irmão. Era belíssima e, por toda ela, havia trilhas, cavernas e platôs. Quando se aproximaram, Estevão ficou admirado. Sentia energias que mexiam com seu íntimo. O que ele não percebeu é que a pedreira ficava bem atrás da linda cachoeira, ponto de força da Senhora do Amor, que jogava suas águas no vasto rio em que tinham estado pouco antes.

O Cavaleiro da Lei deixou o outro irmão no pé da pedreira e levou Estevão até o cume. Então, deu a mão a ele e, juntos, os dois volitaram.[2] Depois, seguido por Estevão, o Cavaleiro ajoelhou-se e, com muita fé, fez uma prece ao Criador. Agradeceu por estar ali, por ter recebido aquela missão e por ter a alegria de estar no ponto de força da Justiça Divina, lugar onde o equilíbrio era fundamental. Também pediu a graça de poder entregar ao Senhor das Balanças aquele que, na última encarnação, fora regido por ele. Foi uma prece singela, mas recebida pelos céus, que enviou um facho luminoso, abraçando tudo o que havia naquela pedreira. Então, o senhor daquele ponto de força apareceu diante deles.

— Salve, Cavaleiro da Lei! Fico contente quando aquele que aqui chega faz uma prece ao Criador. É a melhor forma de equilibrar as emoções.

— Eu o saúdo, senhor deste ponto de força, e reverencio o Senhor das Balanças.

---

2   Forma como os espíritos se deslocam no ar ou na atmosfera. [NE]

— Pois bem. Veio me trazer um filho da Fé em sua origem, mas regido pelo Trono da Justiça Divina na última encarnação. Um filho que, consumido pela revolta, por acreditar ter sofrido uma injustiça, passou a duvidar da justiça de Deus.

Fez uma breve pausa e, depois, continuou:

— Cavaleiro da Lei, como sabe, a Justiça Divina não falha. Nenhum encarnado está autorizado a executá-la, mas como, em um passado distante, ele semeou essa energia negativa, a Justiça Divina não pôde interferir, apenas lamentar, já que há outras maneiras de reparar a injustiça cometida. No passado, ele rompeu laços fraternos, gerando em alguns espíritos o sentimento de vingança; depois, ele mesmo desejou poder se redimir de suas atitudes. Infelizmente, o outro irmão se deixou vencer por inimigos trevosos que queriam derrubá-lo no caminho da evolução.

— Sim, senhor, é verdade. Tudo teria tomado outro rumo se as Trevas não tivessem triunfado sobre aquele irmão.

Então, o senhor daquele ponto de força se dirigiu a Estevão:

— Estevão, dentro de você a revolta ainda é grande. Você custa a acreditar na Justiça Divina, na mesma justiça que pulsa forte dentro de você. Você é filho de Oxalá, é filho da Fé, mas retornou à Terra tendo Xangô como protetor e orientador. Sua missão era semear a justiça e a fé naquelas terras, entre aquele povo necessitado e tão sedento de atos justos. Contudo, a pedido dos envolvidos naquele passado distante, a Justiça Divina, aplicando a lei do livre-arbítrio, promoveu uma situação na qual todos poderiam resgatar o rompimento da lei da vida conforme suas vontades.

Estevão, ajoelhado, disse:

— Senhor, não consigo entender. Não consigo! Não digo que hoje mataria meu irmão, mas, se na hora o tivesse em minhas mãos, eu o teria feito. Mas ainda acredito que, de algum modo, ele deveria pagar por seus atos. Mesmo entendendo que a intenção dele não era a de nos ver queimar vivos, se ele não estivesse tão ávido pelo poder, tudo teria sido diferente.

— Filho, ouça: toda moeda tem dois lados. Na hora certa, você saberá que ele foi usado pelas Trevas, que desejavam não apenas romper os laços do amor fraterno que estavam sendo reconstruídos, mas também vingarem-se de você, de sua esposa e de seus filhos. Esperavam criar tamanho ódio que os cegasse e os fizesse ser puxados para seus domínios.

— Senhor, quando estávamos recebendo o auxílio de irmãos bondosos e eu vi nossos filhos, por um momento, me esqueci do ódio cego. Contudo, quando voltei a pensar no ocorrido, senti apenas revolta e desejo de justiça.

— Seu irmão Antognini rezou muito por vocês lá na Terra, assim como outras pessoas que os conheciam. A oração tem um poder incalculável, e as energias de fé e amor os envolveram.

— Antognini, meu pobre irmão!

— Filho, você terá de esgotar sua revolta, que gera energia negativa. Depois disso, virá até mim. Então, eu o auxiliarei e, depois, o enviarei ao seu ancestral. No ponto de força dele, você certamente seguirá rumo à evolução, pois trabalhará na essência de sua origem. O Senhor da Fé vai conduzi-lo a uma Linha de trabalho, acredito que em seu polo negativo, com os guardiões que o servem. Só dependerá de você a falange em que trabalhará e o lugar que ocupará nela.

— Que assim seja, senhor! Sei obedecer a ordens e agradeço.

— Muito bem. Então, vá primeiro curar-se, não importa o tempo que isso leve.

O senhor daquele ponto de força ergueu os braços e, assim como aconteceu com Maria Rosa, Estevão foi envolto por um espesso nevoeiro e transportado para longe dali.

O Cavaleiro da Lei assistiu a tudo e, quando só restaram ele e o senhor do ponto de força, este lhe disse:

— Algo mais, Cavaleiro da Lei?
— Apenas agradecer, saudá-lo e reverenciar o Senhor das Balanças.
— Siga em paz, pois a Lei se cumpriu.
E, dizendo isso, o senhor daquele ponto de força desapareceu.
O Cavaleiro da Lei, então, prosseguiu em sua jornada, agora apenas com o espírito que se dizia um nada. Levou-o até seu ponto de força, onde servia a Ogum, o Senhor dos Caminhos. Ali, fez com o espírito o mesmo que fizera com os outros. Entretanto, ele já havia anulado sua revolta e não buscava mais por justiça ou teria ficado um tempo com o Senhor das Balanças. Em sua prece, ele havia sido firme, falando do fundo de seu ser imortal, sem dúvidas. Ele precisava de tratamento energético, repouso, estudo e ser colocado a serviço de um guardião da Lei nas Trevas. Antes de um ano terrestre, iniciou seu aprendizado com o Exu das Campinas, que era um exu de Ogum que tinha cruzamento com Oxalá.

XXII

ENFRENTANDO A SI MESMO

Enquanto Maria Rosa e Estevão esgotavam o emocional desequilibrado por causa do drama que viveram, vamos a um lugar bem mais triste e sombrio, onde não há senhor ou ponto de força da Luz, onde a paisagem é triste, a vegetação é morta ou seca e espinhosa, onde os abismos e os charcos são inúmeros.

Em um abismo de uma dimensão das Trevas estava o pobre Décius. Ao desencarnar, seu arrependimento sincero o livrara das mãos dos inimigos, mas seu remorso e sua ânsia de se castigar pelo ocorrido com a família do irmão fizeram com que visualizasse, apenas de longe, um feixe de luz tênue e duas mãos que lhe eram estendidas. Eram as mãos do velho Cipião, seu avô materno na última encarnação. Em lágrimas, ele percebeu que Décius não estendia as mãos para segurar as dele. Ao contrário, ele gritava:

— Não mereço! Não mereço! Antes, preciso pagar por meus atos impensados ou jamais me livrarei desta culpa. Eu quero pagar. Deus, por misericórdia, permita que eu pague!

Imediatamente, Décius foi envolto por uma névoa densa e escura que o puxou para as Trevas. Foi parar naquele abismo, que era um nível não muito abaixo da crosta terrestre; ainda assim, era nas Trevas, o que fez seus inimigos se regozijarem. Eles o queriam mais abaixo, no reino em que estavam, mas acreditavam que, aos poucos, minariam seu mental e conseguiriam seu intento ou que, talvez, pudessem negociar com o guardião das Trevas do lugar onde Décius estacionara.

O velho Cipião não pôde fazer outra coisa, senão lamentar. Chorou até que Damiana viesse em seu socorro, também com lágrimas nos olhos.

— Meu querido, você já sabia dessa possibilidade. Décius é tão rígido consigo mesmo quanto era com os outros. O defeito da hipocrisia, ele não carrega.

— Mas, Damiana... pensei que, ao ver minhas mãos estendidas, ele estenderia as dele, nem que fosse por instinto. Então, eu teria a chance de levá-lo para tratamento e posterior anulação dessa culpa. Sei que ele é culpado, mas nunca passou por sua cabeça colocar nosso Estevão e sua família em risco.

— Todos nós sabemos disso, mas ele só não anteviu o risco porque o ego ferido falou mais alto. O que você acha de irmos nos recolher na capela natural e orar por ele? Mariana já foi para lá. — Damiana convidou-o gentilmente.

— Ótima ideia! Vamos vibrar em prol de Décius.

— E de Estevão e Maria Rosa, porque temo que eles não fiquem no pronto-socorro espiritual para o tratamento.

— Eu sei, minha querida. Derramarei ainda mais lágrimas.

Assim, os dois foram encontrar Mariana na dimensão em que estavam. Após fazerem uma prece ao Criador, vibraram amor para todos os envolvidos.

Enquanto isso, Décius se viu jogado no abismo, onde o solo, por vezes, era um lodo que prendia seus pés, em outras, uma lama que tornava difícil caminhar. Ali, perdeu a noção do tempo. Às vezes, encolhia-se em um canto mais escondido e chorava por horas até adormecer. Seu sono, contudo, durava bem menos que seu pranto. Quando acordava, sentia-se refeito e recomeçava a andar. Os demais espíritos que por ali transitavam pareciam não o ver, ou até o viam, mas preferiam passar enclausurados no próprio mundo.

Décius pensava muito e, quanto mais pensava, mais percebia sua culpa. Relembrava cada vez mais o passado, quando ele e os irmãos ainda conviviam com a mãe, a avó e os dois avôs. Como eram felizes! Nesses momentos, ele revivia as conversas com Estevão e Lívius, nas quais contava com detalhes seu sonho de entrar para as Forças Armadas da Coroa. Depois, reviu o dia em que Lívius partiu para a França e que ele se deu conta de que, com Estevão tornando-se padre, não podia abandonar o pai e, sobretudo, Antognini. Viu-se novamente renunciando à carreira militar e como, pouco a pouco, foi pegando gosto pelo trabalho na herdade junto ao pai. Lembrou-se de como gostava de ter o poder de mandar e desmandar. Todos nutriam grande respeito por ele, e não se recordava de ter sido cruel com ninguém. Era enérgico, mas nunca se excedera, jamais passara de uma raspança e da ameaça de ser mandado embora se o fato se repetisse, mas nisso ninguém acreditava. Lembrou-se, também, do retorno de Estevão e de como sentiu seu poder ameaçado. Sem nem saber direito do que se tratava, era sempre contra qualquer projeto do irmão. Por isso, os dois viviam às turras e foi se criando entre eles certa animosidade.

Ali no abismo, finalmente percebeu que não tivera boa vontade com o irmão. Os dois poderiam ter sido parceiros desde o início, e o pai dividiria entre eles as responsabilidades da administração. Sentia isso agora, mas era tarde demais. Toda vez que chegava a essa conclusão, parava de andar e, encolhido em um canto, tinha crises de choro. Esse ciclo se repetiu muitas vezes nos anos em que ele permaneceu ali. Até que, um dia, ele se prostrou no chão e clamou ao Divino:

— Senhor, apesar de minha pequenez, rogo-lhe que me escute. Recusei o facho de luz e as mãos estendidas, pedindo ao Senhor que me permitisse pagar por meus erros. Hoje, sei que meu maior defeito, o que me levou a ser inconsequente com a segurança de meu irmão e de sua família, foi me deixar levar pelo ego, pela vaidade que cresceu dentro do meu ser e tomou conta de mim. Aqui neste lugar, cujo nome não sei nem faço ideia de onde fica, aprendi que meu ego não vale nada e apenas me levou a causar a morte dos meus. Agora, Senhor, como faço para aprender a sufocar esse ego que ainda vive em mim? Escute-me, Senhor, por favor.

Terminada a prece, Décius continuou ajoelhado, com o rosto sobre o chão fétido, chorando convulsivamente. Sem ele perceber, alguém se aproximou e colocou uma espada sobre sua cabeça. Imediatamente, uma carga elétrica percorreu o corpo de Décius, fazendo-o estremecer. Então, ele ergueu a cabeça e viu diante de si um guerreiro todo vestido de negro, com uma capa que ia até a linha abaixo dos joelhos. Ficou paralisado, apenas olhando. Sequer conseguia pensar.

— Levante-se! — ordenou o guerreiro.

Décius colocou-se de pé, mas manteve a cabeça baixa.

— Você pediu para se esconder e pagar por seus erros antes de se mostrar a qualquer um, Décius. Preferiu dar as costas à Luz e vir para as Trevas. Seu orgulho, quando encarnado, era tão grande que não admitia que estava errado nem para si mesmo, apesar dos avisos de seus irmãos Antognini e Maria Clara. Por isso, está aqui.

— Sim, senhor. Precisei de muito tempo para perceber que foi meu ego ferido que me fez errar tanto. Hoje sei que é esse ego que preciso combater em mim.

— Muito bem. Você tem créditos com a Lei, senão, em vez de ficar vagando por aqui, teria ido parar nas mãos do senhor deste lugar, o guardião desta região trevosa, onde seria escravo dele até esgotar seu ego.

— Não sei se estou entendendo muito bem. Aqui é o inferno?

— São as Trevas, é o seu inferno... O nome não importa! O importante é que, agora, você tomou consciência do que precisa combater. Então, devo entregá-lo ao meu senhor. Não é sem tempo. O senhor deste abismo já estava cansado de obedecer à Lei e ter de lidar com aqueles que o querem para si.

— Quem me queria?

— Seus inimigos de encarnações longínquas. Queriam escravizá-lo para humilhá-lo e obrigá-lo a cometer injustiças que você jamais cometeria em posse de seu livre-arbítrio. Pretendiam enlouquecê-lo. Você deveria ter optado pela Luz para esgotar sua culpa — explicou o guerreiro.

— E todos podem escolher?

— Claro que não. Isso depende do lado para o qual a balança pende mais. A sua pendia bastante para o lado da Luz, por isso você pôde escolher; mas optou pelo caminho mais difícil, também o mais rápido. Certamente, se livrará de muita coisa antes de poder escolher entre trabalhar e reencarnar.

Décius ainda não entendia muito bem o que o guerreiro dizia.

— Agora, chega de conversa! Vamos! — concluiu e, pondo a mão no ombro de Décius, transportou-se para a entrada de uma gruta, onde aquele a quem o reino pertencia os aguardava.

— Salve, senhor guardião deste reino!

— Salve, guerreiro! Eu o aguardava. Demorou-se desta vez. Foi "isto" que ficou em meu reino sem que eu pudesse pôr as mãos nele, ou melhor, as algemas?

— Senhor guardião, com todo o respeito que lhe devo, devo lembrá-lo de que existe um trato entre o senhor e o meu. Quando precisar, nós o socorreremos, como já fizemos muitas vezes nos últimos milênios. Em troca, meu senhor mandará para aquele abismo os que precisam apenas refletir sobre seus atos inconsequentes.

— Eu sei, não precisa me lembrar. Trato é trato. Existem algumas centenas ali, refletindo, como diz. Só estou desapontado, porque, às vezes, temos sorte e vocês levam embora dezenas deles, que parecem ter caído em si. Desta vez, porém, está levando apenas um.

— Senhor guardião, cada caso é um caso. Muitas vezes, viemos buscar um só mesmo. Não adianta ter pressa. Se retirarmos dezenas de uma só vez, em pouco tempo, mandaremos para cá o dobro dos que se foram.

— Eu sei disso, guerreiro, mas reclamar é um de meus deveres.
— O guardião soltou uma sonora gargalhada.

Décius entendia tudo e, ao mesmo tempo, não entendia nada. Tentava guardar o que os dois diziam para, mais tarde, ver onde as ideias se encaixavam.

O guerreiro saudou o guardião e, pedindo licença, se retirou com Décius. Precisava levá-lo até o local determinado pela Lei: o reino do orixá Omolu. Ali, segundo ordens, ele o entregaria ao senhor Tranca-Ruas das Almas, que já era protetor de Décius, mesmo quando a evolução dele se dava pelo lado positivo. Desse modo, além de aprender a lidar com o ego, Décius começaria a acordar os mistérios que trazia no espírito imortal.

Enquanto Décius iniciava sua jornada, quase duzentos anos após o desencarne, Estevão e Maria Rosa caminhavam rumo à evolução, trabalhando sempre no polo negativo do ponto de força ao qual cada um pertencia. Estevão ficara cem anos no ponto de força do orixá Xangô e, só então, foi levado ao seu orixá ancestral, Oxalá. O tempo passava rápido. Nenhum dos dois tinha mais sentimentos em ebulição no peito. Ambos haviam se acalmado. Pararam de questionar e aprenderam a esperar que as respostas viessem na hora certa.

Décius trabalhou e aprendeu muito como servo de seu Tranca-Ruas das Almas. Não parecia querer mais nada. Sempre acompanhava a subfalange de seu Tranca-Ruas das Almas quando atuava no astral de algum campo santo.

Após um século e meio ali, sem demonstrar o desejo de evoluir nem de deixar de ser um servo para se tornar um dos exus que trabalhavam na falange, Décius foi chamado pelo senhor Tranca-Ruas.[3] Ele, que depois de sua admissão nos trabalhos nunca mais estivera diante do trono do chefe de toda a falange de Tranca-Ruas existente, estremeceu. Logo pensou que havia feito algo errado e foi questionar o chefe da subfalange a quem auxiliava.

— Com sua permissão, posso fazer uma pergunta?

— Ora, ora... aquele que cumpre ordens como ninguém, que está sempre calado, finalmente deseja saber algo? Pois, então, pergunte.

— O senhor sabe por que o senhor Tranca-Ruas, chefe da falange, mandou me chamar?

— É isso o que você quer saber?

— Sim. Por quê? Eu deveria questionar outra coisa?

— Deveria. Por exemplo, por que, no meio de setenta e sete falanges desta pirâmide, você foi mandado para a minha subfalange para me auxiliar? — replicou o Exu Tranca-Ruas das Almas, sinceramente desapontado.

— Nunca pensei nisso. Talvez pelo fato de ter pelo senhor um grande respeito e uma enorme simpatia, além de confiar em suas ordens.

— Décius, nada acontece por acaso. Você já sabe que gosta de armas porque foi um centurião romano e que ganhou muitos cré-

---

[3] Dentro da Linha dos Exus, foi estabelecida uma hierarquia para agrupá-los. Primeiramente, temos as falanges, que podem ser de Tranca-Ruas, Capa Preta, Pombagira das Flores, Tiriri, Maria Padilha etc. Cada falange possui um líder e diversos exus trabalhadores, que recebem o mesmo nome do chefe da falange acrescido de seu ponto de força ou campo de atuação, e estes formam as subfalanges. No caso deste trecho, Décius trabalha na subfalange de Tranca-Ruas das Almas, que pertence à falange do senhor Tranca-Ruas. [NE]

ditos com a Luz quando, enganando seu superior, auxiliou algumas mães a esconder os filhos pequenos para que não fossem degolados por ordem do Sinédrio.[4]

— Sim, eu revivi isso. Nessa ocasião, paguei uma dívida antiga que tinha com aqueles espíritos. Eu não era nenhum santo, o senhor bem sabe. Aprontei muito em vidas anteriores, mas fui ganhando entendimento, e isso me ajudou no caso das crianças. Sempre obedeci a todas as ordens, menos a essa, mas, na vida pessoal, se não fiz nenhuma maldade, fui ganancioso em vez de seguir meu coração.

— Sei disso tudo. Nessa vida que você descreveu, também fui centurião e seu camarada. Depois de ter degolado algumas crianças, vi o que você estava fazendo e perguntei se estava louco. Então, você respondeu: "Loucos são os que pensam que nossos deuses sagrados aprovam a matança de inocentes em tenra idade. Se eles aprovarem, é porque não são deuses".

Exu Tranca-Ruas das Almas fez uma pausa e, então, continuou:

— Aquilo bastou para que eu caísse em mim. Quando ia rasgar o pescoço de mais uma criança, a lembrança de suas palavras me fez recuar. Pela primeira vez, me arrependi dos muitos que matei e passei a questionar o poder de Roma. Contudo, não salvei pessoas como você. Além disso, soube que iam assassiná-lo e não o avisei.

— Mas parou de matar os inocentes e isso o ajudou. Ou não?

— Ah, eu já tinha muitos débitos com a Lei Maior e não aumentei o número de inocentes mortos. Mas, com o passar dos anos, o remorso foi me corroendo cada vez mais. Então, pedi baixa do poderoso Exército de Roma e logo desencarnei, a princípio com raiva de você, que plantou o remorso em mim. Entretanto, depois de sofrer muito para esgotar meu emocional, pois fui escravo do senhor das Trevas, final-

---

4 Corte Suprema da lei judia. Com base no Torá, julgava os cidadãos judeus e apresentava as acusações à autoridade romana, que decidia pela aplicação da pena capital ou não. [NE]

mente caí em mim. Assim, com toda a minha sinceridade e minhas forças, chorei, clamando a Deus. Fui chicoteado muitas vezes para que parasse, mas não parei. Então, a Lei Divina mandou um exu de Pai Omolu me buscar e, por ordem dele, fui entregue ao senhor Exu Tranca-Ruas. E aqui estou, há mais de quinhentos anos terrestres. Fui evoluindo dentro da falange em que fui alocado e acabei conseguindo chefiar esta subfalange em que você me serve hoje. Isso tudo aconteceu graças a você, que acendeu em mim a chama do remorso.

— Por que o senhor está me contando tudo isso agora?

— Porque, se o senhor de toda a nossa pirâmide quer falar com você, haverá alguma mudança, e talvez eu não tenha outra oportunidade de lhe agradecer.

— Eu não fiz nada. O senhor tem me mantido em sua subfalange como auxiliar e me ensinado muito.

— Sim, e isso há cento e cinquenta anos. Você não quis galgar um posto maior, então vamos ver o que ele quer. Vamos! Eu vou com você.

Exu Tranca-Ruas das Almas e Décius mentalizaram o Trono maior daquela pirâmide e, imediatamente, estavam ajoelhados diante do chefe da falange.

— Salve suas forças! — Tranca-Ruas os saudou.

— Salve suas forças, meu senhor, de quem sou um eterno servo — replicou o Exu Tranca-Ruas das Almas.

— Salve, senhor da pirâmide, a quem eu tento servir o melhor que posso — saudou Décius.

— Na realidade, chamei somente você, Décius.

— Desculpe-me o atrevimento por tê-lo acompanhado, senhor. Se assim deseja, peço sua permissão para me retirar.

— Não! Fique, Tranca-Ruas das Almas. Sei que é a gratidão que o une a Décius. Foi graças às palavras ditas por ele em um tempo longínquo que você começou a enxergar a verdade.

— Agradeço, senhor. Então, eu ficarei.

Tranca-Ruas, senhor da pirâmide, voltou-se para Décius:

— Décius... então, ainda é assim que você é chamado. Não quis ao menos se tornar um exu da subfalange que auxilia há tantos anos?

— Não, senhor. Sinto-me bem como estou, apenas ajudando.

— Mas isso vai contra a lei que rege a evolução dos seres. Você deve ansiar por algo. Se não é progredir no trabalho que faz aqui, o que é, então?

— Senhor, passei duzentos anos me punindo e mais cento e cinquenta aprendendo a não desejar nada que possa instigar meu ego ou reavivar em mim a ânsia pelo poder.

— Bem sei, assim como sei que você terá de se decidir: ou evolui trabalhando para a Lei Maior aqui na espiritualidade, no lado negativo, ou evolui reencarnando.

— Preciso mesmo, senhor?

— Sim, Décius. Como sabe, todos os senhores exus assentados no topo da pirâmide pertencente ao campo santo respondem ao orixá Omolu. Pois bem, ele está cobrando o reinício de sua evolução. Você está paralisado pelo medo de errar.

— Senhor, sei que, aqui na espiritualidade, assumir qualquer cargo, falhar e cair no mesmo erro tem consequências gravíssimas. Eu me sentiria com um machado em cima da cabeça. Seria um tormento, pois não conseguiria agir de maneira espontânea.

— Tormento? Não, você tem consciência de sua fraqueza. Você mesmo se puniu. Quis a reclusão até esgotar o sentimento de culpa; então, a Lei não impõe qualquer tormento a você. Por isso, aquele que tudo sabe e cujos olhos tudo veem ordenou que eu lhe desse o direito de escolha. Isso é um mérito, porque a maioria dos que estão nos polos negativos não tem esse direito.

— Então, prefiro evoluir através das reencarnações, senhor.

— Você sabe que evoluirá aos poucos e que uma ou duas reencarnações não bastarão, não é? Poderia se acertar com seus antigos desafetos mais rapidamente aqui na espiritualidade.

— Eu sei, senhor, mas os únicos desafetos que eu gostaria de abraçar são meu irmão Estevão e minha cunhada Maria Rosa. Quanto às crianças, não tenho coragem de olhá-las nos olhos.

Fez-se um pesado silêncio. Tranca-Ruas, sentado em seu trono, baixou a cabeça, pensativo. De repente, se levantou e disse:

— Décius, talvez você não nos veja por um bom tempo, mas nós sempre faremos o possível para protegê-lo. Levarei seu pedido agora mesmo ao senhor Omolu. Agora, vá com Tranca-Ruas das Almas. Em breve, terá novidades.

— Obrigado, senhor! — disse Décius, com lágrimas escorrendo pelo rosto.

— Salve suas forças, às quais eu sirvo — despediu-se o Exu Tranca-Ruas das Almas, protetor de Décius.

— Salve as forças dos dois!

O senhor Tranca-Ruas esperou que os dois se retirassem para, em seguida, ir aos pés do orixá Omolu. Em seu íntimo, sabia que a permissão seria dada e a vontade de Décius seria feita.

Pouco tempo depois, em dois pontos cósmicos distintos, Maria Rosa e Estevão foram convocados a irem ao encontro de Décius no ponto de força do campo santo.

⚜ XXIII ⚜

O REENCONTRO

Aqui precisamos fazer um aparte. Nessa época, Maria Rosa já compunha a falange da Pombagira das Flores, tendo sido preparada para chefiar uma das subfalanges. Estevão, por sua vez, estava trabalhando na falange do Exu Capa Preta e também aguardava para comandar uma subfalange.

Maria Rosa sabia que Estevão iria ao encontro, e ele tinha a certeza de que a encontraria. Nos últimos séculos, os dois haviam se visto algumas vezes, as duas primeiras foram presentes da bondosa Senhora do Amor. O primeiro encontro se deu um século após o recolhimento deles, quando ambos já haviam esgotado o sentimento negativo que pedia vingança. O segundo demorou mais cinquenta anos.

Enfim, após meio século de aprendizado no lado cósmico de Oxalá, Estevão passou a ocupar um lugar na falange do Exu Capa Preta. Mesmo sendo de Oxalá, essa falange cruzava com a Linha de Oxum; Maria Rosa, por sua vez, atuava na falange da Pombagira das Flores, que cruzava com a Linha de Oxalá. Assim, os dois começaram a se encontrar sempre que o cruzamento das duas linhas era necessário em algum trabalho.

Ambos desejavam aquele encontro com Décius. Isso os fazia vibrar, pois seria a chance de serem colocados à prova. Se o antigo amor fraterno fluísse, estaria tudo ótimo; se sentissem apenas tristeza em relação ao erro de Décius, também. Mas se a raiva batesse no coração de um deles, seu emocional precisaria ser esgotado mais uma vez e, consequentemente, teria a evolução paralisada.

Um guardião do orixá Omolu apresentou-se no reino da sagrada Oxum e levou Maria Rosa. O mesmo se deu com Estevão, em uma sincronia perfeita. Praticamente ao mesmo tempo, ambos se viram ajoelhados aos pés do responsável por todo aquele campo santo, o senhor daquele ponto de força, o sagrado Omolu.

— Salve, meu senhor! — saudaram-no os guardiões que trouxeram Maria Rosa e Estevão.

Com um sinal de mãos, Omolu ordenou que se levantassem.

— Vocês foram trazidos para cá, cada qual do ponto de força a que servem no lado cósmico, para que seja feito um ajuste de contas. Aquele que tudo sabe conhece a necessidade de cada um de continuar a jornada rumo à evolução. Assim, logo após Décius ter apresentado esse desejo para ajustar seu emocional e poder evoluir por meio das reencarnações, como escolheu... e sabendo que vocês dois também precisam desse ajuste... o sagrado Omolu, assentado no Trono Divino da Geração e da Vida, ordenou que esse encontro fosse providenciado.

— Salve, senhor! — saudou Estevão. — Realmente sinto a necessidade de ver Décius. Assim, saberei se o amor fraterno venceu o ódio e a sede de justiça.

— Salve, senhor! Eu sinto o mesmo — completou Maria Rosa.

— A justiça é questionável. O que hoje parece a vocês injusto no prisma de sua última encarnação pode ser compreendido a partir de uma visão ampla de outra vida remota. A diferença é que o alvo de vocês não foi Décius. Foram outras as vítimas do ataque a uma aldeia, à qual vocês atearam fogo, queimando tudo e todos, incluindo as crianças.

— Meu Deus! Acredito no senhor, mas preciso sentir essa barbaridade dentro de meu ser — afirmou Estevão.

Antes que Maria Rosa se pronunciasse, o senhor guardião do campo santo levantou a mão em um gesto para fazê-la calar. Então, ordenou que ambos se aproximassem de seu trono. Assim que o fizeram, colocou a mão direita espalmada na testa de Estevão e, depois, na testa de Maria Rosa. Somente para os dois abriu-se a tela do tempo, na qual viam cenas como se assistissem a um filme. Eles eram bárbaros em uma encarnação que datava de pouco mais de 3000 a.C. A expressão de pavor e desespero no rosto de ambos fazia com que os dois exus de Omolu presentes percebessem que estavam revivendo um pesadelo.

Em um estalar de dedos, o senhor daquele ponto de forças os fez retornar. Não precisavam ver mais nada. Maria Rosa chorava copiosamente; Estevão, muito pálido e com lágrimas escorrendo pelo rosto, não conseguia controlar o tremor.

— Por quê? Apenas porque eles cultuavam deuses diferentes dos nossos?

Quem respondeu foi Maria Rosa, que havia se lembrado do que acontecera:

— Sim, meu querido. Éramos unidos, eu uma sacerdotisa e você um sacerdote. Dominávamos a todos pela fé em nossos deuses. Além disso, usávamos magia para fazer nossos seguidores terem prosperidade e felicidade no amor.

Foi a vez de Estevão se lembrar:

— Sim, Maria Rosa, foi isso mesmo. E quem não nos seguisse, aniquilávamos sem dó. Realmente, não reconheci Décius ali, mas reconheci o bispo entre os nossos, além do bom padre Romão.

— Estevão, entre as vítimas, reconheci seu avô Cipião e sua avó Damiana.

Um guardião que os observava achou por bem que parassem com as conjeturas. Com um bater de palmas, fez os dois se calarem.

— Pois bem, isso não inocenta o bispo, tampouco seu irmão, nem os espíritos que o obsediaram — disse o guardião. — Mas Deus não quer que Seus filhos paguem pelos erros; Ele quer que os erros sejam reparados com atos de amor. O Criador também não aceita vinganças; Ele quer que as vítimas aprendam a perdoar. O Pai só quer a evolução de cada filho Seu.

O guardião fez uma pausa e, em seguida, continuou:

— Devo lhes dizer que o amor de vocês vem de muito antes daquela vida. De certo modo, vocês seguiam bem, sem grandes débitos ou quedas. Nem sempre eram marido e mulher; por vezes, eram irmãos, mãe e filho, pai e filha, amigos inseparáveis, amantes. Até que chegaram àquela existência, e a queda de ambos foi enorme. Depois daquela encarnação, vocês ficaram separados por quase dois milênios. Sofreram muito para esgotar o emocional invertido pelo poder, arrependeram-se e reencarnaram separados, tendo o sofrimento como marca. Finalmente, em 1500 a.C., estavam preparados para retomar o caminho da evolução e, por isso, foi permitido que se encontrassem na espiritualidade. Por mais mil e seiscentos anos, reencarnaram separados e, no ano 100, voltaram a encarnar juntos para um propósito maior. Desde então, começaram a ascender rapidamente.

Estevão e Maria Rosa, já reequilibrados emocionalmente, escutavam tudo com muita atenção. Quando o guardião terminou de falar, os dois se ajoelharam e, com a cabeça voltada para o chão, repetiam sem parar:

— Obrigado! Obrigado!

— Por que me agradecem?

— Senhor, não há dádiva maior que o conhecimento da verdade — respondeu Estevão.

— É verdade, senhor — emendou Maria Rosa. — Não vou dizer que esse conhecimento apaga a dor de ver meus filhos sendo queimados, acredito que sentirei essa dor cada vez que reviver aquele momento, mas já não consigo odiar Décius, nem desejar que ele seja castigado. Ele apenas acionou um carma que carregávamos, uma vez que não conseguimos socorrer nem auxiliar as vítimas que fizemos naquela vida, mesmo depois de retomarmos nossa evolução.

— Sim, isto é certo, mas o tempo proporcionará essa oportunidade e vocês o farão. Em alguns séculos, serão direcionados para outro campo de trabalho. Continuarão sendo o que são, Exu Capa Preta e Pombagira das Flores, mas atuarão dentro de uma religião que já está sendo preparada na espiritualidade.

Maria Rosa e Estevão se entreolharam com certa curiosidade.

— Agora, exu, traga Décius. — O guardião se dirigiu a um dos exus presentes.

Décius foi trazido imediatamente. Estava ansioso. Muitos séculos haviam se passado, mas, para ele, era como se tudo tivesse acontecido no dia anterior. Ajoelhou-se na frente do guardião de Omolu e, de cabeça baixa, o saudou:

— Guardião, com todo respeito, o saúdo. Salve suas forças!

— Salve, Décius! Ainda deseja enfrentar a lei da evolução através das reencarnações?

— Sim, senhor.

— Pois bem! Antes de encaminhá-lo àqueles que tratam dos programas de reencarnação, atendi seu pedido, pois o Senhor Omolu assim ordenou, considerando a importância deste ajuste entre você e duas das cinco vítimas de suas atitudes egoístas em sua busca pelo poder.

— Senhor, em minha ignorância, ainda vejo meus três sobrinhos como crianças. Não conseguirei enfrentar o olhar puro e inocente deles.

— Eles desencarnaram ainda crianças, mas seus espíritos são tão antigos quanto o seu. Mas eles ainda estão em uma colônia e ali ficarão enquanto não conseguirem rever os pais, o que logo acontecerá. Neste momento, seu ajuste é com Estevão e Maria Rosa, que aqui estão.

— Posso conversar com eles, senhor?

— Fiquem à vontade.

E, dizendo isso, fez um sinal aos exus, que imediatamente transportaram os três para uma campina, mantendo certa distância. Enfim, Décius, parado diante dos dois, olhou para Estevão e disse, com muita emoção na voz:

— Irmão, caí em mim na noite daquele dia fatídico. Não que eu já não tivesse me arrependido, depois de perceber que o bispo havia me enganado e que Antognini estava coberto de razão. Infelizmente, quando eu e Antognini fomos falar com ele, o bispo mandou que nos prendessem em nossos aposentos, fazendo o mesmo com Clara e Ana. Não sabíamos o que ia acontecer. O bispo preparou tudo nos fundos do castelo, para que não víssemos nada de nossas janelas.

— Por favor, Décius! — Estevão o interrompeu. — Nem eu nem Maria Rosa queremos recordar daquele dia.

— Desculpem-me! Sei que nada do que eu disser vai amenizar as consequências de meus atos. Mas preciso admitir diante de vocês que errei por ciúmes, por sede de poder. Se eu tivesse recebido você de coração aberto, meu irmão, certamente o desfecho teria sido outro.

Décius ajoelhou-se diante de Estevão e Maria Rosa e, em lágrimas, começou a repetir sem parar:

— Perdão! Perdão! Perdão!

Estevão levantou-o e, olhando em seus olhos, disse:

— Meu irmão, não adianta cogitarmos o que poderia ter sido, porque o tempo não volta atrás. Eu também, cansado de seu jeito, tomei algumas atitudes que não deveria. Talvez, tenha aguçado muito o sentimento negativo que você nutria. Se não tivesse feito isso, quiçá tivesse mesmo sido diferente. Jamais saberemos.

Décius baixou a cabeça e disse:

— É verdade. Bem como um pedido de perdão não apagará toda a dor que causei.

— Meu irmão, a dor vai diminuindo até adormecer. Mas será esquecida de vez quando todos os laços forem reatados, não só conosco, mas também com Simão, Damião e Mirela.

— Demorará muito, meu irmão, eu sei. Também sei que, somente quando eles me perdoarem e seus espíritos estiverem leves por não carregarem mais essa mágoa, você e Maria Rosa poderão sentir-se livres para permitir que o puro amor fraterno jorre em vocês como antes.

— É verdade, meu irmão, mas hoje entendemos por que tudo aconteceu como aconteceu. Soubemos que, em 3000 a.C., eu e Maria Rosa queimamos uma aldeia inteira e a maioria das pessoas que ali vivia morreu queimada. Foram esses espíritos, que não nos perdoaram, que continuam nos odiando e que influenciaram você, usando seu ego para se vingarem de nós. Simão e Damião eram nossos conselheiros e Mirela era nossa espiã na aldeia.

Estevão fez uma pausa e Maria Rosa continuou:

— Mas entre aqueles que queimamos, muitos nos perdoaram. Dois deles nos auxiliaram em outra encarnação, para que propagássemos a palavra de Cristo: o querido avô Cipião e a doce avó Damiana, a qual não cheguei a conhecer nem tive o prazer de encontrar quando estive no pronto-socorro da Luz. Na última existência, sabendo que corríamos o risco de atrair esses irmãos trevosos, eles reencarnaram para encaminhar a todos nós e tentar evitar o acesso desses espíritos vingativos.

— Meu Deus Todo-Poderoso! Então, eles se sacrificaram para nos auxiliar? — indagou Décius.

— Sim, meu irmão. Não só nos perdoaram, como também se tornaram nossos protetores, semeando o amor em nós desde nossa infância. Mas, Décius, sei que você não participou do que fizemos na aldeia, tampouco foi vítima ou morador do lugar. Hoje, sinto que nós nos encontramos e fizemos fortes laços na época em que encarnamos para auxiliar na pregação cristã. Sinto que, a partir de então, nos aproximamos de algum modo. Provavelmente, reencarnamos juntos algumas vezes.

— Ah, Estevão, eu poderia ter resgatado tudo isso na Luz. Quando estava na escuridão, vi um facho de luz e, nele, nosso avô Cipião. Ele me estendeu as mãos, mas não aceitei, porque queria me punir. Então, fui levado para um abismo nas Trevas.

— Chega de pensar nisso, meu irmão. Se dos tantos que matamos queimados, muitos nos perdoaram e dois se tornaram nossos protetores, quem sou eu para não perdoá-lo?

Dizendo isso, Estevão deu um abraço forte e sincero em Décius. Neste momento, sentiu que não odiava o irmão e lágrimas escorreram pela face dos dois. A mágoa talvez existisse, mas agora ele compreendia o que tinha se passado e sabia que Décius não havia desejado aquele desfecho. O amor fraterno vencia, enfim.

Depois que os dois se afastaram, Maria Rosa, que também tinha o rosto encharcado pelas lágrimas, abraçou Décius com muito carinho, acariciou seus cabelos e lhe disse:

— Hoje, sinto por você o amor de uma mãe que reencontrou o filho amado depois de séculos separados. Como poderia não o perdoar?

— Mãe? Como sabe?

— Enquanto Estevão o abraçava e eu lutava para abandonar a dor da lembrança daquele dia, vi você ir ficando pequeno diante de mim. Seu cabelo foi clareando até ficar quase louro. Vi dois bracinhos estendidos e eu correndo para abraçá-lo. Assim como a visão veio, ela se foi, mas senti explodir em meu peito todo o amor que uma mãe tem pelo filho.

Agora, era Estevão que não conseguia segurar as lágrimas. Os três se deram as mãos em uma roda e ali, naquela campina verdejante que não se via no lado cósmico, ergueram os olhos para o Infinito e bradaram em uma só voz:

— Obrigado, Pai!

Estevão continuou:

— Ainda que nossa escolha não tenha sido a Luz, o Senhor não nos abandonou. Como um Pai, nos amparou e direcionou, dando-nos a oportunidade de reatar os laços perdidos. O Senhor é infinitamente misericordioso e nós não somos dignos de Sua bondade, mas vamos lutar para nos tornar um pouco menos indignos.

Então, Estevão se calou e os três se prostraram no chão até sentirem pétalas brancas caírem do Infinito. Um segundo depois, já não estavam mais na campina. Tinham voltado para o ponto de força e estavam diante do trono do guardião que, em geral muito sério, estranhamente tinha um ar de alegria.

— Muito bem! Não poderia ter sido melhor.

— O senhor guardião estava lá? — quis saber Maria Rosa.

— Ah, menina, não estava lá, mas lhe asseguro que vi e ouvi tudo. Agora, se despeçam uns dos outros. Estevão e Maria Rosa, vocês seguirão para os pontos de força cósmicos em que atuam. E você, Décius, será redirecionado para a Luz. Ali, será recolhido em um lugar apropriado, onde tratarão de sua próxima encarnação.

Os três se abraçaram mais uma vez. Depois, Estevão e Maria Rosa deram-se as mãos e as beijaram. Sabiam que não demoraria muito para se reverem. Dependendo do trabalho que lhes fosse ordenado cumprir, o encontro seria inevitável, pois a lei da Fé sempre se completa com a lei do Amor.

Enquanto Estevão e Maria Rosa retornavam aos pontos de força em que atuavam, Décius sentiu-se adormecer. Acordou algum tempo depois, em um lugar desconhecido, que parecia um internato. Só estranhou o fato de ser tudo muito branco.

⁂ XXIV ⁂

FÉ REGIDA PELO AMOR

Em pouco mais de um ano, Décius reencarnou e, tal como havia desejado, seguiu seu caminho evolutivo. Passou por algumas existências, sempre com a proteção de Estevão e de Maria Rosa. Olhavam por Décius e o visitavam toda vez que ele desencarnava, já que assim permitiam os laços de afeto criados. O mesmo aconteceu com Antognini, Maria Clara e Lívius, que eram sempre protegidos e visitados pelos dois. Quantas reencarnações eles tiveram? Ora, cada qual seguiu o caminho que lhe era necessário seguir. O tempo não importa; o importante era a caminhada. Às vezes, passavam um período maior na espiritualidade; outras, não.

Nossos amigos Estevão e Maria Rosa continuaram trabalhando em seus pontos de forças no polo cósmico, encontrando-se sempre que o trabalho a ser feito cruzava as Linhas da Fé e do Amor. Eles também se encontravam quando conseguiam se afastar do trabalho, por pouquíssimo tempo, para visitar os entes queridos que haviam reencarnado ou que estavam na espiritualidade.

Pouco tempo depois do acerto com Décius, foram rever os filhos tão amados. Foi um reencontro muito especial. Às vezes, conversavam como pais e filhos, mas, na maior parte do tempo, as crianças já não eram tão crianças. Embora ainda conservassem a aparência infantil, já haviam se lembrado de muitos conhecimentos que seus espíritos milenares tinham adquirido. Em alguns momentos, surpreendiam os pais, que, então, se davam conta de que as crianças eram, antes de tudo, irmãos em evolução. Mesmo assim, Estevão e Maria Rosa olhavam para eles com o orgulho que todos os pais sentem ao ver a evolução dos filhos.

Nesse reencontro, o que ficou claro para todos é que, não importava quantos séculos se passassem, seria necessário o acerto final entre todos os irmãos da última encarnação. De algum modo, reencarnariam todos juntos ou, se algum deles não reencarnasse, teria participação ativa na reencarnação dos demais. As crianças também teriam de participar. Como e quando, eles não sabiam.

Nessa visita, Mariana se fez presente, prometendo que ela mesma faria o ajuste da futura encarnação deles, mas só depois que retornasse da próxima existência. Para o espanto de todos, ela explicou que reencarnaria novamente — não sabia exatamente quando — para reatar alguns laços de vidas antigas. O propósito era dar e receber apoio de um irmão muito querido, pois ambos desejavam cumprir alguns carmas que haviam adquirido em existências pregressas.

— E se um de nós não estiver pronto? — perguntou Estevão.

— Meu filho, a Sabedoria Divina fará tudo no tempo certo para cada um, por isso ainda vai demorar um pouquinho. Deixe Décius, Antognini, Lívius e Maria Clara se harmonizarem um pouco mais consigo mesmos. Vocês estiveram com cada um, e eles mesmos falaram das dificuldades. Aquela encarnação foi difícil para todos vocês. Assim, vocês terão de seguir a evolução natural de todo espírito: trabalhar na espiritualidade ou reencarnar. Vocês serão direcionados para o que for melhor para cada um. No momento certo, todos se reunirão para cumprir o encerramento do que passou e fortalecer os laços de amor. Então, sem mágoas, estarão realmente livres para seguir em frente em uma nova etapa.

Depois de fazer uma prece de agradecimento a Jesus por aquele reencontro, Mariana despediu-se de Estevão e Maria Rosa, que retornaram aos pontos de força em que atuavam.

O tempo foi passando até que Maria Rosa foi convidada pela senhora de seu ponto de força para atuar em uma nova religião que estava nascendo no Brasil, mas que ainda não estava totalmente fundamentada. Estevão recebeu o mesmo convite do senhor de seu ponto de força. Dessa maneira, ambos foram levados para trabalhar na Umbanda com suas respectivas falanges, sendo integrados aos trabalhos da esquerda. Engana-se quem pensa que os dois se separaram. Jamais! Ela atuava em uma falange que respondia a Oxum, e ele em uma que respondia a Oxalá. Na espiritualidade, até hoje os dois trabalham muito juntos, um auxiliando o outro.

Passaram-se séculos e, finalmente, foi feito um acordo entre os envolvidos daquela vida. Lívius reencarnou, seguido por Mariana; os dois se encontraram e formaram uma linda família. Alguns anos depois, seguiram também Maria Clara, Décius e Antognini. Bem mais adiante, foi a vez de Damião, Mirela e Simão.

Estevão e Maria Rosa decidiram não reencarnar. Permanecem na espiritualidade como protetores de todos, sendo incansáveis nesse papel, mas sem abandonar suas obrigações nas falanges em que trabalhavam. Todos se uniram ou por laços sanguíneos ou de amizade fraterna. Mais tarde, Estevão passou a atuar como exu de trabalho de um deles. Os irmãos Luchesi e Maria Rosa conseguiram, enfim, seu intento: encerraram de vez a história desenrolada naquela triste vida. Mais unidos do que nunca, cada qual segue seu caminho em sua seara de trabalho.

Certo dia, Estevão e Maria Rosa, estando ambos à beira de um rio que corria em uma campina, foram parabenizados por seus senhores em seus pontos de força. Ao sentirem a luminosidade que vinha do alto, ambos se ajoelharam e baixaram a cabeça. Então, ouviram duas vozes que diziam a mesma coisa:

— Filhos amados, vocês escolheram evoluir por meio dos polos cósmicos e, assim, conseguiram se libertar da dor. Mais tarde, levaram à libertação os envolvidos nessa dor. Fizeram um belo trabalho, que só foi possível porque a Fé foi comandada pelo Amor. Aprendam: se existir amor sem fé, o amor fará a fé nascer; mas se houver fé sem amor, essa fé de nada adiantará, pois cegará quem a tiver, trazendo apenas dor.

Logo depois, um sem-número de flores de qualidades variadas caíram sobre eles, que tinham os rostos lavados pelas lágrimas. A luminosidade, aos poucos, se abrandou e eles se levantaram, sem dizer uma só palavra. Apenas se abraçaram. Sabiam que o caminho da evolução seria extenso, mas isso não importava, já que tinham tanto a fazer e ainda mais a aprender. Então, os dois começaram a caminhar lentamente, de mãos dadas, pela campina.

Estevão, um Exu Capa Preta
por Luconi

POSFÁCIO

Aos que, porventura, leram estas páginas e concluíram esta história, deixo algumas últimas palavras.

As quedas e ascensões do espírito humano continuarão acontecendo nas muitas esferas existenciais. Esta mensagem traz em si seu viés positivo e seu viés negativo, assim como são todas as coisas na Criação. Coloquemos, pois, nosso foco e nossos pensamentos naquilo que é positivo, pois assim deve ser.

As quedas são os mecanismos que propiciam ao homem a possibilidade de se regenerar e de aprender. São essas mesmas quedas que permitem aos já redimidos auxiliar seus irmãos encarnados no campo da matéria.

Enquanto houver quedas, filhos, haverá também a possibilidade de redenção e, por consequência, a oportunidade de oferecer amparo e mãos estendidas àqueles que estão prestes a cair.

Sejamos, pois, gratos pelas quedas e entendamos que somente por meio delas é que muitos irmãos encontram o caminho para o crescimento e a evolução nas sendas espirituais.

Sejamos também gratos porque, por meio das quedas, podemos encontrar a mão do Criador. A mão estendida que se apresenta de variadas formas nas muitas faixas religiosas concedidas por Deus à humanidade. A mão estendida que, nos muitos terreiros de Umbanda, se apresenta como EXU. Aquele que caiu, sim, mas que se reergueu e se redimiu perante a Lei Maior e a Justiça Divina.

Exu, aquele que, hoje mesmo, em meio às Trevas, se dispõe a ser o amparador dos caídos. Exu, aquele que, com a divina permissão e graça, sou hoje. Eu sou Exu. Eu sou a mão de Deus que ampara os caídos.

Exu Capa Preta das Encruzilhadas
por Márcio Henriques Fonseca

Este livro foi composto com a
tipografia Calluna 10,5/15 pt e impresso
sobre papel pólen natural 80 g/m²